BERND PERPLIES
Tarean
Sohn des Fluchbringers

Für meine Mitstreiter im Geiste.
Haltet an euren Träumen fest – ich will sie gedruckt sehen!

PROLOG

DIE ZEIT DER WÖLFE

Über dem Drakenskal-Pass braute sich ein Unwetter zusammen. Dunkle Wolkenberge türmten sich am Himmel über dem östlichen Horizont auf, gewaltige schiefergraue Massive, die von schwefelgelben Dunstfeldern durchzogen waren. Immer wieder erhellte Wetterleuchten weite Bereiche der Gewitterfront, und ferner Donner rollte über die karge Landschaft. Dies alles vollzog sich in einer so unheimlichen Geschwindigkeit, dass selbst ein in Wetterkunde Ungeübter erkannt hätte, dass die Dunkelheit, die von Osten her näher rückte, nicht auf natürlichem Wege entstanden sein konnte.

Anreon beobachtete voll Sorge das sich ihm bietende Schauspiel. In einen schweren dunkelblauen Mantel gehüllt, stand der Ordensritter auf einer flachen Anhöhe am westlichen Zugang des Passes, und obschon zahllose andere Pflichten seiner Aufmerksamkeit bedurften, vermochte er sich von dem Anblick der ebenso schrecklichen wie schönen Urgewalten nicht loszureißen.

Zu seinen Füßen erstreckte sich der annähernd kreisrunde Talkessel des Drakenskal. Felsig, baumlos und überhaupt dem Anschein nach bar jeden Lebens lag die Landschaft im Zwielicht da. Zur Linken und zur Rechten ragten die hohen Gipfel der Zwölf Zinnen auf, einer Gebirgskette, die ihren Namen den zwölf Bergen verdankte, die sich trutzig wie die Zinnen einer Wehrmauer erhoben und Endars Kernlande von Norden nach Süden teilten. Mit seinen sanft ansteigenden Rändern, die einst harte Abbruchkanten gewesen sein mochten, bevor das jahrtausendelange Einwirken von Wind und Wetter sie abgeschliffen hatte, erinnerte der Drakenskal aus der Nähe betrachtet an einen gewaltigen Krater. Von ferne aber wirkte er beinahe wie ein Loch in einer titanischen Zahnreihe, so als habe die riesige Hand eines zornigen Gottes die dreizehnte Zinne, die hier einst gen Himmel gestrebt war, mit brutaler Gewalt herausgerissen.

Gemeinsam mit dem Unwetter war ein schneidender Wind aufgekommen, der sich seinen Weg durch Stoff und Rüstzeug suchte und dem Ritter mit kalten Fingern über den Leib strich. Anreon lief ein Schauer über den Rücken, und er zog den Wollmantel, auf dessen Rückseite das silberne Wappen der Kristalldrachen prangte, enger um sich. Er wusste jedoch, dass dies nur eine leere Geste war, denn die Kälte, die er verspürte, hatte nichts mit dem eisigen Atem des Ostwinds zu tun, der seine von zahlreichen Schlachten gezeichnete Plattenrüstung auskühlte. Die wahre Kälte kam von innen. *Wie eine Schicht glitzernden Raureifs, die meine Eingeweide überzieht ...*

Denn Anreon gab sich keinen Illusionen darüber hin, was die dunklen Wolken zu bedeuten hatten, die über der atemberaubenden Gebirgskulisse dräuten. Das Unwetter war ebenso wenig dem Zufall geschuldet wie seine eigene Anwesenheit hier oben auf dem Drakenskal-Pass.

Hier und heute wurde die entscheidende Schlacht geschlagen. Hier und heute würde sich zeigen, ob die Menschen und Alben oder aber die Wölfe aus At Arthanoc und ihr finsterer Herr und Gebieter in diesem unseligen Krieg triumphieren würden. Auf Tausende tapfere Frauen und Männer wartete in dieser Nacht der Tod. Und ihr brechender Blick würde sich auf der Suche nach einem tröstenden Stern vergeblich gen Himmel heben, denn die schwarze Magie des Hexenmeisters Calvas überzog das Land mit Finsternis. *Und ob wir glorreich den Sieg davontragen oder eine vernichtende Niederlage erleiden, liegt ganz allein in meiner Hand ...*

Die Bürde dieser Gewissheit lastete schwer auf seinen Schultern, die zwar kräftig sein mochten und von silbernem Metall umschlossen, aber letztlich doch nur einem Menschen gehörten.

»Herr?«

Blinzelnd, als erwache er aus einem Traum, riss Anreon den Blick von den Gewitterwolken los und wandte sich dem Krieger zu, der die Anhöhe erklommen hatte und neben ihn getreten war. Es handelte sich um einen jungen Mann, der zwar hochgewachsen, doch von schlanker Gestalt war und ein schmales Gesicht besaß. Hätte er nicht den blau-weißen Waffenrock eines Knappen der Kristalldrachen getragen, so wäre vermutlich kaum jemand in Versuchung geraten, ihn für einen Krieger zu halten. Und doch hatte er in den wenigen Jahren seines Dienstes für den Orden bereits mehr Kampferfahrung gesammelt als viele Männer am Ende eines ganzen Lebens.

»Wilfert.«

»Der Großmeister schickt mich. Hochkönig Jeorhel und er erwarten Euch.«

Anreon nickte. »Ich komme.« Er warf einen letzten prüfenden Blick zum Himmel hinauf, dann wandte er sich ab, um dem vorausgehenden Wilfert den schmalen Trampelpfad hinab ins Heerlager zu folgen.

Ein leises, langgezogenes Heulen erhob sich in der Ferne, hinter den Anhöhen, die den Drakenskal gen Osten begrenzten. Der Ritter hielt inne, und sein Gesicht verfinsterte sich. Es war nicht der Wind, der dieses Geräusch verursachte.

Das Heerlager hatte gewaltige Ausmaße. Hunderte von Zelten übersäten die sanft abfallende Westflanke der Zwölf Zinnen, die sich über zwei Tagesmärsche bis hinab nach Thal erstreckte, das östlichste der noch freien Länder des Westens. Die schlichten weißen Rundzelte der agialonischen Garde unter Fürst Kalander beherrschten den mittleren Teil des Lagers. Darum gruppierten sich die mit Fellen behängten Behausungen der wilden Rûnländer, die grünen Wohnstätten der Rebellen aus Thal und die aus edlem rot-blauem Tuch gefertigten Zelte der Gildensöldner aus Bristaja.

Am fernen, südlichen Ende des Lagers standen die schlanken grau-grünen Zelte des Albenheeres unter Hochkönig Jeorhel von

Albernia. Dorthin wandte Wilfert seine Schritte, und Anreon folgte ihm.

Der Ordensritter bemerkte, dass eine unübersehbare Betriebsamkeit das Lager ergriffen hatte, seit er heute am frühen Abend aufgebrochen und auf die Anhöhe gestiegen war. Krieger legten ihre Rüstungen an, gürteten ihre Waffen um und sattelten ihre Reittiere. Anreon wusste, dass bald der Befehl zum Aufbruch gegeben würde.

»Herr?«, sprach der Knappe ihn an, während sie an den Zeltreihen vorbeischritten.

»Ja, Wilfert.«

»Ihr seht aus, als plagten Euch düstere Gedanken. Glaubt Ihr, wir sind nicht bereit für die bevorstehende Schlacht?« Wilferts Stimme war fest. Doch als Anreon ihm einen Blick zuwarf, glaubte er in den Augen des Knappen die dumpfe Angst zu sehen, die auch an seinem eigenen Herzen nagte – allen seinen Mühen, sie zu verbannen, zum Trotz.

»Ich bin mir nicht sicher, ob das Licht, für das wir stehen, jemals wirklich darauf vorbereitet sein kann, der absoluten Finsternis zu begegnen, die Calvas ausgespien hat«, erwiderte der Ritter. »Doch das ist es nicht. Es will mir einfach nicht gefallen, dass mein Platz auf einem fernen Feldherrnhügel sein soll, während sich jeder, der ein Schwert zu tragen vermag, der Brut des Hexers entgegenwirft.«

Wilfert schüttelte den Kopf. »Wenn Ihr dort vollbringt, was wir uns alle erhoffen, so erreicht Ihr tausend Mal mehr, als wenn Ihr uns mit der blanken Klinge anführen würdet. Und vergesst nicht die anderen Recken, die uns zur Seite stehen. Heymdrahl von Rûn mit Malm, dem Donnerhammer, Aíren Solard und seine Graue Garde, Zaeena Tsaar und Lord Orten aus unseren eigenen Reihen ∴«

Anreon hob abwehrend die behandschuhte Linke. »Halt ein, Wilfert. Ich wollte den Ruhm und die Tapferkeit dieser Männer und Frauen keineswegs infrage stellen, genauso wenig wie den Glauben und die Beherztheit aller, die sich entschlossen haben, Calvas die Stirn zu bieten.«

»Ihr seht also ein, dass der Weg, der vor uns liegt, der einzig gangbare ist?«

Anreons Mundwinkel verzogen sich zu einem verkniffenen Lächeln. »Das tue ich, Wilfert, aber deswegen muss er mir nicht gefallen.«

Unterdessen hatten sie ein Zelt erreicht, das sich in der Mitte des albernianischen Lagers erhob. Seine schiere Größe und die Standarten und Banner mit dem Zeichen des Sturmfalken, die den Eingang und die Spitzen des Zeltdaches schmückten, legten beredt Zeugnis von der Bedeutung des Mannes ab, der in ihm residierte. Und doch hatte Anreon schon bedeutend prunkvollere Felddomizile gesehen, in denen weitaus unwichtigere Männer gewohnt hatten. Nein, Geltungssucht konnte man dem Hochkönig der Alben keineswegs vorwerfen.

Er passierte die beiden Gardisten, die vor dem Lager Jeorhels Wache hielten, schlug die Zeltplane zurück und trat ein. Wilfert folgte schweigend zwei Schritte hinter ihm.

Das Innere wurde von einer Handvoll immerleuchtender Feenfeuer erhellt. Ein halbes Dutzend Männer und eine Frau waren hier versammelt. Anreon erkannte Hochkönig Jeorhel von Albernia in seiner kunstvoll geschmiedeten, smaragdgrünen Rüstung. Neben ihm standen der in Blau und Silber gewandete Großmeister des Kristalldrachenordens, Ulrik von Agialon, und die beiden Ritter Lord Orten und Zaeena Tsaar. Anreon nahm an, dass die übrigen Anwesenden drei kleineren Bündnisparteien vorstanden, auch wenn er mit ihren Gesichtern keine Namen verbinden konnte.

Bei seinem Eintreten blickten sie von einem Tisch auf, der den rechten Teil des Zeltes einnahm und auf dem zahllose winzige Einheitsabzeichen zu einem komplizierten Schlachtplan aufgestellt worden waren. Der Ritter entbot den Anwesenden mit einem Nicken seinen Gruß. »Ihr habt nach mir gerufen?«

»Ja, Herr Anreon«, ergriff der Hochkönig der Alben das Wort. Das edel geschnittene, fahlgraue Gesicht, das von langem, silberweißem Haar umflossen wurde, zeigte keinerlei Gefühlsregung, nur seine bernsteinfarben glühenden Augen erweckten den Eindruck, als brenne ein inneres Feuer in ihnen. »Unsere Späher wissen zu berichten, dass sich der Feind in Bewegung gesetzt hat. Der Sturm, auf den wir warten, wird schon bald über uns hereinbrechen.«

»Was hat Calvas aufzubieten?«, fragte Anreon.

»Die Zahl des Feindes ist schwer zu bestimmen, denn sein Heer ist weit verstreut und es wird von einem Mantel aus Dunkelheit geschützt. Doch wenn unsere Schätzungen der Wahrheit entsprechen, so übertrifft Calvas' Armee die unsere um fünffache Kopfstärke.«

»Fünfzigtausend Mann?«, entfuhr es Wilfert erschrocken, der bislang schweigend hinter seinem Ritter ausgeharrt hatte.

Jeorhel schien den Knappen nur widerwillig zur Kenntnis zu nehmen. »Es sind nicht diese fünfzigtausend, die uns Sorgen bereiten. Der überwiegende Teil seines Heeres besteht aus Wolflingen, die zwar voller Wildheit und Todesverachtung kämpfen, doch der Hass der einzelnen Stämme untereinander entzweit sie und nimmt ihnen einen Großteil ihrer Stärke. Nein, der eigentliche Schrecken ...« Er wechselte einen Blick mit dem Großmeister und sprach dann an Anreon gewandt weiter. »Der eigentliche Schrecken geht von dem aus, der sie eint. Denn solange sie dem Einen folgen, sind sie wie eine Flut, die alles, was in ihrem Weg steht, in Blut ertränkt.«

Anreons Miene verhärtete sich. »Der Grimmwolf.«

»Ganz recht.«

»Wurde er gesehen?«

Ulrik von Agialon ergriff das Wort. »Nein, aber das ist ohne Belang. Er wird an Calvas' Seite in die Schlacht ziehen.« Der weißhaarige Mann schritt um den Tisch herum auf den Ordensritter zu. »Darum müsst Ihr, Anreon, das Buch jetzt an Euch nehmen. Ich spüre, dass es, noch bevor die Nacht zu Ende geht, seinen Wert unter Beweis stellen muss.« Mit einer einladenden Geste deutete er auf den hinteren Teil des Zeltes, der mit einem schweren Vorhang abgetrennt war. »Kommt.«

Gemeinsam traten sie durch den Vorhang. In dem angrenzenden Bereich des Zeltes war es dunkler und dank zweier Kohlepfannen, die einen quer durch den Raum gelegten Läufer flankierten, auch wärmer. Ulrik und Anreon schritten über den aus festen Fasern geknüpften Teppich, dessen Bilder die Geschichte einer noch nicht allzu lange zurückliegenden Heldentat erzählten. »Der Weg des Helden« nannte man in Anreons Heimat derlei von einer ruhmreichen Tat kündenden Webstücke. Der Ordensritter vermochte nicht zu sagen, wie oft er diesem hier bereits gefolgt war. Nur an das eine, das erste Mal, konnte er sich in allen Einzelheiten erinnern. Damals waren der scheinbar endlose Sumpf, die schroffen Gebirgsgrate, die Menschen fressenden Trolle und die uralte, verfallene Feste, die er in einer pechschwarzen Gewitternacht erreicht hatte, Wirklichkeit gewesen.

Der Läufer führte zu einem kleinen Altar, auf dem ein altes Buch lag. Der lederne Einband war von der Farbe geronnenen Blutes, Beschläge aus mattschwarzem Metall zierten die Ecken und auf der Vorderseite des Einbands fand sich eine Prägung, die eine stilisierte schwarze Flamme zeigte.

Ein Mönch, der über seiner weißen Robe den dunkelblauen Überwurf der Kristalldrachen trug, erwartete sie. Der Ordensbruder war jedoch kein Ritter, sondern einer der Gelehrten, die in der Stammburg der Kristalldrachen in Agialon in großer Zahl lebten und dort das Wissen der Welt sammelten, katalogisierten und behüteten.

»Bruder Lanfert.«

»Herr Anreon.« Der Mönch deutete eine Verbeugung an. »Hiermit gebe ich Euch das Buch der Verbannung zurück, das Ihr aus der Feste Nyrdheim geborgen habt. Wir haben es studiert, so lange es uns möglich war, und versucht, die Worte der alten Sprache zu entschlüsseln, in der es einst verfasst wurde.« Er wandte sich um, schlug das Buch mit gewichtiger Miene auf und suchte eine Passage im hinteren Teil der Schrift heraus, bevor er dem Ritter bedeutete, näher zu treten.

»Das Ritual ist kaum zu bewerkstelligen, wenn es über große Entfernung hinweg wirksam sein soll, doch einfach, wenn man der Kreatur, die man zu bannen wünscht, direkt gegenübersteht. Ihr müsst nur die Zeilen, die hier geschrieben stehen, klar und in aller Deutlichkeit rezitieren, und die Kraft des Wortes wird den Dämon zwingen, die Gestalt aufzugeben, die er in dieser Welt angenommen hat.«

Anreons Augen flogen über die fremdartig geschwungenen Schriftzeichen auf dem dunkelbraunen Pergament. Und auch wenn er nicht verstand, was dort niedergelegt war, so bildeten sich doch auf einmal Worte in seinem Kopf, Worte der Macht und Magie, die ausgesprochen werden wollten. Für einen kurzen, verwirrenden Moment schienen die Schriftzeichen im dämmrigen Licht der Kohlepfannen auf den Seiten lebendig zu werden, sich zu winden und neue Formen anzunehmen, doch einen Lidschlag später war der Spuk schon wieder vorüber.

Er schlug das Buch zu und nahm es an sich. Das Gewicht des Folianten, so vertraut es ihm war, überraschte ihn jedes Mal aufs Neue, wenn er das Buch in den Armen hielt. Die Magie, die innerhalb dieser Buchdeckel ruhte, musste wahrlich schwer wiegen.

Ulrik von Agialon nickte. »Gehen wir. Ein Dämon wartet darauf, ins Dunkelreich zurückgejagt zu werden, und ein Hexer, seine schlimmste Niederlage zu erleiden.«

Hoch aufgerichtet stand Anreon auf dem verzierten Streitwagen an der Spitze des Bündnisheeres und blickte gen Osten. An seiner Seite war Wilfert, die Zügel des Zweispänners in der Hand, und tat es ihm gleich.

Der Himmel über dem Drakenskal hatte sich mittlerweile völlig zugezogen, und heftige Böen ließen ihre Umhänge flattern. Grelle Blitze zuckten zwischen den Wolkenbergen auf und tauchten die Szenerie in ein gespenstisches Licht, und Donner rollte über die öde Landschaft hinweg – Vorboten des bevorstehenden Sturms.

Der Streitwagen stand am Fuße der Anhöhe, die den Passeingang bildete. Deren felsige Buckel waren nicht länger leer, wie noch am Abend, als Anreon hier oben die einsame Wacht gehalten hatte. Zehntausend Soldaten waren im Schein von Feenfeuern in der letzten Stunde aufmarschiert. Grimmige Gesichter, mal von elegant geschwungenen Spitzhelmen umrahmt, mal von schweren Eisenhüten gekrönt, schauten an Anreon vorbei auf die weite, leere

Fläche des Drakenskal. Kettenhemden rasselten, Lederrüstungen knarzten, und Plattenteile verschoben sich mit metallischem Knirschen, während die Männer und Frauen mit der Ruhelosigkeit, die einen befällt, wenn man bereits viel zu lange auf das Eintreten eines bestimmten Ereignisses gewartet hat, der Schrecken harrten, die ihnen Calvas schon bald entgegenwerfen würde. Über den Köpfen der Krieger erhob sich ein Wald von Lanzen, und an vielen waren farbige Wimpel und Banner angebracht, die im Wind flatterten und davon kündeten, dass jede Stadt und jedes Reich der verbliebenen freien Welt des Westens ihre Abgesandten geschickt hatten, um unter dem Drachenbanner der Ordensritter von Agialon und dem Sturmfalken des Hochkönigs der Alben in die Schlacht zu ziehen.

Der Anblick erfüllte Anreons Herz mit Hoffung, als sie den Streitwagen wendeten und den geschlossenen Linien aus Kriegern entgegenfuhren.

Doch als hätte Calvas, der Hexenmeister, diese kleine Flamme des Glücks inmitten einer Welt aus Dunkelheit gespürt, erhob sich hinter dem östlichen Horizont erneut ein Heulen, näher, lauter und vielstimmiger als noch wenige Stunden zuvor. Tausende und Abertausende Kehlen schienen, zu grenzenlosem Hass getrieben, ihrer animalischen Wut Luft zu machen. Vor dem inneren Auge des Ritters nahm ein endloses Meer zum Himmel gereckter Hundeschnauzen Gestalt an, die albtraumhafte Vision eines Zorns, der mit dem Toben der Elemente hoch über ihren Köpfen wetteiferte. Die Steppen und Wälder des Ostens waren weit und wild und boten viel Raum für die kriegerischen Stämme der wolfsähnlichen Grawls. Und wie es schien, hatte Calvas sie *alle* zu sich gerufen.

»Sie kommen«, sagte Wilfert, und er konnte ein leichtes Beben in seiner Stimme nicht verhindern.

Anreon nickte. »Ja. Also los, Wilfert.«

Mit einem Zügelschlag trieb der Knappe die Pferde an, und in Windeseile preschten sie vor den Linien des Heeres entlang. Die Gesichter der Soldaten in den ersten Reihen huschten an ihnen vorüber, und Anreon sah den Zweifel in ihren Augen, den das wahnsinnige Gejaule des noch unsichtbaren Wolfsheeres in ihnen geweckt hatte. Da legte er das Buch der Verbannung, das er seit der Zusammenkunft im Zelt des Hochkönigs nicht mehr aus der Hand gegeben hatte, vor sich nieder, riss sein Schwert Esdurial aus der Scheide, und ein einzelnes Wort der Macht ließ die silberne Klinge in weißem Drachenfeuer entflammen. »Fürchtet euch nicht!«, schrie er. »Die Kristalldrachen sind mit uns!«

Und obwohl ihm der Wind die Worte aus dem Mund riss und das Donnern der Pferdehufe und Rattern der Wagenräder seine Stimme übertönten, sahen die Krieger das Feuer in seiner Hand und in seinen Augen und ihre Furcht schwand. Sie begannen zu jubeln, und der Jubel folgte Anreon wie eine Welle, auf der er dahinritt, bis sie sich an dem Ring aus Panzerreitern brach, der um die Stellung der beiden Heerführer und ihres Stabes einen Wall aus schweren Leibern und Metall gebildet hatte.

»Wohl gesprochen, Herr Anreon«, rief Ulrik von Agialon dem Gefolgsmann von seinem Pferd herab zu. Er trug jetzt eine prachtvolle Rüstung, und sein Haar wurde von einem eisernen Stirnreif zusammengehalten.

Neben ihm ragte das riesenhafte, weiße Schlachtross des Hochkönigs auf, das wie sein Herr in smaragdgrünes Rüstzeug gehüllt war. Jeorhels Gesicht lag halb im Schatten eines schmalen Helmes verborgen, dessen Spitze ein silbernes Haarbüschel zierte, und an seiner Seite hing ein glänzendes, mit albischen Runen verziertes Langschwert.

»Mir scheint, als habe der Hexer auf jedes Eurer Worte die rechte Antwort«, sprach der Alb und deutete mit unheilvoller Miene gen Osten.

In diesem Augenblick zerteilte ein Blitz den Himmel über dem Drakenskal und für einen Moment schien es, als bleibe das Licht in der Luft stehen, bevor es wie eine verlöschende Laterne langsam verblasste. Im Nachschein des Wetterleuchtens konnte Anreon erkennen, dass die Hügellinie auf der fernen Seite des Passes nicht mehr leer war. Über die gesamte Breite des Einschnitts zwischen den himmelstürmenden Bergmassiven war Bewegung in den Horizont gekommen. Mit der Unerbittlichkeit eines Lavastroms, der langsam, aber unaufhaltsam über Stock und Stein talwärts fließt, ergoss sich das Bestienheer von Calvas, dem Hexenmeister, über die felsigen Anhöhen hinweg in den weiten Talkessel hinein. Reihe um Reihe, Rudel um Rudel übermannsgroßer Wolfskrieger kam in Sicht und marschierte japsend und geifernd und mit zornig erhobenen Äxten, Spießen und Krummsäbeln unter den Blicken des Bündnisheeres auf. Und obwohl er wusste, dass dies unmöglich war, glaubte Anreon das bösartige Glitzern in ihren eitrig gelben Augen und das fahle Weiß ihrer tollwütig gebleckten Zähne sehen zu können.

Zwischen den Grawls, die das Rückgrat der Armee des Hexers bildeten, wurden vereinzelt andere Abscheulichkeiten sichtbar. Eineinhalb Manneslängen große Trolle drängten sich mit langen Schritten durch die Flut der Wolfskrieger, und es scherte sie dabei nicht im Geringsten, ob diese ihren massigen Leibern rechtzeitig auszuweichen vermochten. Hünenhafte, an aufrecht gehende Echsen erinnernde Wesen, deren breite Körper nur aus Muskeln zu bestehen schienen und deren schmutzigblaue Haut von dicken Hornplatten und Stacheln verunstaltet war, ließen die Erde unter dem Stampfen ihrer schweren Schritte erbeben. Und an einigen Stellen – Anreon kniff die Augen zusammen – schien es, als habe die Dunkelheit selbst hagere, schattenhafte Gestalt angenommen und stakse auf langen, dünnen Beinen und mit schlenkernden Armen den Verteidigern der freien Länder des Westens entgegen.

Ein weiterer Blitz tauchte die Ebene in grelles Licht, und ein gewaltiger Donnerschlag ließ Himmel und Erde erzittern. Mit dem Verhallen des Donners in der Ferne setzten die Kriegstrommeln ein, dumpf und treibend, wie der vielfache Herzschlag eines riesenhaften Ungeheuers, dessen Blut im Zorne heiß durch die Adern rauscht.

Der Großmeister des Kristalldrachenordens trieb sein Schlachtross aus dem Kordon der Panzerreiter heraus und vor die Linien des Bündnisheeres. Dann richtete er sich im Sattel auf, und mit einer Stimme, die trotz des Unwetters und des Lärms der anrückenden Feinde weithin zu hören war, brüllte er: »Wie ich sehe, traut sich Calvas, der Hexer, tatsächlich hierher, und wie ich sehe, hat er ein paar Getreue mitgebracht, die für ihn diese Schlacht schlagen sollen, denn er selbst fürchtet sich vor dem Kampf!«

Raues Gelächter und vereinzelte Hochrufe antworteten ihm. Der Aufmarsch des Feindes mochte dazu angetan sein, den Mut selbst beherzter Kämpfer auf die Probe zu stellen, doch noch wärmte das Feuer Anreons die Herzen der Soldaten. Ein blonder Hüne trat nach vorne, einen Hammer über der Schulter, der selbst für einen Mann mit seiner Körperkraft viel zu groß zu sein schien, und er grölte: »Vielleicht sollte ich nach At Arthanoc gehen, bei ihm anklopfen und fragen, ob er zum Spielen rauskommt!« Dabei schwenkte er unter weiteren Beifallsbekundungen den massiven Eisenkopf der furchtbaren Hiebwaffe.

»Wohl gesprochen, Heymdrahl!«, rief Ulrik zurück. »*Ich* aber sage euch: Es wird Zeit, dass wir diesen Ausgeburten der Dunkelreiche zeigen, dass der Wille der freien Völker Endars, ihnen entgegenzutreten, ungebrochen ist!«

»Ja!«, brüllten die Männer und Frauen aus dem Westen zur Bekräftigung wie aus einer Kehle.

»Es wird Zeit, ihnen zu zeigen, dass wir kämpfen können!«

»So ist es!«

Ulrik riss sein Schwert in die Höhe. »Es wird Zeit, ihnen ein Zeichen zu setzen, dass hier und jetzt ihr Vormarsch endet!«

»Und es ward Licht über den hohen Gipfeln«, murmelte der Hochkönig der Alben, doch die Worte gingen im Jubel der Soldaten unter.

»Katapulte!«, befahl Ulrik mit donnernder Stimme, und auf einmal war im Sichtschatten des Hügelkamms das Poltern von Dutzenden von Katapultarmen zu hören, und strahlende Bälle aus reinem Licht flogen über die Köpfe der Soldaten hinweg.

In einem weiten Bogen jagten die Lichtkugeln dem Bestienheer entgegen. Einige von ihnen wurden dabei auf dem Scheitelpunkt ihrer Flugbahn wie von Geisterhand gepackt in der Luft aufgehalten und tauchten den Pass, winzigen Sonnen gleich, in ihren warmen, gelben Schein. Die übrigen schlugen in die ersten Reihen der Wolfsmenschen ein und platzten dort wie wassergefüllte Tierblasen. Kaskaden aus grellem, zähflüssigem Licht explodierten in alle Richtungen, schwappten über die überraschten Wolflinge hinweg, und wo sie, einem Schwall heißen Pechs gleich, auf diese herniedergingen, erhob sich ein Jaulen und Toben unter den Schergen des Hexenmeisters, das ihr Zorngeheul noch übertönte.

»Trompeten!«

Und schon erschallten silberhell die Fanfaren aus den schlanken Trompeten der Herolde von Albernia, Breganorien und Thal, während das gewaltige Kriegshorn von Rûn mit einem dunklen, langgezogenen Dröhnen, das durch Mark und Bein ging, die Seinen in die Schlacht rief.

»Geordnet vorrücken«, befahl der Hochkönig leise, und sein Befehl wurde brüllend an alle Teile des Bündnisheeres weitergetragen.

Nun kam Bewegung in die Soldaten, die bis dahin, ungeachtet der auf sie zu rollenden Flut des Bösen, an Ort und Stelle ausgeharrt hatten. In der vordersten Reihe des Hauptheeres hoben die Schildträger aus Thal ihre Turmschilde und marschierten in geschlossener Front den tobenden Wölfen entgegen. Krieger mit langen Spießen, die den ersten Ansturm der Bestien brechen sollten, hielten sich direkt hinter ihnen. Danach folgten mehrere Reihen Axt- und Schwertkämpfer aus Breganorien, während albische Langbogenschützen im hinteren Teil der Schlachtformation Pfeile auf die Sehnen legten. Die linke Flanke wurde durch wilde Rûnländer verstärkt, die ihre Gesichter mit blauer und roter Farbe bemalt hatten und johlend ihre Hämmer und Äxte schwangen. An der rechten Flanke tänzelten unterdessen die gehörnten Rösser der Grauen Garde vor mühsam gezügelter Angriffslust.

Anreon blickte auf die Reihen von Kriegern, die nun mit grimmer Entschlossenheit an ihm vorüberschritten, sah, wie sich der Heerhaufen trotzig und scheinbar ohne jede Furcht der Bestienarmee näherte, und für einen kurzen Augenblick gönnte er sich die Illusion eines schnellen, vernichtenden Sieges.

Nach wie vor herrschte Unordnung in den Reihen der Wolfsmenschen, die noch verstärkt wurde, als ein weiteres Mal die Katapulte weit hinter den Linien donnerten und Glutbälle aus gleißendem Licht durch die Luft über dem Drakenskal schleuderten. Dann hoben die Albenbogenschützen ihre schlanken Langbögen und auf einen unhörbaren Befehl hin schickten sie einen Schauer tödlicher Geschosse in den wolkenverhangenen nächtlichen Himmel hinauf, der gleich darauf wie ein verheerender Hagelsturm auf die Wolflinge niederprasselte. Ungeachtet ihrer enormen Wut und Körperkraft wurden sie in Scharen zu Boden gerissen.

Doch wo war Calvas? Wo sein dämonischer Verbündeter, der Grimmwolf? Irgendetwas stimmte hier nicht.

Und erneut war es, als habe der Hexenmeister die Gedanken des Mannes, der seinen Untergang einläuten sollte, gelesen, denn just in dem Augenblick, da Anreon sich diese Frage stellte, ergriff ein seltsames Treiben das Bestienheer. Unvermittelt verstummten die Kriegstrommeln, und die Wölfe zogen sich aus den Lichtinseln, die das Feenfeuer aus dem Meer aus Dunkelheit gehoben hatte, zurück.

Und dann geschah das Unheimliche. Wo immer sie zum Stehen gekommen waren, dehnten die seltsam schlaksigen Schattenwesen ihre Glieder zu unmöglicher Länge, und ihre Finger reckten sich den Lichtkugeln entgegen, die am Boden lagen oder hoch über dem Schlachtfeld schwebten. Als sie danach griffen, schienen ihre Fingerkuppen zunächst zischend zu verdampfen, doch die Körper der Schattenwesen wurden immer länger und dünner, strebten den Feenfeuern entgegen, und auf einmal begannen die Bälle aus Licht sich zu verdunkeln. Der Vormarsch des Bündnisheeres geriet ins Stocken, als die Soldaten erschrocken und verwirrt die Köpfe hoben. Die winzigen Sonnen, die albische Magie und menschliche Handwerkskunst über ihnen hatten erblühen lassen, trübten sich wie ein Glas Wasser, in das jemand schwarze Tinte geschüttet hatte, bis das Licht am Himmel wie auf der Erde vollständig erloschen war. Die Schattenwesen, die sich von den Feenfeuern hatten aufsaugen lassen, wie von einem Schwamm, hatten ihnen jedwede Leuchtkraft genommen.

Einmal mehr herrschte Dunkelheit über dem Schlachtfeld.

Und dann kam der Grimmwolf.

Der Dämon war ein wahres Monstrum von einem Wolf. Vom Boden bis zur Schulter maß er sicher drei Schritt, und sein kohleschwarzes Fell stand struppig vom mächtigen Körper ab. Dort, wo er seine Pfoten hinsetzte, verbrannte das braune Gras zu schwarzer Asche und der Fels knackte vor Hitze. Flammen züngelten an seinen Flanken empor, als sei er durch Lava gewatet, und über seinen Rücken bis hin zum Schwanz schlug ein Kamm aus Feuer fauchend um mehr als eine Armeslänge hoch in die Luft. Der Grimmwolf hielt den riesigen Schädel gesenkt, und in seinen glutroten Augen lag ein alles verschlingender Hass, während er das Schlachtfeld zu seinen Füßen überblickte.

»Bei den Drachen«, murmelte Anreon fassungslos. Er hatte gewusst, dass der Dämon furchtbar sein würde, doch die Wirklichkeit übertraf all seine heimlichen Ängste.

Einen Augenblick lag Totenstille über dem Schlachtfeld. Die Grawls waren in Ehrfurcht verstummt, die Menschen und Alben vor Schrecken.

Dann hob der Grimmwolf den Kopf, entblößte ein Maul voll dolchlanger Zähne, und ein Knurren entrang sich seiner Kehle, dunkel und grollend wie das Mahlen gewaltiger Felsen in lichtlosen Erdestiefen. Langsam setzte er sich in Bewegung, folgte einer breiten Gasse, die seine Wolfskrieger für ihn gebildet hatten.

Erst schritt er langsam dahin.

Dann verfiel er in einen leichten Trab.

Schließlich hetzte er, die eigenen Reihen verlassend und die vielleicht hundert Schritt, die beide Heere jetzt noch trennten, in gewaltigen, raumgreifenden Sätzen überwindend, den Streitern des Westens entgegen, die ihm wie gelähmt entgegenblickten. Kurz bevor er die erste Schildreihe erreicht hatte, setzte er zum Sprung an …

Ein hundertfacher Angstschrei zerriss die Stille.

… und landete mitten unter den Soldaten des Bündnisheeres. Und dann brach buchstäblich die Hölle los.

Fünfzigtausend Schnauzen reckten sich gen Himmel und hoben zu einem Heulen an, als hätten die Dunkelreiche selbst alle Seelen der Verdammten auf die Erde losgelassen. Wie eine Springflut schwappte das Bestienheer den Streitern aus dem Westen entgegen. Die geschlossenen Schildreihen und standhaft aufgepflanzten Lanzen aber, die es gerade eben noch erwartet hatten, gab es nicht mehr, denn der Grimmwolf wütete unter den Soldaten aus Thal und Breganorien und machte jede geordnete Gegenwehr zunichte.

Und so brachen die Grawls in das Bündnisheer ein, wie eine tobende See durch einen nachlässig aufgeschütteten Damm. Binnen weniger Augenblicke hatten sich Freund und Feind zu einem unentwirrbaren Chaos aus Leibern und blitzenden Klingen vermengt, und immer mehr Wolfskrieger drängten heran, um die Verteidiger durch ihre schiere Masse zu bezwingen. Zornesgebrüll, Jaulen, das Klirren von Waffen und das Geschrei Sterbender vermischten sich zu einer ohrenbetäubenden Kakophonie aus Tod und Verdammnis. Und über dem Schlachtfeld bildeten Blitz und Donner die Kulisse, vor der sich der Untergang der alten Weltordnung abspielte.

»Nein«, hauchte Anreon. »So darf es nicht enden. So nicht.«

»Was habt Ihr vor?«, rief Ulrik neben ihm, als der Ordensritter seinem Knappen die Zügel entriss und ihn mit einem heftigen Stoß vor die Brust, der ihm ein erschrockenes »Herr!« entlockte, vom Wagen fegte.

Anreon riss den Kopf herum und funkelte den Großmeister aus wilden Augen an. »Ich muss diesem Wahnsinn ein Ende bereiten! Ich muss der Bestie Einhalt gebieten!«

Ulrik schüttelte den Kopf. »Es ist zu früh. Wir haben uns nach dem Ansturm noch nicht wieder neu formiert. Ihr müsst warten, bis wir Euch eine Bresche geschlagen haben.«

»Dafür ist es jetzt zu spät!«, widersprach Anreon heftig und wollte die Pferde antreiben. Doch der Ordensobere mit seinem mächtigen Streitross stellte sich ihm in den Weg. »Wartet, Herr Anreon. Setzt unsere Pläne nicht leichtfertig aufs Spiel.«

Der Ritter presste die Lippen zusammen. »Ich muss es versuchen.«

»Nehmt mich mit«, jammerte Wilfert, der sich hinter ihm vom schlammigen Boden aufrappelte, Haarsträhnen im Gesicht und den Waffenrock voller Schmutz.

Anreon sah ihn fast traurig an. »Nein, Wilfert. Wäre dieser Kampf anders verlaufen, hätte mich nichts stolzer gemacht, als mit dir Seite an Seite dem Feind entgegenzutreten. Doch das hier«, er deutete auf das wogende, tobende Meer aus Fleisch, Blut und Stahl, »das ist der sichere Tod.«

»Haltet Ihr mich für einen Feigling, Herr?!« Wilfert schrie jetzt, wie sie alle, um das Unwetter und den Schlachtenlärm zu übertönen und auch, um dem Zorn in seinem Inneren Luft zu machen.

»Nein.«

»Dann gebt mir ein Pferd!«

»Alleine werdet Ihr es niemals schaffen, Herr Anreon«, mischte sich nun auch Jeorhel ein, der seine Stimme als Einziger niemals erheben musste und dennoch Gehör fand.

»Wollt nun auch Ihr mich aufhalten?«, knurrte der Ordensritter.

»Nein, ich werde Euch begleiten und Euch den Weg zum Grimmwolf bahnen.«

Für einen Herzschlag fehlten Anreon die Worte.

»Ulrik?«, wandte sich der Hochkönig an den Großmeister des Kristalldrachenordens.

Dieser zögerte, dann nickte er. »Also gut. Ich werde einstweilen versuchen, das Heer wieder zusammenzuziehen und unsere Verteidigung zu organisieren. Auf mehr können wir in dieser verzweifelten Stunde wohl nicht hoffen.«

»Was ist nun, Ritter Anreon?« Jeorhels goldene Augen glühten wie Bernstein im Licht von Drachenfeuer. »Reiten wir gemeinsam? Oder streben wir alleine unserer Vernichtung entgegen?«

Anreon blickte den Hochkönig schweigend an, diese hochgewachsene Gestalt, prachtvoll gepanzert und gewappnet und auf einem hohen, stolzen Ross thronend wie ein Held aus den alten Liedern. *Wie wir alle es werden, hier und jetzt*, dachte er, *Helden, deren Taten dereinst in alten Liedern besungen werden.* Er nickte. »Es ist mir eine Ehre, mit Euch zu reiten, Hochkönig Jeorhel von Albernia.«

»Dann soll kein weiterer Moment durch Worte vergeudet werden«, gab dieser zurück. »Leibgarde zu mir! Wir greifen an und niemand soll uns aufhalten, wenn nicht der Grimmwolf selbst!«

Und damit riss er sein Pferd herum und sprengte voran in die Schlacht. Und zwölf gepanzerte Reiter, wie er in Silber und Grün gewandet und mit Lanzen und langen Schwertern bewaffnet, formierten sich an seiner Seite, und gemeinsam bildeten sie einen Keil, in dessen Mitte Anreons Streitwagen dahinraste.

Nur aus den Augenwinkeln sah der Ordensritter, dass sich Wilfert ein Pferd – ein Packpferd! – schnappte und ihm nachsetzte. Doch er konnte jetzt nichts mehr für den Jungen tun. Es lag in dessen eigener Hand und in der Gnade der Drachen, ob er überleben würde oder nicht.

In wilder Jagd preschten sie in den Talkessel hinein. Zunächst passierten sie die hinteren Reihen des eigenen Heeres, und wo das Banner des Kristalldrachen und der Sturmfalke von Albernia vorübergetragen wurden, jubelten die Männer und Frauen, denn sie sahen, dass noch nicht alles verloren war. Dann hob Jeorhel an der Spitze sein Langschwert, eine der Schwesterklingen Esdurials, entfachte ihr grünes Feuer, und sie stürzten sich mit einer Gewalt ins Schlachtengetümmel, die dem Angriff des Grimmwolfs um weniges nachstand.

Ohne Rücksicht auf die Kämpfenden in ihrem Weg donnerten sie dahin, in gerader Linie auf die furchtbare, brennende Wolfsbestie zustrebend, die vor ihnen Soldaten mit ihren mächtigen Pfoten beiseite fegte, mit ihrem in Flammen stehenden Schwanz erschlug und mit ihrem klaffenden Maul in Stücke riss. Wann immer ein Wolfling sich ihnen todesmutig in den Weg stellte, hob und senkte sich das blitzende Schwert des Hochkönigs und setzte seinem Leben ein Ende.

Aber so kraftvoll die Pferde auch ausgriffen, so tödlich die Hiebe auch waren, die ihre Reiter nach links und rechts austeilten, irgendwann geriet ihr Vormarsch in der schieren Masse an Gegnern doch ins Stocken.

Aus den Augenwinkeln sah Anreon, wie ein Ritter seiner albischen Eskorte von einem Troll, der wie aus dem Nichts aufgetaucht war, mit einem gewaltigen Schlag aus dem Sattel gehoben wurde. Bevor er sich auch nur aufrappeln konnte, sprangen ihn die Grawls von allen Seiten an, und das Letzte, was der Ordensritter von seinem Mitstreiter sah, war ein Aufblitzen seines silbernen Brustharnischs in einem Wust aus haarigen Leibern und schwarzen, mit rasender Wut geschwungenen Äxten.

Ein anderer Alb ging mit seinem Pferd zu Boden, als ein Grawl mit einem zwei Meter langen Spieß auftauchte und die schwere Zweihandwaffe mit einem animalischen Knurren in einer kraftvollen Bewegung dem Streitross mitten in die Brust rammte. Das Monstrum, dessen rechtes Ohr eingerissen war und dessen Fell und Lederharnisch vom Blute seiner Opfer durchtränkt waren, japste triumphierend. Nur einen Herzschlag später machte es einen kleinen Satz, keuchte überrascht auf und kippte vornüber in den Schlamm, eine rûnländische Wurfaxt im Rücken.

Plötzlich erzitterte der Streitwagen, und Anreon, der vom Schicksal seiner Gefährten abgelenkt gewesen war, sah, dass ein Wolfling die Seite des dahinrasenden Wagens angesprungen hatte. Ohne nachzudenken, riss er Esdurial herum und versetzte dem grinsenden Scheusal einen Hieb mit dem Knauf genau zwischen die Augen. Jaulend verschwand es im Getümmel.

Erneut gab es einen Schlag, und der Wagen geriet bedenklich ins Schlingern, als von hinten ein weiterer Grawl aufsprang. Unfähig, auf so engem Raum sein Schwert richtig schwingen zu können, verpasste der Ordensritter dem Untier stattdessen mit der gepanzerten Rechten einen Fausthieb auf die spitze Wolfsschnauze und schickte es schmerzvoll aufheulend dahin zurück, wo es hergekommen war.

Näher und näher kämpften sie sich an den Grimmwolf heran. Ein dritter Alb fiel dem Chaos des Krieges um sie herum zum Opfer, dann ein vierter, ein fünfter. Doch schließlich brachen sie durch die Kampflinie und erreichten eine freie Fläche inmitten der Schlacht, die sich kreisförmig rings um den wütenden Dämon gebildet hatte. Einige Soldaten aus Thal duckten sich furchtsam hinter schützend erhobene Turmschilde, derweil an anderer Stelle umhertollende Wolfsmenschen ihren Heerführer aus den Dunkelreichen begeistert anfeuerten.

Anreons Eskorte bahnte sich gerade rechtzeitig mit Streitkolben und Schwert ihren Weg durch die geifernde Horde Grawls, um Zeuge eines denkwürdigen Schauspiels zu werden. Heymdrahl von Rûn, der blonde Hüne mit dem Donnerhammer Malm, hatte sich irgendwie von der linken Flanke des Schlachtfeldes bis zu der flammenden Bestie durchgekämpft und forderte den Grimmwolf nun mit einem irren Grinsen im breiten, bärtigen Gesicht zum Duell. Einen Wolfling, der ihn aufzuhalten gedachte, schickte er mit zertrümmertem Schädel zu Boden. Dann schwang er Malms massiven Eisenkopf und verpasste dem Dämon einen schwungvollen Hieb in die rechte Flanke, der ein geringeres Wesen auf der Stelle getötet hätte.

Damit hatte er sich die ungeteilte Aufmerksamkeit des Grimmwolfs gesichert.

Knurrend wirbelte die Bestie herum, und ihr fliegender Schwanz zog einen Feuerschweif durch die Luft.

»Komm her, du Ungetüm! Malm dürstet nach deinem kochenden Blut!«, brüllte der Rûnländer herausfordernd.

Der Hochkönig zügelte sein Streitross und drehte sich zu Anreon um. »Jetzt oder nie, Herr Anreon. Eine trefflichere Ablenkung wird Euch keiner hier schenken.«

Der Ordensritter nickte, nahm das Buch vom Boden des Streitwagens und sprang ab. Seltsam losgelöst von der um ihn herum stattfindenden Schlacht und doch nur deshalb unbehelligt, weil ihn die verbliebenen Mannen Jeorhels wie auch der Hochkönig selbst abschirmten, schritt er den beiden Kontrahenten in der Mitte des Kreises entgegen.

Blitzschnell schlug der Grimmwolf mit der Pfote nach dem dreisten Menschen, der ihn anzugreifen gewagt hatte, und riss Heymdrahl von den Beinen. Der Hüne, dem man nachsagte, unverrückbar wie eine breganorische Eiche selbst einem Orkan zu trotzen, überschlug sich mehrfach, bevor er im Schlamm zur Ruhe kam. Doch ungeachtet der zerfetzten Brünne und der blutigen Wunde, die der Dämon ihm gerissen hatte, kam der Krieger sofort wieder auf die Beine und schrie: »Ist das alles? Ist das alles, was du Schoßhündchen eines Hexers zustande bringst?!«

Dann machte er zwei schnelle Ausfallschritte auf den riesenhaften Wolf zu, wirbelte dabei um die eigene Achse wie einer der Hammerwerfer bei den agialonischen Spielen und verpasste dem Dämon einen Donnerschlag gegen den schweren Wolfsschädel, der diesen zur Seite riss. Blut und Speichel regneten zischend auf die umstehenden Grawls nieder.

»Asz vah yszduriot. Asz vah braen'haighto. Asz yzdurna bael o varysz'daal.«

Anreon hatte sich einige Schritte von den Kämpfenden entfernt niedergekniet. Sein Schwert steckte im Boden neben ihm, und das Buch aufgeschlagen in der Linken und die Rechte wie beschwörend dem Grimmwolf entgegengereckt, intonierte er die Bannformel, die dem Wüten des Dämons Einhalt gebieten sollte.

Langsam und mit einem tiefen Grollen in der Kehle wandte sich die Bestie Heymdrahl wieder zu. Seine rechte Gesichtshälfte war teilweise zerschmettert und eine Flüssigkeit, die wie Lava glühte, troff zähflüssig zu Boden.

»Asz vah yszduriot. Asz vah braen'haighto. Asz hydrunaen brun o zoriszaal.«

Die Welt um Anreon herum versank. Alle seine Sinne, alle seine Gedanken richteten sich auf den Grimmwolf, und er spürte, wie etwas, eine uralte Macht, eine Verbindung zwischen ihm und dem Ungetüm herstellte.

Einen Moment lang loderte das Feuer auf dem Rücken des Dämonenwolfs hell auf, und eine Hitzewelle fegte über die Köpfe der Umstehenden hinweg.

Und dann fing er an zu wachsen.

Anreon blinzelte. *Irgendetwas stimmt hier nicht.*

»Asz vah yszduriot. Asz vah braen'haighto«, intonierte er mit lauter Stimme, blickte auf die Buchseiten hinab und blinzelte erneut verwirrt. Wie schon zuvor im Zelt des Hochkönigs begannen die Buchstaben vor seinen Augen zu verschwimmen, die Worte schienen in Bewegung zu geraten und für einen Moment etwas anderes zu enthüllen, eine tiefere Bedeutung, die sich den forschenden Blicken der Gelehrten entzogen hatte.

»… *Asz yzdurna beor*…«

Nein, nein, nein, das war nicht richtig. Das war nicht, was er sagen sollte.

»… *o zai'szrador*…«

Erneut flammte der Dämon auf. Er hob die Schnauze und ließ ein Heulen hören, das durch Mark und Bein ging. Anreon sackte mit einem Keuchen nach vorne. Er fühlte sich auf einmal, als habe alle Kraft seinen Körper verlassen.

»Was tut Ihr da?«, rief der Hochkönig der Alben.

»… *o zai'hruhan.*« Anreon wollte den Blick vom Grimmwolf abwenden, Jeorhel um Hilfe anflehen, doch er konnte es nicht. Etwas hatte die Kontrolle über seine Glieder und seinen Geist übernommen. Er selbst war nur noch ein Gefäß, durch das die Worte der Macht, an denen sich der Grimmwolf zu laben schien, ausgegossen wurden.

Zu laben schien …

Der mächtige Wolfsdämon wandte sich Anreon zu, und in seinen Augen brannte das Inferno der Dunkelreiche.

»*Yszt voh yszduriot*…«

Es war eine Falle gewesen. Eine Täuschung von Calvas, dem finsteren Herrn und Gebieter des Grimmwolfs. Das alles …

Anreon sah wie durch einen roten Nebel hindurch, dass Heymdrahl den Grimmwolf erneut angriff, doch mit einem Hieb, der beinahe beiläufig wirkte, fegte der Dämon den rûnländischen Helden zur Seite, und diesmal stand der blonde Hüne nicht wieder auf.

… war nur …

»*Yszt voh braen'haighto*…«

»Ritter Anreon von Agialon!« Wie gegen eine unsichtbare Kraft ankämpfend tauchte die Gestalt Jeorhels vor ihm auf, das von grünem Drachenfeuer leuchtende Langschwert zum Schlag hoch erhoben.

… der Anfang …

»*Myasz o GRYMVULF*…«

»Nein, Herr!« Vor dem in tosenden Flammen stehenden Monstrum, das mit dumpfen, den Erdboden erschütternden Schritten näher kam, warf sich Wilfert, der treue Wilfert, in Anreons Blickfeld. Mit Esdurial in den Händen fing er den gewaltigen Schwertstreich Jeorhels, einen perfekt ausgeführten, schimmernden Halbkreis aus Stahl, in letzter Sekunde ab. *Armer, törichter Wilfert.*

»… *zyszdurnadain!*«

… vom Ende.

Anreon fiel mit dem Gesicht voran in den kalten Schlamm. Der Grimmwolf heulte triumphierend auf, und die Welt – wie sie bis dahin gewesen war – ging unter …

I

DAS LEBEN IM ZWIELICHT

»Das wirst du mir büßen, du Hund!«

Voller Zorn ließ Tarean sein Schwert auf den Kopf seines Gegners hinabsausen. Klirrend schlugen die Klingen aufeinander, als der Junge, der ihm gegenüberstand, zur Verteidigung seine eigene Waffe hochriss. Er winkelte die Schneide an, um Tareans Schwert daran abgleiten zu lassen. Doch dieser hatte seine Waffe bereits wieder zurückgerissen, um sie gleich darauf zuerst von rechts, dann von links gegen den Oberkörper des anderen zu führen. In einer rasch aufeinanderfolgenden Serie von Attacken trieb Tarean seinen Gegner quer über den Burghof vor sich her, doch er fand in dessen Abwehr keine Blöße.

Schließlich duckte sich der andere Junge, Silas, ein drahtiger Bursche mit karottenrotem Haar, unter einem waagerecht geführten Hieb hindurch, wirbelte um die eigene Achse und holte Tarean mit gestrecktem Bein von den Füßen. Sofort war er über ihm, entwaffnete ihn mit einem kurzen Schwertstreich aus dem Handgelenk und hielt ihm dann die Klinge an die Kehle.

Tarean lag keuchend auf dem Rücken und funkelte seinen Bezwinger wütend an.

»Wer ist hier ein Hund, hm?«, höhnte Silas und verpasste Tareans Wange einen leichten Klaps mit der Breitseite seines Schwertes. »Du Versager!«

»Nimm die Klinge weg, oder du wirst es bereuen.«

»Tatsächlich?« Silas grinste breit und drückte die Spitze der Waffe leicht in Tareans Hals.

»Silas!« Der Name knallte wie ein Peitschenschlag über den Hof. »Es reicht.«

Die beiden Jungen wandten den Kopf und blickten zu dem stämmigen Mann in der dunkelbraunen Lederbrünne hinüber, der sich ihnen mit strenger Miene näherte. Sein Gesicht war bärtig und wettergegerbt, und mehrere Narben auf seinen nackten, muskulösen und unglaublich behaarten Armen zeugten davon, dass er bereits mit einigen Feinden die Klinge gekreuzt hatte.

Ilrod, der Waffenmeister von Burg Dornhall, baute sich breitbeinig vor ihnen auf, stemmte die Hände in die Hüften und runzelte die buschigen Augenbrauen. »Silas, pack die Waffe weg. Tarean, steh auf.«

Der rothaarige Junge gehorchte mit sichtlichem Widerstreben. Tarean rappelte sich auf und klopfte sich den Staub von dem schlichten weißen Wollhemd und den grauen Lederbeinkleidern, die er am Leib trug.

»Was glaubt ihr, was ihr hier treibt, ihr Burschen?«, verlangte der Waffenmeister zu wissen.

»Wir üben uns im Schwertkampf, Meister Ilrod, wie Ihr es uns befohlen habt«, erwiderte Silas mit einem gewissen Trotz in der Stimme.

»Für mich sah es eher so aus, als wolltet ihr euch gegenseitig umbringen. Silas, nimm dein Schwert, säubere es und geh hinein. Die Übungsstunde ist für heute beendet.«

Der Junge nickte und machte sich auf den Weg. Als Tarean ihm folgen wollte, hielt ihn der Waffenmeister jedoch zurück. »Du bleibst hier, Tarean.«

Tarean verzog das Gesicht, und er konnte gerade noch das schadenfrohe Grinsen in Silas' Miene sehen, bevor ihn Ilrod mit sanfter Gewalt zu sich umdrehte. »Also?«, fragte der Waffenmeister. »Du hast mir doch sicherlich etwas zu erzählen.«

»Er hat verächtlich über meinen Vater gesprochen«, erwiderte der Junge, und damit war für ihn eigentlich alles gesagt.

Ilrod blickte ihn aus grauen Augen auffordernd an. Offenbar war damit noch nicht alles gesagt.

»Was möchtet Ihr hören, Meister? Ich habe ihn gewarnt, aber er wollte nicht aufhören. Ich bin wütend geworden. Und das Übrige habt Ihr gesehen.« Der Junge zuckte mit den Schultern.

»Schön.« Der Waffenmeister schien jetzt ganz ruhig zu sein. Tarean war sich nicht sicher, ob das ein gutes oder ein schlechtes Zeichen war. »Aber dann verrate mir eines: Warum hast du verloren?«

Verwirrt kniff Tarean die Augen zusammen. »Was?«

»Warum hast du gegen Silas verloren?«

Unbehaglich trat der Junge von einem Fuß auf den anderen. »Er kämpft besser als ich?«

»Nein.« Ilrod schüttelte den Kopf. »Er kämpft gut, das wohl, aber wir beide wissen, dass du ihm überlegen bist. Du kämpfst besser als alle anderen Burschen, die ich ausbilde. Dein Geschick wurde dir in die Wiege gelegt, und dein Lerneifer ist bewundernswert. Du kannst Silas besiegen. Also: Warum hast du verloren?«

»Ich weiß es nicht«, gab Tarean zu.

»Denk nach, du Nichtsnutz!«, rief Ilrod und versetzte ihm einen Stoß, der ihn zwei Schritte zurücktaumeln ließ.

»Ich weiß es nicht«, schrie Tarean hitzig.

Das Gesicht des älteren Mannes verzog sich zu einem wissenden Lächeln. »Genau deshalb wirst du immer wieder scheitern.«

Der Junge blickte ihn nur verständnislos an.

»Weil du zu zornig bist«, eröffnete ihm Ilrod endlich. »Du musst lernen, deinen Zorn zu beherrschen. Denn wer zornig kämpft, verliert die Kontrolle über sich … und damit auch über seinen Gegner.«

Tarean schnaubte. Wenn das des ganzen Rätsels Lösung war …

»Wer zaghaft kämpft, erlangt die Kontrolle über seinen Gegner nie«, murmelte er, mehr zu sich selbst als an den Waffenmeister gerichtet.

Sein Gegenüber lachte. »Da ist etwas Wahres dran. Doch …« Und damit wurde er wieder ernst. »… zwischen Zaghaftigkeit und Zorn liegt ein weites Feld, und es ist mit den Leichen derer übersät, die nicht das richtige Maß fanden. Also vertrau einfach meinem

Urteil, und lass dich zukünftig nicht durch gemeine Worte zu leichtsinnigem Handeln verführen, denn es wäre eine Schande, wenn du dich nur deshalb auf diesem Feld zu einer verfrühten Ruhe niederlegen würdest.«

»Wie Ihr es wünscht, Meister.«

Da packte ihn Ilrod, zog ihn nah zu sich heran und flüsterte eindringlich: »Nein! Nicht, wie ich es wünsche. Du selbst musst Einsicht zeigen und die Weisheit in meinen Worten erkennen.«

Tarean presste die Lippen zusammen und funkelte ihn an. »Ja, Meister.«

Der alte Soldat seufzte und ließ ihn los. »Es hat keinen Sinn. Nicht hier, nicht jetzt. Verschwinde, Junge, reinige dein Schwert und melde dich dann beim Stallmeister. Du darfst fünf Tage lang den Knechten beim Ausmisten helfen …«

»Aber …«, wollte Tarean ansetzen, doch ein finsterer Blick Ilrods überzeugte ihn davon, dass es Grenzen gab, die man auch in erregtem Gemütszustand nicht überschreiten sollte.

»… und du sollst wissen, dass es nur deshalb nicht zehn Tage sind, weil dein Zorn auf Silas berechtigt war. Und jetzt troll dich!«

Missmutig kam der Junge der Aufforderung des Waffenmeisters nach. Er schulterte sein Übungsschwert und stiefelte hinüber zum Haupthaus der Burg, in der Absicht, sich einen Lappen und Öl zu besorgen, um die Klinge dann draußen im Schein der nachmittäglichen Neunmondsonne zu polieren, bis sie wieder glänzte wie der Spiegel in den Gemächern von Dame Jannis von Bergen, seiner Ahne.

Solange er sich erinnern konnte, lebte er schon bei seiner Ahne und ihrem Gemahl Urias auf Burg Dornhall im Almental. Das Tal, das von dem Fluss Eilwasser geteilt wurde, lag weit im Westen von Bergen, und Bergen wiederum war die westlichste Gemarkung des Landes Breganorien. Jenseits davon, so lautete ein landläufiges Sprichwort, kamen nur noch die Arden und der Sonnenuntergang. Urias war der Than von Bergen, das sich an die Ausläufer des schier unermesslichen Gebirges schmiegte wie ein Kind an die Mutterbrust.

Seine Eltern hatte Tarean niemals kennen gelernt. Seine Mutter, Silea, war gestorben, als er kaum ein Jahr alt gewesen war. Er kannte sie lediglich aus Geschichten. Es hieß, dass die sanftmütige und schöne Frau nur aus Liebe die Berge verlassen hatte. Nur aus Liebe sei sie in die Kernlande von Breganorien gezogen, nach Agialon, die mit ihren vielen tausend Einwohnern größte Freistadt der gesamten Bündnislande des Westens. Und auf der Flucht aus eben dieser vor dem heranrückenden Bestienheer von Calvas, dem Tyrannen und heutigen Herrscher über einen Großteil der bekannten Welt, habe sie schließlich ihr Leben verloren.

Ahne Jannis erzählte gerne von seiner Mutter, ihrer Tochter, wie sie als Kind Dornhall unsicher gemacht hatte und wie ihr mit dem Erblühen ihrer Weiblichkeit die Herzen aller Männer zugeflogen waren, bis sie das ihre wiederum an einen stolzen Ritter verloren hatte. Von diesem Ritter, seinem Vater, erzählte sie nicht so gerne. Niemand sprach gerne von ihm.

Denn in der Nacht vor sechzehn Jahren, in der Tarean in Agialon geboren ward, in der Nacht, da das Bündnisheer der verbliebenen freien Reiche des Westens in der Schlacht am Drakenskal-Pass gegen Calvas unterlag, hatte sein Vater, Anreon von Agialon, Ritter des Kristalldrachenordens, auf dessen strahlender Gestalt alle Blicke und Hoffnungen geruht hatten, versagt. Und er hatte seinen Freunden, seinen Kampfgefährten, allen, die an seiner Seite gestritten hatten, den Untergang gebracht.

So jedenfalls gab Than Urias die Ereignisse wieder, wenn er sich – das bärtige, von Alter und Sorge zerfurchte Gesicht vor Grimm zu Stein erstarrt, doch die Zunge vom schweren Scharnhorner Roten gelöst – an die vergangenen Tage erinnerte. Und auch Silas, der Tarean leichtfertig damit aufzog, bis dieser die Beherrschung verlor, glaubte fest daran, dass es der Schwäche seines Vaters und seiner mangelnden Kenntnis im Umgang mit der Alten Macht geschuldet war, dass heute ein Hexer, sein Dämon und Horden wolfsgesichtiger Schergen über ganz Undur, Astria und Thal, weite Teile Breganoriens und selbst die Grenzgebiete von Rûn, Nondur und Albernia herrschten.

Tarean wusste so gut wie nichts über seinen Vater. Er war an jenem Tag auf dem Schlachtfeld zwischen den himmelsstürmenden Bergspitzen der Zwölf Zinnen gestorben. Doch ob verzehrt von der Magie des Buches, die sich vom Segen zum Fluch gewandelt hatte, verbrannt vom Feuer des dämonischen Grimmwolfs, niedergestreckt vom Schwert seines einstigen Kampfgefährten, des Hochkönigs Jeorhel von Albernia – die Berichte der wenigen Überlebenden jener Stunden fanden hierin keine Einigkeit. Der Einzige, dessen Worten Tarean Glauben geschenkt hätte, wollte über jene Geschehnisse nicht sprechen, auch nach all den Jahren nicht.

So war Anreon von Agialon in der Erinnerung derer, die seitdem unter der Schreckensherrschaft des Hexers litten, zum Symbol für die Unterwerfung der westlichen Reiche Endars durch die Horden von jenseits der östlichen Berge geworden. Der kleine, schmucklose Grabstein auf dem Friedhof des benachbarten Dorfes Ortensruh war die einzige Erinnerung, die Than Urias einem einstmals großen Krieger zugestanden hatte. Doch auch dieser blieb stumm und verriet keines seiner Geheimnisse. *Einstmals ein großer Krieger ...* An dieses Bild, heimlich eingeflüstert von dem einen Mann, der es wissen musste, hatte sich Tarean in all den Jahren geklammert.

In der Wachstube ließ sich der Junge mit allen Gerätschaften zur Waffenpflege versorgen. Dann rannte er wieder hinaus ins Freie, erklomm die steinerne Treppe hinauf zur Burgwehr und setzte sich auf eine vorspringende Kante des Torhauses, von der aus er während der Arbeit gut über die Zinnen hinaus ins Land zu schauen vermochte.

Tarean saß gerne alleine hier oben und genoss den wundervollen Ausblick. Zu seinen Füßen lag der grasbewachsene Burggraben, der von einer schweren hölzernen Zugbrücke überspannt wurde, die tagsüber stets heruntergelassen war, zur Nacht jedoch von den Torwachen hochgezogen wurde. Jenseits der Zugbrücke begann die breite Fuhrwerkstraße, die sich von der Burg ausgehend eine knappe Meile durch Wiesen und Felder hinab ins Tal bis nach Ortensruh schlängelte. Dort traf sie auf die Handelsstraße, die, aus den Kernlanden Breganoriens kommend, einmal quer durch

Bergen führte, um schließlich in der Mitte des Almentals den Eilwasser zu überqueren und damit in albernianisches Hoheitsgebiet einzutreten.

Wie Tarean wusste, ging sie weiter bis hinauf nach Cayvallon, zur Feste des Hochkönigs der Alben, die wie ein großer, Schutz versprechender Bruder imposant an der Flanke des Antallarzuges thronte, der das Tal gen Norden begrenzte. Obwohl der Junge das ferne Bollwerk kannte, seit er als Kind an der Hand seiner Amme das erste Mal neugierig aus dem Burgtor von Dornhall hinaus ins Land geblickt hatte, war es ihm nie vergönnt gewesen, es zu besuchen. Das aus gewaltigen weißen Steinquadern errichtete Cayvallon mit seinen schlanken Türmen und den grünen Fahnen, die im stetigen Ostwind flatterten, war wie ein schönes Traumbild in einer harten und dieser Tage oft freudlosen Wirklichkeit.

Der Junge hatte seine Arbeit beinahe abgeschlossen, als ihm eine einsame Gestalt auffiel, die auf dem Rücken eines gehörnten weißen Pferdes die Fuhrwerkstraße heraufgeprescht kam. Tarean sah, dass der kräftige Leib des Tieres blitzblank gestriegelt war und das kurze, gewundene Stirnhorn regelrecht im Sonnenlicht glänzte.

Natürlich war er nicht der Einzige, der den Mann bemerkt hatte – ein Alb, wie Tarean erkannte, als er die fahlgraue Hautfarbe, das lange, wehende weiße Haar und die grün-silbernen Farben Cayvallons gewahrte. Schon schallte der Ruf »Ein Bote des Hochkönigs naht!« von den Zinnen hinunter in den Burghof, doch bevor die neugierige Dienerschaft auch nur zusammengelaufen war – vom Erscheinen des Thans ganz zu schweigen –, galoppierte der Alb auf seinem prächtigen Reittier bereits über die Zugbrücke und durch das Torhaus ins Innere der Burg. Dort zügelte er sein Ross, sprang elegant ab und übergab das Tier einem herbeigeeilten Knecht, bevor er mit raschen Schritten zum Haupthaus hinüberlief.

Neugierig glitt Tarean von seinem Beobachtungsposten hinunter, lehnte sein Schwert an die Mauer und folgte einige Schritte dem Wehrgang, um den Besucher nicht aus den Augen zu verlieren. Doch seine vage Hoffnung, der Alb möge sich in den Burghof stellen und irgendwelche Neuigkeiten aus Cayvallon verkünden, lautstark den Willen des Hochkönigs proklamieren oder irgendetwas anderes Außergewöhnliches tun, wurde enttäuscht.

Am Eingang zum Haupthaus wurde er von Ritter Wilfert empfangen. Wilfert, der einstige Knappe seines Vaters, gehörte zu den ganz wenigen, die damals, im Herzen der Schlacht, das Scheitern Anreons hautnah miterlebt hatten und noch heute auf der Dreigötter Erden wandelten, um davon zu berichten – Letzteres hatte Wilfert freilich nie getan. Tarean argwöhnte, dass Than Urias nicht ganz unschuldig daran war, dass der Ritter, der kurz nach Tareans drittem Geburtstag eines Tages auf dem Burghof gestanden und um das Recht zu bleiben gebeten hatte, nie über diesen Teil seiner Vergangenheit und die Rolle, die der Kristalldrachenorden und sein Vater in ihr gespielt hatten, sprach. Es mochte der Preis dafür sein, die schützende Hand über den Jungen halten zu dürfen.

Tarean hatte ihn deswegen schon zur Rede gestellt, er hatte ihn sogar zum Streit herausgefordert, doch mehr als den einen Satz hatte er dem Ritter nie entlocken können: »Ganz gleich, wie sich die Welt deines Vaters erinnert, ganz gleich, was die Menschen, die es nicht besser wissen, sagen mögen, glaube meinen Worten und bewahre sie in deinem Herzen, Tarean, wenn ich dir sage, dass Anreon von Agialon, dein Vater, einstmals ein großer Krieger war, und daran, dass es nicht seine Bestimmung war, den Lauf der Dinge aufzuhalten, trägt er keine Schuld. Vergiss dies nie!« »Ich werde es nicht vergessen«, hatte der kleine, elternlose Junge mit ernster Miene geantwortet, und auch wenn er die komplizierten Worte des großen Mannes mit dem lahmen linken Arm damals nicht vollends verstanden hatte, ihr Kern hatte ihn all die Jahre begleitet: *Einstmals ein großer Krieger …*

Nun stand er da und beobachtete von der Burgwehr aus, wie Wilfert den fremden Alben herzlich begrüßte und dann mit ihm im Inneren des Haupthauses verschwand. Er war sich sicher, sie würden sich im hohen Speisesaal, in dem Than Urias an manchen Tagen auch Audienz hielt, oder aber im Studierzimmer seines Ahns zusammensetzen – zumindest, wenn die Geschäfte des Alben auf Dornhall offizieller Natur waren. Den Farben nach zu urteilen, die er getragen hatte, war er durchaus im Auftrag des Hochkönigs unterwegs.

Eigentlich hatte Tarean schon vor Jahren aufgehört, die Gespräche von Erwachsenen zu belauschen. Früher hatte er sich, wie die anderen Kinder auch, einen Spaß daraus gemacht, die zahlreichen Ecken und Winkel der Burg zu erkunden, stets auf der Suche nach geeigneten Plätzen, an denen sich die scheinbar vertraulichen Zusammenkünfte der Großen ausspionieren ließen.

So hatte er erfahren, dass der Waffenmeister Ilrod für die Dame Jannis von Bergen mehr als nur die Treue und Achtung eines Untergebenen empfand. Und dass es fast alle der Zofen seiner Ahne wussten. Und auch ein paar der Soldaten des Waffenmeisters; Than Urias indes noch immer nicht.

Er kannte all diese vortrefflichen Nischen noch, in die der Klang selbst leise geflüsterter Worte um Ecken herum und Treppenaufgänge hinauf, durch Kaminschächte und durch Spalten im Holzfußboden getragen wurde. Und auch wenn es ihm irgendwann ein selbst auferlegter Ehrenkodex verboten hatte, diese Nischen aufzusuchen, hatte er heute das Gefühl, Zeuge von wichtigen Entwicklungen zu werden, wenn er bloß zur rechten Zeit am rechten Ort eine unauffällige Beschäftigung finden konnte. Denn wann hatte man zuletzt einen Abgesandten vom Hofe Jeorhels auf Dornhall empfangen – und dies ohne jede Vorankündigung!

Tarean hastete die Steintreppe hinab in den Hof und dann hinüber zum Haupthaus. Doch statt des Haupteingangs öffnete er eine der Seitentüren, die zum Flügel der Bediensteten führte, und schlüpfte hinein. Er huschte durch die Gänge und dann eine schmale Wendeltreppe empor in den zweiten Stock des Hauses, um das Studierzimmer zu erreichen, das genau über dem großen Speisesaal lag.

Auf leisen Sohlen schlich er durch den Flur. Im Grunde war es sein gutes Recht, sich hier oben herumzutreiben – er hätte ohne Weiteres vorgeben können, für Bruder Ingolds Unterweisungen in Landeskunde lernen zu wollen. Trotzdem kam er sich wie ein Eindringling vor, während er, verstohlen über die Schulter blickend, vor der Tür zum Studierzimmer stehen blieb und mit angehaltenem Atem horchte, ob sich jemand näherte.

Alles war ruhig, und so drückte der Junge behutsam die Klinke hinunter und schob die Tür auf, die mit leisem Quietschen nachgab. Tarean verzog das Gesicht bei dem Geräusch, doch sowohl der Gang als auch das Studierzimmer waren leer – es war niemand da, der ihn hätte hören können.

Er schlich über den ausgetretenen, braunen Teppich, vorbei an den Regalen voller alter Bücher und den Tischen mit allerlei fremdartigem Krimskrams, den Bruder Ingold eigenen Aussagen zufolge für seine Studien benötigte, und schließlich ging er vor dem offenen Steinkamin an der rückwärtigen Wand des Raumes in die Hocke. Hier war es. Ein ungleich größeres und prunkvolleres Gegenstück des Kamins befand sich unten in der Speisehalle, und der Abzug verlief senkrecht durch beide Stockwerke bis hin zum Dach. Wenn man den Kopf nur ein wenig hineinsteckte, konnte man hervorragend belauschen, was im Erdgeschoss gesprochen wurde.

Tarean beugte sich vor und unterdrückte ein Niesen, als ihm die kalte Asche des Kamins in die Nase stieg. Aus dem Speisezimmer drangen die Stimmen dreier Männer, allerdings nicht sehr laut. Er schloss die Augen und konzentrierte sich. Wilfert, der Bote und sein Ahn …

»… schlimmer, als Ihr denkt, Than Urias. Unsere Spione berichten, dass der Hexer keineswegs vergessen hat, wie der letzte Angriff auf Bergen und Albernia für ihn ausgegangen ist.« Das musste der Bote sein. »Es heißt, er habe nicht vor, die Fehler der Vergangenheit zu wiederholen. Es heißt, er sei auf der Suche nach einem neuen, mächtigen Verbündeten.«

»Was soll das bedeuten?« Than Urias. »Er *hat* einen mächtigen Verbündeten. Diesen dreigötterverfluchten Wolf, den uns das leichtfertige Treiben eines allzu eitlen Kriegers beschert hat!«

»Ja aber …« Hinter Tarean quietschte die Tür zum Studierzimmer. Erschrocken zuckte der Junge zurück, stieß sich dabei den Hinterkopf am Kaminsims, unterdrückte den Fluch, der ihm auf den Lippen lag, und rappelte sich schließlich auf. Hastig zuckte sein Blick von links nach rechts. Dann griff er wahllos ein schmales Buch, das auf dem Sims lag, schlug es auf und hob mit gespielt erstaunter Miene den Kopf.

Sein gespieltes Erstaunen verwandelte sich in echtes, als er Silas im Türrahmen stehen sah, der seinerseits ein Gesicht zog, als habe man ihn mit dem Finger im Marmeladenkrug erwischt – dem mit Waldbeermarmelade beispielsweise, der auf der Anrichte in der Küche stand. »Was machst du denn hier?«, zischte der rothaarige Junge.

»Das Gleiche könnte ich dich fragen«, gab Tarean flüsternd zurück.

»Ich wollte etwas nachlesen.«

»Aha.« Er hob das Buch in seinen Händen hoch. »Ich auch.«

Silas deutete auf den in Leder gebundenen Folianten. »Du hältst das Buch falsch herum.«

Tareans Blick zuckte auf die aufgeschlagene Seite hinab. Tatsächlich. Mist.

»Und du hast Asche auf dem Kopf«, setzte sein Gegenüber nach.

»Und du?«, hielt Tarean erregt, aber noch immer im Flüsterton dagegen. »Warum schleichst du hier so heimlich herum? Und warum flüsterst du?«

Beide starrten sich einen Moment schweigend an.

»Na schön, verdammt«, lenkte Tarean ein. »Komm endlich rein und mach die Tür zu.« Er blickte Silas, der noch zögerte, erwartungsvoll an. »Los doch, Karottenkopf.«

Der andere Junge zog ein finsteres Gesicht, kam dann aber der Aufforderung nach, während Tarean das Buch zurück auf den Kaminsims legte und in die Hocke ging. »Sind sie unten in der Halle?«, fragte Silas.

Tarean nickte und legte den Zeigefinger auf die Lippen. Silas kniete sich auf den Boden und steckte den Kopf in den offenen Kamin. Tarean tat es ihm nach. Dabei betete er, dass nicht noch mehr ungebetene Gäste hier hereinplatzen würden.

»Was habe ich verpasst?«, raunte Silas.

40

»Der Bote spricht davon, dass neue Gefahr aus dem Osten droht«, wisperte Tarean. »Und jetzt sei still.«

»… kann ich einfach nicht glauben«, war das Erste, was sie hörten, als sie sich wieder auf das Gespräch ein Stockwerk unter ihnen konzentrierten. Die Stimme von Tareans Ahn klang ungläubig und erschöpft zugleich, so als habe er etwas Furchtbares erfahren, das zu begreifen sein Geist sich weigern wollte.

»Und doch ist es so«, erwiderte der Albenbote.

Nun mischte sich auch Wilfert ein. »Wie lautet der Rat Jeorhels?«

»Der Hochkönig bittet Euch, nach Cayvallon zu kommen. Euch, Than Urias, und Euch, Ritter Wilfert. Es gilt, alle Fragen, die mit dieser neuen Bedrohung einhergehen, sorgsam abzuwägen und dann Pläne zu schmieden, was wir dagegen unternehmen wollen.«

»Wie gedenkt er, sollen wir auf Calvas' neue Schurkerei antworten?«

Ein kurzes Schweigen entstand. Dann sagte der Bote sehr vorsichtig: »Ich möchte nicht anmaßend sein und vorgeben, dass ich die Gedankengänge des Hochkönigs kenne. Es scheint mir allerdings, dass er die Ansicht vertritt, dass die Zeit des Ausharrens und des schlichten Verteidigens dessen, was wir noch unser Eigen nennen, endlich vorbei sein sollte. Die Zeit ist gekommen, mutige Entscheidungen zu treffen.«

»Mit solchen Gedanken beschreiten wir einen gefährlichen Pfad«, gab Wilfert zu bedenken.

Than Urias schien einen Augenblick länger zu brauchen, bis sich das Gesagte in seinem Geist gesetzt hatte. Dann jedoch polterte er los: »Gefährlich? Es ist ungeheuerlich! Solche Ideen können nur dem Wahnwitz entsprungen sein. Mutige Entscheidungen? Bei den Dreigöttern, wollt Ihr alle enden wie der Mann, dessen Versagen uns den Fluch von Calvas' Herrschaft erst eingebracht hat?«

»Beruhigt Euch, Than Urias.« Wilferts Stimme war sanft, aber bestimmt.

»Nein, Herr Wilfert, ich werde mich nicht beruhigen. Das Zeitalter heroischer Taten ist vorbei. Und nicht einmal die Barden wagen es, heute noch davon zu singen. Was dieser Mann vorschlägt, setzt nicht weniger als unser aller Leben aufs Spiel. Schon einmal, vor sechzehn Jahren, haben wir unter wesentlich günstigeren Umständen versucht, den Hexer herauszufordern. Seht, was es uns ...«

»Wir, Than Urias?«, unterbrach ihn die Stimme des Boten.

»Was soll das heißen?«, fragte Urias scharf. »Bergen hat wie alle Gemarkungen seinen Teil der Last getragen!«

»Ich erinnere mich nicht, Euch auf dem Schlachtfeld gesehen zu haben«, hieb der Bote noch einmal in die gleiche Kerbe, und Tarean konnte ein Stockwerk höher ein leises Aufkeuchen nicht unterdrücken. Der Alb war entweder lebensmüde oder aber erheblich höheren Standes, als es zunächst den Anschein erweckt hatte. Kein einfacher Bote, und stünde er dreimal in den Diensten des Hochkönigs von Albernia, hätte es gewagt, Than Urias von Bergen so frech zu beleidigen.

»Das ... ich ...« Tareans Ahn schnaufte vor Wut. »Das muss ich mir nicht anhören. Nicht von Euch!«

»Bitte. Können wir diese Unterhaltung nicht wieder mit etwas mehr Ruhe führen, meine Herren?«, schaltete sich Wilfert erneut ein. »Wir spielen unseren Feinden nur in die Hände, wenn wir uns bereits zerstreiten, bevor wir überhaupt angefangen haben, über irgendeine gemeinsame Vorgehensweise zu beraten.«

Erneut war aus dem Speisesaal kein Laut zu vernehmen, und Tarean konnte sich lebhaft vorstellen, wie sich die Kontrahenten angespannt gegenüberstanden und einander aus blitzenden Augen anfunkelten. Es war der Alb, der schließlich das Schweigen brach: »Ihr habt die Weisheit Eures Mentors geerbt, Ritter Wilfert von Agialon. Than Urias von Bergen, bitte nehmt die aufrichtige Entschuldigung für mein unbotmäßiges Verhalten entgegen. Es steht mir nicht zu, Eure Ehrenhaftigkeit anzuzweifeln oder Eure Beweggründe in Frage zu stellen. Genauso wenig«, und seine Stimme wurde ein wenig schärfer, »wie es Euch zusteht, die des Hochkönigs in Frage zu stellen, ohne ihn überhaupt angehört zu haben.«

Than Urias brummte irgendetwas Unverständliches.

»Wann erwartet uns Hochkönig Jeorhel auf Cayvallon?«, nahm Wilfert den abgerissenen Gesprächsfaden wieder auf.

»Schon übermorgen, sollte es sich einrichten lassen«, erklärte der Bote. »Und um Euren Zweifeln an der Durchführbarkeit unserer Pläne ein wenig an Gewicht zu nehmen, sei Euch versichert, Than Urias, dass auch wir das Leben und das Wohlergehen unseres Volkes niemals für eine verlorene Sache aufs Spiel setzen würden. Nicht nur Calvas sucht an unmöglichen Orten nach möglichen Verbündeten. Auch wir tun dies.«

»Könnt Ihr nicht deutlicher werden?«, hakte Wilfert nach.

»Nein«, erwiderte der Alb, »nicht hier und nicht jetzt. Deshalb ist es umso wichtiger, dass wir, so rasch es sich einrichten lässt, nach Cayvallon reiten.«

»Gibt es sonst noch etwas, das uns mitzuteilen Euch aufgetragen wurde?«, fragte Than Urias.

»Nichts, was nicht allgemeines Geschehen bei Hofe beträfe und auch in einem weniger vertraulichen Umfeld besprochen werden könnte.«

»Gut. Wir folgen der Einladung des Hochkönigs und brechen morgen früh auf.« Die Stimme von Tareans Ahn deutete an, dass er das Gespräch damit enden lassen wollte. »Und die Dreigötter mögen uns beschützen, sollte es erneut zum Krieg kommen.«

»Der Krieg um die Länder des Westens hat nie geendet«, sagte der Alb mit düsterer Stimme. »Die Frage ist vielmehr: Lassen wir Calvas den Krieg auch in dieses, unser letztes Refugium tragen? Oder tragen wir den Krieg vorher zu ihm? Ich habe dazu nur eines zu sagen: Es ist an der Zeit, dass wir die Fesseln abschütteln, die uns vor fast zwei Jahrzehnten angelegt wurden. Der Hexer muss erkennen, dass er uns zwar besetzen, aber niemals besiegen kann.«

Am Abend suchte Tarean Wilfert in seinen Gemächern auf. Er besuchte ihn regelmäßig, vor allem an Tagen, an denen er ihn tagsüber oder bei den Mahlzeiten nicht gesehen hatte. Dem Gesetz nach mochten sein Ahn und seine Ahne seine nächsten Verwandten sein. Dennoch fühlte sich der Junge stärker zu Wilfert hingezogen, der einst an der Seite seiner Eltern in Agialon gelebt hatte und der, da war er sich ganz sicher, vor allem seinetwegen nach Dornhall gekommen war. Tarean hatte keine Ahnung, ob der Knappe eines Ritters irgendeine Verantwortung für dessen Nachwuchs trug, aber er war froh darüber, den besonnenen Mann, der noch vor seiner Ankunft in Bergen selbst zum Ritter geschlagen worden war, in seiner Nähe zu haben.

Die meiste Zeit tauschten sich die beiden über ihr übliches Tagewerk aus. Der Ritter zeigte sich höchst interessiert an den Fortschritten, die Tareans Ausbildung machte, und der Junge ließ sich schildern, wie es in der Gemarkung Bergen aussah, die Wilfert im Namen Than Urias' mitverwaltete.

Gelegentlich erzählte Wilfert ihm auch Geschichten aus der alten Zeit, der Zeit, bevor Calvas und seine Wolflinge die Länder des Westens überrannt hatten. Er erzählte von der prächtigen Stadt Agialon, deren Größe und einstigen Reichtum sich ein Bergfex, wie Wilfert Tarean früher immer neckend genannt hatte, kaum vorstellen konnte. Er berichtete aber auch vom Leben im waldigen Thal, in den rauen Hochmooren von Rûn und vom großen Ozean, dessen Wellen sich tosend an der Steilküste im Süden Breganoriens brachen und der sich schier endlos bis zum Horizont erstreckte.

Nur wenn Tarean das Gespräch auf den Kristalldrachenorden brachte, dem Wilfert einst angehört hatte, oder mehr über die Schlacht am Drakenskal-Pass oder über die Taten seines Vaters als Ordensritter zu hören verlangte, wurde der Ritter sehr einsilbig. »Das liegt in der Vergangenheit, mein Junge«, murmelte er dann und fing umständlich an, seine Pfeife zu stopfen. Mit der Zeit hatte Tarean das akzeptiert.

An diesem Abend traf Tarean Wilfert höchst nachdenklich an. Es wunderte ihn allerdings kein bisschen, dass dem Ritter die Worte des Alben, die Silas und er im Studierzimmer mitgehört hatten, schwer zu schaffen machten. Er selbst war den Rest des Tages mit einer kaum zu bezähmenden Unruhe umhergelaufen. Und wahrscheinlich hatte ihn genau diese Unruhe nach dem Abendessen, das die Jungen an Tagen, an denen nicht im großen Saal getafelt wurde, mit dem Gesinde in der Küche einzunehmen pflegten, zu Wilferts Gemächern getrieben.

Der Ritter hob den Blick, als der Junge eintrat. »Tarean. Wie schön, dass du vorbeischaust.«

»Guten Abend, Wilfert.«

Der Mann winkte ihn mit dem gesunden rechten Arm näher. »Komm her und setz dich. Wie war dein Tag?«

»Er hätte besser sein können«, erwiderte Tarean, während er sich auf einem der Holzstühle in Wilferts Zimmer niederließ.

Der Ritter beugte sich vor. »Mir kam zu Ohren, dass du Silas erschlagen wolltest.«

Der Junge zog bei der Erinnerung daran die Augenbrauen zusammen. »Er hätte es jedenfalls verdient.«

»Was ist denn geschehen?«

»Er hat meinen Vater beleidigt. Nannte ihn den Fluchbringer, den Verräter.«

Seufzend lehnte sich Wilfert zurück. »Ich verstehe.«

»Das alles ist schon sechzehn Jahre her, Wilfert. Meint Ihr, es wird jemals aufhören?«

Sein Gegenüber nahm sich eine verschnürte Ledertasche, die auf einem kleinen Tisch nahebei lag und holte seine Pfeife und den Beutel mit Pfeifenkraut hervor. »Weißt du, Tarean, das ist eine gute Frage, die ich mir gerade heute auch wieder gestellt habe«, gab er bedächtig zurück.

»Warum?«, fragte Tarean nur.

Der Ritter griff in den Beutel, kramte darin herum, brachte dann ein kleines Häuflein getrockneten, braunen Pfeifenkrauts zum Vorschein und zeigte es dem Jungen. »Das ist mein letzter Rest Altengrundkraut.«

»Und?«

»Altengrund liegt in Thal, und das ist von den Wolflingen besetzt. Es wird immer schwerer, Pfeifenkraut von dort durch ganz Breganorien bis hierher schmuggeln zu lassen. Und dabei geht es uns noch gut, denn wir leben auf der Burg des Than, und sollte Bergen untergehen, sind wir wahrscheinlich die Letzten, die hier oben auf den Mauern stehen und dem Land dabei zuschauen können. Das Leben da draußen ist hart, und es wird von Jahr zu Jahr härter.

Unerbittlich presst Calvas unser Volk aus. Es leidet und stirbt unter seiner Knute. Aber all dies geschieht im Flachland, hier oben im Gebirge merken wir davon nur dann etwas, wenn uns das Pfeifenkraut ausgeht.

Ich glaube, manche von uns haben sich in den letzten Jahren zu sehr mit den Zeiten abgefunden, in denen wir leben. Sie sind bescheiden geworden in ihren Ansprüchen und vorsichtig in ihrem Handeln.«

Der Ritter hielt kurz inne, um sich die Pfeife anzuzünden. Er nahm einen langen Zug und dann noch einen, und sein Blick schien dabei auf irgendeinen Punkt weit hinter dem Jungen gerichtet zu sein.

Tarean wagte es nicht, ihn anzusprechen. Irgendetwas in seinem Inneren sagte ihm, dass Wilfert, gedankenverloren wie er heute Abend war, mehr über das, was ihn bewegte, preisgeben würde, wenn er ihn nicht dazu drängte.

»Heute kam ein Bote«, fuhr Wilfert schließlich fort, »ein Alb aus Cayvallon. Und er forderte uns dazu auf, unsere Bescheidenheit und unsere Vorsicht abzulegen und einmal mehr für das zu kämpfen, wofür wir immer gekämpft haben – bis zu jenem dunklen Tag, da wir im Angesicht einer furchtbaren Niederlage all unseren Mut verloren. Er fordert von uns, aufzustehen und alles zu wagen, um das Feuer, das einst in uns brannte, in uns allen, erneut zu entfachen. Und entweder werden wir bei diesem Unterfangen gemeinsam zugrunde gehen, und Bergen und Albernia werden nach all den Jahren schließlich doch fallen – oder es gelingt uns, das Rad des Schicksals einmal mehr in Bewegung zu setzen und zu beenden, was damals auf dem Drakenskal begann. So oder so«, und damit blickte er Tarean direkt in die Augen, und dem Jungen wurde klar, dass der einstige Knappe seines Vaters seine Anwesenheit für keinen Lidschlag vergessen hatte, »so oder so *wird* es aufhören, Tarean.«

Am nächsten Morgen brachen Urias von Bergen, Ritter Wilfert, der albische Besucher und ein Tross aus acht Soldaten und zwei Beratern des Thans nach Cayvallon auf.

Tarean stand auf dem Wehrgang neben dem Torhaus, blickte ihnen durch die Zinnen nach, wie sie die Fuhrwerkstraße nach Ortensruh hinabritten, und er fragte sich mit leicht bangem Herzen, ob die Tage des Friedens, der hier oben zumindest dem Anschein nach geherrscht hatte, tatsächlich bald vorüber sein würden.

2

DER VOGELMENSCH

Zwei Tage später ließ Ilrod Tarean zu sich rufen.

»Hör zu, Junge, ich brauche jemanden, der einen Botengang für mich ausführt. Es gibt einige beunruhigende Neuigkeiten aus dem Kernland, und es ist äußerst wichtig, dass jemand hinauf zu den Posten auf dem Wallhorn steigt, um sie davon in Kenntnis zu setzen. Ich würde einen meiner Soldaten schicken, aber es sind nicht mehr so viele übrig, seit der Than und Ritter Wilfert nach Cayvallon geritten sind.«

Der Junge nickte und versuchte dabei, seine Aufregung zu unterdrücken. Es geschah nicht oft, dass der Waffenmeister ihn mit einem Auftrag betraute, der über das Striegeln der Pferde der Soldaten oder das Reinigen von Rüstungsteilen hinausging. Vielleicht wollte er Tarean damit zeigen, dass er nicht mehr über ihn verärgert war, oder, wichtiger noch, dass er ihn trotz seines mitunter ungestümen Wesens für einen Mann hielt, dem man Verantwortung übertragen konnte. »Ihr könnt Euch auf mich verlassen.«

»Gut, das wollte ich hören«, erwiderte der alte Krieger zufrieden, griff dann in die Schublade seines schweren, aus unverziertem Holz gezimmerten Schreibtischs und holte eine Pergamentrolle hervor, die zusammengerollt und mit dem Siegel des Thans verschlossen war. »Hier, überbringe diese Botschaft Hauptmann Fenjal. Und eile dich; es könnten viele Leben davon abhängen. Doch vor allem werde keinen Augenblick unaufmerksam. Es heißt, vereinzelte Wolflingbanden streifen seit Kurzem durch die Gemarkung und überfallen Wanderer. Also nimm dein Schwert mit und halte die Augen offen.«

»Ich verstehe, Meister Ilrod.«

Damit war er entlassen. Die Pergamentrolle in eine lederne Umhängetasche gesteckt, rannte er durch den Hauptkorridor und den Speisesaal bis in die Küche, wo er sich von Esmera, der Köchin, ein wenig Proviant für seinen Ausflug einpacken ließ. Dann stürmte er, immer zwei Treppenstufen auf einmal nehmend, hinauf in den zweiten Stock des Haupthauses, wo sein Schlafgemach neben denen der Bediensteten lag. Aus der Truhe, die neben seinem Bett stand, zog er seine braune Gugel hervor und streifte sie sich über den Kopf. Dann hob er das Schwertgehänge mit der Klinge, die ihm Wilfert vor zwei Jahren zum vierzehnten Geburtstag geschenkt hatte, vom Haken und schnallte es sich um.

Die Waffe war an sich schlicht, aber gut verarbeitet, einem Jungen, der zwar erst in der Ausbildung zum Krieger war, sich andererseits indes in harten Zeiten wie diesen verteidigen und dabei auf sein Handwerkszeug verlassen können musste, durchaus angemessen. In den scheibenförmigen Knauf hatte Wilfert einen winzigen weißen Drachenkopf einschnitzen lassen – Tareans Ansicht nach gab dies dem Schwert etwas Besonderes, auch wenn er nicht hätte erklären können, was genau es war.

Dergestalt vorbereitet wanderte der Junge kurz darauf durch das Tor der heimatlichen Burg hinaus auf die sonnenbeschienene Fuhrwerkstraße, doch er folgte ihr nicht lange. Stattdessen bog er schon nach wenigen Schritten nach rechts ab, um einen schmalen Pfad durch die Wiesen zu nehmen, der sich, anfangs noch sanft ansteigend, dann zunehmend abenteuerlicher an der Bergflanke des Wallhorns entlangzog.

Schon nach einer halben Stunde schwitzte der Junge in der an diesem Tag noch einmal ungewöhnlich kraftvoll vom strahlend blauen Himmel auf ihn herabscheinenden Spätsommersonne, und er wusste, dass es eine ziemliche Plackerei werden würde, das Wallhorn zu erklimmen. Der schmale Gebirgspfad, dem er folgte, war für Packpferde nur mit Mühe und für Wagen überhaupt nicht passierbar. Es würde sicherlich drei Stunden dauern, bis er den kleinen Wachturm erreichte, der auf einem schmalen Felsplateau an der Nordostwand des Berges errichtet worden war. Vielleicht hatte er sich doch ein bisschen zu früh auf diesen kleinen Ausflug gefreut.

Aber dann tauchte der Weg in ein lichtes Nadelgehölz ein, zerzauste Tannen und Fichten, die es geschafft hatten, auf dem felsigen Untergrund Wurzeln zu schlagen, und in ihrem Schatten ließ sich der Weg gleich viel leichter bewältigen. Es dauerte nicht lange, da schritt Tarean beschwingt aus und pfiff dabei vor sich hin und war im Großen und Ganzen der Meinung, dass er es an einem Tag wie diesem doch kaum besser hätte treffen können. Silas und die anderen mussten jetzt ganz sicher den Burghof fegen oder beim Ausbessern des Mauerwerks helfen oder was auch immer Hofmeister Dinral für unsinnige Arbeiten einfallen mochten, wenn er das Gefühl bekam, die Jungs hätten zu wenig zu tun. Der Gedanke an Silas, der mit hochgekrempelten Ärmeln und vor Anstrengung gerötetem Gesicht den Reisigbesen schwang, ließ Tarean laut auflachen.

Plötzlich knackte ein Zweig im Gebüsch zu seiner Rechten, und mit einem Schlag war seine Ausgelassenheit wie mit Silas' riesigem Reisigbesen buchstäblich weggefegt. Siedend heiß kamen ihm Ilrods Worte über Wolflinge und einsame Wanderer in den Sinn und dass er eigentlich die Augen hätte offen halten sollen, statt verträumt die fernen Schäfchenwolken am Himmel zu zählen. Bevor er noch sein Schwert ziehen konnte, brach ein großer Körper aus dem Unterholz – doch er hatte Glück. Es war nur ein wildes Braunfelk, das mit furchtsam angelegten Ohren auf schlanken Beinen anmutig über den Weg sprang und dann bergab im Dickicht verschwand.

Tareans Herz schlug ihm bis zum Hals, als er vorsichtig seine schweißfeuchte Hand um den lederumwickelten Schwertgriff lockerte. »Wenn das ein Wolfling gewesen wäre, hätte dein letztes Stündlein geschlagen, du junger Tor«, murmelte er zu sich selbst, und er hatte dabei Ilrods Gesicht vor Augen.

Deutlich vorsichtiger als bisher setzte er seinen Weg fort.

Die Sonne hatte ihren höchsten Punkt schon eine Weile überschritten, als er schließlich aus dem Wald heraus auf das Felsplateau trat, auf dem schon der Vater von Than Urias vor vielen Jahrzehnten einen kleinen, zweistöckigen Wachturm mit einem Leuchtfeuer an der Spitze hatte errichten lassen.

Es war, wie ihm einer der Soldaten einmal erzählt hatte, zu Zeiten des Bauernaufstandes gewesen, als die Landwirtschaft betreibende Bevölkerung der Gemarkungen Bergen, Helveant und Ost-Arden gegen neue Steuerlasten, erlassen von Althan Remiras II., zu Axt und Pike gegriffen hatten. Damals hatte Than Uriel befürchtet, der Althan könne mit der Agialonischen Garde ausziehen, um die Aufständischen – und ihren Landadel – mit einem raschen, harten Schlag zur Räson zu bringen. Und so hatte er eine ständige Wacht an einem der Aussichtspunkte des Wallhorns einrichten lassen, von dem aus man sowohl das Tal selbst als auch die sich weit nach Osten hin erstreckenden, einst blühenden Kernlande Breganoriens hervorragend überblicken konnte.

Der Wachtberg selbst bildete die südöstliche Spitze des Helvenkamms, der sich weit bis in die Arden hinaufzog, bis er sich mit dem Antallarzug im Norden vereinte. Zwischen diesen gebirgigen Schenkeln eines spitzen Dreiecks lag gut geschützt das Almental. Remiras sollte es nie betreten.

Wenn man an einem klaren Tag hier oben stand, an der Nordostflanke des Wallhorns, war am Horizont sogar Agialon zu erahnen, das sich Berichten vereinzelter Flüchtlinge zufolge dieser Tage in einen Ort der Unterdrückung und des Leids verwandelt hatte. Tarean kniff die Augen zusammen, doch heute vermochte er die ehemals geschäftige Metropole durch den Dunstschleier, der über den Kernlanden lag, nicht zu erkennen.

Er zuckte mit den Schultern und wandte sich dem gedrungenen Bauwerk zu, das am Rand des Plateaus stand. Es war ein trutziger, viereckiger Turm von vielleicht sechs mal sechs Schritt Kantenlänge und zehn Schritt Höhe. Gekrönt wurde er von einem offenen, wenngleich von Tareans Standort aus nicht einsehbaren Dachbereich, auf dem sich, wie er wusste, unter einem vor Regen schützenden

Schindeldach ein sorgsam aufgeschichteter Holzstoß befand – das Alarmfeuer. Zweimal in seinem Leben hatte der Junge von Dornhall aus das Feuer in der Ferne brennen und die Menschen zu den Waffen rufen sehen. Beide Male waren Wolflingheere der Anlass gewesen, die einen Vorstoß hinauf in die Arden gewagt hatten, um Albernias Widerstand zu brechen. Doch so wie die Hochmoore von Rûnland jeden Vormarsch erfolgreich aufhielten – das hatte Tarean im Unterricht bei Bruder Ingold gelernt –, so rannten sich die Wölfe auch schon seit Jahren die Schnauzen an den Felswänden des majestätischen Gebirgsmassivs und den tropfenförmigen Schilden der es verteidigenden Alben blutig. Tarean dachte an das Pergament in seiner Ledertasche, und er hoffte inständig, dass dies nicht bedeutete, in den nächsten Wochen zu jeder Tag- und Nachtstunde furchtsam gen Wallhorn Ausschau halten zu müssen, um zu sehen, ob das Feuer einmal mehr entfacht worden sei.

Langsam schritt er auf den Wachturm zu. Seltsam, dass ihn noch keiner der vier Männer begrüßt hatte, die hier oben auf Posten waren. Schließlich bekamen sie selten genug Besuch. »Hallo? Hauptmann Fenjal? Ich bin es. Tarean.«

Er umrundete den Turm und unvermittelt wurde ihm klar, dass hier etwas ganz und gar nicht stimmte. Der Holztisch und die zwei Bänke, die vor dem Turm standen und an denen die Soldaten, wenn es das Wetter zuließ, ihre Mahlzeiten einzunehmen pflegten, lagen umgestürzt auf der Erde. Die stabile Holztür, die nur des Nachts, bei strömendem Regen oder bitterer Kälte geschlossen wurde, hing schief in den Angeln, zersplittert und halb herausgerissen von einer gewaltigen Kraft. Und an einigen Stellen war der felsige Boden von dunklen Flecken gesprenkelt, Flecken, die aussahen wie getrocknetes Blut …

Langsam und mit zitternden Fingern zog Tarean sein Schwert. Einmal mehr schien sein Herz bestrebt, ihm aus der Brust zu springen, doch diesmal, das wusste er ganz sicher, würde kein Felk das schlanke Haupt um die Ecke strecken, um ihn in erleichtertes Lachen ausbrechen zu lassen. Das hier war ernst, schlimm, nein, geradezu schrecklich.

Verschwinde von hier, raunte ihm eine innere Stimme zu. *Lauf weg! Keine Heldentaten! Ilrod muss erfahren, was hier passiert ist!*

Aber was ist denn hier passiert?, gab Tarean stumm zurück, und auch wenn er sich die Antwort ziemlich gut ausmalen konnte, ging er weiter.

Schritt für Schritt näherte er sich der dunklen Öffnung des Türrahmens, in dem die Holzsplitter der Tür hingen wie eingeschlagene Zähne. Er lauschte, doch außer dem Zwitschern einiger Vögel und dem Rauschen der Tannen, durch die der Ostwind fuhr, war nichts zu hören.

Vorsichtig trat er durch die Überreste der Eingangstür. Er hielt die Schwertklinge schützend vor sich ausgestreckt, und seine weit aufgerissenen Augen suchten nach Anzeichen für einen Hinterhalt, der ihn im dämmrigen Zwielicht des Wachturms erwarten mochte, dessen Inneres nur durch das Sonnenlicht erhellt wurde, das durch die Schießscharten fiel. Staub tanzte in den scharf abgegrenzten Strahlen, die den Raum der Wachstube durchschnitten und auf die Einrichtung fielen – eine Kochnische, ein Regal, ein paar aufgehängte Töpfe, ein weiterer Tisch und vier Stühle. Sie alle waren umgestoßen, von der Wand gerissen und zerschlagen worden. Sonst bewegte sich nichts.

Mit klopfendem Herzen näherte er sich der hölzernen Stiege. *Verschwinde von hier, du Irrer!* Als er mit der Hand nach dem Geländer griff, spürte er etwas Feuchtes unter seinen Fingern und zuckte zurück. Es war Blut, ob von einem Menschen oder einem Wolfling, konnte er nicht sagen. »Sie sind in den ersten Stock geflohen, nachdem die Bestien die Tür aufgebrochen haben«, murmelte er zu sich selbst. »Dort konnten sie sich besser verteidigen … aber sie saßen in der Falle …«

Tarean verspürte ein flaues Gefühl im Magen, während er langsam Stufe für Stufe die schmale, steile Treppe hinaufstieg. Eine hervorragende Verteidigungsposition, hätte Meister Ilrod sicher gesagt, und dass Blutspritzer sowohl auf den Stufen als auch an der Wand zu erkennen waren, schien dies zu bestätigen. Aber irgendwie bezweifelte er, dass es den vier Männern letztlich viel geholfen hatte.

Langsam, Fingerbreit für Fingerbreit, schob er den Kopf in die Höhe und lugte über den Rand. Dabei befürchtete er halb, im nächsten Moment in die aufgerissenen Augen eines niedergestreckten Soldaten zu starren. Aber der Schlafraum der Soldaten, der aus vier Pritschen an den Wänden und einem Tisch mit einer Waschschüssel bestand, war ebenso leer wie das Erdgeschoss. Breite Blutspritzer an den Wänden und ein zerbrochenes Schwert auf dem Boden zeugten indes davon, dass auch hier heftig gekämpft worden war.

Im Halbschatten unter einem der Betten lag ein runder Gegenstand. Für einen Augenblick würgte der Junge, als ihm der Gedanke kam, es könne der abgeschlagene Kopf eines der Männer sein, der unters Bett gerollt war. Doch auf den zweiten Blick erkannte er seinen Irrtum. Es war nur ein Helm – und der Helm war leer.

Sie müssen sie mitgenommen haben. Bilder von blutrünstigen Wolfsmenschen, die sich geifernd über ihre besiegten Opfer hermachten und sie mit schartigen Äxten zerhackten, um sie zu fressen oder sich mit den Gliedern ihrer Feinde zu schmücken, stiegen vor seinem inneren Auge auf. Auf einmal wurde ihm die Luft in dem Turm, die ohnehin schon muffig und vom süßlichen Geruch des Blutes geschwängert war, unerträglich. Hastig stolperte er die Stiege wieder hinunter und durch die zerstörte Eingangstür hinaus ins Freie, wo er sich vornüberbeugte und, die Hände auf die Oberschenkel gestützt, zwei, drei Mal tief durchatmete. *Ganz ruhig bleiben. Nur nicht den eigenen Hirngespinsten erliegen.*

Langsam ließ das Gefühl der Übelkeit nach, und er fing gerade an, seine Gedanken zu ordnen, die wie loses Blattwerk in einem Herbststurm in seinem Kopf herumwirbelten, als er ein Knurren vernahm.

Jahrelange Schinderei im Burghof von Dornhall unter dem gestrengen Blick von Waffenmeister Ilrod zeigten nun ihre Wirkung. Alarmiert hob er den Kopf und nahm augenblicklich eine Verteidigungsposition ein. Auf was ihn die Ausbildung allerdings nicht vorbereitet hatte, war die Angst, die wie ein Schwall eiskaltes Wasser über ihn hereinbrach, als er die fünf Wolfsmenschen sah, die sich ihm mit gehobenen, noch blutigen Waffen näherten und dabei locker ausschwärmten. Drei von ihnen trugen schwarze, bösartig glitzernde Krummsäbel, ein vierter hatte zwei kurze Äxte in den Pranken und dem Letzten lag eine langstielige Streitaxt über der behaarten, muskulösen Schulter – zweifelsohne die Waffe, mit der die Wolflinge die Tür zum Wachturm eingeschlagen hatten. Sie alle wirkten struppig, und einer hinkte sichtbar, Anzeichen dafür, dass der Kampf gegen die Soldaten auch an ihnen nicht spurlos vorübergegangen war. Doch das machte sie kein bisschen weniger gefährlich.

Fieberhaft hetzte Tareans Blick von links nach rechts, doch die Wolfsmenschen hatten ihm jeden Fluchtweg sauber abgeschnitten. Er hätte schon Flügel haben und sich über den Rand des Felsplateaus in die Tiefe werfen müssen, um ihnen zu entkommen.

Drohend hob er sein Schwert über den Kopf. Wer im Zorn kämpft, verliert die Kontrolle über sich und seinen Gegner, hatte Ilrod noch vor wenigen Tagen zu ihm gesagt. Er hatte kein Wort über Angst verloren.

Tarean war Wolflingen bereits im Kampf begegnet, vor zwei Jahren während ihres letzten großen Einfalls in Bergen, den die Alben schließlich zurückgeschlagen hatten. Doch damals hatten Wilfert, Ilrod und zahlreiche Soldaten an seiner Seite gestanden und ihm den Rücken freigehalten. Er hatte sich auch schon in lebensgefährlichen Situationen wiedergefunden, etwa an dem Tag, als sich sein Pferd beim Ausreiten im Wald vor einer Astviper erschreckte und durchging, als er nach einem Nickerchen in einem lichterloh brennenden Heuschober aufwachte oder während des besagten Übergriffs der Wölfe, doch noch nie hatte er sich dermaßen hilflos gefühlt wie jetzt. Er. Allein. Gegen fünf Grawls.

Der Anführer des Wolfling-Rudels – es musste der Anführer sein, denn er war größer als die anderen und trug eine grausige Knochenkette als Schmuck um den kräftigen Hals, die bei jedem hüpfenden Schritt seiner sehnigen, krummen Beine auf den Lederharnisch trommelte, wie Finger auf eine hölzerne Tischplatte – gab ein kehliges Grollen von sich. »Was haben wir uns denn hier eingefangen? Noch eine Nackthaut.«

Tarean riss überrascht die Augen auf, als er das animalische Geräusch als schwer verständliche, aber doch eindeutig menschliche Worte erkannte. »Ihr … ihr sprecht unsere Sprache?«

Der Wolfling zog die Lefzen hoch, entblößte gelbe Fänge und verzog das behaarte Gesicht in der grotesken Imitation eines menschlichen Grinsens. »Wir hatten genug Zeit, sie von unseren Sklaven zu lernen.«

Trotz der brenzligen Situation, in der er sich befand, kam sich der Junge wie ein dummer Bauerntölpel vor. Natürlich verstanden und sprachen die Bestien die Mundart der Länder des Westens – sie regierten diese bereits seit seiner Geburt.

»Was habt ihr mit den Soldaten gemacht?«

Der Grawl mit der Knochenkette leckte sich über die Schnauze. »Was macht ein Wolf mit dem Lamm, Nackthaut?«

Tarean schluckte und wappnete sich gegen das erneute Aufsteigen der grausigen Bilder vor seinem inneren Auge.

»Er frisst es.« In den eisblauen Augen des Wolfsmenschen lag pure Bosheit, als seine Gefolgsleute in heiseres Gelächter ausbrachen.

Der herablassende Hohn brach den Bann, mit dem die Angst Tarean belegt hatte, und unvermittelt fauchte Zorn durch seinen ganzen Körper. »Ihr Bestien!« Der Junge handelte, ohne nachzudenken, und überraschte damit sowohl sich selbst als auch die Grawls. Mit einem wütenden Satz sprang er vor – *Wer zaghaft kämpft, erlangt die Kontrolle nie …* – und schwang sein Schwert nach dem Kopf seines Gegenübers. Es fühlte sich an wie vor zwei Tagen auf dem Burghof, nur diesmal war es bitterer Ernst.

Der Wolfling riss seine schartige, doch ungemein stabil aussehende Klinge hoch und parierte im letzten Moment Tareans Vorstoß. Dabei stieß er ein wütendes Knurren aus und drängte nach vorne. »Ah, ein Kämpfer. Sehr schön. So ein kleiner Kampf macht Hunger auf Nachtisch.«

»Spotte nur, du Mistvieh«, presste Tarean zwischen den Zähnen hervor, während er die Klinge in einem abwärts gerichteten Halbkreis gegen den Unterleib des Wolflings führte. Dieser parierte mit einer Hand und versetzte dem Jungen dann mit der anderen, klauenbewehrten Pranke einen kraftvollen Schwinger vor die Brust, der ihn zurücktaumeln ließ. Mit heftigen Schlägen drosch er auf Tarean ein, der diese nur mit knapper Not abzuwehren vermochte. Trotzdem verlor er immer mehr an Boden und wurde langsam, aber unerbittlich dem Abgrund in seinem Rücken entgegengetrieben – und die vier Freunde von Knochenkette hatten noch nicht einmal in den Kampf eingegriffen. Stattdessen standen sie da und feuerten ihren Anführer an. Der lachte bellend. »Na, kleiner Mensch? Immer noch ein Großmaul?«

Das kannst du besser!, hörte Tarean Ilrods Stimme in seinem Kopf. *Dein Talent ist dir in die Wiege gelegt worden.*

»Witzig«, brummte der Junge, und es war nicht ganz klar, ob er seinem Lehrer oder dem Grawl antwortete. Er täuschte einen tiefen Schlag an, riss die Klinge dann im letzten Augenblick nach oben und traf den Wolfling tatsächlich am rechten Oberarm. Während der Grawl schmerzerfüllt aufkeuchte, gelang es dem Jungen endlich, sich von der Bestie zu lösen.

Rasch drehte er sich zur Seite, zog sich ein paar Schritte zurück und nahm, die Klinge waagerecht erhoben und die Spitze auf sein Gegenüber gerichtet, erneut Kampfstellung ein. Schweiß stand ihm auf der Stirn, und sein Brustkorb hob und senkte sich unter schweren Atemzügen, während er seinen Gegner einschätzte. Tief in seinem Inneren wusste Tarean, dass sich seine Lage um keinen Deut verbessert hatte. Aber dennoch waren auf einmal alle lähmende Furcht und aller leichtfertiger Zorn wie fortgeweht, und eine kalte Klarheit breitete sich in seinem Inneren aus. Er würde hier sterben, daran bestand kaum ein Zweifel, doch er würde nicht abtreten, ohne mindestens eines dieser Ungeheuer mit sich zu nehmen.

Der Anführer warf einen Blick auf die blutende Wunde und knurrte drohend. »Das wirst du bereuen, Nackthaut.«

»Komm her und wir werden sehen …«, erwiderte Tarean mit leicht erhobener Stimme.

Der Wolfling grinste verschlagen und deutete mit seiner Klinge auf den Jungen, bevor er sich an seine vier Gefolgsleute wandte. »Pack! Es ist angerichtet. Holt euch die Nachspeise.«

Die vier Krieger heulten begeistert auf und stürmten mit erhobenen Waffen auf Tarean zu.

»Oh, Dreigötter.« Tarean sah sich um, aber es gab kein Entkommen. Keine Möglichkeit zum Wegrennen. Links von ihm gähnte der Abgrund und zur Rechten stand er zwar noch nicht wortwörtlich, aber doch schon ziemlich nah mit dem Rücken an der Wand, der glatten, harten, fast lotrecht in den Himmel aufstrebenden Felswand, die selbst einem geübten Kletterer wie Tarean keinen Fluchtweg bot. Der Junge fluchte unterdrückt, dann riss er das Schwert hoch, brüllte, so laut er konnte, und rannte den Angreifern entgegen.

Und das war das Ende von Tarean, Sohn des Anreon, der genau wie sein Vater gegen die Wölfe versagt hatte. Der zynische Gedanke ließ ihn verbittert auflachen, dann hatte er keine Zeit mehr – weder zum Lachen noch zum Denken. Wie ein Gewitter brachen sie über ihn herein, und ihre Schwerter und Äxte blitzten auf, während sie ihn von allen Seiten bedrängten. Ohne dass er sich seines Handelns noch voll bewusst gewesen wäre, wirbelte Tarean im Kreis herum, parierte, wich aus und hielt seine Gegner auf Abstand. Und trotzdem war all dies zu wenig, schien all seine Ausbildung und all sein *Talent* nicht auszureichen, um gegen die Ungeheuer zu bestehen, die ihm nach dem Leben trachteten. Schon spürte er, wie seine Kräfte erlahmten und seine schmerzenden Arme schwerer wurden. Die zahllosen Schnittwunden der Beinahetreffer der Wolflingwaffen brannten wie Feuer auf seinem Leib. *Ich schaffe es nicht. Ich bin tot.*

Plötzlich glitt mit einem Rauschen ein Schatten über die Kämpfenden hinweg. Einer der Grawls blickte nach oben und ein entgeistertes Bellen entfuhr ihm. Doch das Bellen verwandelte sich übergangslos in ein Jaulen, dann brach er wie vom Schlag getroffen zusammen, und aus den Augenwinkeln konnte Tarean erkennen, dass eine seltsam geformte Wurfklinge in seiner Stirn steckte. Mit tödlicher Genauigkeit hatte sie ihn zwischen die kleinen, gelblichen Augen getroffen.

Die Grawls ließen von dem Jungen ab und schauten sich hektisch nach dem neuen Angreifer um, und auch Tarean war für einen Moment zu überrascht über die unerwartete Hilfe, um das Abgelenkt-sein seiner Feinde zu nutzen. Erneut vernahmen sie ein Rauschen und dann ein schrilles Kreischen wie von einem Jagdvogel. Tarean hob den Blick und riss die Augen auf.

Ein Wesen, mannsgroß, doch es konnte unmöglich ein Mensch sein, fiel aus dem Himmel auf sie herab. Gegen die Sonne blinzelnd vermochte Tarean nicht viel mehr als einen schwarzen Schatten zu erkennen, dessen riesige Flügel halb ausgebreitet waren, wie die eines Kronadlers, der auf seine Beute niederfährt.

Der Vogelmensch landete wenige Schritt entfernt auf dem Fels-plateau. In einer wirbelnden, fließenden Bewegung brachte er seine Waffe, einen langen Stab mit einer keulenartigen Verdickung am unteren Ende und einer seltsam geformten Doppelklinge am obe-ren, in Angriffsstellung. Gleichzeitig entfaltete er mit einem Schlag seine glänzenden weiß-braunen Schwingen zu voller Breite. Die Wolflinge japsten entgeistert, und auch Tarean stand da wie er-starrt, so beeindruckend war die im wahrsten Sinne des Wortes aus heiterem Himmel aufgetauchte Gestalt, deren ganze Haltung fast noch mehr als der bronzefarbene Brustharnisch, den sie trug, davon zeugte, dass hier ein Krieger vor ihnen stand, der kein so leichtes Opfer abgeben würde.

Die fast schwarzen Augen des Mannes zuckten von Tarean zu den Wolfsmenschen zurück. »Es scheint mir, als sei ich genau zur rechten Zeit eingetroffen«, bemerkte er mit erstaunlich sanfter Stimme.

»Hm, Geflügel«, knurrte der Anführer der Grawls und ließ sein Schwert locker durch die Luft pendeln. »Ob das wohl schmeckt?«

»Das, haariges Ungeheuer, wirst du wohl nie erfahren.« Der Vo-gelmensch legte die Schwingen an und auch das lange Federkleid, das aus seinem Rücken wuchs und einem steifen Halbrock gleich seine Beine beschirmte. Dann stieß er erneut einen schrillen, an den Angriffsruf eines Jagdfalken erinnernden Schrei aus und machte einen weiten Sprung nach vorne.

Keinen Augenblick zu früh kam auch wieder Leben in Tarean, der sich seinerseits aus dem Kreis der Grawls löste und kampfbereit machte. Es war eine Sache, durch das Überraschungsmoment zu Beginn eines Scharmützels einen Vorteil zu erringen, eine ganz andere allerdings, diesen Vorteil auch zu behaupten. Und obschon sich die Verhältnisse zumindest ein wenig zu seinen Gunsten verschoben hatten – immerhin hieß es nun zu zweit gegen vier statt alleine gegen fünf Feinde zu bestehen –, schienen die Wolfsmenschen nicht im Geringsten dazu geneigt, es ihnen zu leicht zu machen.

Knurrend gingen die Bestien auf Tarean und den Vogelmenschen los. Dabei hielten sie den geflügelten Neuankömmling offenbar für die größere Bedrohung, denn nicht nur Knochenkette wandte sich ihm zu, sondern auch zwei seiner Wolfskrieger. Der Junge sah, wie sein unverhoffter Verbündeter seinen Sturmangriff abbrach und in eine Abfolge fließender Schwung- und Stoßbewegungen überging, wobei er die Reichweite seines Stabes nutzte, um seine Gegner auf Abstand zu halten. Er wollte ihm zu Hilfe eilen, doch der vierte verbliebene Grawl, der mit der gewaltigen Sreitaxt, stellte sich ihm knurrend in den Weg. Tarean war zu einem abrupten Halt gezwungen, als das Axtblatt der beidhändig geschwungenen Waffe in einem schimmernden Bogen seinen Weg kreuzte.

Der Wolfling setzte nach, und Tarean musste zurückweichen, um nicht sauber in zwei Hälften zerteilt zu werden, als die Axt diesmal von oben herabsauste. Daran, sie mit dem Schwert zu parieren, war nicht zu denken. Es hätte ihm nur die Waffe aus der Hand geprellt.

Stattdessen nutzte der Junge die Plumpheit der fürchterlichen Waffe und fing an, den Grawl zu umtänzeln. Immer wieder versuchte er vorzustoßen, doch sein Gegner war keineswegs langsam und vermochte sein schweres Kriegsgerät mit erstaunlicher Schnelligkeit zu führen.

Plötzlich ertönte neben ihnen ein gurgelndes Jaulen. Mit einem raschen Blick sah Tarean eine der Bestien, die dem Vogelmenschen zusetzten, nach hinten fallen. Mit seinen breiten Pranken umklammerte der Wolfling seine Kehle, aus der eine Blutfontäne schoss, die seine Gefährten und die makellose Rüstung seines Mörders besudelte. Auch Tareans Gegner war für einen Augenblick abgelenkt –

einen Augenblick zu lang, denn Tarean griff an, schlug die zum Schlag erhobene Streitaxt zur Seite und trieb ihm dann mit einer raschen Drehung die Klinge seines Schwertes tief in die Brust.

Der Grawl sah ihn in einer Mischung aus Zorn und Unglauben an, dann ließ er seine Axt fallen, und bevor es dem Jungen gelang, die feststeckende Waffe freizubekommen und außer Reichweite zu springen, packte der Grawl ihn mit beiden Pranken am Kragen, stemmte ihn grollend in die Luft – und brach tot zusammen.

In diesem Moment war ein schrilles Kreischen zu hören. Tarean hob den Kopf und sah zu seinem Entsetzen, wie der Vogelmensch zu Boden ging. Er hatte einen weiteren seiner Widersacher niedergestreckt, doch nun hatte ihn der Anführer der Grawls zu Fall gebracht und stand mit erhobenem Schwert über ihm, bereit, ihm den Todesstoß zu versetzen.

Der Junge sprang auf, und sein Körper handelte schneller als sein Geist, als er die Streitaxt des soeben getöteten Wolfskriegers ergriff und sie mit einem Schrei der Anstrengung und der Wut hoch über seinen Kopf hievte. Knochenkette, der ihn so liebend gerne am Spieß gebraten hätte, zögerte einen Moment, unschlüssig, ob er sich der Ablenkung in seinem Rücken widmen oder den lästigen Flattermann zu seinen Füßen zermalmen sollte, und dieser Moment kostete ihn das Leben. Mit einer Wucht, als wolle er einen ganzen Baumstamm in zwei Teile schlagen, ließ Tarean die schwere Axt herabsausen und trieb sie dem Untier krachend durch den Lederharnisch genau zwischen die Schulterblätter.

Der Grawl machte einen Satz nach vorne, drehte sich dann um und entriss Tarean dabei den Griff der Axt. Mit blutunterlaufenen Augen und vor Hass verzerrtem Gesicht blickte er ihn an und stapfte langsam auf den Jungen zu. Das konnte nicht sein. Das war unmöglich. Hastig blickte sich Tarean um, denn jetzt war er wirklich waffenlos und stand dabei einem Ungeheuer gegenüber, das offenbar zu sehr von dem Gedanken beseelt war, Tod zu bringen, um seinen eigenen Tod anzunehmen.

Doch dann wirbelte ein Stab durch die Luft und eine eiserne Manschette traf den Grawl schwer am Hinterkopf. Mit einem

Grunzen ging er in die Knie, verdrehte die Augen und kippte vornüber. Hinter ihm stand der Vogelmensch, blutüberströmt, keuchend, aber mit einem unübersehbaren Ausdruck der Erleichterung auf dem Gesicht. »Das war knapp. Diese Bestien sind zäher, als ich gedacht hätte.«

Tarean konnte dem nur zustimmen. »Ja, das sind sie.«

Einen Augenblick standen sie sich wortlos gegenüber, beide leicht schwankend und zu erschöpft, um ihren Sieg wirklich auskosten zu können. Jetzt, wo Tarean genauer hinschauen konnte, fiel ihm auf, dass der Vogelmensch erheblich jünger zu sein schien, als er ihn auf den ersten Blick geschätzt hatte. Es war kein Mann, der da vor ihm stand, sondern vielmehr ein Junge, keinesfalls älter als er selbst. Der Brustpanzer, die Waffe, die breiten Schultern und das selbstsichere Auftreten hatten ihn im ersten Moment in die Irre geführt. »Danke, dass Ihr mir das Leben gerettet habt«, sagte er.

Sein Gegenüber nickte und verbeugte sich leicht. »Ich kann den Dank nur zurückgeben. Ich fürchte, ich habe die Gefahr unterschätzt, in die ich mich begab, als ich zu rascher Hilfe eilte.«

»Umso dankbarer bin ich Euch dafür, dass Ihr es getan habt. Ich glaube nicht, dass ich diese fünf Monstren alleine hätte überwältigen können.«

Ein dünnes Lächeln, ein fernes Abbild seines dreisten ersten Auftritts, breitete sich auf den Zügen des Vogelmenschen aus. »Nein, das glaube ich auch nicht. Aber lass uns die Förmlichkeiten beiseite lassen.« Er trat auf ihn zu und hielt ihm den Arm zum Gruße hin. »Mein Name ist Iegi.«

Tarean ergriff ihn. »Ich heiße Tarean.«

Iegi lächelte. »Sei mir gegrüßt, Tarean.« Dann trübten sich plötzlich seine Augen, und er knickte in den Knien ein.

»Vorsicht!« Unwillkürlich griff Tarean auch mit der anderen Hand zu und stützte den neu gewonnenen Freund. Abschätzend musterte er ihn und bemerkte dabei, dass Blut aus einem tiefen Schnitt am rechten Oberschenkel des Vogelmenschen quoll und an seinem Bein hinunterlief. »Du hast einen bösen Hieb abbekommen. Wir sollten besser hineingehen und schauen, ob wir Verbandszeug finden.«

»Ich wage nicht zu widersprechen.« Das Grinsen in Iegis Gesicht wirkte gequält.

Gemeinsam humpelten sie zum Wachturm hinüber, der heute ohne Zweifel mehr Mord und Totschlag gesehen hatte als in den gesamten Jahren seit seiner Erbauung. Im Inneren ließ Tarean Iegi auf einen der Stühle sinken und begann, die Regalbretter und den Fußboden vor den Regalen zu durchstöbern. Die Grawls hatten wild gehaust, doch entweder kannten sie traditionelle Arzneien nicht oder sie waren nicht auf Beute aus gewesen, denn nach kurzer Zeit fand der Junge zu seiner Erleichterung einen unangebrochenen Beutel mit Blutmoos und einige Binden, die unangetastet in einer Ecke lagen. Auch ein Krug mit scharf riechendem Alkohol war vom Kampfgeschehen verschont geblieben.

Tareans Kenntnisse der Heilkunde hielten sich in Grenzen, doch Ilrod hatte Wert darauf gelegt – und dafür war der Junge dem Waffenmeister heute zum ersten Mal dankbar –, dass ihnen nicht nur beigebracht wurde, wie man anderen Wunden zufügte, sondern auch, wie man diese versorgte, sollte es denn nötig werden. Also behandelte er die zahllosen kleineren Schnittwunden und Abschürfungen, die sie erlitten hatten, mit Alkohol. Auf die größeren presste er kleine Kissen aus Blutmoos, die er dann mit den Leinenbinden umwickelte.

Die ganze Zeit über hielt Iegi die Augen geschlossen und murmelte leise in einer fremden Sprache vor sich hin. Dabei hielt er mit der schmutzigen Rechten ein Amulett umklammert, das er, mit einem dünnen Lederband um den Hals befestigt, unter dem Brustharnisch getragen und nun hervorgeholt hatte.

»Was machst du da?«, erkundigte sich Tarean, als er den Verband um den Oberschenkel des Vogelmenschen mit leisem Ächzen festzog.

Iegi öffnete die schwarzen Augen und sah ihn an. »Ich bitte die Lichtgefiederten darum, dass sie die Heilkräfte, die diesem Kleinod innewohnen, freisetzen und mir dabei helfen, meine Schwäche zu überwinden.«

»Ist das so ähnlich wie die Worte der Alten Sprache, welche die

Priester und Gelehrten in Formeln bringen, um die Alte Macht herbeizubeschwören, die in allen Dingen liegt?«

»Ich kenne die Alte Macht der Menschen nicht«, gestand Iegi. »Ich weiß nur, dass es Dinge gibt, die bestimmte Gaben bergen, im Guten wie im Schlechten, welche ihnen entweder durch die Art ihrer Fertigung oder sogar durch die Beschaffenheit der Stoffe selbst verliehen werden. Dieses Amulett, Kilrien, schenkte mir mein Vater einst, und es soll heilende Wirkung haben. Ich habe es bisher nie benötigt.«

»Und? Wirkt es?«, fragte Tarean neugierig.

»Ich weiß es nicht. Ich spüre seine Wärme, die wie ein sanfter Wind meinen Körper einhüllt. Aber falls ich erwartet habe, dass sich all meine Wunden nun wie durch ein Wunder schließen …« Er blickte auf seine bandagierten Arme und Beine. »… dann war das offenbar eine einfältige Hoffnung.«

Als Tarean sein Werk beendet hatte, hätte er sich am liebsten irgendwo zu Boden fallen lassen, um nie wieder aufzustehen. Doch es gab noch eines, um das er sich kümmern musste.

»Wo willst du hin?«, fragte Iegi, als sich der Junge mit einem Seufzen von seinem Stuhl erhob und Richtung Tür stapfte.

»Wir müssen die Leichen der Wolflinge loswerden.«

»Warum jetzt?«

»Weil es nicht gut ist, sie über Nacht da draußen liegen zu lassen.« Er sprach es nicht aus, aber die Vorstellung, dass irgendwelche Raubtiere – echte Wölfe etwa – die toten Grawls fanden und sich vor dem Turm zum Leichenschmaus versammelten, ließ seinen ohnehin unruhigen Magen rebellieren.

Irgendwie verstand ihn Iegi, auch ohne Worte. »Lass mich dir helfen«, sagte er und machte Anstalten aufzustehen.

»Nein«, wehrte Tarean ab, »ruh dich aus. Ich schaffe das schon. Es wird nicht lange dauern.«

Tatsächlich hielt er sich nicht lange damit auf, die Toten zu durchsuchen, ihnen irgendwelche Besitztümer abzunehmen oder sich sonstwie mit ihnen zu beschäftigen. Stattdessen ergriff er einfach einen der stinkenden, schweren Wolfsleiber nach dem anderen, zog ihn zum Rand des Felsplateaus und ließ ihn in die Tiefe fallen. Das war sicher nicht unbedingt die Art, wie ihn Ilrod mit den Leichnamen Gefallener umzugehen gelehrt hatte, aber er war zu erschöpft, um sich darum zu scheren.

Zu dem langen Aufstieg auf das Wallhorn, dem Kampf und den zahllosen, zwar kleinen, aber zusammengenommen doch recht kräftezehrenden Wunden kam nun auch noch die nachmittägliche Schwüle hinzu, und als sich der Junge dem letzten Grawl zuwandte, dem Gegner, den er zuerst niedergestreckt hatte, hatte er kaum mehr die Kraft, sein Schwert aus dessen Brust zu ziehen, wo es immer noch steckte. *Ilrod würde mich an den Ohren einmal quer durch den Burghof und zurück schleifen, wenn er das wüsste*, dachte Tarean. Schwer atmend wälzte er auch den letzten haarigen Körper über die Felskante und sah einen Moment lang zu, wie dieser sicher hundert Schritt in die Tiefe fiel. Dann schleppte er sich müde zum Wachturm zurück.

Iegi war im Stuhl zusammengesunken, die Schwingen leicht eingeknickt, und pfiff im Schlaf leise durch den Mund. Ein schwaches Lächeln huschte bei dem Anblick über Tareans Gesicht, dann setzte er sich, barg den Kopf in den Armen, die er auf die Tischplatte legte, und schloss – nur ganz kurz – die Augen.

3

ÜBERFALL DER WOLFLINGE

Mit einem Ruck fuhr Tarean in die Höhe.

Um ihn herum war es dunkel, und es dauerte einen kurzen Moment, bevor ihm klar wurde, wo er sich befand. *Wallhorn, Wachturm, Wolflinge ... Iegi.* »Iegi?«, fragte er in die Dunkelheit hinein. »Iegi!?«

»Ich bin hier oben«, kam es gedämpft von über ihm, »auf dem Dach.«

Brummelnd stand Tarean auf. Langsam gewöhnten sich seine Augen an das Dämmerlicht, das nur noch schwach durch die Tür und die schmalen Fenster hereinfiel. Er stolperte über ein herumliegendes Möbelstück und fluchte unterdrückt. Irgendwo neben der Kochstelle hatte er am Mittag eine alte, schon leicht angerostete Öllampe gesehen. Die Lampe fanden seine tastenden Finger zwar, aber nichts, womit er hätte Feuer machen können.

»Tarean?«

Sein Magen knurrte. »Ja. Warte. Ich komme zu dir hinauf.« Er griff nach seiner Tasche, die er vor dem Einschlafen neben sich auf den Boden hatte fallen lassen und in der noch die Reste seines Proviants verpackt waren, und kletterte dann vorsichtig die Stiege in den ebenso dunklen ersten Stock und weiter zum Dach hinauf. Einen Vorteil hatte die hereinbrechende Nacht zumindest. Ihre Schatten legten sich gnädig über die Spuren des Gemetzels, das hier im Turm stattgefunden hatte.

Der Vogelmensch hatte sich auf der niedrigen Mauer, die das Turmdach einfasste, niedergelassen und blickte ins Tal hinab. In der Ferne lag die kleine Ansammlung eng zusammenstehender Häuser, die das Dorf Ortensruh bildeten. Von den Schornsteinen stiegen feine graue Rauchsäulen auf und zerfaserten in der kühler werdenden Abendluft. Etwas oberhalb thronte Dornhall, und am gegenüberliegenden, fernen Ende des Tals glommen die Lichter und Feuer der Feste Cayvallon. Soeben verschwand die Sonne hinter den Bergen im Westen und tauchte die schneebedeckten Gipfel ein letztes Mal in rotgoldenes Licht, und weit droben am dunkelblauen Himmel zogen dünne Wolkenstreifen im Höhenwind von Osten nach Westen dahin.

»Es sieht alles so friedlich aus in der Abenddämmerung.«

Tarean war sich nicht sicher, ob der Vogelmensch zu sich selbst sprach oder mit ihm. Er nickte dennoch und brummte zustimmend, als er sich neben ihn setzte und seinen Proviant auspackte. Eher nebenbei bemerkte er, dass auch der Holzstoß des Wachfeuers von den Wolfsmenschen umgestoßen und über das ganze Dach verteilt worden war, und er gemahnte sich, den Stapel morgen, bevor er den Rückweg antrat, wieder aufzuschichten – denn dass er noch heute zum Einbruch der Nacht über den Höhenpfad nach Dornhall zurückkehrte, stand in seinem augenblicklichen Zustand außer Frage.

»Hast du auch Hunger?«, erkundigte er sich und bot Iegi von seinen Äpfeln, dem Brot und der Dauerwurst an – angesichts der erlittenen Strapazen eigentlich eine rhetorische Frage.

Dankbar griff Iegi zu.

»Wie geht es deinem Bein?«, fragte Tarean kauend.

»Erstaunlich gut«, erwiderte Iegi mit einem Unterton, der Tarean aufschauen ließ. Der Vogelmensch legte seinen angebissenen Apfel zur Seite und löste den Verband, den er nach wie vor um den Oberschenkel trug.

»Bei den Dreigöttern!«, entfuhr es dem Jungen, als er sah, dass die hässliche Wunde in den wenigen Stunden, die sie geschlafen hatten, nicht nur aufgehört hatte zu bluten, sie erweckte vielmehr den

Eindruck, als sei sie schon mehrere Tage am Verheilen. Iegi würde eine sichtbare Narbe zurückbehalten, daran bestand kein Zweifel. Aber dass ihm diese Wunde ansonsten noch einmal Kummer bereiten würde, war kaum anzunehmen. Und überhaupt fiel Tarean jetzt auf, dass der junge Vogelmensch erheblich besser aussah, als dass es nur durch die kurze Erholungspause zu erklären gewesen wäre. Viele seiner kleineren Blessuren schienen bereits vollständig verschwunden, und er wirkte ausgeruht wie nach zwölf Stunden in einem bequemen Bett – oder worauf auch immer Wesen schliefen, denen zwei riesige Schwingen und ein bis zu den Waden reichender Schwanzfederkranz aus dem Rücken wuchsen. »Das Amulett deines Vaters hat seine Wirkung nicht verfehlt, würde ich sagen.«

Iegi grinste nur und das wiederum ließ ihn, aller Fremdartigkeit zum Trotz, ungemein menschlich wirken.

»Du, sag mal«, setzte Tarean ein paar Bissen später dazu an, die Frage zu stellen, die ihn nun schon eine Weile beschäftige, »ist es ungebührlich, zu fragen, was genau du eigentlich bist? Ich habe deinesgleichen noch nie hier in Bergen gesehen.«

»Das wundert mich nicht«, gab der Vogelmensch zurück, »wir Taijirin leben auch nicht in den Arden. Unsere Heimat sind die Wolkenberge im Osten von Rûn.«

»Die Wolkenberge …«, murmelte Tarean. »Davon habe ich noch nie gehört.«

»Nun, dazu müsstest du auch viele Tage durch von Wolfskriegern besetztes Land ziehen. Es reist sich heute nicht mehr so gut, wenn man nicht frei wie ein Vogel über alle Grenzen hinwegsegeln kann.« Iegi lächelte.

»Und das hast du getan?«

»Nicht nur ich. Auch mein Vater und ein halbes Dutzend seiner Krieger.«

»Was hat euch nach Bergen verschlagen?«

»Nicht nach Bergen. Wir wurden eingeladen, nach Cay…« Da stockte Iegi auf einmal und schaute leicht verlegen drein. »Ich weiß nicht, ob ich dir das verraten darf.«

Plötzlich spürte Tarean Aufregung in sich aufsteigen. »Ihr seid auf Wunsch Hochkönig Jeorhels hier? Ihr seid die neuen Verbündeten, die er für seinen Kampf gegen Calvas gewinnen will.«

Der Taijirin sah ihn mit großen Augen an. »Woher weißt du das alles?«

Nun war es an Tarean, verlegen zu sein. »Nun … man hört das eine oder andere Gerücht in Dornhall.«

»Hm«, brummte Iegi zweifelnd und wandte den Blick zurück ins Tal. »Ich weiß ja nicht, ob …«, setzte er an, doch dann brach er auf einmal ab und kniff die Augen zusammen. »Warte mal. Was ist das?«

»Was ist was?«, fragte Tarean und folgte mit dem Blick Iegis ausgestrecktem Arm, der hinab zum Taleingang deutete. Im ersten Moment sah er gar nichts in den Schatten, die sich mittlerweile über das Tal gelegt hatten. Doch dann war ihm, als bewege sich dort unten etwas, eine große, schweigende Menge, die durch das Dunkel zwischen den Findlingen entlang der Handelsstraße hinauf Richtung Ortensruh und Dornhall strebte. »Indra, Jerup und Vazar! Bitte sag mir, dass das keine …«

»Grawls«, bestätigte der Taijirin mit den scharfen Augen eines Jagdvogels düster seine schlimmsten Befürchtungen.

Tarean sprang auf. »Das kann nicht sein. Das ist viel zu früh. Der Bote sagte, Calvas sei noch auf der Suche nach Verbündeten und wir hätten noch genügend Zeit, ihm zuvorzukommen.«

»Wovon sprichst du?«, fragte Iegi verwirrt.

»Von dem Angriff«, rief Tarean aufgeregt, »dem letzten Angriff des Hexers auf Bergen und Albernia! Er will uns alle vernichten. Der Bote aus Cayvallon hat es gesagt.«

Iegi schüttelte den Kopf. »Das alles höre ich zwar heute zum ersten Mal, aber das da unten ist keine Armee, die ein Land erobern kann. Es sind ein paar Dutzend Krieger, soweit ich das erkennen kann, und sie bewegen sich rasch und verstohlen. Das ist kein Angriff, das ist ein Überfall.«

»Aber selbst ein paar Dutzend Wolfsmenschen reichen aus, um Ortensruh mit all seinen Einwohnern auszulöschen. Wenn sie schnell und hart zuschlagen, wird Hilfe aus Dornhall niemals rechtzeitig eintreffen – zumal mein Ahn und Ritter Wilfert auf der Feste des Hochkönigs weilen. Schnell, hilf mir.« Hastig fing Tarean an, die über das Dach verstreuten Holzscheite einzusammeln, doch schon nach wenigen Handgriffen warf er sie enttäuscht wieder zu Boden. »Sie haben sie mit Wasser übergossen. So werden wir es niemals schaffen, das Wachfeuer zu entzünden.«

»Tarean.«

Dann kam ihm eine Idee, und er hastete zur Stiege nach unten. »Rasch, wenn wir die Stühle und Bänke zerschlagen und hier hochtragen, können wir sie vielleicht verbrennen.« Er bereute auf einmal, die zweihändige Streitaxt des Wolflings gemeinsam mit Knochenkette, in dessen Rücken sie gesteckt hatte, entsorgt zu haben.

»Tarean!« Iegi packte ihn an den Schultern.

»Was ist?«

»Die Glut im Herd ist erloschen und im Stockdunkeln dort unten werden wir niemals Feuerstein und Zunder finden. Wir haben nichts, um Feuer zu machen.«

Die Worte des Vogelmenschen trafen ihn mit erbarmungsloser Wahrhaftigkeit. »Aber«, stammelte der Junge, »aber wir müssen etwas unternehmen. Ortensruh ist ohne Schutz.« Erst jetzt dämmerte ihm langsam, dass das Auftauchen der Wolflingrotte genau hier und genau heute vermutlich alles andere als ein Zufall gewesen war. »Ich muss meine Leute warnen.«

Iegi seufzte. »Na schön. Wir können kein Feuer machen. Du kannst auch nicht den Berg hinab nach Hause laufen, du würdest niemals rechtzeitig eintreffen. Bleibt also nur eines …« Er musterte den Menschenjungen abschätzend. »Wie schwer bist du?«

»Was?«, entfuhr es Tarean.

»Wie viel wiegst du? Eine ungefähre Schätzung reicht.«

»Ich … ich weiß es nicht. Vielleicht hundertdreißig Pfund.«

Der Taijirin verzog das Gesicht. »Es wird kein Spazierflug werden, aber wenn wir all unsere Ausrüstung zurücklassen, sollte es möglich sein.«

»Spazier…?« Tarean fiel die Kinnlade runter.

»…flug. Ganz recht. Ich bin ein Taijirin, schon vergessen?«, erinnerte ihn Iegi und wollte zur Bekräftigung seiner Worte schwungvoll seine Schwingen ausbreiten, doch unvermittelt sprang Tarean vor und riss ihn zu Boden.

»He!«, beschwerte sich der Vogelmensch.

»Wir stehen auf dem Dach eines Wachturms, der auf einem Felsplateau errichtet wurde, das man vom ganzen Tal aus sehen kann«, zischte Tarean. »Das Letzte, was wir gebrauchen können, ist ein Wolfling, dessen Blick zufällig auf das Wallhorn fällt und der dabei bemerkt, dass hier oben noch jemand am Leben ist.«

»Tarean, Heimlichkeit ist ein Luxus, den wir uns ohnehin nicht mehr leisten können«, erwiderte Iegi. »Würden wir das Wachfeuer entzünden, wäre es für jeden weithin sichtbar. Und unser Flug ins Tal hinab wird auch kaum unbemerkt bleiben, fürchte ich. Schnelligkeit – allein darauf kommt es nun an.«

Der Junge nickte widerstrebend. »Du hast recht. Also, was muss ich tun?«

»Wir lassen alles hier, was uns unnötig beschwert: unsere Waffen, meinen Harnisch, deine Tasche«, erklärte Iegi, während er die Schnallen seines Brustpanzers löste. »Nun stell dich vor mich. Ich verknote unsere Gürtel, nur zur Sicherheit.«

Tarean wurde ein wenig flau im Magen, als er das hörte, während er gleichzeitig hinab in den Abgrund starrte, der sich vor ihm auftat. »Hast du Erfahrung darin, gemeinsam mit einer anderen Person zu fliegen?«, fragte er Iegi.

Der Taijirin stellte sich hinter ihn und umschlang ihn mit seinen kräftigen Armen. »Um der Wahrheit die Ehre zu geben: Nein. In einer Gesellschaft, in der jeder fliegen kann, ergibt sich nicht oft die Notwendigkeit, dass man eine andere Person tragen muss. Aber keine Angst. Ich habe schon schwere Lasten von Gipfel zu Gipfel befördert. Verhalte dich nur still und ruhig. Dann kann uns nichts aufhalten.«

»Außer dem Pfeil eines Wolfling-Bogenschützen«, wandte Tarean ein.

»Den zum Glück dein Leib für mich abfangen wird«, grinste Iegi. »Und jetzt spring!«

Bevor Tarean noch Zeit hatte, weitere, unnötige Widerworte zu geben, zwang ihn Iegi in die Hocke. Dann stieß sich der Vogelmensch mit einem kraftvollen Hechtsprung vom Dach des Wachturms ab. Für einen Lidschlag, einen schrecklichen Augenblick, hingen sie in der Luft, und Tareans Herz drohte auszusetzen, als sich ihre Körper nach vorne neigten und sie mit dem Kopf voraus dem unerbittlich harten Felsboden des Plateaus entgegenfielen. Dann jedoch breitete der Taijirin mit einem wuchtigen Schlag die Schwingen aus, und der Junge wurde mit einem Ruck, der seinen Magen rebellieren ließ, emporgehoben und über den Klippenrand getragen.

»Halte dich an meinen Armen fest und versuch, deine Beine um die meinen zu schlingen, dann wird es leichter«, rief ihm Iegi gegen das Sausen des Flugwindes ins Ohr. Eine Anweisung, die er nicht hätte geben müssen, denn schon instinktiv hatte sich Tarean im Fallen an den Armen, die seinen Brustkorb umschlossen, festgeklammert. Und mit einem kurzen Ruck gelang es ihm auch, seine frei schwebenden Füße um Iegis Unterschenkel zu haken.

Dann ging es abwärts.

Der Taijirin hielt sich dicht über den Nadelbäumen an der Flanke des Wallhorns, um vor einer Entdeckung durch die Wolflinge besser geschützt zu sein. Mit berauschender Schnelligkeit huschten die dunklen Wipfel der Bäume unter ihnen dahin. Der kalte Wind schlug Tarean ins Gesicht und ließ seine Haare flattern. Es war ein unglaubliches Gefühl, wie ein Vogel durch die Dämmerung dahinzusegeln, erschreckend und erhebend zugleich.

Plötzlich vernahmen sie hoch über ihnen ein fernes Kreischen, ein Geräusch, das Tarean an diesem Tag schon einmal gehört hatte, als Iegi ihm im Kampf gegen die Wolfskrieger zu Hilfe gekommen war.

»Iegi?«, brüllte er fragend gegen den brausenden Wind an.

»Festhalten!«, rief dieser und schlug einmal kräftig mit dem rechten Flügel, derweil er den linken anlegte. Tarean unterdrückte einen Aufschrei, als Iegi mit dem ganzen Körper mitten in der Luft zu einer Rolle ansetzte. Für einen Moment lag er auf dem Bauch des Taijirin und starrte mit aufgerissenen Augen in den dunklen Himmel über ihnen, dann kippten sie über die rechte Seite zurück in ihre Ausgangslage und Iegi breitete beide Schwingen wieder aus.

»Ich hoffe, du planst nicht noch mehr Flugkunststücke, während ich an deinem Gürtel festhänge«, jammerte Tarean.

»Keine Sorge. Ich wollte nur mal schauen, wer uns entdeckt hat«, gab Iegi zurück.

»Und?«

»Es sind die Soldaten meines Vaters. Er muss sie ausgeschickt haben, weil ich so lange unterwegs war.«

Unter ihnen war der Wald zu Ende, und sie flogen über Bergwiesen hinweg, die sanft ins Tal hin abfielen und an deren Fuße Dornhall stand.

»Und was geschieht jetzt?«

Unvermittelt fielen drei schwarze Schatten neben ihnen aus dem Himmel und setzten sich vor und neben sie. Es waren Taijirin wie Iegi, aber größer und von kräftigerer Statur, mit gefiederten Helmen und Brustpanzern und Kampfstäben in den Händen, die dem glichen, mit dem der Vogelmensch die Grawls angegriffen hatte. Eine der Gestalten deutete mit bestimmter Geste gen Erdboden. »Jetzt«, seufzte Iegi, »landen wir.«

Mit ein paar kräftigen Flügelschlägen, die Tarean ordentlich durchrüttelten, bremste der Taijirin den Gleitflug, sank zur Erde und setzte unter hektischem Flattern auf. Trotzdem machten sie recht unsanft mit dem Boden Bekanntschaft und landeten beide im Gras, wo sie sich mit Armen, Beinen, Gürteln und Gefieder dermaßen verhedderten, dass sie sich erst voneinander gelöst und aufgerappelt hatten, als die Soldaten bereits – ungleich kontrollierter – um sie herum aufgesetzt hatten.

Einer der drei trat vor, und eine Mischung aus Zorn und Unglauben stand ihm ins markante Gesicht geschrieben. »Iegi!«

»Hauptmann Nirwin.« Der Angesprochene wirkte auf einmal sehr kleinlaut.

»Was treibt Ihr hier? Euer Vater ist vor Sorge halb wahnsinnig. Ihr wolltet nur für eine Stunde einen Ausflug machen, mittlerweile sind fast acht Stunden vergangen. Und wo sind Eure Rüstung und Eure

Waffe? Und was ist das für ein Bursche?« Nirwins Miene war so düster, sie hätte einen strahlenden Sonnentag verdunkeln können.

»Das alles zu erklären, würde mehr Zeit erfordern, als wir im Augenblick haben«, wandte Iegi ein. »Nur so viel: Wir trafen uns oben am alten Wachturm, der das Tal überblickt, und er benötigte meine Hilfe, denn die Grawls greifen seine Leute an.«

»Die Grawls?«, fragte Nirwin scharf.

»Ja, sie sind vor kurzer Zeit ins Tal eingedrungen und eilen nun in Richtung der menschlichen Siedlung.«

»Ortensruh«, warf Tarean ein, doch der Taijirinsoldat beachtete ihn gar nicht.

»Gut«, sagte er, »wir brauchen keine Einzelheiten zu hören. Euer Vater befahl mir, Euch sofort zurück nach Cayvallon zu bringen, sobald wir Euch gefunden haben. Wölfe oder Menschen interessieren uns nicht. Also sagt Eurem …« Er zögerte und es fiel ihm sichtlich schwer, es auszusprechen. »… Freund Lebewohl und kommt. Wir müssen uns beeilen.«

»Aber …« Iegi war fassungslos. »Das können wir nicht machen. Sie brauchen unsere Hilfe!«

Doch Nirwin blieb hart. »Euer Vater befahl mir, Euch nach Cayvallon zu bringen. Wir mischen uns nicht in die Angelegenheiten der Flachländer ein.«

Der Blick des jungen Taijirin irrte zwischen den Soldaten und Tarean hin und her. Auf seinem Gesicht stritten Zorn und Verzweiflung um die Vorherrschaft. Schließlich griff Iegi an seinen Hals, löste das Amulett, das ihn am Nachmittag auf so wundersame Weise geheilt hatte, und hielt es Tarean mit ausgestrecktem Arm hin.

»Was tust du?!«, rief Tarean.

»Hier, nimm!«

»Das kann ich nicht annehmen. Dein Vater hat es dir geschenkt.«

»Iegi«, setzte der Taijirin-Hauptmann an, doch der junge Vogelmensch brachte ihn mit einer knappen Geste zum Schweigen. »Und nun schenke ich es dir«, sagte er an Tarean gerichtet. »Das Volk der Taijirin mag nicht an der Seite der Menschen kämpfen. Aber ein Taijirin und ein Mensch haben heute gemeinsam die Klingen gegen

74

die Gräuel aus dem Osten erhoben. Dies hier soll dein Andenken an diesen Tag sein. Und außerdem«, fügte er nach einer kurzen Pause hinzu, »brauchst du es im Augenblick wahrlich nötiger als ich.«

»Aber ich weiß nicht einmal, wie ich seine Magie beschwören soll.« In der Ferne heulte ein einzelner Wolf, und ein scharfer Wind aus dem Flachland wehte das Tal hinauf. »Ich kenne die richtigen Worte nicht!«

»Wir müssen gehen, Iegi«, drängte Nirwin und zog den Taijirin an der Schulter zurück.

»Es ist egal, was du sagst. Du musst nur daran glauben«, rief ihm Iegi zum Abschied zu. »Und nun lauf. Und leb wohl! Und lass dich nicht noch am Ende des Tages umbringen. Wir haben zu viel auf uns genommen, um es lebend bis hierher zu schaffen.«

Gegen seinen Willen musste Tarean grinsen. »Ich versuche, dran zu denken. Danke Iegi. Und leb wohl!« Dann wandte er sich um und eilte los. Hinter sich hörte er das Rauschen schlagender Schwingen, und kurz darauf glitten vier dunkle Schatten im letzten Licht des Tages durch die Lüfte davon.

Und Tarean rannte. Sie hatten durch ihren Flug einen Vorsprung gewonnen, aber er war nicht besonders groß. Schon glaubte er, die Wolflinge die Handelsstraße heraufströmen zu sehen und jeden Moment erwartete er, die Alarmglocken in Ortensruh schlagen zu hören, welche die Männer zu den Waffen riefen und um Beistand aus Dornhall ersuchten. Doch er sah weder das eine, noch hörte er das andere, während er den Pfad zur Fuhrwerkstraße hinunterrannte, atemlos hechelnd und erneut jede einzelne kleine Wunde schmerzhaft spürend, die er am Nachmittag erlitten hatte. Sein Herz raste, doch die Aufregung trieb ihn unermüdlich weiter, während er die letzten Schritte der Straße zur Burg überwand und über die noch heruntergelassene Zugbrücke polterte.

Am Tor wachten zwei Soldaten, der drahtige Henrod und der hünenhafte Bor. »Tarean?«, fragte Bor überrascht, als sie den Jungen bemerkten, der ihnen entgegenstürmte.

»Alarm!«, schrie Tarean ihm ins Gesicht. »Die Wolflinge kommen! Wo ist Ilrod?«

Auf einmal waren die beiden Soldaten hellwach. »Die Wolflinge?«

»Alarm!«, nahm eine unsichtbare Stimme auf den Zinnen den Warnruf auf. »Die Wolflinge sind da.«

Und dann entwickelte die Warnung des Jungen ein seltsames Eigenleben, während sie von Mund zu Mund, von Gang zu Gang, von Raum zu Raum getragen wurde und dabei, einer Lawine gleich, die von den Bergen ins Tal hinabdonnert, immer mehr Bewohner erfasste. Hektische Betriebsamkeit brach auf einmal aus, in der Menschen, zumeist völlig ohne Sinn und Verstand, von links nach rechts und wieder zurück rannten, in dem verzweifelten Versuch, Dornhall ohne die führende Hand des Thans oder Ritter Wilferts auf eine noch unklare Bedrohung vorzubereiten.

Unterdessen erschien Ilrod im Eingang des Haupthauses und verlangte mit donnernder Stimme zu erfahren, was dies für ein dreigötterloser Aufruhr sei. Tarean rannte auf ihn zu und berichtete ihm in aller Eile, in welcher Gefahr Ortensruh in diesem Augenblick schwebte.

»Du bindest mir keinen Bären auf, mein Junge? Denn das hätte üble Folgen, das kann ich dir versprechen«, knurrte der Waffenmeister am Ende seiner Ausführungen.

»Nein!«, rief Tarean erregt. »Ich sagte es doch. Wir haben sie vom Wachturm aus gesehen, wie sie das Tal betreten haben. Die Wachmannschaft war tot, und der Holzstapel des Wachfeuers lag überall auf dem Dach und um den Turm herum verteilt, damit ihr Vordringen durch keine Warnung vereitelt werden kann.«

»Und du bist von einem Vogelmenschen ins Tal geflogen worden?« Ilrod klang nicht sehr überzeugt.

»Ja. Er heißt Iegi, und er und sein Vater sind auf Cayvallon bei Hochkönig Jeorhel zu Gast und …« Tarean brach ab und blickte den älteren Krieger beschwörend an. »Ihr müsst mir einfach glauben, Meister Ilrod. Ich würde niemals leichtfertig solche Geschichten erzählen.«

»Hm«, brummte der Waffenmeister, »das ist wohl wahr. Du magst ein Heißsporn und manchmal ein Wirrkopf sein, aber ein

Lügner warst du nie. Na schön, mögen mir die Dreigötter verzeihen, wenn sich all dies als Irrtum herausstellt. Aber mögen sie uns allen gnädig sein, wenn nicht.« Damit wandte er sich ab und brüllte: »Wachen! Schließt das Tor! Und läutet die Alarmglocke! Hofmeister Dinral! Sorgt für …«

In diesem Augenblick unterbrach ihn der Ruf einer der Wachen auf den Zinnen. »Feuer! Feuer! Ortensruh brennt!«

Ilrod fluchte.

»Sie sind schon da?!« Tarean riss vor Entsetzen die Augen auf. »Wir müssen ihnen helfen!«

»Du, Junge, gehst lieber ins Haus zu den anderen, wo es sicher ist«, knurrte Ilrod.

Doch Tarean schüttelte den Kopf. »Ihr braucht mich, Meister Ilrod. Es mangelt uns an Soldaten, und Ihr wisst, dass ich kämpfen kann. Bei den Dreigöttern, ich habe heute schon zwei Wolflinge niedergestreckt und danach mein Leben riskiert, um Euch vor dem Angriff zu warnen. Schickt mich jetzt nicht zu den Frauen, Kindern und Alten in den Speisesaal!«

Der Waffenmeister maß den Jungen mit einer Art widerstrebender Anerkennung. »Du wirst dieser Tage schneller zum Mann, als es mir lieb ist. Nun gut, hol dir ein Schwert und komm zurück in den Hof. Wir reiten, sobald alle Männer versammelt sind.«

Tarean tat, wie ihm geheißen, und er zögerte auch nicht, als ihm der alte Feor wortlos eine Lederbrünne mit eingenähten Metallschuppen hinhielt. Es war ein ungewohntes Gewicht am Leib – sie hatten bislang nicht oft in Rüstzeug gekämpft –, aber der zusätzliche Schutz, den sie vor allem gegen halbherzig geführte oder ungeschickt platzierte Schläge bot, wog die Unbequemlichkeit auf.

Kaum dass er gerüstet und gewappnet war, rannte er zurück in den Hof, wo sich mittlerweile fast zwei Dutzend Mann unter Waffen eingefunden hatten, die sich auf nervös tänzelnde Pferde schwangen. Ein Knecht brachte auch Tarean einen Rappen, der unwillig den Kopf schüttelte, als der Junge aufstieg. »Ruhig, ruhig«, sagte er und tätschelte den Hals des Tieres.

»Männer!«, rief Ilrod an der Spitze des Zuges. »Wir hatten immer gehofft, die Wolflinge nicht so bald wiederzusehen. Und doch haben sie erneut Bergen heimgesucht, und diesmal überfallen sie uns voll Dreistigkeit direkt vor den Toren Dornhalls. Sie spucken uns ins Gesicht und ich sage euch, das lassen wir uns von diesen hundeschnäuzigen Missgeburten der Dunkelreiche nicht bieten!«

»Wieso reitet der Junge mit uns?«, fragte einer der Soldaten mürrisch. »Er wird uns allen Unglück bringen.« Es war Bojéran, ein einäugiger, zynischer Veteran der Schlacht um den Drakenskal-Pass.

Der Waffenmeister trieb sein Pferd neben das des Soldaten. »Er reitet mit uns«, knurrte er, »weil er ein Schwert zu führen vermag, wie jeder Mann hier im Hof. Außerdem wüssten wir noch nicht einmal, was uns dort draußen angreift, hätte er die Wölfe nicht entdeckt.«

»Aber er ist der Sohn des …«

»*Sprich es nicht aus!* Und wenn dich die Angst übermannt, lass deine Kameraden im Stich und geh zu den Frauen und Kindern in den Speisesaal. Ist es das, was du willst?«

Der Soldat machte ein verkniffenes Gesicht und wirkte für einen Augenblick versucht, im Zorn das Angebot anzunehmen, aber dann schüttelte er den Kopf.

»Gut«, sagte Ilrod. »Ist sonst noch jemand unter euch, der streiten möchte, während Ortensruh brennt?«

Leises verneinendes Gemurmel war die Antwort.

»Also gut. Dann lasst uns reiten, Männer, und ein paar Wolflingen das Fell über die Ohren ziehen! Öffnet das Tor!«

Mit einem Knarren schwangen die beiden schweren Flügel des Burgtores auf. Und los ging die wilde Jagd, als mehr als zwanzig Mann unter Rufen und donnerndem Hufgeklapper zur Burg hinaus, über die Zugbrücke hinweg und die Fuhrwerkstraße hinab Richtung Ortensruh preschten, dessen Dächer vom gelblichen Widerschein der Flammen erhellt waren.

Schon von Ferne vernahmen sie das Gebrüll und Waffengeklirr des Kampfes. Die meisten Bewohner von Ortensruh waren einfache Bauern. Doch in Zeiten wie diesen war es besser, man wusste sich seiner Haut zu erwehren, ansonsten war es gut möglich, dass man von einem Ausflug in ein benachbartes Dorf nicht zurückkehrte. Und so mochten die jungen Burschen und die wehrhaften Männer einen Widerstand aufgeboten haben, den die Angreifer nicht erwartet hatten, aber ungeachtet allen Mutes und aller Entschlossenheit, mit der sie Heim und Herd verteidigten, bestand kaum die Hoffnung, dass sie lange würden aushalten können.

Den kurzen Ritt erlebte Tarean wie im Rausch. Mitgerissen von den Reittieren der anderen Soldaten, die einen dichten, dahinjagenden Pulk bildeten, galoppierte sein Pferd die Fuhrwerkstraße entlang, und seine weit ausgreifenden Schritte fraßen die Distanz förmlich, ließen sie dahinschmelzen wie Eis an einem heißen Sommertag. Schon hatten sie die ersten Ausläufer von Ortensruh erreicht, ein paar Felder, das Gehöft des Kohlbauern, die Tierkoppel des Schafzüchters, die jetzt, da die Tiere zur Nacht im Stall waren, leer und verlassen dalag.

Die Hauptstraße indes, die sich in der Mitte von Ortensruh zum Marktplatz ausweitete, war alles andere als verlassen. Männer in den weiß-braunen, wollenen Gewändern einfacher Bauern hasteten umher, manche mit Äxten, Forken und anderem landwirtschaftlichem Gerät bewaffnet, viele schmutzig und mit blutverschmierten Gesichtern. Einige Frauen waren auch zu sehen, die zu ihren verwundeten Brüdern, Vettern und Gemahlen eilten, um sie zu stützen und in eines der Häuser zu bringen. Nur wenige schrien in Panik oder stürzten völlig kopflos umher. Das ständige Leben am Rande der Finsternis hatte sie abgehärtet.

Der Waffenmeister zügelte sein Pferd und brachte den berittenen Trupp mit erhobenem Arm zum Halten, als sie einen alten Mann erblickten, der ihnen, in die stumpfgraue Rüstung eines breganorischen Gardisten gekleidet, entgegengehumpelt kam. Sein Brustpanzer war verbeult, und der Stoff seines rechten Hosenbeins blutgetränkt.

»Veteran Deorn, nicht wahr?«, fragte Ilrod.

Der Alte nickte. »Ganz recht, Meister Ilrod. Es tut gut, Euch zu sehen.«

»Wie ist die Lage?«

»Wir kämpfen auf dem Marktplatz gegen sie. Aber es sind zu viele für uns, und sie gebärden sich wie toll.«

»Und Euer Bein?«

»Ein Schwerthieb.« Deorn hob abwehrend die Hand. »Doch kümmert Euch nicht um mich, Meister Ilrod. Ich werde mir selbst helfen. Reitet lieber rasch und steht den wenigen von uns, die noch Widerstand leisten, zur Seite.«

Ilrod nickte. »So sei es. Viel Glück, guter Mann. Weiter!«

Sie drückten ihren Pferden die Stiefel in die Flanken und preschten vorwärts über den festgestampften Erdboden der Hauptstraße. Aus den Seitengassen vernahmen sie vereinzelte Schreie, Knurren und das Splittern von Holz, und zweimal gebot Ilrod zweien seiner Männer, den Geräuschen nachzugehen. Denn was half ein Sieg gegen die Ungeheuer auf dem Marktplatz, wenn sie einem danach aus den dunklen Ecken zwischen den Häusern in den Rücken fielen.

Im Dorfzentrum herrschte ein heilloses Chaos. Mehrere der schindelgedeckten Dachstühle der eng beieinander stehenden Häuser, die das kopfsteingepflasterte Rund umgaben, brannten, und ein beißender Rauch wehte durch die Luft, während die Flammen die Szenerie in ein unstetes gelbes Licht tauchten. Am rechten Ende des Platzes, dort, wo sich die Hauptstraße fortsetzte, hatten die Verteidiger zu Beginn des Kampfes offenbar einige Karren und Marktstände umgeworfen und zu einer provisorischen Barrikade aufgetürmt. Doch jetzt erinnerten nur noch drei oder vier verkeilte Gefährte an den ebenso tapferen wie aussichtslosen Versuch, den Ansturm der Wolfskrieger aufzuhalten. Der Rest des behelfsmäßigen Bollwerks lag in Trümmern über den halben Marktplatz verteilt.

Überall auf dem Platz rangen die Bewohner von Ortensruh mit ihren wölfischen Feinden. An einer Stelle versuchte ein Bauer, sich mit einem Dreschflegel einen Grawl vom Leib zu halten, während ein anderer hastig eine alte Armbrust nachlud. An einem anderen Ort duellierten sich ein bärtiger Greis, zweifelsohne ein Veteran des letzten großen Krieges, und ein hünenhafter Wolf mit struppigem dunkelgrauem Fell. Reglose Körper lagen verkrümmt und teilweise mit seltsam verdrehten Gliedern auf dem blutgetränkten Erdboden, und es waren mehr Menschen unter ihnen als Wölfe.

Ilrod brachte sein Pferd mit einem Ruck zum Stehen. »Acht Mann zu den Barrikaden«, brüllte er. »Der Rest folgt mir.« Ohne zu zögern, glitt er vom Rücken seines Pferdes, hob Schild und Schwert und warf sich ins Kampfgetümmel, um den bedrängten Bewohnern von Ortensruh zur Seite zu stehen. Um ihn herum sprangen die übrigen Soldaten von ihren Pferden, und Tarean tat es ihnen gleich. Den Waffenmeister zwei Schritte vor sich, den hünenhaften Bor zur Linken und einen sehnigen Soldaten, dessen Name ihm entfallen war, zur Rechten, rannte der Junge los.

»Zwei Gruppen bilden und dann zusammenbleiben«, befahl der Waffenmeister mit lauter Stimme. »Jeder deckt seine Gefährten. Kreist die Wölfe ein, und lasst sie eure Klingen schmecken!«

Und schon steckten sie alle mitten im schlimmsten Durcheinander. Unbewusst hielt sich Tarean in Bors Nähe. Nicht, dass er den Wachsoldaten so gut gekannt hätte, aber dessen beeindruckende Statur und der schwere Streitkolben in seinen Händen vermittelten ein Gefühl von Sicherheit auf diesem Feld des schnellen und plötzlichen Todes.

Schon tauchte wie aus dem Nichts kommend ein Grawl vor ihm auf, ein langes, krummes Messer in der haarigen Pranke. Tarean riss sein Schwert hoch und lenkte den ungestümen Angriff des Ungeheuers ab, prallte dabei jedoch mit seinem ungleich schwereren Gegner zusammen und taumelte nach hinten. Im selben Moment traf ein mächtiger Hieb den Wolfskrieger in die Seite und ließ ihn jaulend herumfahren. Tarean sah seine Chance, als die Bestie ihm den Rücken zukehrte und schlug, so hart er konnte, mit seiner Klinge zu. Japsend ging der Grawl zu Boden. Es schien unangemessen, ja, widerwärtig leicht, diese Ungetüme zu besiegen, so ganz anders als während seines Zusammenstoßes mit ihnen oben auf dem Wallhorn früher am Tag.

Doch dem Jungen blieb nicht viel Zeit, sich über seinen ersten Sieg zu freuen. Aus den Augenwinkeln bemerkte er eine schnelle Bewegung und warf sich zur Seite – keinen Augenblick zu früh, denn dort, wo er eben noch gestanden hatte, zerteilte nun ein breites schwarzes Axtblatt die rauchgeschwängerte Nachtluft.

»Zusammenbleiben!«, vernahm er wie von Ferne den Ruf Ilrods. »Gegenseitig Deckung geben!«

Er bemühte sich redlich, dem Befehl Folge zu leisten. Aber die Wolflinge waren Nahkämpfer und auf dunklen, unübersichtlichen Kampfschauplätzen eindeutig in ihrem Element. Es bedurfte einiges an Übung und Disziplin, um den wilden, teils selbstmörderischen Angriffen zu widerstehen, ohne sich von den haarigen, tobenden Leibern in die falsche Richtung abdrängen und von den eigenen Mitstreitern trennen zu lassen – Übung und Disziplin, die Tarean noch nicht hatte.

Und so dauerte es keine drei rasch aufeinander folgenden Zweikämpfe mit heranstürmenden Wolfskriegern, und er stand allein von Feinden umringt da. Den sehnigen Soldaten hatte er völlig aus den Augen verloren. Bor tauschte einige Schritt weiter links wuchtige Hiebe mit gleich zwei Wölfen aus – einige Schritt nur, aber es hätte auch eine abgrundtiefe Schlucht oder ein reißender Gebirgsbach zwischen ihnen liegen können.

Tarean erwehrte sich seiner Haut, so gut er konnte. Er duckte sich, sprang, parierte, stach zu, eine schier endlose Abfolge rascher Bewegungen, oft eher instinktiv als bewusst ausgeführt. Es war nicht so schlimm, wie oben auf dem Felsplateau, als er alleine fünf Gegnern gegenübergestanden hatte, denn hier waren die Verhältnisse ausgeglichen, hatten sich jetzt möglicherweise sogar zugunsten der Dorfbewohner verschoben. Dennoch war an Verschnaufen nicht zu denken, wenn er dem Feind nicht den Rücken zukehren und in eine der dunklen Seitengassen fliehen wollte, um dort Schutz zu suchen. Und abgesehen davon, dass er Ilrod nicht im Stich lassen wollte, war ihm dieser Weg im Augenblick versperrt, denn er hatte sich ungewollt ins dichteste Getümmel, unweit der zertrümmerten Karrenbarrikade manövriert. Er zog sein Schwert in einem perfekten Halbkreis nach rechts durch und brachte dadurch einen weiteren Wolfling zu Fall, dem bereits mehrere kurze Armbrustpfeile im Rücken steckten. Bevor aber auch nur ein kurzes, triumphierendes

Lächeln über sein vor Anstrengung zur Grimasse verzerrtes Gesicht huschen konnte, vernahm er ein erdentiefes Grollen in seinem Rücken.

Er wirbelte herum.

Keine fünf Schritt von ihm entfernt war ein riesiger Grawl mit nachtschwarzem Pelz wie aus dem Boden gewachsen. Von seinem Rücken stieg Rauch auf, und sein Fell stank verbrannt. Seine gewaltigen Pranken schlossen sich um eine schwere, mit Eisenspitzen gespickte Keule, die er mit zornigem Knurren beidhändig über den Kopf erhob. Und dann stürmte er Tarean entgegen, und irgendwie wusste der Junge, dass er diesen Angriff nicht würde parieren können.

Auf einmal schien sich die Zeit zu verlangsamen. Alle Geräusche um ihn herum verebbten, bis er nur noch seinen eigenen Herzschlag vernahm, ein dumpfes, doppeltes Donnern, das sein ganzes Ich auszufüllen schien. Die Bewegungen des Grawls, der die furchtbare Keule zum tödlichen Schlag hoch erhoben hatte, wurden träge, und sein hasserfülltes Gesicht schien sich in eine Fratze der Anstrengung zu verwandeln, so als kämpfe er sich durch tiefes Wasser.

Überall um Tarean herum legte sich eine Patina traumwandlerischer Unwirklichkeit über das Gemetzel, während die Kontrahenten, in einem schwerfälligen Ballett des Todes gefangen, wie in Zeitlupe die Klingen kreuzten. Mit fast übernatürlicher Schärfe und Klarheit erfasste der Junge alle Einzelheiten des um ihn herum wogenden Kampfes: Henrod, wie er die blutige Klinge seines Schwertes aus einem tödlich getroffen zu Boden stürzenden Wolfling riss, eine andere Bestie, die mit einem furchtbaren Wuchtschlag ihrer bloßen Klauenhände einen Soldaten von den Füßen fegte, Bor, der einen dritten Wolfsmenschen mit seinen starken Armen umklammert hielt und mit einer übermenschlichen Kraftanstrengung das Leben aus ihm herauszupressen suchte, während aus einer klaffenden Wunde in seinem Rücken der eigene Lebenssaft das schlammige Erdreich tränkte.

Tarean stand inmitten dieses Reigens aufeinanderprallender, ineinander verkeilter, sich umschlingender und windender Leiber, und es war ihm, als sei er nur noch ein Zuschauer, als berühre ihn der allgegenwärtige Tod, der um ihn herum blutige Ernte hielt, nicht mehr.

Und dann sah er die Gestalt.

Zwischen den haarigen Körpern der Wolflinge, den braunen Lederharnischen und stumpfgrauen Kettenhemden der Soldaten, zwischen den mit verbissener Gewalt geschwungenen Äxten, Schwertern und Keulen, zwischen dem in dicken Tropfen, feinen Sprühnebeln und grässlichen Fontänen durch die Luft spritzenden Schweiß, Blut und Geifer stand ein Mann.

Er trug einen weiten, weißen Umhang, der vorne geöffnet war und das strahlende Silber eines makellosen, prachtvollen Plattenpanzers enthüllte. An seiner Seite hing eine Schwertscheide, doch es war kein Schwert in ihr, und auch sonst schien der Fremde, dessen Gesicht von der Kapuze seines Mantels verdeckt wurde, waffenlos. Ein geisterhaftes Licht umschmeichelte die Gestalt wie flüchtige Nebelgespinste, die über einer Wiese im Morgengrauen liegen, und verlieh ihr einen unirdischen Glanz, so als sei der Fremde, mehr noch als Tarean, nicht mehr Teil dieser Schlacht, nicht einmal mehr Teil dieser Welt.

Obwohl sich weder der verwirrte Junge noch die verhüllte Gestalt auch nur einen Schritt bewegten, bildete sich wie von selbst eine Gasse zwischen ihnen, als sich die Kämpfe der verbissen ringenden Soldaten und Wolflinge, die den Zauber in ihrer Mitte nicht zu spüren schienen, nach links und rechts verlagerten. Das Monstrum, das eben noch mordlüstern auf Tarean zugestürmt war, wurde von einer unvermittelt aus dem Nichts auftauchenden Wurfaxt in die Seite getroffen und jaulend aus der Bahn geworfen – doch das nahm der Junge nur wie durch einen Schleier wahr.

Dann, als habe er bemerkt, dass Tareans ganze Aufmerksamkeit auf ihm ruhte, hob der Fremde die behandschuhten Hände und schlug die Kapuze zurück.

Aus Tareans Gesicht wich alle Farbe, und seine Worte waren kaum hörbar, als er entgeistert hauchte: »Vater?!«

4

DAS ERBE DES VATERS

»Vater, bist du das?«

Tarean konnte nicht sagen, woher er es wusste. Er hatte seinen Vater nie kennen gelernt. Und doch spürte er mit einer Sicherheit, die keinen Zweifel zuließ, dass der geisterhafte Gerüstete niemand anderes war als der Mann, der ihm das Leben geschenkt hatte und der in eben derselben Nacht, in der er selbst in der Ordensfeste der Kristalldrachen in Agialon geboren ward, auf einem fernen, anderen Schlachtfeld umgekommen war.

Die Gestalt blickte Tarean stumm an, und es lag eine Trauer auf ihrem bleichen Antlitz, die dem Jungen durch Mark und Bein ging und ihm schier das Herz zu zerreißen drohte. Langsam wandte sich der Fremde ab, der ja eigentlich gar kein Fremder war, auch wenn er unzweifelhaft nicht mehr in diese Welt gehörte. Dann strebte er gemessenen Schrittes dem fernen Ende des Marktplatzes entgegen.

»Vater! Warte auf mich!«

Wie zwei Vorhanghälften, die nach dem Ende eines Theaterstückes der Mitte der Bühne entgegenfallen, wogten die Kämpfe der Menschen und Wölfe wieder in Tareans Blickfeld und drohten, die weiße Gestalt zu verdecken. Der Junge begann zu laufen. Er drängte sich durch Körper, schob sie zur Seite, taumelte, holte mit dem Schwert aus und schlug sich den Weg frei. Noch immer war ihm, als schlafwandle er mit offenen Augen. Nur schattenhaft nahm er die Leiber der kämpfenden Männer und Wolfskrieger wahr. Und die lodernden Flammen, die immer noch ungelöscht mit gierigen, heißen Fingern nun beinahe alle Häuser rund um den Marktplatz ergriffen hatten, tauchten die Szenerie in unstetes, rötlich-gelbes Licht.

Irgendwo auf halbem Wege verlor Tarean sein Schwert – schon wieder –, rammte es in den gepanzerten Brustkorb eines Grawls und bekam es nicht mehr heraus, sodass er einfach den Griff losließ, während er weiterdrängte, sich nun mit bloßen Händen den Weg durch die menschlichen und nichtmenschlichen Hindernisse freischaufelnd, um die langsam davonschreitende Gestalt nicht aus den Augen zu verlieren.

Endlich hatte er den Marktplatz hinter sich gelassen. Doch sein Vater – oder vielmehr der Geist seines Vaters oder die Erscheinung seines Vaters oder was auch immer es sein mochte – hatte sich bereits mit einigem Vorsprung die Gasse hinaufbewegt, die zu dem kleinen Dreigöttertempel führte, der ein wenig abseits oberhalb des Dorfes lag und den Than Urias kurz nach der Gründung von Ortensruh hatte erbauen lassen.

»Warte auf mich!«

Obwohl er zerschunden und erschöpft war und zahllose Wunden seinen Körper übersäten und schwächten, sammelte Tarean ein letztes Mal all seine Kräfte und rannte der Erscheinung des schimmernden Ritters hinterher. Er erreichte das obere Ende der Gasse und sah, wie die Gestalt den Pfad verließ, der zum Tempel hinaufführte und ihre Schritte nach links lenkte, den sanft ansteigenden Wiesenhang hinauf. Ihr Ziel war ganz offensichtlich …

… *der Friedhof.*

Tarean hielt inne, und für einen Moment überkam ihn eine fast übernatürliche Scheu vor dem von niedrigen Hecken gesäumten Garten, in dem die Verstorbenen aus Dornhall und Ortensruh begraben lagen. Es war nicht so, dass er übermäßig abergläubisch oder von einer besonderen Totenangst geprägt gewesen wäre. Andererseits wurde man nicht alle Tage von dem Geist eines längst Dahingeschiedenen – der Junge hatte für sich entschieden, dass es sich um die Seele seines Vaters handeln musste, die hier schimmernd Gestalt angenommen hatte – zum Ort seiner letzten Ruhe geführt.

86

Tarean war sich nicht sicher, ob er wirklich sehen wollte, was ihn dort oben erwartete.

Der weiße Ritter blieb am Eingang zum Friedhof stehen, drehte sich um und sah Tarean stumm an. Der Junge biss sich auf die Lippen, dann gab er sich einen Ruck und näherte sich vorsichtig der wartenden Gestalt.

»Vater, warum bringst du mich hierher?«

Der Anflug eines traurigen Lächelns huschte über die Züge des Gerüsteten, dann wandte er sich erneut ab und ging mit langsamen, lautlosen Schritten durch das Gras und an den Grabsteinen vorbei in den hinteren Bereich des Friedhofs.

Tarean lief neben der Gestalt her, Verwirrung im Geiste und Beklommenheit in seinem Herzen. Er spürte den eisigen Hauch, der den Fremden – seinen Vater – umwehte. Und er sah in dem unirdischen Leuchten, das von der Erscheinung ausging und das den im Dunkel der hereingebrochenen Nacht liegenden Friedhof in geisterhaftes Licht tauchte, dass das Gras unter den Stiefeln des Mannes, wo immer dessen Sohlen den Boden berührten, glitzernden Raureif ansetzte.

Tarean wusste jetzt, wohin sie ihr Weg führen würde. Er war ihn oft gegangen, an schönen Sommerabenden, melancholischen Herbstnachmittagen und durch den Schnee des bitterkalten Winters stapfend. Ahn Urias sah es nicht gerne, wenn er sich zum Friedhof davonstahl, meist, um mit sich und seinen Gedanken ein wenig allein zu sein. Und auch ein Großteil der Dorfbevölkerung machte einen sichtbaren Bogen um den Grabstein, der abgeschieden in der hintersten Ecke des Totenackers unter einer hohen Graufichte stand. Den Grabstein, der auf Betreiben Ritter Wilferts nach seiner Ankunft in Bergen dort aufgestellt worden war, zum Andenken an einen »großen Krieger«, dessen sterbliche Überreste, zu Staub und Asche zerfallen, in den Ritzen und Felsspalten am Boden des Drakenskal fern der Heimat verweht waren.

Zielstrebig schritt die geisterhafte Erscheinung zwischen den Reihen niedriger Steintafeln hindurch, überquerte dann den schmalen, freien Wiesenstreifen, der die übrigen Gräber von der letzten

Ruhestätte Anreons von Agialon trennte, und schließlich blieb sie im Schatten der Graufichte stehen.

Je näher er dem Grab kam, desto langsamer wurde Tarean. Er spürte, wie seine Hände, nein, sein ganzer Körper von einem Zittern erfasst wurde, einem Schüttelfrost der Anspannung, der Erschöpfung und des Entsetzens, als er sah, was sie – wer immer es auch gewesen sein mochte – seinem Vater angetan hatten.

Die Erde rund um den kleinen und angesichts der Bedeutung des Toten geradezu unscheinbaren Gedenkstein war aufgewühlt, als habe jemand versucht, die Gebeine des Ritters, die dort gar nicht lagen, auszugraben. Den Stein selbst, einen Obelisken mit einer rechteckigen Basis, auf der der Name und die Lebensdaten des Ritters eingraviert waren, hatten die Grabschänder umgeworfen und offensichtlich mit einem schweren Hammer bearbeitet, denn er lag in mehrere Einzelteile zerschlagen auf dem zertretenen Gras. Auf das größte Bruchstück aber hatte jemand mit brauner Farbe ein Wort geschmiert.

Tarean trat näher, sank neben dem Grab auf die Knie und fuhr mit der Hand behutsam über die granitene Oberfläche. Er schluckte. Das war keine Farbe, das war Blut … Und das Wort, das dort geschrieben stand, war: *Fluchbringer.*

Erschüttert blickte Tarean auf. Er sah, wie die Gestalt, die schweigend neben ihm ausgeharrt hatte, die Hände hob und die Kapuze des weißen Mantels wieder über den Kopf zog. Eine einzelne Träne lief über das schöne, strenge Gesicht seines Vaters, während dieser ihn unverwandt anschaute und dabei langsam durchscheinend wurde, bis er schließlich in einem verglimmenden Nachleuchten verschwand.

Tarean vermochte später nicht mehr genau zu sagen, wie lange er dort alleine im Dunkeln gesessen hatte. Wie aus weiter Ferne nahm er wahr, dass die Alarmglocken in Ortensruh irgendwann verhallten und das vielstimmige Geschrei und Waffengeklirr einer Totenstille wich, die nur noch von vereinzelten Rufen durchbrochen wurde. Auch das flackernde gelbe Licht aus dem Dorfzentrum wurde irgendwann schwächer. Eine große Gruppe Reiter preschte in scharfem Galopp von Cayvallon her über die hölzerne Brücke des Eilwassers und ritt in den Ort hinein. Noch ein- oder zweimal zerriss das langgezogene Heulen eines Wolfs die Ruhe über dem Tal, ein paar Mal klang es noch nach kurzem Tumult, während die Dorfbewohner und Soldaten der gefährlichen Aufgabe nachgingen, den letzten im Schatten lauernden Grawls den Garaus zu machen. Doch all das war in diesem Moment für ihn bedeutungslos.

Fluchbringer, Fluchbringer, Fluchbringer, hallte es durch die leeren, dunklen Gewölbe seiner Gedanken.

»Wieso reitet der Junge mit uns? Er wird uns allen Unglück bringen ...«

»Also? Du hast mir doch sicherlich etwas zu erzählen.« – »Er hat verächtlich über meinen Vater gesprochen.«

Fluchbringer!

»Es heißt, Calvas sei auf der Suche nach einem neuen, mächtigen Verbündeten.«

»Er hat *einen mächtigen Verbündeten. Diesen dreigötterverfluchten Wolf, den uns das leichtfertige Treiben eines allzu eitlen Kriegers beschert hat!«*

Fluchbringer!

»Wie gedenkt er, sollen wir auf Calvas' neue Schurkerei antworten?«

»Die Zeit des Ausharrens und des schlichten Verteidigens dessen, was wir noch unser eigen nennen, sollte endlich vorbei sein.«

»Mit solchen Gedanken beschreiten wir einen gefährlichen Pfad.«

»Gefährlich? Es ist ungeheuerlich! Solche Ideen können nur dem Wahnwitz entsprungen sein. Wollt Ihr alle enden, wie der Mann, dessen Versagen uns den Fluch von Calvas' Herrschaft erst eingebracht hat?«

Dessen Versagen uns den Fluch von Calvas' Herrschaft erst eingebracht hat ...

Irgendwann fielen Tarean vor Erschöpfung die Augen zu, und er glitt dort, wo er saß, auf der aufgewühlten Erde neben dem umgestürzten, zertrümmerten Grabstein seines Vaters, in einen leichten, unruhigen Schlaf. Im Traum nahmen seine ruhelosen Gedanken Gestalt an, verwandelten sich in das mürrische, abweisende Gesicht von Than Urias, in die verstohlen vorwurfsvollen Mienen der Dorfbewohner, in die hämische Fratze von Silas. Sie alle tanzten in einem wilden, wahnsinnigen Reigen um ihn herum, und als er sich umdrehte und umwandte, blickte er wieder in das stumme, traurige, bleiche Antlitz seines Vaters, des Mannes, über den die ganze Welt ihr Urteil gefällt hatte, obschon er sie nur hatte retten wollen.

Tarean.

Das Wirbeln der Gesichter um ihn herum wurde schneller, und mit einem Mal waren sie alle in rötliches Licht getaucht, das Licht brennender Dachstühle, brennender Wölfe, nein, eines brennenden Wolfs – *der Grimmwolf!* –, der in der Ferne über einen Hügelkamm geschritten kam und glühend und gewaltig am Himmel aufging wie ein sterbender Stern. Und neben ihm, unendlich viel kleiner und doch das eigentliche Zentrum aller Macht, stand eine schlanke, schwarze Gestalt, eine Silhouette vor dem unheilvollen Feuer des Grimmwolfs, und sie wirkte wie ein Riss in der Wirklichkeit, eine lichtlose Ballung absoluter Bosheit, die alles Leben und Sein an sich band, zu sich hin zog und zu verschlingen drohte.

Tarean!

Mit einer herrischen Geste streckte die Gestalt den rechten Arm aus, und der Grimmwolf hob den Kopf, öffnete sein Maul, und aus der Tiefe seiner Kehle drang ein dunkles Grollen. Die Wirklichkeit schien wellenförmig zu erzittern, während sich das Grollen ausbreitete, und als der heiße Atem des Dämons Tarean erfasste, verdorrten die Gesichter um ihn herum mit unglaublicher Schnelligkeit, wurden grau und schwarz und verwehten in feinen Aschefahnen. Und das Gesicht seines Vaters …

»Tarean. Komm zu dir!«

Der Junge zuckte zusammen und war mit einem Schlag hellwach. Zumindest für einen Moment. Dann trafen ihn mit leichter Verzögerung die Folgen der Strapazen der letzten Nacht, und er stöhnte unterdrückt auf. Sein ganzer Körper schien eine einzige Quelle des Schmerzes, und seine zerfetzten Kleider klebten ihm feucht und klamm am Leibe. Er fand sich zusammengerollt auf der kalten Erde auf dem Friedhof wieder, dessen niedrige Hecken und Grabsteine im weißen Dunst des Morgennebels, der über den Wiesen und Feldern lag, nur als fahle Schemen auszumachen waren. Der Himmel hatte die Farbe von stumpfem Blei, nur im Osten zeugte ein heller Streifen vom Aufgehen der Sonne und dem Anbrechen eines neuen Tages.

Tarean blinzelte und richtete seine Aufmerksamkeit auf den Mann, der ihn geweckt hatte. »Wilfert?«

»Tarean.« In der Miene des Ritters spiegelte sich unendliche Erleichterung, während er den Jungen mit starken Armen in die Höhe zog und ihn umarmte. »Du lebst. Indra, Jerup und Vazar sei Dank. Ich fürchtete schon, du seist in den Kämpfen der letzten Nacht getötet worden.«

»Wilfert, wie kommt Ihr hierher? Und wie habt Ihr mich gefunden?«

»Wir sahen letzte Nacht von den Mauern von Cayvallon aus Ortensruh brennen und ritten, so rasch es ging, hierher. Doch es blieb uns nicht viel mehr zu tun, als die Trümmer aufzuräumen, die der Kampf hinterlassen hat. Die Bewohner des Dorfes und die Soldaten aus Dornhall haben tapfer gekämpft. Zwar wurden viele verletzt und viele getötet, doch am Ende konnten die Wölfe in die Flucht geschlagen und diejenigen, die sich versteckt hielten, ausgetrieben werden. Und so war es auch ein letzter versprengter Wolfling, der mich, während ich ihm auf den Fersen war, hierher führte. Er hat für die Schrecken, die er und seinesgleichen über Ortensruh gebracht haben, gezahlt.« Der Ritter zuckte mit den Schultern. »Und mehr einer Ahnung folgend als festem Wissen, schritt ich nach getanem Werk zum Grab meines einstigen Mentors und Ritters – und dort fand ich diese Freveltat.« Er deutete mit finsterer Miene auf das geschändete Grab. »Und dich.« Dann aber wurden seine Züge weicher, und der Ritter machte eine einladende Geste. »Doch jetzt komm. Wir reiten zurück zur Burg. Ilrod wird froh sein, dass du noch am Leben bist. Er hat sich bereits größte Vorwürfe gemacht – die ich im Übrigen aus ganzem Herzen bestärkt habe –, dass er dich überhaupt ein Schwert hat führen lassen.«

»Nein, Wilfert. Ich kann Euch nicht nach Dornhall begleiten.«

Tarean legte einen Schritt Abstand zwischen sie beide. Noch gestern Nacht war ihm nicht klar gewesen, wie sich sein Leben nach der Begegnung mit dem Geist seines Vaters weiterentwickeln sollte, aber mit einem Mal wusste er, was er tun musste.

Der Ritter hob verwundert die Brauen. »Was hält dich auf?«

»Heute Nacht wurde nicht nur Ortensruh von den Wolflingen überfallen, und heute Nacht wurde nicht nur das Grab meines Vaters geschändet, nein, heute Nacht ist mir mein Vater auch leibhaftig erschienen!«

»Was für eine Phantasterei tischst du mir da auf, Junge?«

»Ich sah die Gestalt meines Vaters mitten in der Schlacht, eine geisterhafte Erscheinung, gewandet in Weiß und strahlendes Silber. Er war es, der mich hier auf den Friedhof führte. Er hat gelitten, und er leidet noch immer unter all dem Hass und der Verachtung, mit dem die Menschen seiner gedenken. Hinter vorgehaltener Hand nennen sie ihn den Fluchbringer, und mich nennen sie den Sohn des Fluchbringers, und sie fürchten, dass auch ich ihnen Leid und Unglück bringen werde, genau wie mein Vater. Aber sie irren sich!« Tarean war jetzt ganz aufgeregt. Er spürte ein Drängen in seinem Inneren, ein auf ein einziges Ziel ausgerichtetes Streben, wie er es noch nie zuvor in seinem Leben empfunden hatte. Es war ein Gefühl, das einer Offenbarung glich, so als sei er die ganzen Jahre zuvor mit Scheuklappen vor den Augen herumgelaufen, die ihm den Blick auf den Weg, der vor ihm lag, versperrten, und nun habe sie jemand – sein Vater – heruntergerissen, um ihm den Pfad zu zeigen, auf dem sich seine Bestimmung erfüllen würde.

»Du redest wirr, Tarean.«

Der Junge schüttelte heftig den Kopf. »Nein, Wilfert! Ich habe noch niemals zuvor so klar gesehen. Ich muss versuchen, den Namen meines Vaters reinzuwaschen, und auch wenn ich das Unglück, das er unwillentlich über die Welt gebracht hat, nicht rückgängig machen kann, so muss ich zumindest danach streben, es dorthin zurückzutreiben, woher es gekommen ist.«

Für einen Lidschlag huschte so etwas wie Überraschung, ja vielleicht sogar Erschrecken, über die Züge seines Gegenübers, aber

Wilfert hatte sich sofort wieder gefasst. Mit ruhigen, ernsten Augen blickte der einstige Knappe seines Vaters ihn an. »Du willst Calvas, den Hexenmeister, herausfordern.«

Tarean holte tief Luft. Er hatte es bislang nicht vermocht, die Worte auszusprechen, doch auf diesen einfachen Satz, von einem klaren, geradlinigen Verstand ausgesprochen, lief sein Vorhaben hinaus. »Ja, das will ich. Und«, so setzte er rasch hinzu, »versucht nicht, mich aufzuhalten.«

Der Ritter seufzte wie ein Mann, dem eine schwere Bürde genommen worden war, nur um durch eine nicht minder schwere ersetzt zu werden, und ließ sich auf der steinernen Einfriedung einer nahen Grabstätte nieder. Seine Hand wanderte unbewusst an seinen Gürtel, dorthin, wo er sonst seinen Beutel mit Pfeifenkraut hängen hatte, aber der Beutel lag auf der Burg in seiner Kammer und war ohnehin leer.

Tarean trat unruhig von einem Bein auf das andere, während Wilfert nach einer Erwiderung auf diese Eröffnung zu suchen schien. Dass der Ritter nicht sofort von Wahnwitz und Jungenträumerei lospolterte, wie es wohl sein Ahn getan hätte, wertete er dabei als gutes Zeichen – wenngleich sich Tarean nicht einmal so sicher war, ob es Than Urias nicht sogar begrüßt hätte, wenn sich das Balg des ungeliebten Schwiegersohns auf einer irrsinnigen Queste selbst umbrachte.

»Ich könnte«, sprach Wilfert schließlich, »dich jetzt einen Kindskopf schelten, an den Ohren packen und nach Dornhall schleifen.« Tarean wollte hitzig auffahren, doch der Ritter gebot ihm mit erhobener Hand zu schweigen. »Ich könnte auch versuchen, dich davon zu überzeugen, dass das, was du gesehen zu haben glaubst, nur ein Trugbild war, eine Erscheinung im wahrsten Sinne des Wortes, von einem überreizten Geist aus all dem Schrecken und dem Tod geboren, den du gestern erleben musstest.« Er verstummte für einen Moment, bevor er fortfuhr: »Aber ich werde dein Ansinnen weder als Schwärmerei noch als Fieberwahn abtun, denn ich sehe in deinem Gesicht die Ernsthaftigkeit deines Trachtens, und in deinen Augen brennt die Leidenschaft, derer es bedarf, um ein solch gewaltiges

Unterfangen anzugehen. Daher sage ich dir nur das eine: Wenn du gehst, dann wird dies eine Reise ohne Wiederkehr. Du wirst niemals den weiten Weg bis nach At Arthanoc, der Feste, von der aus Calvas herrscht, überstehen, nicht als der einzelne Junge, der du bist, der von der Welt dort draußen und den Dingen, die in ihr geschehen, keine Ahnung hat.«

»Redet mir nicht ein, dass es unmöglich ist!«, rief Tarean. »Das Zeitalter heldenhafter Taten mag vorbei sein, denn Calvas hat allen strahlenden Helden erfolgreich getrotzt. Vielleicht ist es aber einem einfachen Mann bestimmt, den Hexer von seinem Thron zu stürzen.«

Wilfert blickte ihn kurz scharf an. Er hatte gemerkt, dass der Junge die Worte von Than Urias, die dieser dem Gesandten Albernias an den Kopf geworfen hatte, in ihr Gegenteil verwandelt hatte. Aber er ging nicht darauf ein, sondern sagte stattdessen: »Es lag nicht in meiner Absicht, dir einzureden, dass es unmöglich sei. Ich sagte nur, dass du es allein kaum wirst schaffen können. Du wirst Hilfe brauchen.«

Diese Wendung des Gesprächs traf Tarean so unvorbereitet, dass er zunächst gar keine Antwort darauf hatte. Dann stotterte er: »Ihr … Ihr wollt mit mir kommen?«

Der Ritter presste die Lippen zusammen und schwieg. Für einen Moment schien er einen inneren Kampf auszufechten, doch dann schüttelte er den Kopf. »Nein, Tarean, ich hatte vor sechzehn Jahren meine Chance, den Hexenmeister zu besiegen – und ich habe versagt. Ich gehöre jetzt hierher, nach Bergen, nach Dornhall, sei es, um die wenigen, die von unserem Volk noch in Freiheit leben dürfen, zu beschützen, sei es, um den verstockten Than zu etwas Mäßigung in seinem Wesen zu bewegen oder um als Gefolgsmann des Hochkönigs von Albernia in dunkler Nacht nach Silberstreifen am Horizont zu suchen. Nein, Tarean, mit Hilfe meinte ich dies hier.« Er erhob sich mit einer beinahe absichtlich dramatisch wirkenden, kraftvollen Bewegung und zog mit seiner rechten, gesunden Hand sein Schwert aus der Scheide. Nein, es war nicht sein Schwert, wie Tarean jetzt erkannte. Der Ritter hatte zwei Klingen mit sich getragen, und seine alte Waffe mit dem runden, silbernen Knauf, in den ein winziger Drachenkopf geprägt war, steckte nach wie vor in ihrer Umhüllung.

Wilfert sprach ein Wort in einer Sprache, die Tarean nicht verstand, doch er spürte, dass es ein Wort war, das an der Alten Macht rührte, denn mit einem Mal fing die Klinge des gezogenen Schwertes an zu leuchten. Winzige weiße Flammen leckten das makellos glänzende Metall empor, das vom Heft bis zur Klingenspitze mit einer Reihe goldener Schriftzeichen verziert war, deren Herkunft dem Jungen völlig unbekannt war. Dann gab es einen dumpfen Schlag und eine Lichtexplosion, die alle Schatten um sie herum vertrieb, als sich die ganze Klinge zu einem gleißenden Strahlen entzündete, sodass man den Blick abwenden musste, wollte man nicht geblendet werden.

»Das hier«, sprach Wilfert mit lauter, Ehrfurcht gebietender Stimme, »ist Esdurial, die Klinge des weißen Drachenfeuers, vor tausend Jahren von Meisterschmieden im Dienste des Kristalldrachenordens geschaffen und seitdem von Ritter zu Ritter weitergereicht, um jeweils dem Tapfersten unter uns bei seinen schwersten Taten zur Seite zu stehen. Es gibt nur noch eine Handvoll Waffen auf der ganzen Welt, die ihr ebenbürtig sind. Eine davon trägt der Hochkönig Jeorhel von Albernia. Dein Vater, Anreon von Agialon, einer der größten Ordensritter seiner Zeit, führte diese Waffe in der Schlacht um den Drakenskal-Pass, und als er starb, nahm ich, sein Knappe, sie an mich und brachte sie in Sicherheit, denn ich hätte es nicht ertragen, sie durch die Klauen eines Wolflings entweiht zu sehen. All die Jahre habe ich sie auf Dornhall in einer Truhe gemeinsam mit den Relikten meiner Vergangenheit aufbewahrt. Erst vor drei Tagen, als uns der König der Alben nach Cayvallon rief, holte ich sie hervor und legte sie an, um sie zu Ehren Anreons zu tragen und in Jeorhels Hallen als strahlendes Symbol dafür zu erheben, dass nichts jemals vergessen sein wird.« Während die Leuchtkraft der Schneide wie von selbst wieder nachzulassen schien, drehte Wilfert die Waffe herum, legte die Klinge in seine Armbeuge und bot den Griff Tarean an. »Und vom heutigen Tag an sollst du der neue Besitzer von Esdurial sein. Hüte die Klinge gut, denn sie birgt eine große Macht, und in den falschen Händen kann sie viel Unheil anrichten.«

Mit großen Augen griff Tarean nach dem Schwert – und versuchte dabei nicht an die zwei Waffen zu denken, die er binnen eines Tages verloren hatte. Esdurial lag in seiner Hand, als sei die Klinge für ihn geschmiedet worden. Das Metall fühlte sich wie eine Verlängerung seines Armes an, und als er die Waffe probeweise durch die Luft schwang, zog sie schnell und präzise ihre Bahn. Kein plumper Metallknüppel, den man an den Seiten angeschliffen hatte, wie er ihn manchmal aus der Rüstkammer von Feor oder Ilrod in die Hand gedrückt bekam, sondern ein wahres Meisterstück der Schmiedekunst, eine Waffe, die geschaffen worden war, um das Schlachtfeld zu beherrschen. Schließlich klärte sich der Blick des Jungen wieder, und er kehrte aus Gefilden, in denen er sich bereits als Bezwinger ganzer Heerscharen von Wolfskriegern sah, ins Hier und Jetzt zurück. »Diese Waffe, Wilfert. Ich kann sie nicht annehmen. Sie ist viel zu wertvoll, um von mir auf eine, wie Ihr selbst sagt, Reise ohne Wiederkehr, mitgenommen zu werden.«

Der Ritter lächelte. »Du irrst, mein Junge. Es ist genau die Art von Waffe, die ein Mann am Gürtel tragen muss, wenn er auf eine Reise ohne Wiederkehr aufbricht. Und abgesehen davon, dass die Klinge selbst wohl kaum mit Gold aufzuwiegen ist, wird sie erst wirklich wertvoll durch die Hand, die sie führt. Zeige dich ihrer würdig und missbrauche ihre Kraft nicht leichtfertig, und du hast Esdurial mehr als verdient.«

Tarean schüttelte ungläubig den Kopf. »Ich weiß nicht, was ich sagen soll.«

»Sag gar nichts, Tarean, höre mir nur gut zu, denn du wirst noch mehr Hilfe brauchen, und auch wenn ich dich nicht persönlich begleiten kann, so kenne ich doch jemanden, der dir ein guter Führer durchs Feindesland sein wird, wenn du ihn aufsuchst und in meinem Namen um Hilfe bittest. Sein Name ist Beornhard, und er lebt im Südviertel Agialons.«

»Dann ist mein erstes Ziel Agialon«, sagte der Junge.

»Gut.« Der Ritter nickte ihm zu. »Aber nun komm mit mir, Tarean. Denn wenn du wirklich gehen willst, dann musst du gleich gehen und darfst weder deinem Ahn, noch deiner Ahne, noch dem Waffenmeister oder einem deiner Freunde erlauben, deiner Entscheidung Steine in den Weg zu legen. Ein alter Kamerad aus Kriegszeiten lebt hier in Ortensruh. Er wird dich mit dem Notwendigen ausstatten, um diese Reise anzutreten.«

Für einen Moment zögerte Tarean noch. »Und was machen wir mit dem Grab? Wir können es doch nicht in diesem Zustand zurücklassen?«

»Ich werde mich darum kümmern, mein Junge«, versprach ihm Wilfert. »Sei versichert, dies ist mir nicht nur eine Pflicht als früherer Knappe eines Ritters des Kristalldrachenordens, es ist mir auch ein Bedürfnis als Freund des Herrn Anreon.«

Gemeinsam verließen sie den Friedhof und gingen zurück nach Ortensruh, das mit dem ersten Licht des Tages bereits wieder aus dem kurzen, unruhigen Schlummer erwachte, in den es nach dem Sieg über die Grawls gefallen war. Überall wurden die Zerstörung und die Schrecken der letzten Nacht von den tastenden Sonnenstrahlen eines klaren, kühlen Morgens dem gnädigen Mantel der Dunkelheit entrissen. Zertrampelte Gärten, umgerissene Zäune und zertrümmerte Eingangstüren zeugten von der unbändigen Wut, mit der die Wölfe über die Siedlung hergefallen waren. Das farbige Schild der Dorfschänke »Zum grünen Humpen« schaukelte, nur noch an einer Kette hängend, quietschend hin und her, und viele der Häuser, insbesondere in unmittelbarer Nähe des Marktplatzes, wiesen statt eines Dachstuhls nur noch schwarze, schwelende, nach kaltem Ruß stinkende Holzgerippe auf.

An vielen Stellen lagen noch die haarigen Leiber der gefallenen Wolflinge, die beherzte Männer in den nächsten Stunden auf Karren laden, aus der Stadt bringen und auf dem Feld verbrennen würden. Man hatte sie nur notdürftig an den Straßenrand gezerrt, um freie Bahn für die Bahrenträger und die Karren zu schaffen, welche die verwundeten Dorfbewohner zu ihren Familien und ins Haus des Heilers trugen, während die Gefallenen in den Dreigöttertempel gebracht wurden, damit man ihnen dort die letzte Ehre erweisen konnte, bevor sie in einer ganzen Reihe frischer Gräber auf dem Friedhof bestattet werden würden. Der Totenacker, so wähnte Tarean, hatte in der letzten Nacht eine erschreckende Anzahl neuer Bewohner erhalten. Er hoffte, dass diese nicht genauso unruhig schliefen wie sein Vater.

Ihr Ziel war ein kleines Haus am Rand von Ortensruh, direkt an der Fuhrwerkstraße, die Tarean gestern noch zu Pferde herabgeprescht war – es fühlte sich an wie aus einem anderen Leben. »Warte hier, während ich hineingehe. Es muss nicht sein, dass man dich sieht« gebot ihm Wilfert. »Oder besser noch: Geh schon vor. Durch die Wiesen und dann im Schutze des Waldrands bis zum Steilhang unterhalb des Wallhorns. Versteck dich hinter einem der Findlinge, die den Taleingang säumen und warte dort auf mich. Ich werde dir mit dem Pferd über die Handelsstraße nachfolgen.«

»Ja, Wilfert.«

Der Junge huschte über die Straße und schlug sich in die Büsche an der Westseite des Hauses. Für einen Augenblick verharrte er dort im Gestrüpp hockend und beobachtete, wie der Ritter an die Tür pochte und ihm ein alter Mann öffnete, dessen Bein mit frischen weißen Verbänden umwickelt war – es war Deorn, der Veteran mit der Schwertwunde am Oberschenkel, dem sie gestern Abend beim Einritt in Ortensruh begegnet waren. Während Wilfert eintrat, wandte sich Tarean ab und rannte geduckt los. Aber Erschöpfung und der gesunde Menschenverstand ließen ihn schon bald seine Schritte verlangsamen, denn er fühlte sich nicht nur nach wie vor am ganzen Körper wie zerschlagen, er wollte auch auf keinen Fall riskieren, ob seiner Hast von einem übermüdeten Wachsoldaten für einen flüchtenden Wolfling gehalten zu werden. Das Letzte, was er jetzt gebrauchen konnte, war ein Pfeil im Rücken.

Den Waldrand und den sich darüber erhebenden Helvenkamm unmittelbar zu seiner Rechten und die vielleicht eine Meile weiter unten im Tal verlaufende Handelsstraße zu seiner Linken wanderte der Junge gen Südosten, dem Ausgang des Tals entgegen. Schon bald meldete sich sein Magen geräuschvoll zu Wort, und er wurde sich bewusst, dass er seit seinem eher kärglichen Mahl gestern am frühen Abend mit Iegi auf dem Wachturm am Wallhorn nichts mehr gegessen hatte. Hoffentlich brachte ihm Wilfert auch ein bisschen Proviant für die erste Etappe seiner Reise mit. Für einen kurzen bangen Moment fragte er sich, ob in der Gegend wohl immer noch die Gefahr eines Angriffs durch vereinzelte, herumstreunende Wolflinge bestand, doch obwohl er daraufhin seine Umgebung aufmerksam im Auge behielt, konnte er kein Anzeichen von Grawlspuren entdecken.

Die Sonne war bereits aufgegangen, und es versprach erneut ein heißer Tag zu werden, als er schließlich die Ansammlung Findlinge erreichte, die den Taleingang bildeten. Er suchte sich ein bequemes Plätzchen am Fuße eines der im Gras liegenden Felsbrocken, von dem aus er die Handelsstraße sowohl ins Tal hinauf als auch ins Kernland hinab überblicken konnte. Dann lehnte er den Rücken an den Stein und wartete. Die Strahlen der Sonne streichelten ihm übers Gesicht und über die Brust, und er spürte eine wohlige Wärme, die seinen ganzen Körper durchströmte. Und für einen Moment fühlte er sich von allen bösen Gedanken und allem Schmerz befreit und völlig im Frieden mit sich selbst, jetzt, da er eine Entscheidung getroffen hatte.

Er mochte eine knappe Stunde gewartet und dem Plätschern und Gurgeln des nahen Eilwassers gelauscht haben, als er sah, wie sich ein Reiter aus Richtung Ortensruh näherte. Es war Wilfert.

Der Ritter schien Tareans Entscheidung, Bergen zu verlassen, um sich dem größten Feind, den die Völker des Westens kannten, entgegenzustellen, bemerkenswert rasch akzeptiert zu haben. Er schien zudem darauf erpicht, dem Jungen jedwede Hilfe zuteil werden zu lassen, die in seiner Macht stand. So brachte er Tarean nicht nur neue Beinkleider, ein neues Hemd und sogar einen etwas zu weit sitzenden Lederharnisch, um seine vom Kampf um Ortensruh zerfetzten Kleider zu ersetzen, er überreichte ihm auch einen grauen Reisemantel und eine Tasche, die er mit haltbarer Wegzehrung für drei Tage gefüllt hatte. »Das sollte reichen, um Agialon so nahe zu kommen, dass du deine Vorräte anderweitig auffrischen kannst.«

Schließlich gab er Tarean noch einen versiegelten Brief und ein kleines Säckchen Silbermünzen. »Das wirst du beides brauchen«, erklärte der Ritter. »Der Umgangston dort draußen ist rau, und ein bisschen Geld, um sich Gefälligkeiten zu erkaufen, kann nicht schaden. Aber protze nicht mit deinem Hab und Gut, sonst bist du es schneller los, als du dein Schwert ziehen kannst.«

Tarean verzog das Gesicht. »Wilfert, ich bin hinter dem Wald aufgewachsen, nicht hinter dem Mond«, sagte er in Anlehnung an ein beliebtes Sprichwort.

Der Ritter schmunzelte und deutete dann auf das Schreiben. »Diese Zeilen überreiche Beornhard. Sie erklären ihm deine Lage und werden dir seine Hilfe sichern, ohne zu viel zu verraten. Du könntest zwar auch Esdurial ziehen, um ihm zu beweisen, dass ich dich geschickt habe, aber wenn es geht, vermeide dies. Agialon ist eine Hochburg des Feindes, und das Schwert Anreons mag manchem aufmerksamen Auge noch bekannt vorkommen. Draußen in der Wildnis besteht keine Gefahr, aber hüte dich davor, dich in Agialon in Kämpfe verwickeln zu lassen.« Er stockte kurz. »Eigentlich solltest du dich überhaupt davor hüten, in Kämpfe verwickelt zu werden. Wenn du At Arthanoc jemals erreichen willst, kann nur Heimlichkeit dein Verbündeter sein. Auch mit Esdurials brennender Klinge in der Faust wirst du dich nicht durch mehr als zweihundert Meilen Feindesland kämpfen können.«

»Ich werde mich bemühen, den Wolflingen aus dem Weg zu gehen«, versprach Tarean.

Sein Mentor brummte zufrieden.

»Eine letzte Frage habe ich noch, Wilfert.«

»Sprich.«

Tarean klopfte auf die Klinge von Esdurial, die in der unscheinbaren Schwertscheide an seinem Gürtel baumelte. »Wie entfache ich das weiße Feuer, das Esdurial zum Strahlen bringt?«

Der Ritter lächelte. »Es ist wie mit allen Dingen, die von der Alten Macht durchdrungen sind. Es kommt nicht darauf an, das richtige Wort zu wissen, sondern daran zu glauben, dass wir das Recht haben und die Kraft in uns tragen, die Alte Macht anzurufen oder zu nutzen. Wenn der Zeitpunkt gekommen ist, da du Esdurials Magie entfesseln musst, wirst du wissen, was zu tun ist.«

Tarean verspürte bei den Worten ein seltsames Gefühl der Vertrautheit. Iegi hatte ganz ähnlich zu ihm gesprochen, als er ihm das Amulett geschenkt hatte, das der Junge seitdem unter seinem Hemd und Lederharnisch verborgen auf der Brust trug. Also nickte er nur – auch wenn er nach wie vor nicht die geringste Ahnung hatte, wie er, ein Ungelernter, der mit Mühe des Lesens mächtig war, aber niemals wie Bruder Ingold die Mysterien der Vergangenheit studiert hatte, den Umgang mit den übernatürlichen Kräften bewerkstelligen sollte, die in ihrer Welt an ausgewählten Orten und in ausgewählten Dingen wirksam waren.

Einen Augenblick lang standen sie sich schweigend gegenüber, und trotz der Gewissheit, dass der Weg, den er einzuschlagen gedachte, ihm geradezu vorherbestimmt war, verspürte Tarean ein seltsames Widerstreben, Dornhall und das Almental und insbesondere Wilfert, seinen Mentor und vielleicht einzigen wahren Freund, zu verlassen.

Der einstige Knappe seines Vaters bot ihm den Arm, und der Junge ergriff ihn zum Abschied. »Leb wohl, Wilfert.«

Sein Gegenüber nickte knapp, zog Tarean dann an sich und drückte ihn kurz und fest. »Leb wohl, Junge. Und pass auf dich auf.« Schließlich schob er ihn auf Armeslänge von sich und wies mit dem gesunden Arm zur Handelsstraße. »Und nun geh und schau nicht zurück. Mögen die Dreigötter dich beschützen.«

»Mögen die Dreigötter Euch beschützen«, erwiderte Tarean den Gruß, dann wandte er sich ab und ging los – ohne sich umzusehen. Und so bemerkte er auch nicht, wie Wilfert ihm mit sorgenvoller Miene nachblickte, und er sah auch die schlanke Gestalt nicht, die sich aus dem Schatten eines Findlings löste und neben den Ritter trat.

»Ich muss gestehen, ich bin überrascht, wie rasch die Dinge in Bewegung geraten«, sagte der Alb, der vor wenigen Tagen als Bote des Hochkönigs auf Dornhall eingetroffen war. »Das Schicksal unserer Welt ist wieder im Fluss, und die Gabe des Wassers des Sehens verliert an Kraft, denn die Zukunft ist zu ungewiss, um vorhersagbar zu sein.«

»Glaubt Ihr, er ist bereit für die Bürde, die er sich selbst auferlegt hat, Sinjhen?«, fragte der Ritter.

»Er ist der Sohn seines Vaters«, erwiderte der Alb. »Er kann alles erreichen …« Er ließ den Satz unvollständig, doch Wilfert wusste auch so, worauf sein Kampfgefährte anspielte.

»Zumindest habe ich ihn gefunden, bevor er aufbrechen konnte. Er trägt Esdurial an seiner Seite. Das Schwert wird ihn beschützen. Ich hoffe, das genügt.«

Der Alb lächelte leise. »Seid versichert, wenn es sich einrichten lässt, werden wir auch das eine oder andere Auge auf den Jungen haben.« Dann verklärten sich seine violetten Augen und mehr zu sich selbst als zu dem Mann an seiner Seite rezitierte er die Worte, die sie gemeinsam mit Hochkönig Jeorhel vor nicht viel mehr als einem Tag an dem geweihten Ort tief im Fels unter Cayvallon vernommen hatten:

»Ein Schatten der Vergangenheit erhebt sich.
Der Sohn des Fluchbringers geht nach Osten.
Das Drachenfeuer brennt in der Halle aus Eis.
Und so beginnt es …«

5

EIN IRRLICHT IN DUNKLER NACHT

Ein Blitz zuckte, und ein Donnerschlag zerriss ohrenbetäubend laut direkt über seinem Kopf den Himmel. Tarean zuckte zusammen und beugte sich, mit der Linken seinen Mantel zuhaltend und mit der Rechten die Kapuze tief ins Gesicht gezogen, nach vorne, um dem Regen, der von starken Windböen beinahe waagerecht über die sanft hügelige Vorgebirgslandschaft der Arden gefegt wurde, möglichst wenig Angriffsfläche zu bieten. Obwohl der graue Mantelstoff dick und außen mit wasserabweisendem Fett eingerieben war, hatte der Junge das Gefühl, bis auf die Haut durchnässt zu sein. Eine klamme Kälte hatte sich in seine Knochen eingeschlichen, und er war so erschöpft, dass er am liebsten an Ort und Stelle zu Boden gesunken wäre, doch an Rasten war hier auf offenem Felde bei diesem Unwetter nicht zu denken. Also kämpfte er sich weiter voran, stemmte sich gegen den Wind und die Schleier aus Wasser, die ihm in der ohnehin finsteren Nacht beinahe vollständig die Sicht nahmen, und vermutlich wäre er schon nach wenigen Schritten vom rechten Weg abgekommen, wenn nicht immer wieder grelle, vielfach verästelte Blitze die Landschaft aus dem Dunkel gerissen und für Sekundenbruchteile in eine gleißende Helligkeit getaucht hätten.

Sein Ziel war eine dunkle Linie, die in vielleicht einer Meile Entfernung das Ende der Ebene und den Schutz eines Waldes versprach. Der Alte Wald, das wusste Tarean von Karten, die er im Studierzimmer seines Ahns auf Dornhall betrachtet hatte, bildete die Ostgrenze von Bergen. Genau genommen handelte es sich dabei um einen nur knapp zehn Meilen durchmessenden Ausläufer des Cerashmon, der sich an der kleinen Gemarkung Ost-Arden vorbeizog und im Norden, im Schatten der Arden, zu einer gewaltigen Fläche ausweitete. Ein Land, auf das niemand Besitzansprüche geltend zu machen wagte – die Menschen schon gar nicht, und auch die Alben bewegten sich nur in seinen westlichsten Randregionen, die sie zu ihrem Königreich Albernia zählten. Wilfert hatte ihm an langen Winterabenden die eine oder andere schaurige Geschichte über den Cerashmon erzählt, über Menschen fressende Trolle etwa, die in den Tiefen des Waldes hausten, oder über Wesen, die nicht ganz Mensch und nicht ganz Tier waren, sondern ihre Gestalt auf furchtbare Art und Weise verändern konnten. Er hatte von spinnenartigen Monstrositäten gehört, welche die Größe eines Kalbs erreichten und Netze woben, denen auch der stärkste Mann nicht zu entrinnen vermochte, wenn er sich einmal in ihnen verfangen hatte, und von Pflanzen, die von unheimlichem Leben erfüllt waren und sich bewegten und nach Blut dürsteten. Tarean schauderte innerlich, und er fragte sich, weshalb ihm gerade jetzt all diese Dinge wieder in den Sinn kamen, wo ihm der Wald doch eben noch so einladend und Schutz versprechend erschienen war, ein Ort, dem er den sturmgepeitschten Hügeln in jedem Fall den Vorzug gegeben hätte.

Es blitzte erneut, und der Donner ließ das Himmelsgewölbe über ihm erzittern. Wahrlich, so hatte er sich den ersten Abend seiner langen Reise durch Breganorien, Thal und weiter gen Osten nicht vorgestellt. Noch am Morgen war er, kaum dass der erste Trennungsschmerz abgeklungen war, beschwingt und seltsam leicht im Kopf der aufgehenden Sonne entgegengewandert. Mit dem raschen Schritt eines Mannes, der sein Ziel fest vor Augen hat und gleichzeitig vor dem Zweifel, ob dieses Ziel jemals zu erreichen ist, zu fliehen versucht, hatte er an diesem Tag bereits viele Meilen zwischen sich und sein Zuhause gebracht.

Begegnet war er dabei kaum einer Menschenseele. Die Zeiten, in denen Bergen das Bindeglied zwischen dem Kernland von Breganorien und Albernia gewesen war und die Handelsstraße regen

Güterverkehr gesehen hatte, waren lange vorbei. Heute traf man nur noch bisweilen eine Familie, die mit schweren Bündeln in den Armen ihrer Heimat den Rücken zugekehrt hatte und auf der Flucht vor der Schreckensherrschaft des Hexenmeisters Richtung Westen zog. Oder es hastete eine kleine Gruppe Reiter vorbei, die mit aufmerksamem Blick und einigen Packpferden in ihrer Mitte heimlich Luxusgüter, Artefakte des Reiches und Informationen nach Bergen schmuggelten. Mitunter spazierte auch ein einsamer Abenteurer vorüber, der in Albernia, das nicht nur frei und weit, sondern auch alt und geheimnisvoll erschien, sein Glück suchen wollte. Und natürlich gab es Wolflingstreifen, die mit bösartigem Glitzern in den gelben Augen auf all diese Reisenden warteten.

Einer von ihnen war er im Laufe des Tages begegnet. Es war in der schwülen Hitze des Nachmittags gewesen, und er hatte gerade im Schatten einiger Bäume abseits des Weges Rast gemacht, als die Grawls plötzlich auf einer Anhöhe zu seiner Rechten aufgetaucht waren. An eine Flucht war nicht zu denken gewesen, und so hatte er sich in Windeseile ins Geäst der Kastanie in seinem Rücken geschwungen. Und das Glück war ihm hold gewesen. Die hechelnden Wolfskrieger waren an ihm vorbeigeeilt und nach Norden verschwunden, ohne ihn zu bemerken.

Ein weiterer Blitz und Donnerschlag riss ihn aus seinen Gedanken in die Wirklichkeit zurück. Gleichzeitig trat er mit dem linken Fuß in ein mit Regenwasser gefülltes Schlagloch, stolperte und fiel der Länge nach zu Boden, in den Morast der aufgeweichten Handelsstraße. Er fluchte lautstark und hielt dann erschrocken inne – auch in tiefster Nacht und im furchtbarsten Unwetter trieben sich Wölfe hier draußen in der Wildnis herum. Von ganz anderen, fremdartigen Gefahren, von denen er möglicherweise noch nie gehört hatte, ganz zu schweigen. Er war nicht mehr in Bergen. Er war nicht mehr in Sicherheit. Das durfte er nie vergessen. Also rappelte er sich rasch wieder auf und hastete weiter.

Endlich erreichte er den trügerischen Schutz des Waldrands und tauchte in das Dunkel unter den Bäumen ein. Und es mochte Zufall sein oder die Macht des Waldes, aber je tiefer er in die Finsternis

eindrang, die regelrecht aus dem Boden zu dampfen schien und sich
im Dickicht zwischen den alten Stämmen einnistete, desto dumpfer
wurde das Toben der Elemente hoch über seinem Kopf. Während
der ersten paar hundert Schritt, derweil er noch die etwas hellere
Schwärze der Ebene zwischen den schmalen, hohen Bäumen in
seinem Rücken erkennen konnte, spürte er noch immer den kalten
Wind, der zwischen den Stämmen hindurchfegte und die mächtigen Baumkronen zum Rauschen brachte. Und er spürte auch noch
den Regen, der mit dem tausendfachen Triptrap, das an unzählige
kleine Füße erinnerte, durch das Blattwerk tropfte. Doch dann ging
der Waldboden in ein sanftes Gefälle über, und während der Junge
vorsichtig der Straße in die Tiefen des Alten Waldes folgte, verlor
sich das Unwetter zusehends, bis der Donner nicht mehr war als ein
fernes Grollen am Horizont, der Sturm ein kaum wahrnehmbares
Rauschen hoch über seinem Kopf und der Regen nur noch in vereinzelten Tropfen seinen Weg bis zu ihm herab fand.

Kaum dass die offene Ebene hinter ihm lag, hatte Tarean die
kleine Laterne entzündet, die ihm Wilfert mitgegeben hatte. Das
Unterfangen war nicht ganz ohne Mühen und Fluchen vonstatten
gegangen, denn obwohl die Tasche selbst gut verschlossen gewesen
war, und er Feuerstein und Zunder noch einmal extra in eingefettete
Stoffbündel eingewickelt vorgefunden hatte, war die Feuchtigkeit
irgendwie auch bis in diese hinterste Ecke gedrungen, und es hatte
mehrerer Versuche bedurft, einen Span zum Brennen zu bringen,
mit dem er den ölgetränkten Docht der Laterne hatte anzünden
können. Ohne diese zugegebenermaßen bescheidene Lichtquelle
wäre er unter den Bäumen allerdings vollends verloren gewesen,
denn auch wenn man auf der Ebene, durch Nacht und Unwetter
bedingt, kaum die Hand vor Augen hatte sehen können, herrschte hier zwischen den dicken, knorrigen Stämmen und unter dem
dichten, hohen Blätterdach pechschwarze Finsternis. Wäre er ein
Däumling und in das Tintenfass Bruder Ingolds gefallen, die Welt
hätte nicht dunkler sein können. Auch das schwache Leuchten
der Laterne vermochte nur, einen wenige Schritte durchmessenden
Lichtkegel zu erzeugen, der zwar den Weg vor ihm erhellte, an der

106

ersten Baumreihe links und rechts des Wegesrandes indes schon endete. Die beinahe stoffliche Finsternis zwischen den Stämmen blieb undurchdringlich. Es schien ihm beinahe, als würden die Schatten nur widerstrebend der Helligkeit weichen, als wären sie lebendig und von einem eigenen, finsteren Geist beseelt. Wer weiß, vielleicht waren sie es wirklich.

Ammenmärchen!, schalt sich Tarean. Und dennoch konnte er ein Schaudern nicht unterdrücken, während er in die zunehmende Stille hineinwanderte, die nur gelegentlich von einem Knacken im Unterholz und vom verhaltenen Fallen der Regentropfen durchbrochen wurde.

Tiere schien es überhaupt keine zu geben, zumindest keine, die sich bemerkbar gemacht hätten. Und auch wenn sich der Junge kurz darüber wunderte, war es ihm eigentlich doch fast lieb so. Ein Wald wie dieser konnte nur schreckliche Ungeheuer beheimaten, und deren Weg wollte er, wenn es sich vermeiden ließ, besser gar nicht erst kreuzen.

Doch ungeachtet der unheimlichen, jedes menschliche Leben abweisenden Umgebung, verspürte Tarean mehr und mehr, wie sich eine bleierne Müdigkeit in seinem Inneren ausbreitete. Der Kampf gegen die Grawls am Abend zuvor, die unruhige Nacht auf dem Friedhof, der lange Marsch und schließlich das Unwetter – all diese Strapazen forderten langsam, aber unerbittlich ihren Tribut. Aber erst als er eine unbestimmte Zeit später eine kleine Lichtung inmitten des Waldes erreichte, auf der drei große Findlinge einen schützenden Halbkreis bildeten, wagte er innezuhalten. Das Unwetter war bereits weitergezogen, und das Gras im Schutz der Findlinge fühlte sich beinahe trocken an. »Wenn es in diesem unseligen Wald einen Ort gibt, an dem ich den Rest der Nacht verbringen kann, dann ist es wohl der hier«, entschied der Junge.

Er legte seinen Mantel und die Tasche auf den Boden, schnallte Esdurial vom Gürtel und lehnte sich seufzend an den mittleren der Findlinge. Für einen kurzen Moment dachte er darüber nach, trockenes Holz zu sammeln und ein kleines Feuer zu entfachen, doch als er sich einmal mehr die Geschichten in Erinnerung rief, die er über den Cerashmon gehört hatte, über lebende Bäume, die mit argwöhnischen Augen das Treiben der zweibeinigen Fremdlinge in ihrer Mitte beobachteten, wagte er es nicht. Stattdessen stand er noch einmal auf, schüttelte den quälend langsam trocknenden Mantel aus und rollte sich dann, in das Kleidungsstück gewickelt und die Schwertscheide wie zum Schutz fest im Arm, auf dem Boden zusammen. Das flackernde Licht der Laterne, deren Docht er heruntergedreht hatte, erschien ihm wie eine Trost spendende Insel aus Licht in einem Ozean der Dunkelheit, und während er müde in die kleine Flamme schaute, spürte er, wie seine Lider immer schwerer wurden.

Da bemerkte er das Auge, das ihn von der anderen Seite der Lichtinsel aus dem rechten Findling heraus anstarrte.

Tarean keuchte erschrocken auf und zuckte zusammen, als habe ihn der Blitz getroffen! Im gleichen Augenblick hatte er das neben sich liegende Schwert gezogen und war auf den Beinen. Dann erkannte er seinen Irrtum – *es ist nur eine Maserung im Stein* –, und er lachte erleichtert auf.

In diesem Moment blinzelte das Auge, und dem Jungen blieb das Lachen im Halse stecken.

»Heilige Dreigötter!«, entfuhr es ihm, als sich neben dem ersten ein zweites Auge öffnete. Doch erst als alle drei Findlinge um ihn herum gleichzeitig knirschend zum Leben erwachten und Moos, Flechten und Steinstaub von ihnen abfielen, wurde Tarean klar, in welcher Gefahr er sich befand. *Trolle!*

Er wirbelte herum, rutschte auf dem feuchten Gras aus und legte sich flach auf die Nase. Als er den Kopf hob, starrte er direkt in ein rohes und seltsam unfertig wirkendes Gesicht, so als habe ein Steinmetz nach der Hälfte der Arbeit die Lust verloren und sein Werk unvollendet gelassen. Ein breiter, grotesk verzogener Mund öffnete sich. »Menschling«, grollte der Troll mit mahlender Stimme.

Tarean schrie und krabbelte hektisch zu seiner Tasche und der Laterne hinüber. Als er sich aufrappeln wollte, verspürte er etwas Hartes, das nach seinem Knöchel griff. Ohne hinzuschauen, trat er panisch nach hinten aus, kam dann taumelnd auf die Beine, und all sein Hab und Gut in einem unförmigen Haufen umklammernd, rannte er hinaus in die Dunkelheit.

Ohne auf Weg und Steg zu achten, sprang er über Wurzel und Stein, wich plötzlich auftauchenden Baumstämmen aus und duckte sich unter tief hängenden Ästen hindurch. Dass er dabei bereits nach wenigen Schritten jedwede Orientierung verloren hatte, hätte ihm in diesem Augenblick nicht gleichgültiger sein können.

Er hatte gehofft, durch seine rasche Flucht die Trolle von einer Verfolgung abzubringen, doch diese Hoffnung erwies sich als Trugschluss. Stattdessen erhob sich in seinem Rücken ein furchtbares Krachen und Bersten, als die drei Trolle ihre Ruhestätte verließen und ohne Rücksicht auf Baum und Strauch hinter ihm herstapften. »Menschling!«, brüllten sie dabei aus Leibeskräften, und es hörte sich an, als riefe eine Geröelllawine nach ihm.

Wie konnte ich mir nur unter allen möglichen Schlafplätzen des Alten Waldes genau den aussuchen, der schon besetzt war?, schalt sich Tarean. In der Finsternis stolperte er über hervorstehendes Wurzelwerk, Äste schlugen ihm ins Gesicht, und niedriges Gestrüpp zerrte mit dornigen Ranken an seinen Kleidern, als wolle der Wald ihn festhalten und in seiner Flucht behindern.

»Menschling! Lauf nicht weg, Menschling!«, grölten irgendwo hinter ihm und doch noch viel zu nah die drei Trolle. Die wilde Begeisterung in ihren Stimmen gab Tarean das Gefühl, an einer grausamen Treibjagd teilzunehmen – bei der er der Fuchs war.

Er riskierte es, für einen kurzen Moment hinter einem Baumstamm innezuhalten, um sich die Schwertscheide umzugürten und Tasche und Mantel überzuwerfen, dann hetzte er, die Laterne in der Linken und Esdurial in der Rechten, weiter.

Die Trolle hatten sich unterdessen darauf verlegt, den stillen Wald mit ihrem urweltlichen Gebrüll aus dem Schlaf zu reißen. Und tatsächlich glaubte der Junge nun, aus den Augenwinkeln ein Huschen zu sehen und das Trappeln winziger Pfoten zu vernehmen, so als lebte doch kleines, scheues Getier in den Tiefen des Alten Waldes, das, vom Toben der Trolle aufgeschreckt, das Weite suchte.

Plötzlich war der Boden unter seinen Füßen weg – einfach weg.

In der Hast und in der Dunkelheit hatte Tarean nicht bemerkt, dass er direkt auf einen Felsabhang zugelaufen war, bis er unvermittelt ins Leere trat. Er schrie auf, fiel und rollte dann sich überschlagend den laubbedeckten, vielleicht zehn Schritt in die Tiefe abfallenden Hang hinab.

Der Stumpf eines umgestürzten Baumes brachte seine rasante Fahrt zu einem schmerzhaften Halt. Tarean keuchte auf, als ihm die Luft aus den Lungen getrieben wurde, dann rollte er sich stöhnend auf den Rücken, und für einen Moment konnte er sich überhaupt nicht mehr bewegen. Die Laterne lag erloschen und zerbrochen neben ihm, und der Junge starrte sie verständnislos an, bevor ihm klar wurde, dass es irgendwo in der Nähe eine natürliche Lichtquelle geben musste, denn ansonsten wäre es hier unten stockfinster gewesen – wie überall sonst im Wald auch.

Ächzend kam Tarean auf die Beine. Über ihm stapften die drei Trolle wild wütend durchs Unterholz, doch ihr Gebrüll wurde leiser. Offenbar hatte er sie durch seinen unfreiwilligen Sturz nun endlich abgehängt.

Er streckte sich und betastete prüfend seine Knochen. Ihm tat zwar alles weh – *irgendwie ein Dauerzustand seit zwei Tagen*, dachte er zynisch –, aber er schien sich wie durch ein Wunder erneut nichts gebrochen zu haben. Der Lederharnisch hatte wohl das Gröbste abgefangen. Doch als er einen behutsamen Schritt machen wollte, spürte er, wie die Welt unter ihm wegzukippen drohte, und er stützte sich rasch auf den Stamm des umgestürzten Baums zu seiner Rechten, bevor er wieder hinfallen konnte. Bedächtig setzte er sich erst einmal, schloss die Augen und atmete ein paar Mal tief ein und aus. Ganz so unbeschadet hatte er den Sturz offenbar doch nicht überstanden.

Schließlich spürte er, wie sich der Schwindel legte. Er kramte in seiner Tasche, holte seinen Trinkschlauch hervor und trank in kleinen Schlucken. Dann blickte er sich zum ersten Mal richtig um.

Er befand sich in einem kleinen, schmalen Talkessel, nicht viel mehr als einem Einschnitt in der Landschaft. Der Boden war mit Laub bedeckt, und hier und da wuchsen einige verkrüppelte Bäume, an deren Stämmen dicke Pilzschwämme wucherten, die ein sanftes, grünliches Leuchten abgaben. Tarean trat an einen der Bäume heran und streckte die Hand aus, doch er wagte es nicht, die Pilze zu berühren, die das Tal in diffuses Zwielicht tauchten.

Zu seiner Linken und seiner Rechten ragten die Talwände auf, und er hatte bei seinem Sturz Glück im Unglück gehabt, denn er war an der breitesten Stelle der Bodensenke heruntergekommen. Nur wenige Schritte weiter Richtung Taleingang oder Talausgang schob sich das Erdreich zusammen und fiel zuletzt fast lotrecht ab. Der Taleingang war nicht viel breiter als ein Mann, eine schmale Spalte im Felsgestein, das den Kessel einfasste. Einen Ausgang gab es genau genommen nicht, denn das Tal verjüngte sich zum Ende hin einfach, bis die Felswände schließlich zueinander fanden.

Und dort hinten, im Halbdunkel mehr zu erahnen, denn zu sehen, befand sich eine Art Bauwerk.

Über verwunschene Ruinen, die in den Tiefen des Cerashmon verborgen lagen, hatte Wilfert ihm nie etwas erzählt, und Tarean konnte sich eigentlich auch nichts Leichtsinnigeres vorstellen, als in tiefster Nacht in einem Wald, der aus jeder Erdspalte und jedem Astloch Bedrohung atmete, ein möglicherweise uraltes, halb verfallenes Gebäude zu erkunden. Und dennoch … *Wenn dein Mut bereits an dieser Hürde versagt, dann wirst du es niemals bis ins Herz von Calvas' Reich, bis nach At Arthanoc, schaffen.*

Der Junge hob sein Schwert vom Boden auf, das ihm der Sturz aus der Hand geprellt hatte, und das gleichzeitig so fremde und doch vertraute Gewicht von Esdurial in seiner Faust gab ihm Kraft. Langsam näherte er sich dem Gebäude, das eigentlich nicht viel mehr als einen Eingang in der rückwärtigen Wand des Tals darstellte, ein niedriges Portal, das von einem steinernen Vordach beschirmt wurde, das seinerseits auf vier Säulen ruhte. Der unbekannte Steinmetz hatte den Säulen den Anschein von alter Borke verliehen, und das von kunstvoller Hand behauene Dach glich versteinertem Geäst und Blattwerk, das ineinander verschlungen den Eingang ins Erdreich überwucherte. Die Pforte selbst war ein schlichtes, knapp übermannshohes Rechteck. Dahinter herrschte tiefe Schwärze.

Die Laterne hatte Tarean bei seiner im wahrsten Sinne des Wortes überstürzten Ankunft auf dem Talboden unwiederbringlich ruiniert. Nicht nur das Windglas war zersprungen, auch der Ölbehälter selbst leckte, wie eine rasche Untersuchung ergab. Enttäuscht ließ der Junge die Lampe sinken und betrachtete erneut die Pilzschwämme an den Bäumen.

Vorsichtig berührte er eines der seltsamen, leuchtenden Gewächse. Es fühlte sich nachgiebig, fleischig und kalt an – wie jeder andere Pilz, den er in den Wäldern oberhalb von Dornhall jemals gesammelt hatte. Er riss zwei große, waagerecht von der Rinde abstehende Schwämme ab und stopfte sie in die Metalleinfassung der Laterne, dann hob er sie vors Gesicht. Das Licht war sanfter als das der Flamme und wies einen kränklichen Grünstich auf, aber für die wenigen Schritte, die der Junge in das Innere des fremdartigen Bauwerks zu tun gedachte, sollte es ausreichen.

Langsam, zögernd trat er unter das Vordach. Er vermochte sich nicht auszumalen, wer diesen – Ja was war es? Ein Tempel? Ein Ritualplatz? – errichtet haben konnte. Er sah nicht so aus, als sei er von Menschenhand erbaut. Und dass die Alben im Alten Wald einst Kultstätten errichtet hätten, war zumindest keine Lektion, die im Geschichtsunterricht von Bruder Ingold behandelt worden wäre. *Doch wer dann?*

Tarean wusste, dass es Völker gab, die er bestenfalls aus Märchen und Bardenliedern kannte und über deren Kultur er nicht das Geringste wusste – die Trolle etwa –, und er konnte sich vorstellen, dass es sogar Völker gab, von denen er noch nie zuvor gehört hatte –, wie die Taijirin, die ihm bis zum Zusammentreffen mit Iegi völlig unbekannt gewesen waren. Es lag also keineswegs im Bereich des Unmöglichen, dass er hier die Ruinen einer völlig fremden, vielleicht längst vergangenen Kultur vor sich hatte. *Wenn es denn eine Ruine ist!*, durchfuhr es ihn plötzlich siedendheiß. Die scheinbar verwunschene Stille des verborgenen Tals und die verwitterte Fassade des Eingangs waren zweifelsohne Anzeichen, aber keineswegs untrügliche Beweise dafür, dass, was immer ihn dort drinnen erwartete, wirklich lange tot und zu Staub zerfallen war.

Wer nicht wagt, der nicht gewinnt, du Hasenfuß!, meldete sich seine innere Stimme einmal mehr zu Wort. Also hob er die Laterne und sein Schwert und trat ins Innere.

Der Eingangsbereich des Gebäudes war in der Tat tot und zu Staub zerfallen, ein Zeichen dafür, dass er nicht wirklich damit rechnen musste, irgendwelche Bewohner beim Abendessen – oder anderen, unheiligeren Aktivitäten – aufzuscheuchen. Zerrissene und verstaubte Spinnweben hingen von der Decke, und abgesehen von einem halb verrotteten Holzregal an der Wand war der Raum leer. Eine türgroße Öffnung gähnte in der Rückseite des Raumes, die tiefer in den Fels führte. Eine Tür selbst gab es nicht. Doch als Tarean mit klopfendem Herzen näher trat, sah er, dass der Eingang, an den sich eine Art Gang – oder besser ein Stollen – anschloss, durch einen Rahmen aus schweren Holzbalken gestützt wurde, in den mit bemerkenswerter Kunstfertigkeit seltsame, fremdartige Runen eingeschnitzt worden waren.

Der Junge leuchtete mit seiner behelfsmäßigen Lichtquelle in den Tunnel hinein. Das fahle Licht der Laterne erhellte einen schmalen Gang, der anfangs noch gemauert war, dann jedoch in natürliches Felsgestein überzugehen schien. An einigen Stellen hatten sich die Wurzeln der oberhalb des Tals wachsenden Bäume ihren Weg durch das Gestein gebahnt und ragten nun wie dürre, lange Finger in den Gang hinein. Der leicht abschüssige Boden bestand aus trockener, gestampfter Erde. *Nur ein paar Schritte noch*, dachte sich Tarean und schlich auf Zehenspitzen voran. Warum er so verstohlen in diesen offensichtlich von seinen Besitzern längst verlassenen Ort eindrang, vermochte er selbst nicht klaren Geistes zu begründen. Es mochte an der unheimlichen Atmosphäre liegen, an dem Atem der Zeit, der einem kalten Hauch gleich an seinem Gesicht vorbeistrich und ihn frösteln ließ.

Tarean runzelte die Stirn. Es wehte tatsächlich ein leichter Luftzug den Gang entlang. Das bedeutete, dass es irgendwo da hinten einen weiteren Zugang geben musste. Durch das fehlende Flackern seiner flammenlosen Lichtquelle war ihm dieser Hinweis bis jetzt entgangen.

Überraschend endete der Gang nach höchstens zwanzig Schritten bereits wieder und führte in eine relativ große, nahezu rechteckige Kammer, die – im Gegensatz zu dem ersten Raum – bis unter die Decke mit Gerümpel vollgestellt schien. An den Wänden türmten sich morsche und teilweise zusammengebrochene Regale bis zur roh behauenen Decke, die bis zum Bersten mit halb verrotteten Büchern, rostigen Tiegeln, blinden Glaskolben und noch kurioseren Dingen gefüllt waren. Bleiche Tierschädel starrten ihn aus leeren Augenhöhlen an, und an einer Stelle hatte eine schaumige gelbe Masse ihr Behältnis gesprengt und war über die Regalbretter zum Boden hinabgetropft. Büschel von Kräutern, die so trocken wirkten, als könne man sie mit einem Husten zu Staub zerfallen lassen, hingen von der Decke, und auf den Boden waren großflächig seltsame Symbole gezeichnet, in denen zu unförmigen Wachsklumpen zerlaufene Kerzenstummel und ausgebranntes Räucherwerk lagen.

Und in der Ecke, an einem niedrigen Holztisch, saß ein Mann.

Für einen Augenblick blieb Tarean vor Schreck das Herz stehen! Er zuckte zurück, und seine rechte Hand verkrampfte sich um den Schwertgriff. Doch dann rief er sich zur Ordnung.

»Herr?«, fragte er zaghaft.

Er bekam keine Antwort. Der Mann in der langen, braunen Kutte rührte sich nicht.

Der Junge räusperte sich lautstark und setzte erneut an: »Verzeiht, mein Eindringen, Herr, aber …«

Er ging langsam näher, ließ dabei die Waffe sinken und berührte den Fremden dann sanft an der Schulter.

Fast augenblicklich fiel der Sitzende in sich zusammen! Mit hellem, hohlem Klappern fielen die Knochen des lange Verstorbenen zu Boden und sein zerschlissener Mantel legte sich wie ein Leichentuch über das Skelett. Der Schädel, an dem noch einige spinnwebendünne, graue Haare klebten, rollte aus der Kapuze und blieb zu Tareans Füßen liegen. Er schien ihn spöttisch anzugrinsen, als der Junge mit einem Schrei des Erschreckens zurückwich. »Dreigötter!«, entfuhr es ihm mit Inbrunst.

Es dauerte einige Herzschläge, bis er sich wieder gefasst hatte.

Dann trat er ein zweites Mal an den Tisch heran, auf dem jetzt nur noch einige Fingerknochen neben einem Fässchen mit längst eingetrockneter Tinte und einem alten Folianten lagen, in den der Mann offenbar kurz vor seinem Tode fremdartige Symbole gemalt hatte. Tareans Augenbrauen zogen sich zusammen, als er einen Blick darauf warf. Sie ähnelten nichts, was ihm jemals in der Bibliothek von Bruder Ingold untergekommen war. Rankenartige Ornamente, verzierte Kreise und Tierzeichen bedeckten das rissige, braune Pergament. *Vielleicht war er ein Naturkundiger, einer dieser Druiden, die in der Alten Macht bewandert waren und den Naturgeistern huldigten, bevor die Dreigötter ihre Herrschaft antraten*, überlegte der Junge.

Wer auch immer der Mann gewesen war und was auch immer er vor seinem Tode für mysteriöse Studien betrieben haben mochte, seine Geheimnisse jedenfalls hatte er mit ins Grab genommen, zu das ihm seine düstere Behausung unter der Erde schließlich geworden war.

Tarean schüttelte den Kopf. Hier gab es nichts mehr für ihn zu tun. Er wollte sich schon abwenden, da fiel sein Blick auf einen weiteren, schmaleren Durchgang zwischen zwei Regalen. Noch ein Raum? *Vielleicht eine Art Lager – oder die Schlafstätte des Mannes ...*

Tatsächlich entpuppte sich die zweite Kammer als eine Mischung aus Schlafzimmer und Wohnraum, während der Raum zuvor wohl das Studierzimmer gewesen war. In einer Ecke an der Wand stand eine Holzpritsche, auf der nur noch die Überreste einer Strohmatratze lagen. Zwei weitere, mit allerlei Utensilien vollgestellte Regale schlossen sich daran an. Im hinteren Bereich befand sich eine Art Feuerstelle. Kalte Asche bedeckte den Boden, und an einem niedrigen Dreibein hing ein rußgeschwärzter Kessel. Darüber schien ein Kamin hinauf zur Oberfläche geführt zu haben, der allerdings irgendwann in den vergangenen Jahrzehnten – *oder Jahrhunderten?* – eingebrochen war, sodass die Kammer in einem steilen Schacht aus Geröll und Erde endete. Von hier kam auch der leichte Windhauch, den er schon zuvor im Gang gespürt hatte.

Nur weil er sich auch bisher alles angeschaut hatte, trat der Junge neben die Feuerstelle, verbog den Oberkörper und blickte den Schacht hinauf, durch den kaum die Andeutung von Helligkeit zu erkennen war.

Ein Fehler, den er sofort bereute, als ihm ein großer, schwerer, haariger Körper von oben entgegensprang.

Tarean schrie auf, ließ die Laterne fallen und riss mit beiden Händen das Schwert in Abwehrhaltung über den Kopf. Es gab einen Ruck, der dem Jungen beinahe die Waffe aus der Hand geprellt hätte, dann glitt das Wesen an seinem Kopf und Rücken vorbei und fiel mit einem dumpfen Klatschen zu Boden. Dabei zischte es gleichzeitig wütend und schmerzerfüllt, und harte, dünne, lange Beine schlugen wie wahnsinnig gegen Tareans Unterschenkel.

»Esdurial!«, rief der Junge, mit aller Inbrunst hoffend, dass ihm Wilfert nichts Falsches gesagt hatte, als er ihm versichert hatte, man müsse nur daran glauben, um die Alte Macht zu entfesseln, die in dem Schwert gebändigt war. Und tatsächlich war es wie das Überspringen eines Funkens vom Griff hinauf zur Klinge, dann leckten plötzlich kalte, weiße Flammen das silberne, runenverzierte Metall empor, und schließlich erwachte das Schwert fauchend zum Leben. Sein grelles Strahlen brachte das Licht eines Mittsommertages in den muffigen Kellerraum, verbrannte die verstaubten Spinnweben und trieb das Dunkel in die letzten Winkel hinter Regale und unter Felsvorsprünge zurück.

Und im Lichte Esdurials sah Tarean das Ungeheuer, das ihm beinahe mitten ins Gesicht gesprungen wäre. Es war eine ekelerregend dicke, schwarze Spinne mit einem Körper, so groß wie ein kleiner Hund, über deren Rücken sich zwei Reihen kleiner roter Augen zogen. Das Untier zischte und klackte wie wild mit den Beißwerkzeugen, während seine behaarten, dürren Beine mit den schmalen, glitzernden Dornen an den knorpeligen Gelenken unkontrolliert in alle Richtungen austraten. Der Grund dafür war ein klaffender Schnitt im Unterleib des Geschöpfs, aus dem eine weißliche Flüssigkeit quoll und den sich die Spinne offenbar zugezogen hatte, als sie sich sozusagen in Tareans Schwert geworfen hatte.

Der Junge keuchte angewidert auf, und bevor er auch nur einen klaren Gedanken fassen konnte, ließ er sein Schwert niederfahren, wieder und wieder, bis die zappelnde, geifernde Brut die verbliebenen Beine an den Körper zog, auf den Rücken fiel und sich nicht mehr bewegte.

»Bei allen Ausgeburten der Dunkelreiche!«, rief der Junge und beförderte das tote Untier mit einem kräftigen Tritt seines Stiefels in die ferne Ecke des Raums. »In was für ein elendes Loch bin ich hier geraten?« Er spuckte aus, um den bitteren Geschmack von Galle, der in seinem Rachen aufgestiegen war, loszuwerden, und stampfte dann noch einmal heftig mit dem Fuß auf. Zorn war schon immer ein gutes Mittel gewesen, um Furcht zu überwinden.

Endlich hatte er sich wieder beruhigt, und mit dem Abklingen seiner inneren Glut verblasste auch die Glut des Schwerts, so als wüsste es, dass sein Herr nun seiner Dienste nicht mehr bedurfte.

Eigentlich hätte es stockfinster werden müssen. Die Laterne mit den Pilzschwämmen, deren Leuchtkraft ohnehin bereits langsam am Schwinden gewesen war, hatten entweder er oder die Spinne in dem Durcheinander unter eines der Regale getreten. Jedenfalls war sie nirgends zu sehen, und auch kein grünlicher Lichtschimmer verriet, wohin sie verschwunden war. Esdurial war in seiner Hand wieder erloschen, kein Funke und kein Nachglimmen war auf der Klinge verblieben, an der das Blut und die Körperflüssigkeiten der Spinne verdampft waren wie Wasser, sodass das kalte Metall makellos glänzte, wie am Tag, an dem es geschmiedet ward. Und dennoch war es nicht vollkommen dunkel im Raum.

Neugierig blickte sich Tarean nach der neuen Lichtquelle um. Dort drüben, im Regal, stand ein von Schmutz und Alter matt gewordener Glaskrug. Und darin, unsichtbar durch die blinde, bauchige Außenwand, glühte irgendetwas ganz schwach. Was immer es sein mochte, der Junge hätte schwören können, dass das warme, goldene Licht zuvor nicht da gewesen war. Er schob sein Schwert in die Scheide, trat an das Regal heran und hob den Krug vorsichtig hoch. Behutsam wischte er mit dem Ärmel über das Glas, und auf einmal weiteten sich seine Augen voller Erstaunen.

Im Inneren des Krugs lag eine winzige Frau, nicht viel größer als sein Handteller. Sie trug ein Gewand, das aussah, als sei es aus feinstem goldenem Gespinst gewoben, und die Haut ihrer bloßen Arme und Beine war hell wie ein klarer Frühlingsmorgen. Langes, blondes Haar verdeckte ihr kleines Gesicht, aber das Wunderbarste an ihr waren zwei filigrane, schmetterlingsartige Flügel, die ihr aus dem Rücken zu wachsen schienen und die sie wie eine hauchzarte, durchscheinende Decke halb um den Leib geschlungen hatte.

Tarean stockte der Atem. Noch nie in seinem ganzen Leben hatte er solch ein bezauberndes Geschöpf zu sehen bekommen. Man hatte ihm als Kind Geschichten über diese Wesen erzählt, aber er hätte nicht im Traum zu hoffen gewagt, jemals eines von ihnen leibhaftig in den Händen zu halten. »Eine Elfe …«

Eine schwache Aura goldenen Lichts umgab den Körper der Frau und pulsierte im Einklang mit ihrem sich kaum merklich hebenden und senkenden Brustkorb. So unglaublich und unwahrscheinlich es auch erscheinen mochte: Die Elfe lebte.

Vorsichtig nahm Tarean den Deckel von dem Krug ab, in dem das magische Geschöpf offenbar all die Jahre gefangen gewesen war, zögerte kurz und kippte ihn dann sanft. Die – schlafende? bewusstlose? verzauberte? – Elfe glitt schlaff in seine Handfläche. Sie war leicht wie eine Feder, und wenn ihr kleiner Körper nicht gleichzeitig warm gewesen wäre wie der Bauch einer Katze, die auf dem Ofen gelegen hat, hätte Tarean zu zweifeln begonnen, ob sie nicht vielleicht doch tot war.

So war sein erster Gedanke, ob sie wohl Fieber hatte, eine Eingebung, die ihn im gleichen Moment unpassend laut auflachen ließ. *Als ob Elfen so etwas wie eine Erkältung bekommen könnten.*

Es mochte der laute Klang seiner Stimme in diesem Refugium der Stille gewesen sein oder einfach nur Zufall, doch auf einmal begann sich die Elfe in seiner Hand zu rühren. Gebannt und mit der Nase beinahe das kleine Wesen berührend beobachtete der Junge, wie sie sich träge herumrollte, wobei ihr Haar zur Seite glitt und ein schönes, seltsam alterloses Gesicht enthüllte. Fast mühevoll, so als habe sie diese seit Ewigkeiten nicht mehr bewegt, entfaltete die Elfe ihre Flügel. Dann erhob sie sich in eine halb sitzende Stellung – und schlug die Augen auf.

Tarean war, als stünde er auf einer hohen Klippe und tief unter ihm lägen zwei runde Seen, deren Wasser so blau war, dass das Blau des Himmels darüber verblasste, und so klar, dass man es bis hinab in die Tiefen ergründen konnte, bis zum Grund, der übersät war mit Perlen, glitzernd wie die Sterne bei Nacht. Und er wünschte sich nichts sehnlicher, als von dieser Klippe zu springen und mit ausgebreiteten Armen und seligem Lächeln in diese Seen hinab-zustürzen, in sie einzutauchen und in ihnen zu versinken, in dieses verheißungsvoll glitzernde Dunkel.

»Du starrst mich so gierig an, Riese. Man könnte meinen, du wolltest mich fressen.«

Der Junge löste seinen gebannten Blick von den Augen der Elfe, die in seiner Hand saß, schüttelte leicht benommen den Kopf und blinzelte. »Ich … was?«

»Du glaubst doch nicht etwa, ich wäre genießbar, oder, Riese?« Die Elfe stand auf und musterte ihn misstrauisch.

»Nein, nein, ich … ich bin außerdem kein Riese.«

Das handtellergroße Geschöpf blickte bis zum staubigen Boden hinab, der tief unter seinen Füßen im Dunkeln lag, dann wieder in Tareans Gesicht und erneut bedeutungsvoll in den Abgrund jenseits seiner Handfläche. »Kein Riese, hm?«

»Na ja, ich …« Tarean brach verwirrt ab. Er wusste nicht so genau, warum, aber er kam sich wie ein Bauerntölpel vor, der von einer Prinzessin zum Tee eingeladen worden war und nun höfische Konversation betreiben sollte. »Ich bin ein Mensch, mein Name ist Tarean«, platzte er schließlich hervor. Und etwas leiser setzte er nach. »Und wer bist du?«

Die Elfe strahlte ihn an – und das im wahrsten Sinne des Wortes, denn mit jedem Augenblick, den sie bei Bewusstsein war, schien ihre Lichtaura an Stärke zu gewinnen. Dann machte sie einen anmutigen Knicks und hauchte: »Moosbeere.«

»Moosbeere …« Der Junge ließ sich den Namen auf der Zunge

zergehen. »Das ist ein sehr schöner Name für eine noch viel schönere kleine Dame.«

Die Elfe schlug die schlanke Hand vor den Mund und kicherte. »Oh, was bist du für ein Herzensbrecher, Tarean Keinriese. In deiner Heimat müssen dir die jungen Mädchen zu Füßen liegen.«

Tarean spürte, wie ihm heiße Röte ins Gesicht stieg. Jetzt hatte er mal höflich sein wollen … Er wollte abwinken, womit er die Elfe, die immer noch federleicht auf seiner Hand stand, beinahe hätte über Bord gehen lassen.

»He«, schimpfte sie. Doch bevor er auch nur erschrocken nach Luft schnappend eingreifen konnte, hatte sie ihre Flügel ausgebreitet und sich flink wie ein Vogel in die Luft erhoben. Ihre Aura strahlte jetzt so stark, dass er den kleinen Körper kaum noch erkennen konnte, und ihre durchscheinenden Flügel vibrierten und summten wie bei einer Honigbiene. Sie glitt nahe an sein Gesicht heran und boxte ihm mit der winzigen Faust auf die Nase. »Was bist du für ein nachtragender Grobian!«

»Ich … es tut mir leid«, beeilte sich der Junge zu sagen. »Das wollte ich nicht.«

»Sagte der Ast zum Wandersmann, nachdem er ihm auf den Kopf gefallen war.«

»Äh … was?«

»Ach, schon gut. Vergessen wir's. Und jetzt komm.« Moosbeere schwirrte zweimal verwirrend dicht um seinen Kopf herum und huschte dann aus dem Raum hinaus.

Tarean sah nur noch bunte Flecken vor seinen Augen flimmern. »Warte auf mich«, rief er und stolperte durchs Dunkel der Elfe hinterher, die im Augenblick seine einzige Lichtquelle darstellte. Er durchquerte hastig das Studierzimmer des toten Druiden, während die Elfe bereits fröhlich summend und Kapriolen schlagend in Richtung Ausgang schwirrte.

Tarean stieß sich den Kopf an irgendeinem niedrigen Balken, fluchte und tastete sich dann vorsichtig in Richtung Tunnel vorwärts. »Moosbeere! Komm zurück! Ich sehe hier hinten gar nichts mehr.«

Er hatte nicht wirklich daran geglaubt, dass das kleine Geschöpf auf ihn hören würde, das im Übrigen bislang kein Wörtchen des Dankes für den Mann übrig zu haben schien, der es aus seinem gläsernen Gefängnis befreit hatte. Umso überraschter war er, als sich ihm die fliegende Lichtkugel tatsächlich wieder näherte.

»Moosbeere!«

»Komm schnell, Tarean!« Die Elfe wirkte aufgeregt.

»Was ist?«

»Ich muss dir etwas Tolles zeigen.«

»Etwas Tolles?« Rasch folgte der Junge der Elfe, die bereits wieder auf dem Weg zurück zum Eingang war. Als er schließlich aus dem Steinportal mit seinen baumartigen Säulen und dem an versteinerte Baumkronen gemahnenden Vordach hinaustrat, erkannte er plötzlich voller Schrecken, dass die Elfe und er dringend über ihre jeweilige Vorstellung von »toll« sprechen mussten.

Vor dem Haus des Druiden standen zwei der drei Trolle!

»Dreigötter!«, entfuhr es ihm.

»Menschling«, grollte der eine Troll zufrieden, und der andere zog eine finstere Grimasse.

»Ihr kennt euch?« Strahlend schwirrte die Elfe an seine Seite. Sie schien sich keiner Gefahr bewusst.

»Flüchtig«, versetzte Tarean. »Sie wollten mich töten.«

»Wirklich?« Moosbeeres Blick zuckte zu den steinernen Ungetümen hinüber, die sich gemächlich in Bewegung setzen. »Oh …«

Die Gedanken des Jungen überschlugen sich. Diesmal schien es kein Weglaufen zu geben, kein Entrinnen. Oder doch? Blitzschnell warf er einen Blick zurück ins Innere. »Komm schnell, Moosbeere. Der Kamin.«

Doch kaum hatte er die Worte ausgesprochen, da vernahm er hinter sich auch schon ein dumpfes Rumpeln und Bersten und eine Stimme, die aus den lichtlosen Eingeweiden eines Berges zu kommen schien, brüllte wütend und frustriert: »Eng hier drinnen!«

So war auch dieser Fluchtweg versperrt. Tarean vermochte sich nicht auszumalen, wie die steindummen Trolle ihm auf die Spur gekommen waren – ganz zu schweigen von der bemerkenswert durchdachten Zange, in die sie ihn genommen hatten. Jedenfalls schien ihn sein Glück, das ihm bislang doch so hold gewesen war, nun endgültig verlassen zu haben.

Da huschte unvermittelt ein wahnwitziger Gedanke durch seinen Geist. Wenn sich die alten Geschichten irrten, unterschrieb er mit diesem Plan sein Todesurteil, andererseits war sein Leben auch nicht viel mehr Kupfer wert, wenn er einfach wie angewurzelt im Türrahmen stehen blieb und darauf wartete, dass ihn die Trolle zwischen ihren schaufelgroßen Pranken mit den dicken, verkrümmten Fingern zerquetschten.

Also sprang er nach vorne, riss sein Schwert aus der Scheide und schrie aus Leibeskräften: »Weichet, ihr Brut der Dunkelreiche. Sonst wird euch mein Zorn treffen.« Das klang schon recht eindrucksvoll, fand er. Noch eindrucksvoller hätte es gewirkt, wenn die Spitze seines Schwertes nicht so gezittert hätte. Rasch packte er den Griff auch mit der zweiten Hand und verzog die Miene zu einem Ausdruck grimmiger Entschlossenheit. Sein Herz pochte ihm fast bis zum Hals, als er bedächtig, Schritt für Schritt, auf die Trolle zuging.

Und dann geschah das erste Wunder. Die beiden hünenhaften Ungetüme hielten in ihrem Vormarsch inne, blickten sich misstrauisch an, und ein unruhiges Grollen drang aus den Tiefen ihrer Kehlen, wie das drohende Knurren eines Hundes, der gleichzeitig Zorn, aber auch die Furcht vor der Peitsche seines Meisters verspürt. Dann, als er einen weiteren Schritt auf sie zu machte, begannen sie sogar mit den schweren Füßen zu scharren, und schließlich, ganz langsam, wichen sie vor Tareans weit ausgestreckter Klinge zurück.

»Was machst du da?«, erkundigte sich die Elfe neugierig.

»Ich versuche, zu überleben«, erwiderte Tarean angespannt.

»Das sieht mir nicht sehr erfolgversprechend aus.«

Der Junge biss die Zähne zusammen, dass ihm der Kiefer schmerzte. »Könntest du bitte für einen Moment …« Das Geräusch schwerer Schritte unterbrach ihn, gefolgt von einem Poltern und Krachen und einem überraschten Brüllen, das ihn herumfahren ließ. Er erkannte, dass sich der dritte Troll offenbar doch gegen einen

Weg mitten durch die Behausung des Druiden entschieden hatte und stattdessen zurückgeklettert und über das Felsdach gelaufen war. Soeben ging er in einer Wolke aus Felssplittern und Steinstaub zu Boden, die vom Ende des kunstvollen Eingangsportals kündete. So sehr das zerbrechliche, steinerne Geäst dem prüfenden Blick eines Gelehrten standhalten mochte, so wenig hatte es dem immensen Körpergewicht eines Trolls entgegenzusetzen, der darüber hinwegzulaufen gedachte.

Der kleine Sturz hielt das Ungeheuer allerdings mitnichten auf. Bevor sich auch nur der Staub gelegt hatte, erhob sich der Troll bereits wieder, drohend und grollend, ein urzeitliches, aus dem Fleisch der Erde herausgebrochenes Ungetüm mit tückisch funkelnden Augen und wahrhaft gewaltigen Muskeln.

Auch seine beiden Gefährten schienen sich dadurch erneut ihrer Stärke bewusst zu werden, denn ihr Rückzug kam ins Stocken. Jetzt wurde es ernst.

Die drei Trolle teilten sich auf und kreisten Tarean mit weit ausgebreiteten Armen ein, so als wollten sie ihn herzlich willkommen heißen und an ihre breite Brust drücken. Der Junge konnte dabei schon förmlich seine Knochen splittern hören, und er schauderte bei dem Gedanken, während er sich wachsam, jede Faser seines Körpers angespannt, im Inneren dieses Kreises um die eigene Achse drehte und die Ungeheuer mit seinem Schwert auf Abstand hielt. Wie lange das gut gehen würde, mochten die Dreigötter allein wissen.

Zum Glück musste es nicht lange gut gehen. Denn statt einen Angriff oder einen Ausbruchversuch zu wagen, blieb Tarean unvermittelt stehen, grinste den Troll direkt vor seiner Nase mit einer Dreistigkeit an, die er im Herzen nicht verspürte, und riss dann plötzlich sein Schwert hoch über den Kopf. Er legte alle Verzweiflung und Hoffnung, die in seiner Brust im Widerstreit lagen, in das eine Wort, das ihm Rettung oder Untergang sein mochte: »Esdurial!«

Es war seine Rettung.

Denn wieder erwachte die Alte Macht des Schwertes, und wieder züngelten weiße Flammen über die runenverzierte Klinge.

Die Trolle grunzten überrascht. Dann explodierte das Schwert förmlich in gleißendem Strahlen, als das weiße Drachenfeuer fauchend die Waffe einhüllte. Wie von einer Druckwelle wurden die Schatten, die schwarzem Wasser gleich jede Nische und Ecke des Tals ausgefüllt hatten, hinfortgeblasen, und die verkümmerten Bäume und mit Flechten und Ranken überwucherten Talwände waren plötzlich in taghelles Licht getaucht.

Die drei Trolle rissen ihre Pranken vors Gesicht und stimmten ein infernalisches Geheul an, während sie zurücktaumelten, als hätte sie das Licht des Schwerts verbrannt. Und tatsächlich setzte eine seltsame Verwandlung ein: Ihre Körper, eben noch grob und schmutzig grau-braun, aber eindeutig aus Fleisch und Blut, schienen sich zu verfestigen und nahmen eine granitgraue Farbe an. Die Trolle krümmten sich, während ihre Glieder mit dem Rumpf verschmolzen, und wo ihre verrenkten Leiber den Boden berührten, erstarrten sie in dieser Haltung. Auch das Heulen wurde dumpfer und unartikulierter, ging in ein Mahlen und Knirschen über und schließlich verstummten die Ungeheuer ganz. Sie waren zu Stein erstarrt.

Der Junge senkte sein Schwert, dessen Leuchtkraft allmählich abnahm wie bei einem glimmenden Scheit. Erst jetzt erlaubte er es sich, die Luft, die er die ganze Zeit angehalten hatte, in einem langen, erleichterten Ausatmen, das seinen ganzen Körper in sich zusammensacken ließ, entweichen zu lassen.

Moosbeere kam auf ihn zugeflogen – er hatte gar nicht bemerkt, dass sie von seiner Seite gewichen war –, torkelnd wie ein betrunkener Schmetterling. Ihr zarter Körper glühte regelrecht, und ihre Aura strahlte wie eine winzige Sonne. »Tarean, was hast du getan? Ich fühle mich so leicht.« Sie flog eine leicht verunglückte Schleife und kicherte dabei.

Der Junge blickte voller Bewunderung auf das Schwert in seiner Hand, dessen Runen noch sanft nachglühten, und murmelte: »Ich habe mich der alten Geschichten erinnert und darauf gehofft, dass sie auch meinen, was sie nicht sagen. Trolle sind Geschöpfe der Alten Macht. Sie sind stark und beinahe unverwundbar in der Dunkelheit, so erzählte man mir in meiner Heimat abends am Kaminfeuer. Doch sie verfallen in einen tiefen, todesähnlichen Schlaf, wenn das Licht der Sonne sie berührt. Doch wenn das Licht der Sonne dies vermag …« Er blickte zu der Elfe hinüber, die nun ausgelassen wie eine Eistänzerin um die drei Findlinge herumwirbelte, die alles waren, was noch an die drei Monstren erinnerte. »… dann vielleicht auch das Licht der Alten Macht. Zum Glück hatte ich Recht.«

Moosbeere huschte zu ihm zurück und säuselte: »Du trägst ein mächtiges Schwert an deiner Seite, Tarean. Die Alte Macht ist stark in ihm. Doch bevor du es das nächste Mal anrufst, lass es mich wissen …« Sie kam direkt vor seinem Gesicht zum Stehen. »Denn auch ich bin ein Geschöpf der Alten Macht und spüre seine Wirkung.« Dann sauste sie zweimal um seinen Kopf herum und schließlich leuchtend den Pfad hinab Richtung Talausgang. »Doch jetzt eile dich. Lass uns von hier verschwinden. Seit hundert Jahren und einem Tag warte ich darauf, dieses Tal endlich verlassen zu können. Keinen Moment länger bleibe ich hier.«

Damit sprach sie ihm voll und ganz aus dem Herzen.

Den Rest der Nacht verbrachten sie in einer von schützendem Dickicht überwucherten Bodensenke, die zwar furchtbar schwierig zu erreichen war, sich aber als überraschend anheimelnd erwies. Ein dicker Teppich blaugrünen Mooses bedeckte einen Teil der Erde, auf dem Tarean fast so gut schlief, wie in seiner Kammer daheim in Dornhall. Allerdings hatte ihn ohnehin, kaum dass die letzte Anspannung von ihm abgefallen war, eine Erschöpfung übermannt, die ihn überall hätte einschlafen lassen und sei es auf dem Kopfsteinpflaster eines Dorfplatzes am Markttag. Und frieren musste er auch nicht. Moosbeere, die sich, noch immer ab und an leise glucksend, auf seinem Bauch niederließ, wärmte ihn wie ein über dem Feuer erhitzter Stein, den ihm seine Amme in den kalten Wintertagen seiner Kindheit vor dem Zubettgehen gelegentlich unter die Decke gelegt hatte.

Wie Tarean im Laufe des nächsten Tages erfuhr, war Moosbeere gar keine Elfe. Sie war ein Irrlicht – und dies nicht nur, weil die

Menschen, die ihresgleichen schon einmal begegnet waren, ihr Volk so zu nennen pflegten.

»Aber du siehst aus wie die Elfen in den Geschichten, die mir erzählt wurden«, hatte der Junge ein wenig linkisch eingewandt, wobei das genau genommen nicht ganz stimmte, denn keine der Geschichten hatte jemals ein Wort darüber verloren, dass Elfen in eine so intensive Lichtaura gehüllt waren wie jene, die Moosbeeres Körper umgab.

»Und du siehst aus wie einer der Riesen in den Geschichten, die mir erzählt wurden. Bist du deshalb ein Riese?«, hatte das kleine Geschöpf schnippisch gekontert, und darauf hatte der Junge nun wirklich keine kluge Erwiderung mehr gewusst.

Unter der überraschend kundigen Führung des Irrlichts hatten sie den Alten Wald bereits bis zum Nachmittag desselben Tages durchquert und im Schatten der letzten Baumreihen hieß es schließlich Abschied nehmen.

»Hier trennen sich wohl unsere Wege, Moosbeere«, sagte Tarean leicht bedrückt, denn so kurz die gemeinsame Zeit auch gewesen war, der Junge hatte die Elfe – *das Irrlicht* – bereits lieb gewonnen.

»Wohin gehst du?«, fragte Moosbeere, die auf seiner Schulter saß und den Kopf an seinen Hals gelehnt hatte. Der Junge hatte den ganzen Tag über schon bemerkt, dass das Irrlicht im grünen Dämmerlicht, das unter dem dichten Blätterdach herrschte, reichlich schläfrig umhergeflogen war, und vor einer Weile nun schon hatte es sich bei ihm niedergelassen und versuchte umständlich wie ein junger Hund, der sich dreimal auf seiner Decke im Kreis drehte, bevor er bereit war, sich hinzulegen, eine bequeme Sitzposition zu finden.

Tarean blickte hinaus auf das sanft hügelige Flachland, das die Kernlande von Breganorien ausmachte. Es war ein trüber Tag. Dicke graue Wolken hingen am Himmel, und es roch nach Regen. Einige Meilen zur Rechten konnte er die Handelsstraße erkennen, die sich als schmales braunes Band durch die Wiesen zog. Etwas näher zu seiner Linken trat ein Fluss, vermutlich der Eilwasser, der auch vor Tareans Eindringen in den Alten Wald links von der Straße dahingeflossen war, aus dem Schatten der Bäume hervor und näherte sich in spitzem Winkel erneut der Straße, von der er sich innerhalb des Waldes offenbar deutlich entfernt hatte. Und voraus, gar nicht mehr so weit entfernt, begannen die Felder, die auf menschliche Siedlungen hindeuteten. Agialon selbst lag hinter einer Hügelkuppe und entzog sich bislang seinen suchenden Augen. Dennoch deutete er ungefähr gen Osten. »Nach Agialon, in die große Metropole der Menschen. Und dann noch viel weiter nach Osten, einmal quer durch die halbe bekannte Welt.«

»Warum?«, fragte Moosbeere müde.

»Ach, weißt du, das ist eine lange Geschichte. Um sie in aller Kürze zu erzählen: Es gibt einen bösen Hexenmeister namens Calvas, der vor sechzehn Jahren aus dem Osten kam und mit seinen Horden aus Wolfskriegern alle Reiche der Menschen unterjochte. Mein Vater kämpfte damals gegen ihn, und durch eine gemeine Täuschung wurde er unfreiwillig irgendwie zu dem Mann, der Calvas sozusagen auf den Thron geholfen hat. Seitdem hasst und verachtet ihn das Volk, obwohl er einstmals ein großer … Moosbeere?« Er schielte nach rechts. Das Irrlicht hatte sich flach auf seine Schulter gelegt, Arme, Beine und Flügel träge von sich gestreckt und die Aura fast erloschen. Es schien zu schlafen.

»Moosbeere? Wach auf. Ich muss gehen.« Er stupste das Irrlicht mit dem Finger an, doch es murmelte nur undeutlich und fuhr sich mit dem Arm über das winzige Gesicht.

Der Junge lächelte. *Müdes, kleines Irrlicht.* Vielleicht, so dachte er bei sich, waren sie des Nachts wach und schliefen stattdessen am Tage. Das schien bei einem Geschöpf, dessen Lebensinhalt es war, leuchtend in den Tiefen des Waldes herumzuirren, nicht allzu abwegig.

Behutsam pflückte er die zarte geflügelte Frau, zu der Moosbeere wurde, wenn ihr Lichtkranz nicht alles überstrahlte, von seiner Schulter und legte sie in eine Astkuhle. »Ich habe keine Zeit, darauf zu warten, dass es wieder Nacht wird, um mich von dir zu verabschieden«, sagte er sanft, während er sie mit ein paar Blättern zudeckte. »Ich muss weiter, dann erreiche ich vielleicht heute noch die ersten menschlichen Ansiedlungen und kann morgen in aller Frühe bereits in Agialon sein.« Er seufzte leicht. »Ich würde dich ja gerne mitnehmen. Aber das geht nicht. Die Welt dort draußen ist nichts für ein Geschöpf wie dich. Du würdest nur unglücklich werden.« Er hob die Hand, um ihr mit dem kleinen Finger zärtlich übers blonde Haar zu streichen, doch dann hielt er inne und wagte es nicht, sie zu berühren. »Leb wohl, Moosbeere«, flüsterte er, »und lass dich nicht wieder für hundert Jahre in ein Glas einsperren.« Dann wandte er sich ab und eilte raschen Schrittes davon. Eine dunkle Welt und eine dunkle Aufgabe erwarteten ihn.

6

ZWEI GLORREICHE HALUNKEN

Einst war Agialon, die große, am Ufer des Stroms Riva gelegene Metropole der Menschen, als der Brillant von Breganorien, das strahlende Zentrum der westlichen Reiche bekannt gewesen. Keine Stadt, weder Winhall im Norden, noch Bristaja im Süden, noch Hornwald jenseits der Zwölf Zinnen, konnten es an Größe und Glanz mit ihr aufnehmen. Einzig Fuencarral, der verborgenen Stadt der Alben tief in den Arden, sagte man eine vergleichbare Pracht nach. Tausenden von Menschen bot sie ein Zuhause, und nicht nur der Palast des Althan von Breganorien erhob sich prunkvoll im Zentrum der Stadt, auch der Große Tempel der Dreigötter auf dem nahen Tempelhügel, die gewaltige Bastion des Ordens der Kristalldrachen im Norden der Stadt und die Akademie des Wissens mit dem ihr angegliederten Spital, welche das östliche Riva-Ufer beherrschte, ließen Besuchern von weither schier die Augen übergehen vor Bewunderung. Schöne Bürgerhäuser, stets sauber und adrett geschmückt, säumten breite, gepflasterte Straßen, unter denen ein weitläufiges Abwassersystem verlief, wie man es sonst in ganz Endar nicht kannte. Eine meterdicke Stadtmauer mit vier riesigen Toren schützte die Stadt vor äußeren Feinden, und die stete Präsenz grün und gelb gewandeter Gardisten ließ die Menschen auch in den Abendstunden sorglos durch die Gassen und über die kleinen Plätze flanieren. Es hieß, Armut sei den Bewohnern Agialons fremd.

Von all den Wundern, die Agialon noch vor sechzehn Jahren besessen hatte, war nur die meterdicke Stadtmauer geblieben, als sich Tarean am nächsten Tag um die Mittagszeit die letzte Hügelkuppe hinab der Metropole näherte. Festungsartig und abweisend ragte sie zwischen denen auf, die in ihrem Schatten in armseligen Holzhütten hausten oder auf heruntergewirtschafteten Feldern ihrem mühevollen Tagewerk nachgingen, und denen, die unter der Knute und am kurzen Zügel gehalten den Wolflingbesatzern und ihren Helfershelfern dienten. Von den Wachtürmen hingen Banner mit einem schwarzen Wolfskopf auf blutrotem Grund, und das Stadttor wurde nicht mehr von Gardisten des Althan, sondern von hünenhaften, haarigen Gestalten in grob vernähten Lederharnischen und mit langen, schwarzen Lanzen bewacht.

Der Junge hatte sich bisher noch kein rechtes Bild von der Art und der Festigkeit des Griffs zu machen vermocht, mit dem Calvas die von ihm unterworfenen Reiche regierte. In seinen Albträumen hatte er riesige Lager gesehen, in denen die Menschen wie Vieh zusammengepfercht waren, um den grausamen und immer hungrigen Wölfen als Nahrung zu dienen. Dann wiederum hatte er befürchtet, in Agialon ein einziges, gewaltiges Heerlager der Grawls vorzufinden, das praktisch bar von Menschen war und nur als Brückenkopf für den nächsten – und letzten – furchtbaren Angriff auf Albernia diente.

Die Wirklichkeit stellte sich gleichzeitig ernüchternder und erschreckender dar. Nachdem sie Agialon erobert hatten, hatten die Grawls dem Anschein nach einfach alle Wahrzeichen geschleift, alle Widerstandsnester ausgeräuchert und sich selbst als Herren über die Menschenmetropole ausgerufen – und dann hatten sie die Stadt sich selbst überlassen. Riesige Viehweiden erstreckten sich im östlichen und südlichen Umland, zweifelsohne um die nicht enden wollende Gier der Wolfsmenschen nach Fleisch zu stillen. Und Kolonnen verhärmt wirkender Männer und Frauen zeugten davon, dass die Besatzer durchaus ihren Tribut an Waren und Frondienst von den Besiegten forderten. Doch ungeachtet dessen schien das Leben auch für die Menschen, Alben und anderen Völker, die in Agialon lebten und arbeiteten, weiterzugehen.

Eine Weile lang stand Tarean im Schatten eines windschiefen Schuppens und beobachtete das Treiben am Tor. Die Grawl-Wachen schienen vor allem mit sich selbst beschäftigt und die Menschen, die an ihnen vorüberzogen, überwiegend Bauern, Handwerker und Tagelöhner, kaum eines Blickes zu würdigen. Ein einzelner Mann mit einem Schwert und einem Harnisch allerdings würde ganz sicher ihre Aufmerksamkeit erregen.

Was mache ich bloß?, fragte er sich.

Just in diesem Augenblick bog ein Bauer mit einem großen Fuhrwerk voll Stroh, vor das zwei Ochsen gespannt waren, in den Torweg ein. Tarean beschloss, alles auf eine Karte zu setzen, schlüpfte rasch aus Mantel und Harnisch, schnallte Esdurial ab und wickelte Waffe und Rüstung in den Umhang. Dann huschte er um zwei Schuppen herum und gelangte so hinter den Heuwagen. Ohne dass der Bauer es bemerkte, schob er sein Bündel so tief er konnte unter das Stroh, verrieb noch hastig eine Hand voll Dreck in seinem Gesicht und hockte sich dann hinten auf die Ladefläche.

Ich bin ein einfacher Junge vom Lande. Ich darf passieren …, versuchte er den Verstand der Wächter zu beeinflussen.

Und das Glück war ihm hold. Die Wölfe machten sich nicht einmal die Mühe, das Fuhrwerk anzuhalten und mit ihren Lanzen im Stroh herumzustochern, sondern winkten den Bauern einfach durch. Als sie durch das Tor rumpelten, hielt Tarean den Blick gesenkt und tat so, als beschäftige ihn der Dreck unter seinen Fingernägeln mehr als alles andere auf der Welt.

Er wartete noch, bis das Fuhrwerk um die nächste Ecke gebogen war, dann zog er feixend seine Ausrüstung hervor, sprang vom Wagen und huschte in eine Seitengasse, um sich wieder anzukleiden. Derweil überdachte er sein weiteres Vorgehen. Es galt, Beornhard zu finden, den Gefährten Wilferts, und ihn dazu zu bewegen, sich als kundiger Führer der gefährlichen Reise nach At Arthanoc anzuschließen.

Das war in einer Stadt wie Agialon leichter gesagt als getan. Der Ritter hatte dem Jungen mit dem Südviertel zwar den ungefähren Wohnort seines Freundes genannt, doch diese Ortsangabe erwies sich als ausgesprochen vage, wie er feststellen musste, als er durch die Straßen der Metropole wanderte, die übrigens keineswegs so sauber waren, wie es die Geschichten erzählten. Der Schlamm vieler Sommer, den zahllose Füße von der harten Arbeit auf den Feldern und Weiden rund um die Metropole eingeschleppt hatten, bedeckte das Kopfsteinpflaster fast vollständig, und Unrat türmte sich in vielen Hausecken zu stinkenden Haufen. Die Fassaden der Häuser zeigten noch heute Spuren der furchtbaren Kämpfe, die vor sechzehn Jahren in Agialon gewütet hatten, und stellenweise säumten rußgeschwärzte Ruinen wie faulige Zähne den Straßenrand, die instandzusetzen sich niemand die Mühe gemacht hatte.

Das Südviertel bestand, vor allem entlang des an beiden Ufern von befestigten Hafenanlagen gesäumten Riva, zum größten Teil aus Lagerhallen und Getreidespeichern. Schäbige Spelunken, billige Herbergen und heruntergekommene, zweistöckige Wohnhäuser füllten die Ecken und Nischen dazwischen aus. Mit zunehmender Entfernung zum Hafen gesellten sich Handwerksbetriebe hinzu: Gerber, Schuster, Kürschner und Schmiede, die ihr Gewerbe am Schnittpunkt zwischen den zuliefernden Bauern des Umlandes, dem Handel zu Wasser und den Abnehmern in den anderen Stadtvierteln eingerichtet hatten. Da Tarean nicht die geringste Ahnung hatte, welcher Profession Beornhard inzwischen nachging, einem ungeschriebenen Gesetz nach aber Schankwirte und Barbiere stets am besten über die Bewohner und Ereignisse ihrer Umgebung Bescheid wussten, entschied sich der Junge, seine Nachforschungen in den Gasthäusern des Südviertels zu beginnen.

Der Nachmittag zog dahin, und mit ihm zog Tarean von Tresen zu Tresen. Bald hatte er sich so viel des wässrigen Gebräus, das man hier Bier nannte, durch die Kehle fließen lassen, dass sich sein Kopf anfühlte, als sei er in Watte gepackt und er alle paar Straßen in eine dunkle Nische verschwinden musste, um sich zu erleichtern. »Der Schiffer«, »Zur Krone«, »Ratibors Einkehr« – die Namen der Schänken verschwammen in seinem Geiste zu einem bedeutungslosen Buchstabenbrei. Und niemand schien etwas über einen Kriegsveteranen namens Beornhard zu wissen oder aber wissen zu wollen.

132

Draußen wurde es langsam dämmrig, und Tarean konnte sich kaum noch der Erkenntnis verschließen, dass sein Plan für heute gescheitert war. Natürlich hätte er seine Suche auch in den Abendstunden fortsetzen können, doch in gleichem Maße, wie das Tageslicht schwand, kamen dem Jungen mehr und mehr Zweifel, ob es eine so schlaue Idee wäre, sich als Fremder des Nachts im Südviertel herumzutreiben. Er trug zwar ein Schwert an der Seite und noch immer seinen zerschundenen Lederharnisch unter dem Mantel, doch vor einem gut gezielten Dolchstoß zwischen die Rippen oder einem Knüppelhieb auf den Hinterkopf würde ihn das kaum bewahren. Und grün und gelb gewandete Gardisten waren ihm den ganzen Tag noch nicht über den Weg gelaufen. *Ich suche mir lieber einen sicheren Platz zum Schlafen und komme morgen wieder,* entschied er und machte sich eilig auf den Weg.

Da vernahm er plötzlich ein leises Pfeifen aus einer Seitengasse. Als er den Kopf hob, sah er einen Mann, der ihm verschwörerisch winkend gebot, näher zu kommen. Der Mann sah ungepflegt und verhärmt aus und trug mehrere Schichten Lumpen am Leibe – ein Stadtstreicher möglicherweise. »He, junger Herr, kommt mal her.«

»Was wollt Ihr?«, fragte Tarean misstrauisch.

»Mir ist zu Ohren gekommen, dass Ihr nach Beornhard dem Krieger sucht«, gab der Mann mit gesenkter Stimme zurück. »Ich kann Euch vielleicht helfen.«

»Vielleicht?«

Der Fremde druckste ein wenig herum. »Wisst Ihr, ich bin ziemlich hungrig, werter Herr. Und mit leerem Magen fällt es mir schwer, mich der Dinge zu erinnern, die wirklich von Bedeutung sind.« Er schielte listig zu Tarean auf. »Etwa, wo das Haus steht, das Beornhard dem Krieger als Heim dient.«

»Ihr wisst, wo Beornhard lebt?«, rief Tarean aufgeregt.

»Pst, nicht so laut, werter Herr«, zischte der Bettler. »Es muss ja nicht jeder erfahren.«

»Also gut«, flüsterte der Junge und kramte aus seiner Tasche ein Stück Hartwurst und etwas Brot hervor. Beides hielt er dem Mann hin, der gierig danach griff und es sich in den Mund stopfte. Kauend grinste er Tarean an, der eine ungeduldige Geste machte. »Jetzt zeigt mir den Weg und es soll sich für Euch lohnen.«

Der Fremde nickte eilfertig und humpelte los. »Kommt, kommt, junger Herr …«

»Das ist das Haus?«, fragte Tarean leise, als sie ein paar Straßen weiter im Sichtschatten eines Schuppens zum Stehen kamen und auf ein einige Schritt entferntes, dreistöckiges Fachwerkgebäude mit spitzem Giebel blickten, dessen brüchige Fassade eindeutig schon bessere Zeiten gesehen hatte. Warum er immer noch flüsterte, vermochte der Junge selbst nicht zu sagen, aber das verstohlene Gebaren, das sein Fremdenführer an den Tag legte, schien Heimlichkeit anzumahnen.

»Ja, werter Herr, das ist es«, bestätigte der Bettler und nickte zur Bekräftigung. Dann hielt er erwartungsvoll die runzlige Hand auf. Innerlich seufzend ließ Tarean ein paar kleine Münzen hineinfallen, und der Mann zog sich unter vielfachen Verbeugungen zurück, bevor er sich umdrehte und humpelnd die Straße zurückhastete, durch die sie gekommen waren.

Der Junge wandte sich wieder dem Haus zu. Hinter keinem der mit gelben Butzenscheiben verglasten Fenster brannte Licht, und auch der Eingang, zu dem einige Stufen hinaufführten, lag im Dunkeln. Irgendwie wirkte das Haus unangenehm verlassen. Trotzdem musste er natürlich sein Glück versuchen. Er ging über die Straße, erklomm die fünf Treppenstufen zur Haustür und klopfte kraftvoll an.

Knarrend schwang die Tür nach innen auf.

Das ist kein gutes Zeichen, dachte Tarean. Zögernd trat er ins Innere, in eine breite Diele, von der mehrere Türen abgingen und eine Treppe in den ersten Stock führte. »Hallo?«, rief er. »Herr Beornhard?« Es kam keine Antwort. *Vielleicht ist er ausgegangen? Aber warum hat er dann seine Tür offen stehen lassen?*

Unschlüssig stand der Junge eine Weile lang da, dann entschied er, sich ein bisschen umzusehen. Es behagte ihm zwar nicht, im Haus eines Fremden herumzuschnüffeln, aber sein Gefühl sagte ihm, dass der Kampfgefährte Wilferts nicht einfach nur zum Abendbrot in ein benachbartes Gasthaus eingekehrt war.

Vorsichtig öffnete er Tür um Tür und ließ den Blick durch die dahinterliegenden Räume schweifen. Die Wohnstube wirkte völlig normal, sah man einmal davon ab, dass die Asche im offenen Kamin gänzlich erkaltet war. Auch die Küche erweckte den Eindruck, als sei sie schon lange Zeit nicht mehr benutzt worden. In einer Schale lagen kleine, gelbe, verschrumpelte Äpfel, und ein halber Laib Brot daneben war regelrecht versteinert. Wo immer der Bewohner dieses Hauses weilte, er war jedenfalls seit etlichen Tagen nicht mehr hier gewesen.

Im ersten Stock betrat Tarean ein Studierzimmer, und dort hatte jemand heftig gewütet. Alle Schubladen des hölzernen Sekretärs, der vor dem Fenster stand, waren herausgerissen, und der Inhalt – Schreibutensilien, Pergamentbögen und Notizbüchlein – lag auf dem Boden verstreut. Die im Raum befindlichen Stühle hatten die Vandalen umgeworfen, ebenso eines der zwei Regale, in denen sich einst Schriftrollen und einige Bücher befunden hatten, die nun ebenfalls zerfleddert in allen vier Ecken des Raums verteilt waren.

Eine halb von der Wand gerissene Landkarte der westlichen Reiche erregte seine Aufmerksamkeit. Für einen Moment erwog er, sie abzuzeichnen, doch er wollte sich eigentlich nicht länger als nötig in diesem leeren, fremden Haus aufhalten, zumal es draußen zunehmend dunkel wurde. Also nahm er sie kurzerhand von der Wand, rollte sie zusammen und steckte sie in seine Umhängetasche. *Verzeiht mir, Beornhard. Ich bin sonst kein Dieb, aber mir scheint, als braucht Ihr sie im Augenblick nicht, und ich benötige sie dringend.* Sollte er je heil von seiner Reise zurückkehren, so schwor er sich, würde er sie Wilfert aushändigen, der sie an seinen Freund zurücksenden konnte.

Er befand sich bereits wieder auf halbem Wege ins Erdgeschoss, als plötzlich die Eingangstür grob aufgestoßen wurde und mehrere Gestalten hereinpolterten. Es waren Grawls, drei an der Zahl, zwei Braunpelze und ein wild aussehender Schwarzpelz, der sie anführte. Sie alle trugen Lederharnische, auf die Metallplatten genietet worden waren. Äxte und kurze, breite Schwerter hingen an ihren Gürteln.

»Da ist er!«, grollte einer der beiden Gefährten des Schwarzen und zeigte auf Tarean.

Tarean fluchte, machte auf dem Absatz kehrt und stürmte die Treppe wieder hoch. Die Wolflinge setzten sofort zur Verfolgung an. Der Junge hetzte in den ersten Stock und dann hinauf in den zweiten. Er wusste genau, dass er in eine Sackgasse hineinrannte; ein Sprung vom Dach würde seiner Flucht – und seiner ganzen Reise – zweifellos ein abruptes Ende bereiten.

Doch als er auf dem Treppenabsatz im zweiten Stock angelangt war, schien sich ihm eine Möglichkeit zu bieten. Durch ein Fenster in der rückwärtigen Hauswand blickte er auf einen Hinterhof, der durch einen Torbogen mit einer Parallelstraße verbunden war. Und direkt unter dem Fenster befand sich ein Schuppen oder Stall mit einem hohen, schrägen Dach. Tarean rüttelte an dem Fenster, doch der Schließmechanismus war entweder verklemmt oder eingerostet, jedenfalls bewegte er sich um keinen Fingerbreit.

Hinter ihm kamen die Wolflinge hechelnd die Treppe heraufgestürmt. Ihm blieb keine Zeit für lange Abwägungen und Überlegungen, also nahm er über den Flur hinweg ein paar Schritte Anlauf und warf sich dann mit aller Kraft gegen das Fenster.

Es gab einen Knall, als der Riegel aus der Verankerung gerissen wurde und das Fenster mit Wucht aufflog und gegen die Hauswand prallte, wo es klirrend zersprang. Gleichzeitig stürzte Tarean kopfüber in die Tiefe, schlug mit der Schulter auf das Holzdach des Schuppens und rollte haltlos die Schräge hinab, nur um nach einem weiteren kurzen Fall krachend auf dem mit Schlamm und Stroh bedeckten Hinterhofpflaster zu landen. Die Wucht trieb ihm die Luft aus den Lungen, und für einen Moment drehte sich die ganze Welt um ihn, doch er schüttelte den Kopf und kam taumelnd wieder auf die Beine.

»Netter Versuch, Menschenknabe.« Die Stimme kam von hinter dem Schuppen, um dessen Ecke jetzt der Schwarzpelz trat. »Doch leider umsonst.« *Die Hintertür*, dachte Tarean, *verdammt!*

Sein Blick hetzte hinauf zu dem Fenster, durch das er gesprungen war, und erhaschte die zwei anderen Wolflinge, die böse grinsend durch das Loch in der Wand schauten. Hinter ihm wurden Schritte laut, und als er herumwirbelte, sah er zwei weitere Grawls, die sich mit verbeulten dreieckigen Schilden und kurzen Handäxten bewaffnet durch den Torbogen näherten. Sie hatten ihn sauber eingekesselt.

»Gib auf, Mensch, und vielleicht wirst du leben«, sagte der Schwarzpelz.

»Niemals«, flüsterte Tarean mit verbissener Miene und zog sein Schwert, um es abwehrbereit vor sich zu halten.

Der Wolf hob die Schnauze zum Himmel und lachte bellend. »Dein Kampfgeist ist bewundernswert, Mensch, doch vollkommen verfehlt. Du kannst uns nicht alle besiegen. Warum Leid und Tod riskieren, wenn wir dir doch nur ein paar Fragen stellen wollen. Etwa diese hier ...« Seine Miene verfinsterte sich so plötzlich wie der Himmel vor einem Unwetter an einem schwülen Sommerabend. »Was hast du mit dem Verräter Beornhard zu schaffen?«

»Ich habe gar nichts mit ihm zu schaffen«, rief Tarean. Erst jetzt bemerkte der Junge den pfotenartigen Abdruck auf der breiten Stirn des Wolfs. Es sah aus wie eine frische Brandwunde, roh und rot glänzend.

»Du lügst!«, brüllte der Wolfskrieger. »Das halbe Südviertel weiß, dass du ihn suchst.«

Der Junge zuckte zusammen und fluchte innerlich. Er hätte nicht gedacht, dass seine beiläufig gestellten Fragen so viel Aufsehen erregen würden.

»Nun? Was sagst du?!«

Tarean knirschte mit den Zähnen. Was immer er den Wolflingen anbieten konnte, sie würden es nicht schlucken. Wilfert hatte ihm zwar eingeschärft, sich nicht in einen Kampf verwickeln zu lassen – und schon gar nicht innerhalb der Mauern von Agialon –, aber er schien den Ärger geradezu anzuziehen, seit er das Almental verlassen hatte. Also welche Wahl blieb ihm schon?

Tarean verlagerte das Gewicht, atmete langsam aus und hob das

Schwert kampfbereit über den Kopf. »Ich denke, es gibt nichts mehr zu sagen.«

»Wie du willst, *Mensch*.« Der Grawl spuckte das Wort regelrecht aus. Er bellte einen Befehl, und sofort sprangen seine Krieger dem Jungen entgegen, die Zähne gebleckt und die Äxte zum Schlag erhoben.

»Esdurial«, beschwor dieser ruhig, aber von einer grimmen Entschlossenheit erfüllt, einmal mehr die Macht des Schwertes. Und wieder floss weißes Feuer über die runenverzierte Klinge, bevor sie in einer Druckwelle aus Licht erwachte, die jede Ecke des Hinterhofs flutete. Die beiden Wolflinge rissen die haarigen Arme vor die Augen und winselten schmerzerfüllt. Und selbst ihr Anführer, der offenbar aus anderem Holz geschnitzt war als seine Untergebenen, japste überrascht.

Tarean wartete nicht, bis sie sich von dem Schreck erholt hatten, sondern ging sofort zum Angriff über. In einem flammenden Halbkreis führte er das Schwert von oben nach unten quer über die Brust des einen Wolflings, und er zuckte beinahe selbst zusammen, als er sah, wie widerstandslos die Klinge den schäbigen Harnisch und die darunter liegende dicke Haut des Wolfs zerteilte. Er wandte sich dem zweiten Gegner zu und riss Esdurial in einem schwungvollen Hieb herum, doch dieser hob geistesgegenwärtig seinen Schild, der die Klinge krachend abfing. Die Wucht des Schlages aber hob ihn von den Pfoten und warf ihn nach hinten gegen die Mauer – eine Wucht, für die der Junge nicht einmal die Kraft hätte aufbringen können, wenn er zehn Jahre mehr Kampferfahrung und deutlich mehr Muskeln besessen hätte. Esdurial war wahrlich eine machtvolle Waffe.

In diesem Moment traf ihn ein schwerer Körper im Rücken und riss ihn zu Boden. Er rollte herum und sah, dass sich nun auch die beiden Wolflinge, die ihm durchs Haus gefolgt waren, in den Kampf eingemischt hatten. Der Erste der beiden hatte ihn offenbar vom Schuppendach aus angesprungen, der Zweite folgte ihm direkt hinterdrein. Hektisch schlug Tarean seinem Feind mit dem Schwertknauf gegen den haarigen Schädel, während er gleichzeitig versuchte, sich aus dem Griff der Bestie zu befreien. Mit einem Tritt gelang es ihm, sich etwas Raum zu verschaffen, und als sich der andere wieder auf ihn werfen wollte, erwartete ihn schon die brennende Klinge Esdurials, die ihm zwischen zwei Panzerplatten hindurch fast bis zum Heft in die Brust drang. Diesmal ließ der Junge nicht los, sondern versetzte dem Leichnam seines Gegners einen weiteren heftigen Fußtritt, um sich und das Schwert zu befreien, dann kam er schwankend auf die Knie, nur um gerade noch rechtzeitig die Klinge hochzureißen und einen schwungvollen Axthieb zu parieren. Er ließ die schartige Waffe nach links abgleiten, dann zog er das Schwert zurück und führte es in einem kraftvollen Streich gegen die Beine des Wolflings. Winselnd ging sein Feind zu Boden, und Tarean setzte nach und rammte ihm das Schwert in die Kehle.

Keuchend sprang der Junge auf und wirbelte einmal um die eigene Achse. Sein Puls raste, und bunte Flecken tanzten durch sein Blickfeld, Nachbilder des Flammenschwerts in seinen Händen. Seine vier Gegner lagen tot oder sterbend um ihn herum verstreut. Nur ihr Anführer, der Schwarze, stand noch im Hof, und hätten Blicke töten können, Tarean wäre in diesem Moment leblos zu Boden gesunken. Stattdessen hob der Junge schwer atmend sein Schwert und sah über die gleißende Klinge hinweg den Schwarzpelz mit blitzenden Augen an.

Der Körper des Grawls war angespannt, und ein dumpfes Grollen entrang sich seiner Kehle, während er sich bedächtig zur Hintertür zurückzog. »Nicht hier. Nicht heute. Aber wir sehen uns wieder, Menschenknabe.«

Für einen Moment spielte Tarean mit dem Gedanken, dem Schwarzpelz nachzusetzen und den Kampf zu beenden, doch mit einem Mal spürte er, wie seine Arme und Knie zu zittern anfingen, und er biss die Zähne zusammen, um nicht von der Schwäche übermannt zu werden. Er wartete noch stumm, das Gesicht zur Maske erstarrt, bis der schwarze Wolfskrieger den Hinterhof verlassen hatte, dann senkte er langsam das Schwert, und so wie das Licht Esdurials verebbte, spürte er, wie jede Kraft seinen Körper verließ. Fahrig und völlig unnötigerweise wischte er die makellose Klinge an seinem Mantel ab und schob sie in die Scheide zurück. Sein Blick schweifte ein letztes Mal über den Hof. Die Leiber und das Blut der vier toten Wolflinge ließen den Ort wie ein Schlachthaus erscheinen. Binnen weniger Augenblicke hatte er sie niedergestreckt. Und dabei hatte er nicht einmal besonders gut oder elegant gekämpft. Ihn schwindelte bei dem Gedanken. Es war die reine Kraft des Schwertes, die ihm diesen unmöglichen Sieg geschenkt hatte, da war sich der Junge ganz sicher. *Eine Kraft, die irgendwann ihren Tribut fordert?* Er zwang diese bange Frage beiseite, wandte sich um – und sah eine Gestalt im Torbogen stehen.

Tarean zuckte zusammen. Einen Augenblick zuvor war der Weg noch frei gewesen, und plötzlich war sie wie aus dem Nichts aufgetaucht und lehnte lässig am glatten Mauerwerk des Durchgangs. »Beeindruckend. Wirklich beeindruckend für einen Jungspund wie dich.« Die Stimme war warm und samtig wie das Schnurren einer Katze, und als die Gestalt aus dem Schatten des Torbogens heraustrat, sah Tarean, dass sie einer jungen Frau gehörte. Sie trug ein verwegenes Flickwerk aus graubrauner Lederkleidung, und die Griffe zweier kurzer, gekreuzt über den Rücken geschnallter Klingen ragten über ihre Schultern. Als sie näher kam, sah Tarean, dass ihre Haut grau war wie der Himmel an einem trüben Herbstmorgen. Das lange, nachtschwarze Haar hatte sie zu einem Zopf geflochten, der ihr über die linke Schulter hing. Es war eine Albin.

»Wer seid Ihr und was wollt Ihr von mir?« Er versuchte, ruhig und gefasst zu klingen, während er gleichzeitig mit Mühe den Drang unterdrückte, erneut sein Schwert zu ziehen.

»Wer wir sind …« Die Albin lächelte, und Tarean sog scharf die Luft ein, als sich ein weiterer, ungleich größerer Schatten aus dem Dunkel des Torbogens löste. »… wollen wir für den Augenblick mal hintenan stellen.« Ihr Komplize war ein Riese von einem Mann, sicher zwei Schritt groß und so breit, dass sich Tarean fragte, wie es überhaupt irgendwo in Agialon Schatten geben konnte, die tief genug waren, ihn zu verbergen. Er schien irgendwie am ganzen Körper behaart zu sein, und grob genähtes Lederzeug hing ihm trotz seiner Masse schlaff wie die Segel eines Schiffes bei Flaute am

Leibe. »Und was wir wollen, könnte dir sehr entgegenkommen. Wir wollen dir helfen – wenn du uns die eine Frage ehrlich beantwortest, die offenbar alle beschäftigt.«

»Was?«, entfuhr es Tarean ungläubig.

Der Mann grinste ihn an und entblößte dabei ein gelbes Gebiss mit großen Zähnen. »Keine Sorge, Junge. Es ist ganz leicht.« Seine Stimme, dunkel und volltönend, passte zu seinem gewaltigen, tonnenförmigen Brustkorb.

»Warum suchst du nach Beornhard dem Krieger?«, ergänzte die Albin seine Worte. Sie trat noch etwas näher und blickte Tarean forschend an. Ihre Augen waren von einem so durchdringenden Grün, dass sie an Edelsteine erinnerten, und wie in den Augen aller Alben lag auch in ihnen die Glut eines inneren Feuers.

Der Junge zögerte noch. Er hatte heute schon zu vielen Menschen zu viel von seinen Absichten verraten. »Sagen wir es so: Ein alter Freund Beornhards schickt mich …«

»Und weiter?«

Er beschloss, in die Offensive zu gehen. »Hört zu. Ich weiß nicht, wer Ihr seid. Warum sollte ich Euch trauen? Außerdem habe ich gerade wirklich keine Zeit, mich zu unterhalten.« Er deutete auf die Toten um ihn herum.

Der Hüne lachte leise, doch die Albin erweckte nicht den Eindruck, als sei Humor eine ihrer herausragenden Eigenschaften. »Pass mal auf, Junge«, fauchte sie leicht gereizt. Offenbar war auch ihr der Schauplatz ihrer Unterredung nicht ganz geheuer. »Du solltest dir – nur für einen Moment – die Zeit nehmen. Agialon ist ein verdammt gefährliches Pflaster, und sich im ganzen Südviertel nach Beornhard zu erkundigen macht das eigene Leben nicht gerade sicherer, wie du schon bemerkt haben dürftest. Von dieser Heldentat hier ganz zu schweigen. Wir gehören ausnahmsweise zu den Guten, aber bis wir klar sehen, welche Rolle du in diesem Spiel einnimmst, wirst du unsere Fragen beantworten – und sei froh, dass wir uns überhaupt die Mühe machen, die Fragen vorher zu stellen und erst danach zuzuschlagen.«

Alarmiert wich Tarean zurück, schlug den Mantel zur Seite und legte die Hand einmal mehr auf die Schwertklinge. »Das haben heute schon andere versucht«, erwiderte er und funkelte die Albin an.

Der Hüne ließ einen dumpfen Seufzer hören. »So sollten wir unsere Bekanntschaft nicht beginnen«, sagte er und blickte zwischen Tarean und der jungen Frau hin und her, die sich angespannt gegenüberstanden. Der Hüne verstellte seiner Gefährtin halb den Weg und nickte dem Jungen dann zu. »Mein Name ist Bromm, und das da«, er deutete auf die Albin, »ist Auril.«

»Bromm!«, entfuhr es dieser entgeistert, doch der Hüne winkte ab.

»Es ist keine Falschheit an ihm, Auril. Ich würde es wittern, wenn er uns täuschen wollte«, beruhigte er sie und erntete dafür einen säuerlichen Blick. Etwas an dem Satz irritierte Tarean, aber bevor er länger darüber nachdenken konnte, fuhr Bromm bereits fort: »Wir waren Freunde von Beornhard.«

»Waren?«, hakte der Junge nach, und ein mulmiges Gefühl machte sich in seiner Magengegend breit.

Die Albin kniff plötzlich die Augen zusammen und legte den Kopf schief, als lausche sie. »Vorsicht. Ich höre weitere Wolflinge nahen. Lasst uns verschwinden und unsere Freundschaft an einem gemütlicheren Ort vertiefen.« Sie warf Tarean einen schiefen Blick zu. »Es sieht so aus, als müssten wir uns für den Moment einfach vertrauen. Kannst du dich dazu durchringen?«

Der Junge zuckte mit den Achseln. »Was bleibt mir schon?«

»Schön, dass du das endlich auch begreifst.«

Selbstherrliches Weib, dachte Tarean, doch er verkniff sich jede weitere Bemerkung. Stattdessen folgte er dem ungleichen Paar eilig durch die abendlichen Gassen des Südviertels Richtung Hafen. Er traute diesen beiden an Wegelagerer erinnernden Gestalten zwar keineswegs, aber durch die Wolflinge, die ganz offensichtlich nach ihm gesucht hatten und die Suche mit Sicherheit auch wieder aufnehmen würden, kaum dass sich der Schwarzpelz Verstärkung geholt hatte, war sein ohnehin schon gefährlicher Aufenthalt in Agialon noch um einiges riskanter geworden. Er musste nun rasch Näheres über Beornhards Verbleib in Erfahrung bringen, damit er diese Hochburg des Feindes so bald wie möglich wieder verlassen konnte. Ein kleines Wagnis schien das schon wert zu sein. Mit leichtem Unwohlsein fiel sein Blick auf Bromms unglaublich breites Rückgrat: naja, vielleicht ein mittelgroßes.

Ihr Ziel war ein unscheinbares zweistöckiges Gebäude, dessen Fenster mit Brettern vernagelt waren und dessen mit Schindeln gedecktes Spitzdach große Lücken aufwies, durch die man in den Dachstuhl hineinschauen konnte. Auril machte sich kurz an der Tür zu schaffen, dann nickte sie Bromm zu – »Alles in Ordnung.« –, und sie traten ins Innere.

Das Erdgeschoss wurde zum großen Teil von einer einzigen Kammer eingenommen, die als Wohn- und Essraum gleichermaßen diente. Halb abgetrennt davon befanden sich eine Küche und eine Latrine, und eine schmale Treppe führte in den ersten Stock, in dem Tarean Schlafräume vermutete. Wie ein Dieb huschte Auril von Zimmer zu Zimmer und überprüfte, ob sie auch wirklich allein waren. Dann brachte sie einen brennenden Kerzenstummel, der den Wohnraum in mildes Licht tauchte, drei Holzbecher und einen Krug, dessen klarer Inhalt sich als Wasser herausstellte, leicht abgestanden zwar, für Tarean aber dennoch eine wahre Wohltat für seine nach der Sauftour und dem Kampf gegen die Wölfe ausgedörrte Kehle.

»Also schön«, sagte Auril, nachdem sie alle versorgt waren, »reden wir. Offen.« Sie warf Bromm einen kurzen Blick zu.

»Ihr fangt an«, beharrte Tarean. Er würde sich erst in die Karten blicken lassen, wenn er ein etwas genaueres Bild von den Beweggründen seiner »Wohltäter« hatte. »Was meintet ihr etwa damit, als ihr sagtet, ihr wäret Beornhards Freunde gewesen? Wo ist er? Ich muss ihn treffen.«

Die Albin blickte ihn ernst an, und im Schein der Kerze glühte das grüne Feuer ihrer Augen noch heller. »Beornhard ist tot. Zumindest befürchten wir das.«

»Tot?«, fragte Tarean erschrocken.

»Du musst wissen«, mischte sich nun auch Bromm mit dunkler Stimme ein, »dass Beornhard wie wir auch zu denen gehörte, deren

Willen die Wölfe nie zu brechen vermochten. Wir sind wenige, aber es gibt uns, und jeder von uns tut das seine, um den Welpen des Hexenmeisters das Leben schwer zu machen.«

»Doch Beornhard war leichtsinnig«, nahm Auril den Faden auf. »Er glaubte, dass wir uns organisieren und unsere Kräfte bündeln müssten, um gemeinsam größeren Widerstand gegen die Besatzer leisten zu können. Doch die Wolflinge bekamen Wind von seiner kleinen Rebellenbewegung und hoben sie aus. Vor drei Wochen überraschten sie Beornhard in seinem Versteck und verschleppten ihn. Seitdem hat man nichts mehr von ihm gehört.«

»Und ihr habt nicht versucht, ihn zu retten?«, ereiferte sich Tarean.

Aurils Antlitz verdüsterte sich. »Wir hatten ihm gesagt, dass wir uns aus dieser Sache heraushalten. Dass es an Wahnsinn grenzt, die Wolflinge und ihre Marionetten im Palast und bei der Garde offen herauszufordern, und wir für so etwas unseren Hals nicht hinhalten. Es ist eine Sache, wenn mal des Nachts eine Grawl-Streife im Hafenviertel auf unerklärliche Weise verschwindet. Oder wenn jemand, der den Zorn der Wölfe auf sich geladen hat, plötzlich auf geheimem Wege aus der Stadt zu fliehen vermag. Aber auf Diebstähle ihrer Viehbestände oder Überfälle auf ihre Wohnstätten antworten die Grawls mit einer Unversöhnlichkeit, die jedes Maß und jede Vernunft vergessen lässt. Das weiß jeder. Beornhard hat sich von seinen törichten Umsturzideen blenden lassen, und er musste den Preis dafür zahlen. Da kann man nichts machen.«

Tarean wusste nicht, was ihn mehr erschütterte: die Tatsache, dass völlig ungeachtet seiner eigenen »törichten Ideen« zum gleichen Zeitpunkt auch an anderen Orten in der Welt die Dinge ins Rollen gerieten, oder aber dass die Albin so mitleidlos vom Scheitern eben dieser Dinge berichtete. Oder war diese Mauer aus Abgebrühtheit nur Fassade, nur eine Maske, die sie trug, um ihre wahren Gefühle zu verbergen? Er suchte in ihren Augen nach einer Antwort, doch sie schürzte nur abschätzig die Lippen, lehnte sich auf ihrem Stuhl zurück und ihr Gesicht verschwand im Halbdunkel.

Eine Weile lang sprach keiner ein Wort.

»Und? Was ist deine Geschichte?«, fragte Bromm schließlich in die anhaltende Stille hinein.

Da war er also, der Moment der Wahrheit. Tarean nahm einen tiefen Schluck aus seinem Becher und setzte an: »Mein Name ist Tarean, und ich komme aus der Gemarkung Bergen …« Und dann erzählte er ihnen in groben Zügen von seinem Leben auf Dornhall, doch bevor er auch nur in die Nähe der Nacht des Wolfling-Überfalls gekommen war, hob Bromm plötzlich den Kopf, und ein dumpfes Grollen entrang sich seiner Kehle. »Nicht gut.«

»Was ist?«, fragte Auril alarmiert.

»Wir bekommen Besuch.«

Von einem Moment zum anderen war die junge Frau aufgesprungen und zu einem der vernagelten Fenster gehuscht. Sie lugte durch die Schlitze zwischen den Holzbrettern hinaus auf die Straße, die still und verlassen da lag. »Ich kann nichts sehen.«

»Aber ich kann sie riechen«, brummte Bromm. »Wölfe. Und es sind viele.«

»Ja, warte! Ich glaube, am Ende der Gasse bewegt sich etwas«, bestätigte nun auch die Albin.

»Hat man denn in dieser Stadt nie seine Ruhe?«, fragte Tarean. Es sollte scherzhaft klingen, aber der Versuch misslang gründlich.

»An anderen Tagen ist es beschaulicher«, bemerkte Auril sarkastisch, während sie sich vom Fenster abwandte.

Der Junge biss sich auf die Lippe. »Es wäre wohl naiv anzunehmen, dass die Wolflinge nur zufällig hier vorbeikommen, oder?«

»Zufällig?«, echote Auril. »Wohl kaum. Ich weiß zwar nicht wie, aber sie haben unser Versteck gefunden – und das erschreckend schnell. Das ist nicht gut. Das ist gar nicht gut.« Die Albin löste sich vom Fenster und begann eilig, ein paar Sachen einzusammeln, die im Raum verteilt waren. »Wir müssen hier weg. Bromm?«

»Bin schon bereit.« Der Hüne war in die Küche gegangen und wuchtete gerade einen schweren Schrank zur Seite, der an der Rückwand gestanden hatte. Dahinter kam ein schmaler Durchbruch im Mauerwerk zum Vorschein, der in einen dunklen Raum von unbekannter Größe führte, in dem sich Kisten und allerlei Unrat türmten. »Ein kleiner Hinterausgang für Tage wie diesen«, grinste der zottelige Mann.

Auril glitt an ihm vorbei ins Dunkel, und der Hüne nickte Tarean auffordernd zu. »Nun komm schon, Junge, wenn du der Wolfsgarde nicht schon wieder entgegentreten möchtest.« Tarean warf einen letzten raschen Blick zur Tür. Er glaubte bereits, das Tapsen vieler Pfoten und das Hecheln zahlloser nach Blut lechzender Mäuler zu hören. Schnell zwängte er sich an Bromm vorbei, der als Letzter in den dunklen Raum trat und danach mit einem Ächzen den Schrank an einem Eisengriff, der in die Rückwand eingelassen war, zurück an seinen Platz zog.

Atemlos eilten sie durch den Raum, der sich als eine alte und offenbar seit langem ihrem Schicksal überlassene Lagerhalle entpuppte, durch deren löchriges Dach Reste von Tageslicht ins Innere fielen. Reihen um Reihen mannshoher Kisten und Fässer, die bis unter die Decke gestapelt zu sein schienen und zentimeterdick mit Staub bedeckt waren, ließen sich mehr erahnen denn sehen.

Hinter ihnen erscholl das Heulen eines Wolfs. Die Meute war ihnen bereits auf den Fersen.

»Was ist das hier?«, fragte Tarean, während sie zum Ausgang auf der anderen Seite der Halle rannten.

»Das Warenlager irgendeines Händlers aus Bristaja«, gab Auril zurück. »Es heißt, er habe auf dem Fluss den Tod gefunden. Seitdem verrottet der Krempel hier.«

»Das alles muss doch ein Vermögen wert sein!«

»Die meisten Kisten und Fässer sind leer. Für Waren bestimmt, die nach Süden verschifft werden sollten. Aber wir haben wirklich andere Sorgen, als uns darüber Gedanken zu machen.« Die Albin blieb vor dem großen Holztor, das ins Freie führte, stehen und schob es einen Spalt weit auf. »Hm. Sieht gut aus«, murmelte sie und vergrößerte den Spalt weit genug, um hindurchzuschlüpfen.

Tarean folgte ihr – und unvermittelt sahen sich die beiden zwei Grawls gegenüber, die im toten Winkel links vom Tor gestanden hatten. »Na großartig«, fluchte die Albin.

Die Wolflinge waren offenbar genauso überrascht wie die beiden

Flüchtenden, denn sie sprangen japsend von der Hauswand weg, an der sie dem Anschein nach im Halbschlaf dösend gelehnt hatten, und fingerten nach ihren schwarzen Krummsäbeln. Bevor Tarean auch nur reagieren konnte, war Auril bereits bei ihnen. Wie von selbst schienen die zwei Klingen aus ihren Scheiden in die geöffneten Hände der Albin zu springen, und in einem silbernen Bogen führte sie sie quer über die Brust des einen Wolflings. Das Monstrum gurgelte und kippte nach hinten um. Unterdessen war sein Kamerad jedoch endlich wach geworden und drang knurrend und mit gezückter Waffe auf die Albin ein. Er hatte allerdings kaum zwei Hiebe in ihre Richtung geführt, als ihn plötzlich mit einem Krachen eine schwere Holzkiste am Hinterkopf traf und ihn fällte wie einen Baum, der vom Blitz getroffen wird. Hinter ihm trat Bromm aus der Lagerhalle und rieb sich die Hände. »Du hast recht, Junge«, brummte er zufrieden. »Ich würde zwar kein Vermögen dafür hinlegen, aber ganz wertlos ist der Krempel hier drinnen doch nicht.«

Die Albin warf ihrem Gefährten einen dankbaren Blick zu. »Weiter jetzt.«

»Wohin?«, fragte Tarean.

»Untergrund«, erwiderte Auril knapp, rannte einige Schritte nach rechts und machte sich dann an einem kreisrunden Stein zu schaffen, der in das Pflaster der Straße eingelassen war. »Hilf mir, Bromm.«

Der Hüne trat hinzu, packte die Scheibe an zwei Einbuchtungen am Rand und hievte sie zur Seite. Darunter lag ein gemauerter Schacht, der lotrecht in die Erde hinabführte.

»Die Kanalisation!«, entfuhr es dem Jungen.

»Ganz recht«, nickte Auril. »Das beste Netzwerk von Fluchtwegen, das man sich wünschen kann. Ich vorneweg, du, Tarean, hinter mir und Bromm deckt uns den Rücken. Und erzähl mir nicht«, wandte sie sich mit erhobenem Zeigefinger an ihren Gefährten, »dass es da unten stinkt. Das weiß ich selbst.«

»Wenn du meine Nase hättest, dann wüsstest du, was ich meine, wenn ich sage: Es stinkt«, murrte der Hüne, doch er zwängte sich gehorsam hinter Auril und Tarean in den engen Schacht, und es gelang ihm sogar, mit einem kräftigen Ruck den steinernen Deckel

147

zur Kanalisation wieder an seinen ursprünglichen Platz zurückzuziehen.

Tarean erreichte das untere Ende des kurzen Schachts und landete auf einem schmalen Sims. Für einen Moment war es stockdunkel, doch dann vernahm er ein leises Zischen, und plötzlich hielt Auril eine kleine rote Flamme in der Hand, welche die Spitze eines kurzen Metallstabs umspielte. »Feenfeuer«, sagte sie und zwinkerte ihm zu. Im Schein der winzigen Fackel sah der Junge, dass sie in einem niedrigen Gang mit gemauerten Wänden und gewölbter Decke standen. Das Sims, auf dem sie sich befanden, setzte sich zu beiden Seiten an der Wand entlang fort, daneben gluckerte etwa zwei Schritt breit die Kloake von Agialon, eine trübe Brühe, die in der Tat so erbärmlich zum Himmel stank, dass es Tarean schier den Magen umdrehte. Rasch hielt er sich mit einem Stück seines Mantels Mund und Nase zu. »Los«, drängte Auril. »Wenn wir Glück haben, verlieren die Grawls an diesem Ort unsere Spur. Dieser würzige Wohlgeruch hier«, sie grinste, »verwirrt ihre verwöhnten Nasen.«

Hastig stolperten sie durch das Halbdunkel, Tarean immer dem unsteten, tanzenden Licht folgend, das die Albin in der rechten Hand hielt und das ihre Körper als bizarre Schatten an die gewölbten Wände warf.

»Wohin laufen wir eigentlich?«, wollte er wissen.

»Nach Westen, zum Fluss«, antwortete Auril über die Schulter. »Unweit der Stadtmauer gibt es einen Auslass. Dort liegt ein Ruderboot vertäut. Wenn wir Glück haben und die Nacht dunkel wird, kommen wir über den Fluss ungesehen aus der Stadt.«

»Ihr habt wirklich an alles gedacht.«

»Der vorsichtige Geist plant voraus.«

Geduckt hetzten sie weiter, immer dem braunen, stinkenden Strom folgend, der sich träge dem Riva entgegenwälzte. Ein oder zwei Mal rutschte Tarean auf dem mit glitschigen grün-braunen Algen bewachsenen Boden aus, doch die kräftige Pranke Bromms auf seiner Schulter bewahrte ihn davor, in die Kloake zu stürzen. Endlich, nach einer halben Ewigkeit, wie es schien, tauchte vor ihnen ein helleres Halbrund in der Schwärze des Ganges auf, und die Fließgeschwindigkeit des Brackwassers zu ihren Füßen erhöhte sich. Auril löschte daraufhin ihre kleine Fackel und bedeutete ihnen, leise zu sein. »Wir sind fast da.«

Behutsam schlichen sie näher, bis zu einem niedrigen vergitterten Auslass am Ende des Tunnels, durch den die Kloake in den Riva floss. Dahinter, in vielleicht zweihundert Schritt Entfernung, war das Westufer des Südviertels von Agialon zu sehen. Mittlerweile war die Nacht hereingebrochen, und erste kleine Lichtinseln zeugten von Fackeln und Laternen, die Hafenarbeiter und Schänkenbesitzer entzündet hatten.

»Bromm?«

Mit leisem Murren ließ sich der Hüne vom Sims gleiten und landete platschend in der Kloake. Tarean verzog das Gesicht bei dem Gedanken, in die stinkende Brühe steigen zu müssen, doch anders ließ sich die Kanalisation nicht verlassen. Bromm trat an ihnen vorbei, umfasste mit beiden Händen das Gitter, das an einem rostigen Scharnier befestigt den Auslass versperrte, und zog kraftvoll daran. Mit protestierendem Quietschen öffnete es sich nach innen, und der Weg war frei. Rasch schlüpften sie hindurch, bevor Bromm das Gitter zurück an seinen Platz zerrte.

Sie hatten es tatsächlich geschafft und waren entkommen! Innerlich jubelte Tarean, und auch von Aurils verspannten Schultern schien eine Last abzufallen, als sie ihn anblickte und zum ersten Mal, seit sie einander kennen gelernt hatten, aufrichtig lächelte. Es ließ ihr Gesicht jünger und weicher erscheinen, und der Junge schalt sich innerlich einen Narren, als er sich unvermittelt bei dem völlig unpassend aufsteigenden Gedanken ertappte, wie schön sie doch war.

Bromm hatte sich unterdessen an einem nahen Gestrüpp zu schaffen gemacht, das kurz über dem Wasserspiegel am Ufer wuchs. Plötzlich grollte er: »Auril.«

Der Junge und die Albin blickten zu dem Hünen hinüber, und dieser zog den Busch zur Seite.

Das Boot war verschwunden.

7

FLUSSFAHRT MIT BÄR

Fassungslos starrte Auril auf den schmalen Streifen Kiesstrand unterhalb der befestigten Uferböschung, der immer wieder von kleinen Wellen des vorüberfließenden Riva überspült wurde. Bis vor zwei Tagen hatte dort, unter einem Busch versteckt, ein kleines Ruderboot gelegen, ein Ruderboot, das Bromm und sie, als sie nach Agialon gekommen und in das leerstehende Haus unweit des Hafens eingezogen waren, absichtlich dort zurückgelassen hatten, nur für den Fall, dass sie irgendwann gezwungen sein sollten, Agialon rasch und möglichst nicht durch die gut bewachten Stadttore zu verlassen – so wie jetzt. Wortlos und mit verkniffener Miene sah die Albin ihren Gefährten an. Ihr Blick sprach Bände.

»Das ist nicht gut«, murmelte Tarean tonlos. »Was machen wir jetzt?«

»Das ist eine gute Frage.« Aurils Stimme klang gepresst.

In der Ferne – und doch nicht so fern, wie es ihnen lieb gewesen wäre – hallte wie zur Antwort das langgezogene Geheul der Wolfsmenschen durch die verwinkelten Gassen Agialons. Von einem Moment zum anderen hatte sich ihnen die eben noch in scheinbar greifbarer Nähe liegende Freiheit entzogen wie eine launische Geliebte, und der Fluss hatte sich in ein Hindernis verwandelt, an dem ihre Flucht zu scheitern drohte.

»Es gäbe eine Möglichkeit«, meinte Bromm gedehnt. »Wir könnten schwimmen.«

»Unmöglich«, rief Tarean. »Die Strecke ist viel zu weit, und wir tragen viel zu viel Ausrüstung. Das schaffen wir niemals.«

Auril und Bromm wechselten einen Blick. »Ich könnte es schaffen«, meinte Bromm. »Aber nicht in meiner jetzigen Gestalt.«

Die Albin schien einen Moment nachzudenken, dann zuckte sie mit den Schultern. »Es ist einerlei, ob sie dich sehen oder nicht – wir können uns hier ohnehin eine Weile nicht mehr blicken lassen.«

Bromm schenkte Tarean ein kurzes Lächeln. »Keine Angst, Junge. Ich bleibe, wer ich bin.« Und bevor Tarean auch nur den Mund öffnen konnte, um zu fragen, was dieser seltsame Ausspruch bedeuten sollte, riss Bromm unvermittelt die Arme in die Höhe, reckte den Kopf gen Himmel und stieß ein unmenschliches Röhren aus, das dem Jungen durch Mark und Bein ging und das wie ein verstörender Fremdkörper in der leisen Musik der Nacht über den Fluss schwebte. Und im selben Moment setzte eine unheimliche Verwandlung ein. Der an sich schon massige Leib des Mannes fing an zu wachsen, an seinen Armen und Schultern schwollen gewaltige Muskelberge an, während die Beine sich zu stämmigen Säulen verdickten. Seine Augen traten in ihre Höhlen zurück, als sein Schädel in die Breite ging und seine untere Gesichtshälfte sich zu einer langen, behaarten Schnauze verjüngte. Gleichzeitig entwickelte sein ausgeprägtes Körperhaar ein bizarres Eigenleben und wurde dichter und kräftiger, bis es schließlich zu einem zottigen, braunen Pelz geworden war. Schnaufend fiel Bromm auf die Arme – oder besser gesagt Vorderbeine – und blickte Tarean dann aus dunklen, braunen Augen an. Er war … ein Bär – oder zumindest fast.

»Dreigötter, steht mir bei«, hauchte der Junge fassungslos. »Du bist ein Wechselbalg, ein Werbär?!«

Der Bär lachte grollend, und es klang beinahe so wie das Lachen Bromms. »Du irrst, mein Junge. Die Bärengestalt ist mein wahres Gesicht. Ich bin ein … Wermensch, wenn du es so nennen magst.«

»Lasst uns das später klären«, drängte Auril. »Zunächst müssen wir diesen elenden Ort hier hinter uns lassen.«

»Dann kommt«, forderte Bromm sie auf. »Haltet euch an mir fest. Ich werde euch den Fluss hinab tragen.« Er trottete zum Rand der aus schweren Steinen aufgetürmten Böschung und ließ sich behände ins Wasser gleiten. Auril folgte ihm. Tarean allerdings blickte auf das schwarze Wasser des Riva und schauderte. »Ich kann nicht schwimmen«, gestand er mit gepresster Stimme.

Auril riss die Augen auf. »Und das sagst du uns erst jetzt? Was sollen wir deiner Meinung nach machen? Zurücklaufen und uns den Weg durch die Wolfsgarden freikämpfen?«

»Ruhig, ruhig«, brummte Bromm, dann blickte er den Jungen an. »Halte dich einfach an mir fest, und dir kann nichts passieren. Vertrau mir.«

Erneut heulten irgendwo zwischen den Häusern die Wölfe, verständigten sich und riefen sich zur Wachsamkeit auf. Die Schlinge an Land zog sich zu, der einzig offene Fluchtweg schien der Riva. Tarean schluckte, dann ließ er sich ins eiskalte Nass fallen. Sofort ging er unter. Sein Mantel, seine Stiefel und sein Harnisch zogen ihn in die Tiefe. Er prustete und strampelte mit Armen und Beinen, doch schon packte ihn eine kleine Hand und zog ihn energisch wieder an die Wasseroberfläche. Aurils graues Gesicht war in der Finsternis kaum zu erkennen, doch ihre grünen, glühenden Augen blickten ihn spöttisch an. »Ganz langsam, Wunderknabe.« Sie führte seine Hand an Bromms Pelz und gebot ihm, die Last seiner Tasche und des Mantels auf den Rücken des Bären zu legen. Dann paddelte Bromm los.

Überraschend lautlos glitt der gewaltige Werbär – Wermensch mochte Tarean ihn einfach nicht nennen – mit der Strömung den Riva hinab. Der Junge versuchte, seinen Blick auf den kräftigen Nacken Bromms zu konzentrieren und nicht darüber nachzudenken, dass er Dutzende Schritte von jeglichem Stück trockenen Landes entfernt den größten Strom der westlichen Reiche hinabglitt, nur der Kraft und Ausdauer eines Bären vertrauend, den er als Mensch erst vor kaum mehr als einer Stunde kennengelernt hatte.

Doch alle Furcht und Sorge erwies sich als unbegründet. Ruhig und sicher ließ sich Bromm vom Riva tragen und ruderte nur gelegentlich ein wenig mit den Beinen, um sie alle über Wasser zu halten. Und so trieben sie an den Hafenanlagen vorüber und dann an der Stadtmauer vorbei, die mit ihren zwei Wachtürmen und einer knapp über dem Fluss gespannten Kette zwar imstande war, des Nachts das heimliche Ein- und Auslaufen von Schmuggelschiffen zu unterbinden, für eine kleine Gruppe geübter Schwimmer indes kein Hindernis darstellte.

Eine unbestimmte Zeit lang glitten sie stromabwärts dahin, während hinter ihnen die gewaltige Metropole der Menschen, die jetzt unter der Herrschaft der Wölfe stand, im Dunkel der Nacht verschwand. Und so finster wie die sternlose Nacht über ihren Köpfen waren auch Tareans Gedanken. Beornhard war tot oder ein Gefangener der Schergen des Hexers. Auf seiner weiten, gefahrvollen Reise nach At Arthanoc, zur Festung des Hexenmeisters, war er also einmal mehr ganz auf sich allein gestellt.

Tarean träumte.

Er stand in der Mitte eines kreisrunden Platzes. Der Boden unter seinen Füßen bestand aus glänzendem, grauem Kopfsteinpflaster. Zwölf spitz zulaufende, roh behauene Steinsäulen umstellten die freie Fläche, die Welt dahinter – und darüber – lag in tiefer Dunkelheit.

Plötzlich spürte der Junge, dass er nicht mehr allein war. Er drehte sich um, und da trat ein Grawl aus dem Schatten in die Lichtinsel des Runds. Sein räudiges, braunes Fell stand an vielen Stellen struppig ab, seine Brünne war rostig, und dunkelrote Spritzer getrockneten Blutes zogen sich über ihre Brustpartie. Tiefe Scharten verunzierten das Blatt seiner kurzen Axt und zeugten von den zahllosen Kämpfen, die der Wolfling in seinem Leben bereits überstanden hatte.

Der Wolf riss die Waffe in die Höhe und hetzte ihm entgegen, doch Tarean hob sein eigenes Schwert, das er plötzlich in den Händen hielt, und streckte das Untier mit einem mächtigen Hieb nieder.

Aus den Augenwinkeln nahm er eine zweite Bewegung wahr, wirbelte herum und sah, dass ein weiterer Wolfsmensch hinter einer der Steinsäulen hervorgetreten war. Er schwang eine breite Keule mit schwarzen Metallnägeln und machte einen Satz auf den Jungen zu. Der jedoch wich zur Seite aus, vollführte eine halbe Drehung und schlug dem Ungeheuer die Klinge genau zwischen die Schulterblätter. Aber er vermochte kaum Atem zu holen, da war schon der dritte Grawl bei ihm, dann ein vierter, ein fünfter.

Ohne sich aus dem Todeskreis, in dem er sich befand, lösen zu können, stand Tarean da, und er kämpfte und kämpfte, doch von allen Seiten strömten ohne Unterlass die Wölfe auf ihn ein. »Esdurial«, rief er in höchster Not. »Esdurial!« Doch das Feuer der Waffe erwachte nicht, die Klinge blieb matt und kalt. Voller Entsetzen hob er sie vor sein Gesicht und sah, dass das Schwert, das er führte, nicht Esdurial war, sondern eine schwarze Klinge der Wolflinge.

Die Wölfe aber, die ihn mittlerweile umringten wie ein Rudel Raubtiere die todgeweihte Beute, zogen sich auf einmal zurück, und aus dem Schatten der Säulen schälte sich eine weitere Gestalt: der Schwarzpelz mit dem roten Brandmal auf der Stirn. Seine Augen schienen zu brennen, und sein Maul, aus dem der Geifer troff, war zu einem verächtlichen Grinsen verzogen, das seine fingerdicken Reißzähne entblößte. »Wir sehen uns wieder, Menschensohn«, grollte der Wolfskrieger.

Panisch stolperte Tarean rückwärts, rutschte aus und fiel zu Boden. Er lag in einem Meer aus toten Wolfsleibern und einer See aus Blut …

»Tarean.«

Der Junge zuckte zusammen und riss die Augen auf. Sein Atem ging flach, und er spürte, wie ihm das Hemd an der Brust klebte. *Dreigötter! Was für ein Albtraum!*, durchfuhr es ihn, während die schrecklichen Bilder nur widerwillig verblassend vor seinem inneren Auge tanzten, wie bunte Flecken, nachdem man in die Sonne geschaut hat.

»Tarean, was ist los mit dir?«

Erst jetzt bemerkte er, dass jemand neben ihm kniete. Er zwinkerte, und es dauerte einen Augenblick, bis er Auril erkannte. Ihre Hand lag auf seiner Schulter, und sie sah ihn besorgt an. Dabei entging dem Jungen nicht, dass ihre Augen ein, zwei Mal zu seiner

Hüfte hinunterzuckten, um die noch immer Esdurial geschnallt war, und erst jetzt bemerkte er, dass er den Griff des Schwerts so fest umklammert hielt, dass er Mühe hatte, seine Hand zu lösen. »Ich … ich hatte einen Albtraum.«

Sie richtete sich auf und deutete auf seine Waffe. »Das muss ein schöner Albtraum gewesen sein. Du hast im Schlaf gestöhnt und gemurmelt, und auf einmal gab es dieses seltsame Geräusch und dein Schwertgehänge fing an zu leuchten wie eine nondurische Neujahrslaterne.«

»Was sagst du?!« Mit einem Ruck setzte sich Tarean auf und blickte auf die Schwertscheide hinab, die Esdurials runenverzierte Klinge verbarg. Tatsächlich, durch die Ritzen und Nähte glomm ein sanfter Schein, so als habe jemand hinter einem Vorhang eine Kerze angezündet.

»Vorhin war es noch viel stärker«, meinte die Albin.

Langsam stand Tarean auf und zog die Klinge hervor. Ein weißes Glühen erfüllte sie, so als sei sie gerade erst aus der Esse eines himmlischen Schmiedes gezogen worden, und die Runen glitzerten magisch, wie glasklare Kristalle im Sternenlicht.

»Was ist das für ein Schwert?«, fragte Auril leise. »Ich habe noch niemals dergleichen gesehen.«

Der Junge ließ den Blick über die schlanke Klinge wandern. »Die Waffe gehörte meinem Vater. Es heißt, er war ein großer Krieger. Doch er starb vor langer Zeit. Ich habe ihn niemals kennengelernt.« Er blickte sie an und irgendetwas in seinen Augen musste sie verlegen machen, denn sie räusperte sich übertrieben und meinte dann: »Nun, da haben wir also doch eine Gemeinsamkeit zwischen uns gefunden.«

»Was meinst du?«

Sie durchmaß mit zwei langen Schritten die enge Kajüte, in der sie sich befanden, aber am Eingang, hinter dem eine kurze Stiege hinauf an Deck führte, drehte sie sich noch einmal um. »*Ich* habe meine Mutter nie kennengelernt. Aber im Gegensatz zu dir wäre ich froh, wenn sie tot wäre, und ich möchte ihr auch niemals über den Weg laufen.«

»Warum …«, setzte der Junge an, doch sie schnitt ihm das Wort ab. »Nein! Mehr Geschichten aus meiner Vergangenheit beichte ich dir heute nicht.« Sie nickte ihm auffordernd zu. »Mach dich fertig. Ich werde nachschauen, ob ich Dankwart ein Morgenmahl abhandeln kann.« Dann verschwand sie nach draußen.

Seit einem Tag fuhren sie nun den Riva hinab und hatten in dieser Zeit fast vierzig Meilen Wegstrecke zwischen sich und Agialon gebracht. Am gestrigen Morgen in aller Frühe hatten sie – nach einer kurzen, unruhigen Nacht – einen Kahn bestiegen, der wenige Meilen südlich der Menschenstadt vertäut gelegen hatte und eine Schiffsladung Fässer guten Rûnländer Mets nach Bristaja im Süden brachte. Dieses Ziel kam sowohl Auril und Bromm entgegen, die dort ihr Glück zu versuchen gedachten, als auch Tarean, der, wie ihm seine neu erworbene Karte zeigte, dem Flusslauf zumindest bis nach Anfurt, wo dieser einen Knick gen Süden machte, in östlicher Richtung folgen konnte. Von Anfurt aus wollte er dann gen Nordosten wandern, um die Zwölf Zinnen zu erreichen, die ziemlich genau den Mittelpunkt der westlichen Reiche Endars bildeten und den einzigen halbwegs gangbaren Weg nach At Arthanoc darstellten.

Ihr Kapitän, Dankwart, war ein mürrischer Bursche mittleren Alters von eher untersetzter Statur und einem Leibesumfang, der bewies, dass manche Menschen auch unter der Herrschaft der Wölfe keine Not litten. Ein schütterer Haarkranz war alles, was ihm an Haupthaar geblieben war, dafür zierte ein prächtiger Bart sein wettergegerbtes Gesicht. Er kam aus Rûn, aber damit erschöpften sich bereits die Informationen, die sie ihm hatten entlocken können. Er war ein Mann, der keine Fragen stellte und im Gegenzug auch keine Fragen gestellt bekommen wollte. Dass Dankwart einen wildfremden Jungen, eine Albin und vor allem einen Bären, denn Bromm hatte sich zu Tareans Erstaunen bislang nicht in seine Menschengestalt zurückverwandelt, ohne ein Zeichen der Überraschung oder des Misstrauens an Bord genommen hatte, weckte allerdings in Tarean den Verdacht, dass den Flussschiffer und seine neuen … Freunde wagte er sie eigentlich kaum zu nennen … eine gemeinsame Vergangenheit verband. Eine Vergangenheit, in der er sich aber hüten würde, herumzustochern. Er hatte genug eigene dunkle Geheimnisse im Gepäck.

Der gestrige Tag war so ereignislos gewesen, dass er Tarean beinahe unwirklich erschien nach all den unglaublichen Geschehnissen, die sich in den letzten Tagen und Nächten regelrecht darin überboten hatten, seinen Geist abwechselnd in Ehrfurcht und in Schrecken zu versetzen. Eingelullt vom trägen Dahinfließen des Stroms hatte er den größten Teil des Tages vor sich hingedöst oder die gleichförmig vorübergleitende Landschaft betrachtet, die südlich von Agialon aus grünen Wiesen und gelben Kornfeldern bestand, nur durchbrochen von kleinen Hainen und vereinzelten Gehöften. Bromm hatte es ihm gleichgetan, und sich, die feuchte Bärenschnauze genüsslich zwischen die Vorderpfoten gelegt, zwischen den Fässern niedergelassen, um kurz darauf in gleichmäßiges Schnarchen zu verfallen.

Auril war die meiste Zeit an Dankwarts Seite geblieben, ohne dass sich die beiden offenkundig unterhalten hätten, oder aber hatte vorne am Bug gesessen und ihre Ausrüstung repariert. Wolflingen waren sie auf ihrer Reise kaum begegnet, weder zu Lande noch zu Wasser – und wenn, hatten sich Tarean und Bromm unter Deck versteckt und Dankwart hatte mehr als überzeugend seine Rolle als mürrischer Flussschiffer gespielt, während Auril sich als stumme Gehilfin im Hintergrund gehalten hatte.

Auch die Nacht, die sie vertäut unweit des Ufers verbracht hatten, war vergleichsweise ruhig gewesen, sah man einmal davon ab, dass Bromm irgendwann nach Mitternacht im seichten Wasser unweit des Schiffs einen Heidenlärm veranstaltet hatte, während er versuchte, ein paar Fische zu fangen. Und in den Morgenstunden hatte Tarean dann der Albtraum heimgesucht, der ihm noch immer mit verstörender Klarheit im Gedächtnis haftete.

Es war all das Töten, redete er sich ein. Er war zwar von Ilrod ausgebildet worden, zu kämpfen, aber wieder und wieder Leben zu nehmen war etwas ganz anderes. Zwar verspürte er nicht wirklich Mitleid mit den Wolfsmenschen, doch das Morden an sich, das Versehren eines lebendigen Körpers mit seiner Waffe, das Blut, die

Todesschreie, das Verenden weckten eine Abscheu in dem Jungen, die immer dann hochkam, wenn die Erregung des Kampfes selbst nachließ. *Ich habe in den vergangenen Tagen mehr tote Wolflinge gesehen, als in den zwei Jahren seit dem letzten Angriff auf Albernia …*

»Tarean, kommst du oder soll ich deine Portion Bromm überlassen?«, erscholl von Deck die Stimme Aurils.

»Nein, ich komme!«, rief der Junge, schüttelte die trübsinnigen Gedanken ab und eilte die Stiege hinauf.

Nachdem sie sich gestärkt hatten, setzte das Schiff seine Fahrt fort. Während die Albin sich entschuldigte und in ihrer Kabine verschwand, legte sich Tarean neben Bromm aufs Deck und ließ sich von der Spätsommersonne wärmen, die an diesem Tag wieder freundlich vom Himmel schien. Das Gute an einer Schifffahrt stromabwärts bestand darin, dass es praktisch nichts zu tun gab. Dankwart wachte über das Ruder, und der Wind stand günstig, sodass sie mit geblähtem Segel gute Fahrt den Riva hinab machten.

»Sag mal, Bromm«, versuchte Tarean endlich einmal, ein Gespräch in Gang zu bringen – am gestrigen Tag hatten sie nicht viel geredet, jeder hatte seinen eigenen Gedanken nachgehangen –, »gibt es noch viele deiner Art? Werbären?«

Der Bär schnaufte. »Ich weiß es nicht. Ich bin noch keinem begegnet.«

»Es heißt, in den Tiefen des Cerashmon lebten Gestaltwandler.«

»Das mag wohl sein, aber da bin ich nie gewesen.« Bromm rollte sich mit geschlossenen Augen auf den Rücken und kratzte sich behäbig am Bauch.

»Und woher stammst du?«, fragte Tarean.

»Aus der Hochebene von Astria. Das liegt auf der anderen Seite der Zwölf Zinnen.«

Astria hatte Tarean auf der Karte Beornhards gesehen, ein annähernd trichterförmiger Landstrich, dessen westliche Grenze im Norden vom unpassierbaren Nebelmoor, in der Mitte von den gewaltigen zwölf Bergen des Zinnenmassivs und im Süden von dem sich daran anschließenden Bruch, einer mehr als einhundert Meilen von Nordwesten nach Südosten verlaufenden Verwerfung, an welcher das Land stellenweise mehr als tausend Schritt senkrecht in die Tiefe abfiel, gebildet wurde. Im Osten grenzte Astria an ein Land namens Undur an, nördlich davon lagen die unpassierbaren Wolkenberge, und als Tarean sich daran erinnerte, musste er unwillkürlich an Iegi denken, den jungen Vogelmenschen, der dort irgendwo mit seinem Volk lebte. *Ob er wohl schon gut in seiner Heimat angekommen ist?*, fragte er sich.

»Es ist ein schönes Land«, fuhr Bromm unterdessen fort. »Es gibt schattige Täler und luftige Gebirgsgrate und dunkle Föhren wachsen an den Abhängen, an deren fester Borke man sich den Rücken reiben kann. Und es gibt Bergziegen dort, flink und bockig, aber unglaublich wohlschmeckend, wenn man ihren Leib aufreißt und ihre warmen Innereien frisst.« Der Bär schmatzte zufrieden.

Tarean verzog das Gesicht bei dem Gedanken und blinzelte den braunen Pelzberg neben sich an. In seiner Bärengestalt – und in Momenten wie diesem ließ sich einfach nicht mehr leugnen, dass Bromm im Herzen ein Bär war – gab der Hüne wahrlich ein beeindruckendes Bild ab, selbst wenn er einfach nur da lag und sich sonnte. Der Junge schätzte ihn auf knapp zweieinhalb Schritt Länge, und er wog sicher so viel wie vier Männer. »Wie kommt es, dass ein Bär und eine Albin gemeinsam reisen?«, wechselte er das Thema.

Bromm öffnete ein Auge und schielte den Jungen mit einem Ausdruck auf dem Gesicht an, als wolle er sagen: Du lässt mir heute aber auch gar keine Ruhe. Doch statt sich tatsächlich zu beschweren, schloss er es nur wieder und sagte: »Es war Zufall, so wie der Zufall einsame Reisende immer zusammenführt. Sie half mir aus einer Falle, in die ich getappt war, ich half ihr im Kampf gegen ein paar Wegelagerer – und nach einem Abend am Lagerfeuer, an dem wir unsere Wunden leckten, beschlossen wir, eine Weile gemeinsam die Welt zu durchwandern.«

»Ist sie immer so eigenbrödlerisch? Seit unserer Flucht gestern hat sie sich kaum zu uns gesellt.«

Der Bär wog bedächtig den schweren Schädel. »Sie ist mal so und mal so. Manchmal braucht sie Zeit für sich, dann wieder ist sie nur im dichtesten Gedränge glücklich. Wir haben gelernt, die Eigenheiten des anderen anzuerkennen und damit zu leben.«

Tarean stand auf. »Ich werde mal nach ihr schauen. Sie kann doch nicht den ganzen Tag in der dunklen Kabine verbringen, während hier draußen die Sonne scheint.«

»Gib acht, dass du sie nicht überraschst«, warnte ihn Bromm. »Sie hasst Überraschungen, und ihre Hand mit dem Wurfmesser ist blitzschnell.«

»Ich passe auf mich auf«, versprach der Junge und stiefelte über Deck, an den gestapelten Fässern mit Met vorbei, die den offenen Laderaum füllten, und zu der im Heck liegenden Gästekabine. Kurz bevor er jedoch die Holzstiege erreichte, hielt er inne. Aus dem Inneren drang undeutlich die Stimme der Albin, die in eine leise Unterhaltung mit irgendjemand vertieft zu sein schien. Allerdings befanden sich alle anderen Personen, die an Bord des Frachtkahns weilten, an Deck. Ein blinder Passagier? Mehr als unwahrscheinlich.

Tarean ging in die Hocke und linste durch die Öffnung ins Innere. Die Albin saß an einem Tisch und vor ihr stand ein kleiner gusseiserner Kessel, aus dem sie seiner Erinnerung nach noch gestern einen scharfen Fleischeintopf gegessen hatten, der von Dankwart zum Abendessen zubereitet worden war. »Ist das nicht unglaublich gefährlich?«, fragte Auril gerade, und es schien, als spreche sie zu jemand, der sich im bauchigen Inneren des Kessels befand. »Seid ihr wirklich bereit, euer Leben einem mehr als vagen Orakelspruch anzuvertrauen? Wie viele werden einen furchtbaren Tod erleiden, wenn ihr irrt oder aber er sich als nicht stark genug erweisen sollte, die Bürde, die auf ihm lastet, bis zuletzt zu tragen? Ich weiß, es steht mir nicht zu, darüber zu urteilen, aber handelt ihr nicht allzu überstürzt?«

Die Augen des Jungen weiteten sich, als aus dem Kessel eine unverständlich leise Antwort drang. Er beugte sich noch ein Stück vor und rutschte mit dem Fuß von der obersten Stufe ab. Mit einem Poltern traf sein Fuß auf dem Boden auf, und Aurils Blick zuckte zur Tür. »Tarean!« Und rasch an den Kessel gewandt: »Ich kann nicht weiter reden.« Sie sprang auf und strich dabei mit der linken Hand über das Kochgeschirr, das, wie der Junge jetzt sehen konnte, mit einer leicht trüben Flüssigkeit gefüllt war, Wasser vermutlich. »Was schnüffelst du hier herum?«, fuhr ihn die Albin mit blitzenden Augen an. Der Junge hätte schwören können, dass für einen Lidschlag ein Ausdruck tiefer Verstörung auf ihrem Gesicht gelegen hatte, als sie ihn erblickte, doch wie eine Springflut hatte der Zorn das Gefühl aus ihrem Antlitz hinfortgespült.

»Ich schnüffle nicht herum«, versetzte Tarean, und seine Verlegenheit, erwischt worden zu sein, verwandelte sich ebenso rasch in Verärgerung. »Ich habe dich gesucht.« Er deutete mit einem Nicken in Richtung des Kessels. »Was machst du hier überhaupt?«

Auril stellte sich wie schützend zwischen ihn und den Tisch. »Nichts, was dich kümmern sollte«, antwortete sie mit einer Heftigkeit, die eigentlich genauso unangemessen schien wie seine Wut und nur zur Folge hatte, dass das Misstrauen seine Krallen mit aller Kraft in die Eingeweide des Jungen schlug.

»Mit wem hast du gesprochen?«, fragte Tarean hitzig. »Verrätst du uns an den Feind?!« Und auch wenn er seine eigenen Worte, kaum dass sie ausgesprochen waren, als absurd bereute, ließ ihm die junge Frau keine Zeit, irgendetwas davon zurückzunehmen.

»Du leidest wohl unter den Nachwirkungen der Hiebe, die dir die Wölfe vorgestern auf den Kopf verpasst haben!«, fuhr ihn die Albin an. »Du weißt gar nichts. Ich dachte, du wärest ein fähiger Krieger im Dienste der Rebellen, aber nun muss ich feststellen, dass du nur ein dummer Junge bist, der sich selbst und uns alle umbringen will!«

»Und du bist eine schäbige Gesetzesbrecherin mit der Selbstherrlichkeit einer verzogenen Adelstochter!«

»Raus!«, schrie Auril.

»Ich wollte ohnehin gerade gehen«, schrie Tarean zurück. Und er drehte sich um und stampfte zurück an Deck. Er hätte nicht zu sagen vermocht, warum sie beide so plötzlich so heftig aneinander geraten waren. Doch der kurze, heftige Wortwechsel hatte ihm die gute Laune dieses Vormittags gründlich verdorben.

Am Abend saßen sie gemeinsam auf einer Uferwiese um ein kleines Lagerfeuer – Tarean, Auril und Bromm – und brieten sich Blaubarsche, die der Bär gefangen hatte. Dankwart gesellte sich nur zum Essen zu ihnen, und wie die anderen auch sprach er kaum ein Wort. Anschließend warf er ruhig einen Blick in die Runde, nickte dann dankend und ging wieder an Bord, wo er zur großen Überraschung des Jungen eine Hornflöte hervorholte und zu spielen begann. Ihr lieblicher Klang wehte zu den dreien hinüber, und die wunderschöne, getragene Melodie weckte in Tarean ein unbestimmtes Gefühl der Trauer, so als erinnere er sich an etwas lange Verlorenes, das ihm unwiederbringlich genommen worden war. Und ohne dass ihm dies bewusst gewesen wäre, gesellte sich zu der Melancholie mit der Zeit eine nicht minder unbestimmte Sehnsucht nach etwas, das ihm unerreichbar schien. Er blickte auf und sah über das flackernde Lagerfeuer hinweg zu Auril, die ihm mit dem Rücken an Bromms mächtige Flanke gelehnt gegenübersaß und mit ihrem Messer in einem langen Streifen die Schale von einem Apfel löste, während sie ihrerseits Tarean nachdenklich musterte.

Nach dem Streit am Morgen waren sie sich zunächst aus dem Weg gegangen. Doch einige Flussmeilen später hatte sich der Junge ein Herz gefasst und die Albin für die harschen Anschuldigungen um Verzeihung gebeten. Und zu seiner Erleichterung hatte auch Auril eingestanden, dass ihre Worte und ihre Verärgerung unangemessen gewesen waren. Damit hatten sie zumindest reinen Tisch gemacht, und trotzdem hatte ihn die junge Frau den ganzen restlichen Tag gemieden, war seltsam schweigsam und in sich gekehrt gewesen und ein, zwei Mal hatte er bemerkt, wie ihre Augen auf eine Weise auf ihm ruhten, die ihn zutiefst verwirrte. Und auch diesmal, vielleicht noch halb im Bann von Dankwarts Flötenspiel, hatte er das Gefühl, dass sich irgendetwas zwischen ihnen verändert hatte seit dem Moment, da sie sich auf einem Hinterhof voller Wolfsleichen kennen gelernt hatten, und es war eine Veränderung, die irgendwie mit dem geheimnisvollen Gespräch in Verbindung stand, das die Albin zu Tagesbeginn geführt hatte.

Bromm schien das auch zu spüren, denn er hob den Kopf, ließ

seinen Blick von Auril zu Tarean und zurück wandern und schnaufte dann vernehmlich.

»Wir müssen reden«, sagte Auril.

Tarean spürte, wie ihm mulmig zumute wurde und es war nicht der Fisch, der ihm im Magen lag. »Ja?«

»Sag mir jetzt bloß nicht, dass ich aufstehen und dieses gemütliche Plätzchen am Feuer aufgeben muss«, mischte sich der Bär brummend ein. Seine Annahme, worum sich diese Aussprache drehen würde, schien in eine Richtung zu weisen, die Tarean eine leichte Röte ins Gesicht steigen ließ.

»Nein, du wirst es nicht glauben, aber das Ganze betrifft auch dich, mein Freund«, erwiderte die Albin und legte ihrem Gefährten kameradschaftlich den Arm auf den Rücken.

»Worum geht es?«, fragte Tarean.

»Ich habe heute Mittag, als du mich in der Kabine überrascht hast, mit meinem Vater gesprochen«, eröffnete ihm Auril.

»Mit deinem Vater? Seine Stimme war es, die ich im Kessel vernahm?«

»Ja. Es ist ein alter Albenzauber, der sich das Wasser des Sehens nennt. Ich vermag dir nicht zu erklären, woher er seine Wirkung nimmt. Es genügt zu sagen, dass mein Vater, der am Hofe Hochkönig Jeorhels dient, auf diese Weise mit mir in Verbindung treten kann, so er dies wünscht.«

»Und woher weißt du, dass er es wünscht?«, wollte Tarean wissen.

Sie hielt eine kleine Phiole mit silbrigem Inhalt hoch. »Das Wasser weiß, wenn es gerufen wird. Und drei Tropfen genügen, um jede Schale und jeden Topf, gefüllt mit irgendeiner klaren Flüssigkeit, in einen Spiegel zu verwandeln, durch den man in die Ferne blicken kann.«

»Und worüber habt ihr gesprochen?«

»Was ich dir jetzt sage, darf nie jemand erfahren. Nicht, bevor die Zeit der Wölfe vorbei ist und ein neuer Morgen angebrochen ist.« In Aurils Augen lag ein ungewöhnlicher Ernst.

Beklommen nickte der Junge. »Ich verstehe.«

Die Albin holte tief Luft. »Du musst wissen, Tarean, dass mein Vater Beornhard sehr ähnlich ist. Vom ersten Tag an hat er gegen Calvas und seine Bestien Widerstand geleistet. Mehr noch: Seit Jahren schon, so glaube ich, plant er gemeinsam mit dem König und einigen getreuen Verbündeten den Gegenschlag, den Zusammenschluss der noch freien Völker und den Aufstand der versklavten, um den Hexenmeister und die Wölfe dorthin zurückzutreiben, woher sie gekommen sind – und darüber hinaus. Und genau wie im Falle von Beornhard dachte ich lange Zeit anders als mein Vater, hielt seine Ziele für unerreichbar und mit zu viel Blut und Leid erkauft. Es kam deswegen sogar zwischenzeitlich zum Zerwürfnis zwischen uns, und ich zog aus Albernia hinaus in die Welt.« Sie blickte für einen Moment versonnen in die tanzenden Flammen. »Aber schließlich erklärte ich mich doch bereit, zumindest das Auge und Ohr der Alben zu sein, auf meinen Reisen aufmerksam die Geschehnisse zu beobachten, auf die Zeichen zu achten, die auf einen Wandel hindeuten mögen, und all dies Cayvallon zu berichten.« Erneut verstummte sie und fuhr dann leiser fort. »Und von Cayvallon bekam ich heute Kunde, dass vor einigen Tagen ein menschlicher Junge aus Bergen ausgezogen sei, der Sohn des Fluchbringers, wie ihn die Menschen nennen, um nach At Arthanoc zu gehen und Calvas den Hexenmeister herauszufordern, ihn zu bestrafen für das, was er seinem Vater einst angetan hat. Mein Vater sagte mir, er sei nach Agialon unterwegs gewesen, um dort Beornhard zu treffen und unter seiner Führung weiter gen Osten zu reisen.« Auril sah ihn eindringlich an. »Dieser Junge ... dieser Junge bist du, nicht wahr?«

Tarean schluckte. Er verspürte einen Kloß im Hals, und daher nickte er nur stumm.

Beinahe als habe er auf diesen Moment gewartet, brach Dankwart sein Flötenspiel auf einmal mit einem misstönenden Pfeifen ab und rief. »He. Seht mal, was dort von der anderen Uferseite auf uns zukommt!«

Einen Herzschlag später war Auril bereits auf den Beinen. »Wolflinge?«

»Nein«, rief der Schiffer, »etwas anderes. Ein Licht, das sich unglaublich schnell nähert.«

Neugierig traten Tarean und die Albin aus dem Sichtschatten des Schiffes, um nachzuschauen, worauf ihr Kapitän mit ausgestrecktem Arm zeigte. Doch als der Junge die winzige strahlende Lichtkugel erblickte, die Kapriolen schlagend wie ein junger Vogel und doch mit erstaunlicher Geschwindigkeit über die Uferwiesen auf den Fluss zusauste und dann, begleitet von einem huschenden, schemenhaften Spiegelbild, über das dunkle Wasser des Stroms hinwegflog, da trat ein Ausdruck grenzenlosen Erstaunens auf seine Züge, dicht gefolgt von einer Welle überwältigender Freude. »Moosbeere!«, rief er überrascht und begeistert.

Und schon war das elfenhafte Irrlicht bei ihm, um ihn stürmisch, wenngleich auf eine Art und Weise, die er nicht erwartet hatte, zu begrüßen. »Du blöder Kerl! Du blöder, blöder Kerl! Wie konntest du mich nur zurücklassen und einfach alleine weiterreisen?«, zwitscherte sie mit ihrem hellen Stimmchen, und ihr kleiner Körper glühte regelrecht vor Aufregung. Sie umschwirrte ihn wie eine zornige Hummel und verpasste ihm mit ihren winzigen Händen und Füßen herzhafte Schläge und Tritte auf die Nase und gegen die Ohren.

»Ich ... was ... wieso ... aua!«, beschwerte sich der Junge verwirrt, als sie ihm geschwind einige Haare ausriss.

»Blöder Kerl!«, ereiferte sie sich.

»Nun warte doch mal.«

»Kennst du das Glühwürmchen?«, erkundigte sich Bromm vom Feuer aus gemütlich. Dankwart beobachtete das Ganze sichtlich fassungslos von Bord seines Schiffes aus.

»Ich ... ja ... wir sind uns schon mal begegnet.«

»Schon mal begegnet?!« Wütend riss ihm Moosbeere ein paar weitere Kopfhaare aus.

»Aua!«

Langsam stemmte sich Bromm in die Höhe. »Moment mal.« Er kam herangetapst, nahm Maß und dann schlug er blitzschnell mit seinen beiden Pranken zu, sodass Tarean vor Schreck zusammenzuckte und aufkeuchte. »Moosbeere!«

»Keine Sorge, der geht es gut«, erwiderte der Bär zufrieden und schüttelte sanft seine beiden Pranken, die er so zusammengelegt hatte, dass sie einen Hohlraum bildeten. Dünne, scharfe Lichtstrahlen drangen durch die zottigen Finger, und eine kleine, helle Stimme war zu hören, zwar bis zur Unverständlichkeit gedämpft, aber nichtsdestoweniger ununterbrochen schimpfend. »Mal sehen.« Bromm öffnete seine Pranken ein wenig und schielte ins Innere. Eine helle, kleine Faust schnellte ihm entgegen, und der Bär zuckte ein wenig zurück. »Hm. Frech, die Kleine.« Dann verzog er langsam die schwarze Schnauze zu einer Grimasse. »Und ziemlich heiß.« Er knurrte und öffnete die Pranken. Sofort schoss das Irrlicht in die Höhe, um dann allerdings in sicherem Abstand erschöpft in der Luft hängen zu bleiben. Ihre Aura pulsierte schwach. »Blöder Bär«, schnaufte sie und warf dann Tarean noch einen verärgerten Blick zu. »Und blöder Kerl.«

»Moosbeere.« Tarean streckte die Hand aus. »Komm her.« Als sie ihm mit einem indignierten »Pfft« die kalte Schulter zeigte, setzte er hinzu: »Bitte.«

Das Irrlicht schielte ihn über die Schulter hinweg an, und der Junge nickte ihr zu und bedeutete ihr mit Blicken, auf seiner Handfläche Platz zu nehmen. »Bitte.« Schließlich summte sie federleicht näher und ließ sich anmutig auf seiner Hand nieder. »Ich höre?«

»Ich wollte dich nicht zurücklassen, das musst du mir glauben. Aber ich dachte, der Alte Wald ist deine Heimat, die du so lange hast missen müssen. Woher sollte ich wissen, dass du die Absicht hattest, mit mir zu kommen? Du schliefst, und ohne dein Einverständnis wollte ich dich nicht einfach so in die dunkle Welt hier draußen mitnehmen. Also bin ich, schweren Herzens, das glaube mir, alleine weitergezogen. Kannst du mir diesen Fehler verzeihen?«

Moosbeere legte den kleinen Kopf schief, sah ihn aus meerblauen Augen abschätzend an – und dann schenkte sie ihm ein strahlendes Lächeln. »Tarean Keinriese, du bist zwar ein dummer Bauernjunge, aber ich sehe es dir nach.« Und dann schwang sie sich in die Luft, gab ihm einen raschen Kuss auf den Nasenrücken und schwirrte kichernd von dannen.

Der Junge spürte, wie ihm die Röte ins Gesicht schoss. »Wie hast du mich eigentlich gefunden?«, rief er ihr nach, um seine Verlegenheit zu überspielen.

»Wer sagt, dass ich *dich* gefunden habe?«, war die einzige Antwort, die er bekam.

Auril schnitt sich mit ihrem Messer ein Stück Apfel ab, verpasste Bromm einen Ellbogenstoß zwischen die Rippen und bemerkte kauend zu ihrem Gefährten. »Das habe ich ja auch noch nicht erlebt. Das Irrlicht ist verschossen in unseren Wunderknaben. Und wenn mich meine Augen nicht täuschen, ist sie ihm auch nicht ganz gleichgültig.«

»Sie ist ja auch putzig«, entgegnete Bromm.

»Na ja«, meinte die Albin skeptisch, »ein bisschen wenig dran an dem kleinen Ding für einen so großen Jungen wie ihn.«

»Bist du etwa eifersüchtig?«

»Ich?« Auril versetzte dem pelzigen Hünen neben ihr einen weiteren Stoß. »Du hast wohl nicht nur Flöhe im Pelz, sondern auch Flöhe im Kopf!«

Der Bär ließ ein dunkles Lachen hören.

Später am Abend lag Tarean mit offenen Augen auf seiner Pritsche und starrte an die gemaserte Holzdecke ihrer Kabine. Tausend Gedanken wirbelten ihm im Kopf umher und ließen ihn nicht zur Ruhe kommen. Moosbeere hatte sich auf einen aus der Wand hervorstehenden Balken zurückgezogen, die zerbrechlichen Flügel um den zarten Leib geschlungen und glühte sanft wie eine abgedunkelte Laterne, während sie gleichzeitig leise im Schlaf summte. Am anderen Ende der Kabine vernahm er das gleichmäßige Atmen der Albin. Zu ihren Füßen lag der Bär auf dem Fußboden und grunzte und schmatzte, derweil er offenbar von kecken Bergziegen träumte. Dankwart hatte seine eigene Kajüte.

Lautlos erhob sich Tarean von seinem Lager, schlüpfte in seine Stiefel und stieg hinauf an Deck. Eine leichte, kühle Brise war aufgekommen. Über ihm spannte sich gewaltig und unermesslich weit der sternenklare Nachthimmel, und der zunehmende Mond beschien mit bleichem Licht den Fluss und die dunklen Uferwiesen, auf denen laut die Grillen zirpten und das Geraschel kleinen Getiers zu hören war. Die Taue, mit denen das Schiff an zwei niedrigen Bäumen befestigt war, knarrten leise, und die flachen Wellen des Riva schlugen plätschernd gegen den Rumpf des Lastkahns.

Der Junge ging an den Metfässern vorbei zum Bug des Schiffes, setzte sich und ließ den Blick über die nächtliche Landschaft gleiten, während er seine Gedanken zu ordnen versuchte.

Moosbeere war wieder da. Doch so sehr er sich über das Wiedersehen mit dem lebhaften Irrlicht freute, tief in seinem Inneren verspürte er eine schwer zu fassende Unruhe über die Art ihres Auftauchens. Wie hatte sie es schnippisch ausgedrückt: *Wer sagt, dass ich dich gefunden habe?* Was hatte sie damit gemeint? War sie vielleicht nicht ihm gefolgt? Aber wem sonst? Auril und Bromm konnten es schwerlich sein. Oder hinterließ er womöglich irgendwelche Spuren, von denen er nichts wusste?

Das Geräusch der leisen Schritte leichter Stiefel ließ ihn aufhorchen. Er hob den Kopf und gewahrte Auril, die sich neben ihn hockte, wie er nur nachlässig in Hemd und Beinkleider gewandet.

»Habe ich dich geweckt?«, fragte Tarean ein wenig schuldbewusst.

Die Albin schüttelte den Kopf. »Ich konnte auch nicht schlafen.«

Einige Atemzüge lang saßen sie schweigend nebeneinander und blickten in die Nacht hinaus. Der Junge überlegte, ob er seine Bedenken hinsichtlich Moosbeeres Spürsinn mit ihr besprechen sollte, doch eine andere Frage drängte sich in den Vordergrund.

»Auril?«

»Mhm.«

»Die Dinge, die du am Lagerfeuer gesagt hast ... da war noch mehr, nicht wahr?«

Eine Weile bekam er keine Antwort. »Ja«, gestand sie dann.

»Was war es?«, wollte er wissen.

Die junge Frau seufzte. »Nachdem mir mein Vater von dem Jungen erzählt hatte, bat er mich um etwas, das ich noch vor einem Jahr nicht einmal in Erwägung gezogen hätte. Und auch jetzt fällt es mir schwer, nein, fiel es mir schwer, seinem Wunsch zu entsprechen.« Wieder schwieg sie einen Moment. »Er bat mich … nach dem Jungen zu suchen und ihn zu beschützen, jetzt, da Beornhard … ihm nicht mehr helfen kann. Ich kenne Thal und Astria besser als die meisten dieser Tage, und mein Vater glaubt, es wäre mir gegeben, den Jungen sicher nach At Arthanoc zu bringen.«

Tarean richtete sich auf und sah die Albin erstaunt an. Sie wandte ihm das Gesicht zu und nickte. »Ja, Tarean, ich werde dich nach At Arthanoc begleiten. Ob du es willst oder nicht. Ich habe es meinem Vater versprochen.«

»Ich weiß nicht, was ich sagen soll …«

Die Andeutung eines schiefen Grinsens zeichnete sich um ihren Mund ab. »Sag gar nichts. Akzeptiere es einfach.«

»Na, das wird ein Spaß«, ertönte eine Stimme hinter ihnen. Sie drehten sich um und sahen Bromm auf zwei Beinen herantapsen und sich grinsend die Vorderpfoten reiben.

»Das wird wahrscheinlich eine Reise ohne Wiederkehr, mein Freund«, warnte die Albin den Bären. »Und bezahlt wird sie auch nicht. An deiner Stelle würde ich mit Dankwart nach Bristaja fahren, statt in Anfurt auszusteigen.«

»Und wer passt dann auf dich auf?«, gab sich der pelzige Hüne entrüstet. »Ohne mich findest du doch in der Wildnis von Astria weder Weg noch Steg.«

»Wie wunderbar«, flötete Moosbeere, die hinter dem Rücken des Bären hervorschoss und sie umkreiste, wie eine nervöse Biene den Honigkuchen. »Dann passen wir also alle aufeinander auf. Tarean auf mich«, sie warf dem Jungen einen schmachtenden Blick zu, »Auril auf Tarean, Bromm auf Auril und ich«, sie huschte zu dem Bären, setzte sich, die Beine anmutig übereinandergeschlagen, wie eine Fliege auf seine breite Nase und strahlte ihn an, »auf dich.«

»Dreigötter, steht mir bei«, rief Tarean mit Inbrunst – aber ein Lächeln umspielte seine Lippen bei diesen Worten.

8

DURCH FEINDESLAND

Am späten Nachmittag des nächsten Tages, wenige Meilen vor Anfurt, gingen Tarean, Auril, Bromm und Moosbeere von Bord. Der Himmel hatte sich zugezogen, und es wehte ein kühler Wind von Norden her, der nach Regen roch. Die Albin verabschiedete sich überraschend herzlich von dem Schiffer. »Wir sehen uns bald wieder, mein Freund«, versprach sie ihm, bevor sie als Letzte an Land ging.

»Mögen die Dreigötter euch beschützen«, erwiderte Dankwart, entbot auch den anderen mit ernster Miene seinen Gruß, und es war nicht das erste Mal, dass Tarean das Gefühl hatte, dass der mürrische Kapitän weitaus mehr Anteil am Schicksal derer um ihn herum nahm, als sein schweigsames, abweisendes Wesen glauben machen sollte.

Dann trennten sich ihre Wege, und während der Schiffer seinen Weg gen Süden Richtung Bristaja fortsetzte, wandten die vier Gefährten dem Riva den Rücken zu und wanderten querfeldein nach Nordosten, auf das in der Ferne aufragende Gebirgsmassiv der Zwölf Zinnen zu. Bromm hatte, der unmittelbaren Nähe Anfurts und seiner umliegenden Dörfer wegen, sein menschliches Erscheinungsbild angenommen. Und Moosbeere schlief – nach wie vor, denn das Irrlicht hatte den Großteil des Tages verschlafen – in der Umhängetasche des Jungen. Er hatte vergessen, sie zu fragen, aber er nahm mittlerweile stark an, dass der Wach-Schlaf-Rhythmus bei Irrlichtern dem der Menschen genau entgegengesetzt war.

Die Albin konnte es unterdessen noch immer nicht fassen, dass das kleine Wesen die ganze Strecke vom Alten Wald bis nach Thal hinein geflogen war, um an Tareans Seite sein zu können. »Es ist nicht so, dass ich noch nie ein Irrlicht gesehen hätte«, hatte sie beim Frühstück verkündet, »aber ein derart anhängliches ist mir noch niemals untergekommen. Was hast du an dir, Wunderknabe, dass die Frauen so auf dich fliegen?« Tarean hatte eine Grimasse geschnitten und Bromms freundschaftliches Gelächter über sich ergehen lassen. Insgeheim hatte er sich aber auch schon die Frage gestellt, warum das Irrlicht den weiten Weg auf sich genommen hatte. Er würde Moosbeere gelegentlich die eine oder andere Antwort aus der Nase ziehen müssen.

Um Anfurt selbst machten sie einen Bogen. »Einst war die Stadt ein idyllischer Marktflecken«, wusste Auril zu berichten, »der als Warenumschlagplatz zwischen Thal und Astria diente. Güter aus Rûnland, Agialon und Bristaja kamen über den Riva hierher, und die Jäger der Umlande brachten ihre Felle zum Markt von Anfurt. Wenn du auf der Suche nach einem wirklich guten Lederharnisch warst oder einem Paar robuster Stiefel, war Anfurt der Ort, den du aufsuchen musstest.« Die Albin verzog das Gesicht. »Heute ist die Stadt ein Vorposten der Wölfe diesseits der Zwölf Zinnen, von dem aus sie Thal beherrschen. Aller Nachschub an Truppen, der auf Calvas' Geheiß über den Drakenskal-Pass kommt, macht in Anfurt – oder Furrawl, wie es die Wolflinge nennen – Halt. Entsprechend leben nur noch wenige Menschen und Alben dort, und diese führen ein Sklavendasein. Die Stadt ist hässlich geworden, dunkel, grausam und abweisend. Wir sollten uns von ihr fernhalten.«

»Überhaupt müssen wir uns vorsehen«, fügte sie hinzu, während die vier mit aufmerksamen Blicken auf ihre Umgebung einem Feldweg folgten, der sie nördlich um Anfurt herumführen sollte, von dessen grauen Dächern schwarzer Qualm aufstieg, so als verbrenne jemand alte Lederschuhe. »Die Wölfe leben hier in größerer Zahl als in den Landstrichen um Agialon herum. Wir müssen uns abseits der größeren Straßen halten, sonst laufen wir Gefahr, einem Soldatentrupp oder einem umherstreifenden Rudel zu begegnen. Und ungebetene, bewaffnete Reisende sind hier nicht willkommen, um es milde auszudrücken.«

»Vielleicht solltet ihr euch Pferde besorgen«, warf Bromm ein, »dann könnten wir Thal rascher durchqueren. Und haben wir erst Astria erreicht, sind wir für den Moment sicher.«

»Warum?«, wollte Tarean wissen.

»Weil Astria im Vergleich zu Thal ein wildes Land ist«, erwiderte der Werbär. »Die Wölfe haben es durchschritten und als erobert erklärt, weil ihnen kaum Widerstand geboten wurde. Doch sie kontrollieren es nicht. Niemand kann die Wildnis kontrollieren.«

»Ich habe auch bereits an Reittiere gedacht«, sagte Auril, »aber ich fürchte, zu Pferde werden wir zu auffällig sein. Heimlichkeit ist ein besserer Verbündeter als Schnelligkeit, denn haben die Wölfe erst unsere Fährte aufgenommen, werden wir sie kaum noch abschütteln können, ganz gleich wie rasch wir reiten.«

Bromm nickte. »Da magst du nicht Unrecht haben. Dann also querfeldein und im Schutze jedes Baumes und jeder Talsenke voran. Und eilt euch, Freunde. Ich rieche Wolfsbrut in der Nähe …«

Zwei Tage gelang es ihnen, unbemerkt die waldigen Hügellande von Thal in Richtung Nordosten zu durchqueren. Sie hielten sich abseits der ausgetretenen Pfade, und Bromms feine Nase half ihnen dabei, auch vereinzelten Grawls, die sich auf der Jagd oder mit zweifelhaften Absichten durch die Wildnis bewegten, zu umgehen. Ein paar Mal sahen sie in der Ferne kleine Ansiedlungen oder Höfe, doch entweder zeigten sich überhaupt keine Menschen oder diese gingen eilig und irgendwie verstohlen ihrem Tagewerk nach, so als erwarteten sie jeden Augenblick, den heißen, stinkenden Atem ihrer wölfischen Herren im Nacken zu verspüren. Der Anblick dessen, was eineinhalb Jahrzehnte der Unterdrückung einem Volk antun konnten, schnürte Tarean die Kehle zu, und unwillkürlich erinnerte er sich der Worte Wilferts, die der Ritter an jenem Abend, nachdem der Bote aus Cayvallon nach Dornhall gekommen war, an ihn gerichtet hatte: *Das Leben da draußen ist hart, und es wird von Jahr zu Jahr härter. Unerbittlich presst Calvas unser Volk aus, es leidet und stirbt unter seiner Knute.* Der einstige Knappe seines Vaters hatte, wie Tarean jetzt mit eigenen Augen feststellen konnte, klarer als er selbst gesehen, wie das Leben außerhalb des behüteten Almentals verlief.

Am Abend des zweiten Tages näherten sie sich einem kleineren Bauernhof, der von einigen Morgen Ackerland umgeben in einer schattigen Talsohle am Rande eines Waldes lag, den Tareans Karte nur als namenlose Baumgruppe verzeichnete, von dem Auril aber wusste, dass es der Altengrunder Forst war. Ihre Absicht war es, Proviant für ihre weitere Reise zu kaufen, da die wenigen Vorräte, die ihnen Dankwart mitgegeben hatte, rasch zur Neige gingen. Doch die Bauersleute verschanzten sich hinter der schweren Eichentür des Haupthauses und wagten es nicht, mit Fremden Handel zu treiben, um nicht den Zorn der Wolflinge auf sich zu ziehen. Als Auril daraufhin lautstark ihrem Unmut Luft machte, öffnete sich eine Dachluke und ein Armbrustbolzen flog knapp über ihre Köpfe hinweg. Nur mit Mühe konnte der Werbär seine Gefährtin davon abhalten, die Wohnstube der Landarbeiter zu stürmen und dem Herrn des Hauses einen saftigen Kinnhaken zu verpassen. Unverrichteter Dinge mussten sie schließlich weiterziehen.

Gegen Mittag des darauffolgenden Tages ließen sie die zivilisierteren Gefilde Thals hinter sich, und das Land begann sanft anzusteigen. Bromm verwandelte sich zurück in seine Bärengestalt und ging auf Nahrungssuche, doch abgesehen von einigen Wurzeln und Beeren kam er mit leeren Händen zurück. »Es ist, als ob sie das Land von Alb und Mensch und Tier gesäubert hätten«, brummte er missmutig. »Ein einziges mageres Kaninchen habe ich auf meinem Streifzug gesehen, doch es blickte mich so traurig an, dass ich es nicht über mich bringen konnte, es zu töten.« Tarean konnte es ihm nicht verdenken.

Und so mochte es ihren leeren Mägen geschuldet sein, die mit nachhaltigem Knurren um Aufmerksamkeit buhlten, dass ihre Wachsamkeit für die Umgebung am Nachmittag etwas nachließ und sie die Wolflingrotte erst bemerkten, als diese schon fast über ihnen war. Die Grawls hatten sich geschickt gegen den Wind angepirscht, der jede faule Ausdünstung ihrer Leiber von ihren Opfern fortwehte, und als die feine Nase des Bären schließlich doch anschlug und er misstrauisch schnuppernd die schwarze Schnauze in die Höhe reckte, war es zu spät. »Vorsicht, Wölfe«, konnte er gerade noch grollen, da sahen sie auch schon, wie aus dem dichten Unterholz die haarigen Gestalten von einem halben Dutzend Wolfskrieger brachen.

Auril fluchte und zog in einer fließenden Bewegung ihre beiden Kurzschwerter, und auch Tarean riss Esdurial aus der Scheide. Er öffnete die Schnalle seines Mantels und ließ ihn zu Boden gleiten, um sich im Kampf nicht darin zu verheddern, während sich Bromm neben ihm auf seine Hinterbeine erhob und ihre Angreifer mit einem bedrohlichen Röhren begrüßte. »Auf mein Zeichen«, rief Tarean und hob die Klinge.

Die Albin warf ihm einen raschen Blick zu. »Wer hat dich zum Anführer gemacht, Wunderknabe?«

Er schenkte ihr ein grimmiges Lächeln. »Vertrau ausnahmsweise mal mir, Auril.« Und auch an Bromm gerichtet fügte er hinzu: »Und wendet den Blick ab von der Klinge.« Seine beiden Gefährten sahen sich fragend an, dann zuckte der Bär mit den Achseln, und sie formierten sich abwehrbereit an Tareans Seite.

Der Junge ließ die Wolflinge heranstürmen, bis diese nur noch wenige Schritte von ihnen entfernt waren und er bereits das kampfeslüsterne Glitzern in ihren Augen sehen konnte. Dann streckte er ihnen mit beiden Händen sein Schwert entgegen und erweckte in ihm die Alte Macht. »Esdurial!«

Die Lichtexplosion traf die Grawls auch diesmal völlig überraschend, brach ihren Ansturm und trieb sie jaulend zurück. »Jetzt!«, schrie Tarean, und zu dritt stürmten sie vor. Sie überbrückten die kurze Distanz in Windeseile, und bevor sich ihre Angreifer von dem Schock noch richtig erholt hatten, fuhren sie unter sie wie ein Silberlöwe in eine Herde Bergschafe. Bromm packte einen der Wolfsmenschen am Lederharnisch und warf ihn kraftvoll gegen einen nahen Baumstamm, dann umklammerte er den nächsten, um ihm mit übermenschlicher Kraft das Leben aus dem Leib zu pressen. Auril glitt derweil mit blitzenden Klingen zwischen zwei weitere Grawls und führte rasche Streiche gegen ihre Arme und Beine, während Tarean mit einem machtvollen Hieb einen hastig emporgereckten Rundschild beinahe in zwei Hälften teilte. Nach den ersten Augenblicken des Kampfes lagen bereits drei der sechs Wolfskrieger tot oder schwer verwundet am Boden, doch in das scheinbar unausgeglichene Kräfteverhältnis kam Bewegung, als unvermittelt sechs weitere Grawls aus dem Gebüsch zu ihrer Linken brachen und ihre Flanke, die in diesem Fall glücklicherweise von Bromm gebildet wurde, angriffen.

»Vorsicht«, schrie Tarean, und der Bär konnte sich gerade noch zur Seite drehen, um einem hinterhältigen Schwertstich in den Rücken zu entgehen, der stattdessen an seinem Oberarm vorbeischrammte. Wütend knurrend holte der Hüne mit seiner rechten Pranke aus und verpasste dem Angreifer einen wuchtigen Schlag gegen den Kopf, der ihm die rostige Kettenhaube vom Schädel fetzte und ihn mitten im Lauf von den Füßen riss. Für einen Herzschlag war der Junge von dem urtümlichen, gewalttätigen Kampfstil des Bären abgelenkt, der seinen Gegnern wie ein Berserker mit bloßen Pranken und seiner beeindruckenden Körpermasse entgegentrat. Beinahe wäre ihm dies zum Verhängnis geworden, denn erst im letzten Moment gewahrte er aus den Augenwinkeln eine huschende Bewegung und warf sich zur Seite. Er spürte, wie die Klinge des Krummsäbels über die Schulterpartie seines Lederharnischs schabte, dann gab es einen kurzen Ruck und ein reißendes Geräusch, und er musste entsetzt mit ansehen, wie seine Umhängetasche, die er vor dem Kampf vergessen hatte abzulegen, von der Schnalle bis zum Boden aufgerissen wurde und seine wenigen Habseligkeiten wie Eingeweide aus einer klaffenden Bauchwunde zu Boden fielen, darunter auch das schlafende Irrlicht. *Moosbeere!*

Schon sah er Moosbeere vor seinem inneren Auge auf der harten Erde aufschlagen und ihren zarten Körper von einem schweren Grawl-Fuß zerquetscht. Doch er hatte das kleine Geschöpf unterschätzt. Mitten im Fall fing das matt leuchtende Irrlicht an zu glühen wie eine entzündete Laterne, die feinen Schmetterlingsflügel erwachten summend zum Leben, und nur eine Handbreit über dem

Boden zog es zur Seite weg und gewann torkelnd an Höhe. »Was ist denn hier los?«, schimpfte es verschlafen.

»Wolflinge!«, rief Tarean und duckte sich unter einem weiteren Hieb hinweg. »Versteck dich, Moosbeere.«

»Verstecken? Pah!«, zwitscherte Moosbeere erbost. »Wo ist der ungewaschene Unglücksrabe, der mich geweckt hat?« Rasch wirbelte sie einmal um die eigene Achse, dann wählte sie sich willkürlich einen der Wolfskrieger zum Ziel, jagte wie eine wütende Hummel auf ihn zu und fing an, wie wild seinen breiten Schädel zu umkreisen, während sie mit ihren kleinen Fäusten nach seinen Augen und der empfindlichen Schnauze schlug. Der Grawl jaulte überrascht auf und schlug mit Klauenfingern nach dem Irrlicht, doch es wich ihm mühelos aus. Tarean erlöste ihn mit einem waagerecht geführten Schwertstreich von Moosbeeres Zorn.

Plötzlich fiel ein Schatten über den Kampfschauplatz, so als habe sich eine dunkle Gewitterwolke vor die Sonne geschoben. Es wurde so unvermittelt und so merklich dunkler, dass der Junge für einen Moment vergaß weiterzukämpfen. »Was ist das für eine neue Hexerei?«, rief er, als er sah, wie sich feiner schwarzer Nebel zwischen den Bäumen und im Unterholz zu ihrer Linken bildete, ein kalter Dunst, der aus dem Nichts zu kommen schien und sich zu wallenden Schwaden verdichtete, die ineinander zu fließen begannen.

»Seht, dort!« Auril deutete auf eine Stelle im Wald hinter ihnen. Als Tarean sich umwandte, gewahrte er auf einer nahen Hügelkuppe einen gebückt dastehenden Grawl, der sich auf einen langen Stab stützte. Sein Fell war silbrig-grau, und er trug einen ledernen Umhang, an dem zahlreiche Amulette und Utensilien hingen, bleiche Tierknochen, bemalte Bronzescheiben und kleine Kräuterbeutel. Er hatte die verkrümmte rechte Hand, deren Klauen pechschwarz bemalt waren, ausgestreckt, und seine spitze Schnauze bewegte sich stumm, als murmele er eine heimliche Beschwörung.

Der Nebel begann hagere Gestalt anzunehmen, und Moosbeere fing an zu kreischen: »Haltet es auf! Haltet es auf!« Aufgeregt sauste das Irrlicht zwischen den Baumstämmen umher.

Ohne darüber nachzudenken, rannte der Junge los. Ein Grawl

stellte sich ihm in den Weg, doch er fegte ihn mit einem machtvollen Schlag Esdurials zur Seite. Ein weiterer Wolf wurde von Bromm hinten am Harnisch gepackt, in die Luft gehoben und ins nächste Gestrüpp geworfen.

Und es war trotzdem zu spät.

Wie von einer unsichtbaren Kraft angezogen, flossen die schwarzen Nebelschwaden plötzlich mit erschreckender Schnelligkeit zusammen, verdichteten den Schemen, der in ihrer Mitte entstand. Und dann trat eine hochgewachsene, unmöglich schlaksige Gestalt aus der wallenden Finsternis, mit langen Gliedern und einem seltsam unfertig wirkenden Kopf, aus dem zwei weiße Augen glommen, wie verhangene Sterne aus Inseln aufklarenden Himmels in einer bewölkten Nacht. An den Rändern zerfaserte der Körper in der kühlen Luft des Waldes, und Dunst stieg von der Gestalt auf wie Rauch von einem brennenden Haus.

»Ein Dunkelgeist«, ächzte Auril erschrocken. Bromm grollte unruhig, und Moosbeere verschwand kreischend zwischen den Bäumen.

Der Junge hielt so abrupt inne, als wäre er gegen eine Wand gelaufen. Aber bevor er sich auch nur aus seiner Starre lösen konnte, griff ihn der unheimliche Schemen bereits an. Entsetzt musste Tarean mit ansehen, wie der Arm und die Hand des Dunkelgeists immer länger wurden und seine schattenhaften, spindeldürren Finger nach dem Schwert in seinen Händen griffen. Hatte das weiße Gleißen Esdurials bislang Furcht und Schrecken unter seinen Feinden gesät, schien der Geist regelrecht angezogen zu werden von der Alten Macht, welche die Klinge durchströmte. Zischend vergingen die dunklen Fingerkuppen, verbrannt vom Drachenfeuer Esdurials, doch der Geist zuckte nicht zurück, sondern verstärkte seinen Griff um die runenverzierte Klinge noch, und plötzlich verlor diese an Leuchtkraft, so als habe sie sich in der Dunkelheit ausgezehrt.

Tarean wollte das Schwert zur Seite reißen und davonlaufen, doch so flüchtig der Griff des Schattens auch schien, er bot einen so zähen Widerstand auf, dass ihn der Junge nicht zu brechen vermochte. Der Dunkelgeist streckte auch die zweite Hand aus, diesmal nach dem Jungen, und Tarean spürte, wie sich eine eisige Kälte in seinem Inneren ausbreitete, als habe ihn der Tod selbst mit klammen Klauen berührt. Kraftlos und zitternd stürzte er zu Boden. »Auril, hilf mir«, wollte er rufen, doch die Laute kamen kaum mehr wie ein Hauch über seine Lippen.

Mit langen Schritten stieg der Schatten über ihn hinweg und stakste auf die anderen zu. Wie durch einen Nebelvorhang blickend, nahm der Junge wahr, dass die Wolflinge, vom Erscheinen des Dunkelgeists zu neuem Kampfeswillen angespornt, nun noch wilder und rücksichtsloser auf Auril und Bromm eindrangen, die sich, Rücken an Rücken stehend und jedes Raumes für elegante Manöver beraubt, gegen eine Horde aus sechs Grawls verteidigen mussten. Tarean keuchte gepeinigt auf, als er sah, wie vier Wolflinge gleichzeitig den Bären zu Boden rangen, und als Auril ihrem Freund zu Hilfe eilen wollte, fuhr ihr der Speer eines Wolfskriegers mit solcher Kraft unter dem Schulterblatt in den Rücken, dass die Spitze vorne über der Brust wieder heraustrat. Taumelnd stürzte auch die Albin nieder. »Nein …«, wimmerte der Junge leise.

Auf einmal fiel einer der Grawls einfach um. Die Arme noch zum Schlag erhoben und einen überraschten Ausdruck auf dem wölfischen Gesicht, kippte er nach vorne wie ein nasser Sack. Dann ein zweiter und ein dritter. Der Junge wusste kaum noch, ob er wachte oder träumte, aber aus dem Dickicht des Waldes flogen lange, schlanke Pfeile mit schwarzen Spitzen und bohrten sich durch Rüstungen und haarige Leiber in die Rücken und Flanken der Wolflinge.

Der Dunkelgeist verharrte mitten im Schritt und sah sich suchend um. Da schossen auf einmal von rechts zwei Lichtkugeln aus dem Unterholz und schlugen ihm direkt in die schwarze Brust. Beinahe widerstandslos drangen sie in die schattenhafte Gestalt ein, doch bevor sie auf der Rückseite wieder austreten konnten, explodierten sie mit einem dröhnenden Doppelschlag, und die Druckwelle trieb eine Fontäne aus Licht vor sich her, die den Körper der finsteren Kreatur regelrecht zerfetzte und den schwarzen Nebel weit über den Kampfschauplatz zerstreute. In seinem Rücken hörte Tarean den Grawl-Zauberer erbost krächzen, dann verstummte auch dieser.

Von einem Lidschlag zum nächsten war alles vorbei.

Vor seinen erstaunten, vernebelten Augen lagen die Leichen von zwölf Wolfskriegern und unter ihnen halb begraben die reglosen Leiber seiner Freunde. Fetzen von Nebelschwaden versickerten im feuchten Waldboden wie schwarzes Wasser im Wüstensand, und unterdessen traten aus dem Schutze des Unterholzes einige schlanke Gestalten, die lange Bögen in den Händen hielten.

Tarean verlor das Bewusstsein.

Als der Junge erwachte, lag etwas Heißes auf seiner rechten Wange. Er schlug die Augen auf, nur um sie mit einem gequälten Stöhnen gleich wieder zu schließen. Die Wärme auf seinem Gesicht ließ etwas nach, und er vernahm ein leises Summen. »Tarean?«, fragte ein helles Stimmchen.

Er öffnete ein zweites Mal die Augen und blinzelte in den grellen Schein von Moosbeeres strahlender Aura. »Moosbeere«, murmelte er matt, aber glücklich. Er war erleichtert, das Irrlicht wohlauf zu sehen.

»Tarean!«, frohlockte das zarte Geschöpf und umarmte freudig seine rechte Gesichtshälfte, sodass er erneut die Augen zukneifen musste, um nicht geblendet zu werden. Schließlich zog sich Moosbeere ein wenig zurück und erlaubte dem Jungen, sich aufzurichten und seine Umgebung in Augenschein zu nehmen.

Er lag anscheinend in einer niedrigen Höhle. Unter ihm war ein Lager aus Fellen bereitet, und über seinem Kopf hatte irgendjemand mit Rußfarbe ein seltsames Muster an die Decke gemalt. Der Raum an sich ließ sich mit drei langen Schritten in seiner Gänze durchmessen und war bis auf die Schlafstätte und ein paar Haken an der Wand, an denen ein Köcher, ein Langbogen, eine braune Gugel und eine Tasche hingen, leer. Eine kleine Öllampe in einer Nische neben dem Eingang spendete warmes, gelbliches Licht, dessen Kraft sich allerdings im Augenblick Moosbeeres Aura geschlagen geben musste.

Gerade als Tareans Blick auf den Eingang selbst fiel, hinter dem sich ein weiterer Raum anzuschließen schien, trat eine schlanke

Gestalt ins Innere. Es war ein junger Mann, vielleicht fünf oder sechs Sommer älter als Tarean, und der grauen Haut und dem langen, schwarzen Haar nach zu urteilen, das ihm offen über die Schultern fiel, ein Alb. Er trug die einfache Lederbekleidung eines Waldhüters, doch das Schwert an seinem Gürtel, das selbstbewusste Gebaren und der strahlende Blick seiner blauen Augen verliehen ihm die Aura eines geborenen Anführers. »Ah, unser zweiter Gast ist erwacht«, begrüßte er den Jungen aufgeräumt und ging dann neben ihm in die Hocke. »Wie geht es dir?«

»Ganz gut … denke ich«, gab Tarean zurück. »Wo bin ich und wer seid Ihr?«

Der Alb lächelte ihn an. »Mein Name ist Endhréan Falkenauge, und du bist in unserem Lager.«

»In Eurem Lager?«, hakte der Junge nach und setzte sich auf. Er bemerkte, dass man ihm den Harnisch ausgezogen und seine Wunden gereinigt und verbunden hatte. Die eher oberflächlichen Verletzungen, die er sich während des Kampfes zugezogen hatte, schmerzten überraschenderweise kaum. Nur sein Geist fühlte sich noch seltsam leicht an, als sei er in Watte eingeschlagen.

»Komm«, sagte Endhréan und half ihm auf. »Ich stelle dir meine Gefährten vor.«

Sie traten durch den Höhlendurchgang und gelangten in eine größere Höhle, von deren hinterem Teil noch zwei weitere Gänge abzweigten. Der nach Süden geöffnete Eingangsbereich lag halb verborgen hinter einem Vorhang aus überhängendem Strauchwerk, und ein mit Ranken und Laub bedecktes Holzgatter, das im Augenblick an der Felswand lehnte, bot zusätzlichen Schutz vor Wind, Wetter und neugierigen Blicken.

Ein halbes Dutzend Männer und Frauen hatte sich in der Mitte des Raums um ein kleines Lagerfeuer versammelt, das bemerkenswert rauchlos brannte und über dem an einem eisernen Dreibein ein Kessel hing, in dem es köchelte und brodelte. Der verführerische Duft warmen Essens lag in der Luft, und Tarean spürte, wie ihm das Wasser im Munde zusammenlief.

»Das da links neben dem Feuer sind Alwyn und Jormun, zwei

brave Bauersleut, die nahe Anfurt ein Gehöft hatten, bis die Wölfe kamen«, begann der Alb die Vorstellungsrunde, und der Junge nickte ihnen zu. Die beiden bärtigen Männer in ihren groben Ledertuniken starrten ihrerseits Tarean unverhohlen an, und dann fragte derjenige namens Alwyn: »Sag mal, ist das ein Irrlicht an deiner Seite?«

Tarean warf einen Blick über die Schulter, wo Moosbeere etwas schüchtern schwebte. »Ja, das ist Moosbeere. Sie reist mit mir.« Er sagte es in einem Tonfall, als müsse er sie vor irgendeinem heidnischen Aberglauben und seinen Auswüchsen beschützen.

Die Männer schüttelten ungläubig den Kopf. »Eine seltsame Zeit, in der wir leben. Eine seltsame Zeit«, murmelte Alwyn.

Sein Gastgeber räusperte sich. »Der leicht zerrupfte Bursche im vollen Ornat«, fuhr Endhréan fort, nachdem der Junge sich ihm wieder zugewandt hatte, »ist Magister Dinriol aus der Akademie von Agialon, ein Meister in der Verteidigung gegen die dunklen Künste der Schergen des Hexers, wenn ich das anmerken darf.« Der Gelehrte schenkte dem Jungen ein schmallippiges Lächeln. »Der Hüne zur Linken ist unser guter Rodrik Eisenschmied, und ihm zur Seite sitzt die bezaubernde Dame Leyda, seine kleine Schwester und zweifelsohne die Zierde unseres verkommenen Haufens.« Sein Begleiter grinste anzüglich, und das Mädchen, das die langen blonden Haare in einem Kranz um den Kopf trug, senkte errötend den Blick. »Hey«, knurrte ihr ebenfalls strohblonder Bruder und drohte spielerisch mit dem Kochlöffel, mit dem er den Eintopf umrührte.

»Zu guter Letzt hätten wir da noch …«, hob Tareans Begleiter an, doch die hochgewachsene, sehnige Albenfrau, die ihnen am nächsten saß, unterbrach ihn rüde: »Spare dir jedes weitere Wort.«

Sie erhob sich, stemmte die Hände in die Hüften und musterte Tarean abschätzend. Irgendwie erinnerte sie ihn an Auril, wenngleich nicht mehr ganz so jung und nicht mehr ganz so hübsch. »Ich bin Shivonne aus Altengrund, und du bist ein ganz schön verrückter Hund, mein Junge. – Das sollte keine Beleidigung sein, Fenrir.« Sie nickte zum Eingang, wo eine weitere Gestalt stand, ein kompakter, unglaublich muskulöser Bursche, der, wie Tarean mit großen Augen bemerkte, als jener einen Schritt näher ins Licht trat, dunkelrote Haut hatte und einen hundeähnlichen Kopf mit spitzer Schnauze und zwei hoch aufgestellten Ohren. »Unser nondurischer Freund Fenrir«, stellte Endhréan ihn vor. »Du möchtest nicht auf der falschen Seite seines Jagdbogens stehen, glaube mir.« Der Nondurier verzog die Lefzen zu einer Art Grinsen und neigte stumm den Kopf.

Tarean erwiderte ein wenig linkisch den Gruß. In seinem Kopf schwirrten die Namen und Schicksale der Anwesenden im Kreis umher wie Moosbeere, wenn sie in ausgelassener Stimmung war. *Es sind Gesetzlose,* erkannte er, *Rebellen wie Beornhard im Kampf gegen Calvas' Tyrannei. Und sie haben uns gerettet* ... »Habt alle Dank dafür, dass ihr uns das Leben gerettet habt«, fühlte sich der Junge bemüßigt zu sagen, dann wandte er sich an den Alben. »Aber sagt doch: Was ist mit Auril und Bromm, meinen Gefährten? Geht es ihnen gut?«

»Keine Sorge, eurem Bären geht es gut«, versicherte ihm Endhréan. »Auch wenn er uns einen ganz schönen Schrecken eingejagt hat, als er aufwachte und zu wissen verlangte, wer wir seien.« Rodrik an der Kochstelle schnaubte und rieb sich wie in schmerzlicher Erinnerung die linke Seite. »Aber um die Albin ist es übler bestellt«, fuhr sein Gastgeber mit betrübter Miene fort. »Verzeih mir meine Worte, aber wir wissen nicht, ob sie die Nacht überlebt.«

»Was sagt Ihr da?!«, rief Tarean, und mit den Worten kam die Angst zurück, die er für den Moment hinter sich gelassen zu haben glaubte. »Das darf nicht sein. Wo ist sie? Ich will sie sehen!«

»Dann folge mir«, sagte der Alb und führte den Jungen quer durch die Wohnhöhle und um eine Gangecke herum in eine weitere Kammer. Das Irrlicht huschte lautlos hinter ihnen her.

Die Kammer war ähnlich spartanisch eingerichtet, wie das Quartier, in dem Tarean erwacht war. Auril lag auf einem weichen Felllager und war offenbar nicht bei Bewusstsein. Ihre graue Haut glänzte fiebrig, und ihr Atem ging rasselnd und schwer. Jemand hatte eine Wolldecke über sie gelegt und bis zur Brust hochgezogen. Quer über ihren Oberkörper verlief ein dicker Verband, doch Tarean sah, dass sich bereits blutige Flecken auf dem Leinen gebildet hatten.

Am Kopfende der Schlafstätte hockte Bromm. Sein Fell wirkte

zerzaust, schmutzig und von kleinen und größeren Wunden übersät, doch der Bär kümmerte sich nicht um seinen eigenen Zustand. Stattdessen ruhten seine braunen Augen voller Sorge auf der tödlich verwundeten Gefährtin.

Am Fußende des Bettes stand ein älterer Mann, der in die braune, grob gearbeitete Robe eines Bettelmönchs gekleidet war. Sein Kopf war kahl geschoren, und auf dem faltigen Gesicht lag ein Ausdruck tiefer Verbitterung, während er einen Umschlag in einer Schale kalten Wassers wusch und ihn dann der Albin auf die schweißglänzende Stirn legte.

»Bruder Lanfert?«, sprach Endhréan ihn leise an.

Der Mann blickte auf.

»Das sind Tarean, der Gefährte der Albin, und Moosbeere, das Irrlicht.«

Der Mönch musterte kurz die winzige leuchtende Erscheinung, dann nickte er dem Jungen zu. »Komm her, mein Sohn. Es ist gut, dass du hier bist.«

Der albische Gesetzlose warf noch einen bekümmerten Blick auf die Verwundete, dann zog er sich zurück.

»Wie geht es ihr?«, fragte Tarean erstickt. Der Anblick Aurils schnürte ihm die Kehle zu.

Der Mönch senkte den Kopf. »Es geht mit ihr zu Ende, mein Sohn. Vielleicht erwacht sie noch ein letztes Mal, dann ist es gut, dass du hier bist, dass ihr alle hier seid. Denn so kann sie zumindest im Kreise derer von uns gehen, die ihr im Leben nahe standen.«

»Aber …« Der Junge rang verzweifelt um Fassung, doch ein bodenloser schwarzer Abgrund schien sich vor ihm aufzutun, und er spürte, wie ihn schwindelte. »Aber das kann nicht sein. Nicht Auril. Ich … Sie … Sie sollte gar nicht hier sein. Sie ist nur meinetwegen nach Thal gekommen.« Er hob den Blick und schaute Bromm an.

Der Bär brummte leise und sah zu Boden.

»Ich werde euch jetzt alleine lassen«, sagte Bruder Lanfert. »Ich habe getan, was in meiner Macht stand. Jetzt liegt es in den Händen der Dreigötter, die ihrer armen Seele Frieden schenken mögen. Ich werde für euch alle beten.« Mit gesenktem Kopf ging er an ihnen vorbei und auf den Ausgang zu. Doch dann drehte er sich noch einmal um. »Tarean?«

»Ja?«

»Darf ich fragen, woher du kommst?«

Der Junge schaute ihn verwirrt an. »Aus Bergen, Herr, weshalb?«

Der Mönch hielt einen Moment inne, dann schüttelte er den Kopf. »Ach, es ist nichts. Verzeih mir meine Neugierde. Wir sprechen später darüber.« Dann zog er die Kapuze seiner Kutte über den Kopf, ließ einen grauen Schleier vor sein Gesicht fallen und ging.

Tarean sank neben der Albin auf die Knie und berührte sie sanft an der unverletzten rechten Schulter. Ihre Haut fühlte sich erschreckend kalt an, so als wäre sie bereits tot. Der Junge spürte, wie ihm die Tränen in die Augen stiegen. Er beugte sich über sie, um ihr eine Haarsträhne aus dem Gesicht zu streichen.

Da erweckte ein Lichtreflex seine Aufmerksamkeit.

Er blinzelte und erkannte das Amulett, das ihm Iegi vor einer halben Ewigkeit, wie es schien, vor den Mauern von Dornhall geschenkt hatte. Obwohl er es Tag und Nacht unter dem Hemd auf der Haut trug, hatte er es in der Zwischenzeit völlig vergessen. Beim Versorgen seiner Wunden offenbar hervorgerutscht – oder aber von neugierigen Fingern hervorgeholt – baumelte es nun an dem dünnen Lederband von seinem Hals herab und fing dabei das Licht Moosbeeres ein, um es verspielt über sein Gesicht tanzen zu lassen. *Das Amulett …*

»Dreigötter!«, entfuhr es ihm, als die Erinnerung in seinem Geiste aufstieg und ihn mit wilder, verzweifelter Hoffnung erfüllte.

»Tarean?«, fragte Bromm besorgt.

»Das Amulett«, stammelte er und zog es sich mit vor Aufregung zitternden Fingern über den Kopf. Wie hatte Iegi es genannt? *Rillien? Killien? – Kilrien!*

»Was ist damit?«, verlangte der Bär zu wissen.

»Es ist von der Alten Macht erfüllt. Heilende Kräfte schlummern in ihm. Ein Freund schenkte es mir einst, denn er glaubte, ich würde es nötiger haben als er. Wie Recht er doch hatte!« Tarean drehte die münzgroße, bronzene Scheibe, die auf der einen Seite, fein geprägt, eine gefiederte Gestalt in einem Strahlenkranz zeigte, auf der anderen eine ihm unbekannte Rune. Er fragte sich unsicher, wie er die Alte Macht, die Kilrien innewohnte, anrufen solle, denn ein einzelnes befehlendes Wort, wie im Falle Esdurials, schien hier fehl am Platze. *Aber ich weiß nicht einmal, wie ich seine Magie beschwören soll,* klangen die Worte, wie aus ferner Vergangenheit heraufwehend, in seinen Ohren. *Ich kenne die richtigen Worte nicht! – Es ist egal, was du sagst,* hatte Iegi damals gerufen. *Du musst nur daran glauben …*

Mit der Entschlossenheit des Verzweifelten kniete Tarean erneut nieder, legte das Amulett auf Aurils Brust und bedeckte es sanft mit seinen Händen. »Oh, ihr Lichtgefiederten …«, begann er stockend, denn auch wenn er sein Leben und sein Schicksal bedingungslos den Dreigöttern anvertraute, war er im Beten nie gut gewesen, vor allem wenn sein Gebet fremden Göttern galt – oder einer ominösen, gestaltlosen Macht. Er versuchte, sich des Wenigen zu entsinnen, das ihm der Taijirin von seinem Glauben erzählt hatte: »Ihr Lichtgefiederten, ich bitte euch, weckt die Kräfte in diesem Amulett. Weckt die heilenden Kräfte, die in Kilrien ruhen, auf dass diese Albin …«, seine Stimme drohte zu versagen, und er räusperte sich, »… auf dass Auril wieder gesund wird und ihre Wunden verheilen.«

Und es geschah … nichts.

»Oh, Kilrien«, versuchte er es erneut, »ich rufe dich und bitte dich um deine heilende Kraft. Verschließe die Wunden unserer Gefährtin und lasse sie wieder gesund werden.«

Das Amulett blieb kalt, hart und leblos.

Schnaufend erhob sich Bromm und trottete zur Tür. »Ich halte es nicht länger aus«, brummte er unwohl. »Ich bin draußen, falls du mich brauchst … falls sie aufwacht …«

Der Junge schluckte, nickte dann, und der Bär ließ ihn allein.

Tarean drehte sich wieder der bewusstlosen Albin zu, die leise röchelnd und fiebrig vor ihm auf den Fellen lag, und blickte auf das nutzlose Kleinod in seinen Händen. »Kilrien, verdammt, hilf mir!«, schrie er frustriert, dann sackte er über dem Körper der jungen Frau kraftlos zusammen. »Auril«, flehte er leise. »Bitte, stirb nicht.« Tränen liefen ihm über die Wangen, während er lautlos weinte, aber er bemerkte sie gar nicht. *Bitte ... stirb nicht.*

Hinter ihm, in einer Nische unter der Höhlendecke, hockte Moosbeere, blickte ihn traurig an, und ihre Aura war nur noch ein schwaches Schimmern in der Dunkelheit.

9

DIE ZWÖLF ZINNEN

Es fühlte sich an, als ob jemand in einer eisigen Winternacht inmitten des ewigen Schnees eine Kerze entzündet hätte. Ganz sanft und flüchtig strich die Wärme über die Innenflächen seiner Hände, zog zwischen seinen Fingern hindurch und brachte sie zum Kribbeln.

Tarean öffnete die Augen und richtete sich langsam auf. Er hatte nicht gemerkt, wie er am Bett Aurils eingeschlafen war, und er blickte rasch zum Gesicht der Albin. Es war unheimlich still im Raum, und es dauerte einen Augenblick, bis der Junge begriff, dass es das röchelnde Atmen der jungen Frau war, das fehlte.

Ein jäher Schrecken durchfuhr ihn. *Oh, ihr Dreigötter. Sie ist tot.*

Doch dann fiel sein Blick auf das Amulett des Vogelmenschen, und er sah, dass es matt schimmerte. Und als er sich wieder näher beugte, erkannte er seinen Irrtum. Das Röcheln war verstummt, aber nicht, weil die Albin von ihnen gegangen war, sondern weil ihr Atem vielmehr ruhig und gleichmäßig ging. Er berührte sanft ihre Stirn und spürte, dass auch das Fieber deutlich nachgelassen hatte. »Bei Indra, es wirkt. Es wirkt!« Er sprang auf und schrie: »Bromm!«

Hastig rannte er in die Haupthöhle. Rodrik, Shivonne und Fenrir lagerten ums Feuer herum und unterhielten sich leise, Alwyn hockte etwas abseits und zupfte leise auf einer Laute, und Bruder Lanfert saß am Eingang der Höhle und schien ins Gebet vertieft. Von den anderen war keine Spur zu sehen. Draußen, vor der Höhle, war es

Nacht geworden. »Wo ist Bromm?«, fragte Tarean aufgeregt in die Runde.

»Hier«, erwiderte der Bär und kam aus dem Eingang geeilt, hinter dem die Kammer lag, in welcher der Junge früher am Tag erwacht war. »Was gibt es?«

»Sie wird wieder gesund, Bromm«, eröffnete ihm der Junge voller Freude. »Auril wird wieder gesund. Die Alte Macht Kilriens hat sie geheilt!«

Der Bär riss ungläubig die Augen auf, dann eilte er zu Tarean hinüber, erhob sich auf die Hinterläufe und umarmte ihn so überschwänglich, dass er ihn beinahe erdrückt hätte. »Ohoho, das ist großartig, mein Junge. Das ist die beste Neuigkeit, die man sich in dieser Stunde wünschen kann.«

»Tarean!«, wurde hinter ihnen ein helles Stimmchen laut. Moosbeere kam um die Ecke geschwirrt. »Sie ist wach.«

Bromm schlug ihm aufmunternd auf die Schulter. »Komm, mein Junge. Besuchen wir sie.« Mit leicht gequältem Gesichtsausdruck rieb sich Tarean die schmerzende Schulter und ging dann dem Bären nach.

Die Albin saß halb aufgerichtet auf ihrem Felllager und blickte ihnen verwundert entgegen. »Wo sind wir? Und was ist geschehen?«

»Du wärest fast gestorben. Ein Wolflingsspeer mitten durch den Leib. Doch der Wunderknabe hat seinem Namen alle Ehre gemacht und wahrlich ein Wunder vollbracht, indem er dich dem Tod entrissen hat.« Der Bär war so aufgeregt, dass er ganz entgegen seiner sonst eher wortkargen Art plapperte wie ein Wasserfall. Tarean stand indes einfach nur daneben und blickte die Gefährtin an, und es schmerzte ihn beinahe vor Glück, dass sie wohlauf schien.

Die Albin legte den Kopf leicht schief. »Ich erinnere mich. Erst ein furchtbares Brennen in der Brust – und dann wurde es dunkel.« Sie tastete mit der Rechten nach dem Verband, der ihren Oberkörper bedeckte. »Aber jetzt spüre ich die Wunde bereits kaum noch. Wie ist das nur möglich?«

Der Junge trat vor und hob das Amulett des Vogelmenschen auf, das ihr beim Erwachen von der Brust gefallen war. »Hier, schau«, sagte er und hielt es ihr hin. »Das ist Kilrien. Ein Freund schenkte es mir, bevor ich aus Bergen aufbrach.«

Auril nahm die kleine, bronzene Scheibe an dem Lederband in die Hand und betrachtete sie. »Es fühlt sich an, als sei das Amulett lebendig«, stellte sie verblüfft fest.

»Es ist erfüllt von der Alten Macht. Heilkräfte wohnen ihm inne«, erklärte der Junge, und dann fügte er einer inneren Eingebung folgend hinzu: »Es gehört jetzt dir.«

Die Albin warf ihm einen abwehrenden Blick zu. »Nein, Tarean, das möchte ich nicht. Es wurde dir vermacht.« Sie machte Anstalten, es ihm zurückzugeben, doch er schob ihre Hand zurück.

»Und nun vermache ich es dir. Es fühlt sich richtig an. Einst hat Kilrien meinem Freund das Leben gerettet, und danach schenkte er es mir. Nun hat Kilrien mir gedient, indem es dich heilte. Also gebe ich es in deine Obhut, auf dass du mit seiner Hilfe irgendwann ebenfalls ein Leben retten kannst.« Der Gedankengang war offenkundig nicht ganz frei von Fehlern, aber da Auril sah, wie ernst es dem Jungen war, nickte sie, schloss ihre Hand um die Bronzescheibe und schenkte ihm ein kurzes, dankbares Lächeln.

In diesem Augenblick kam der Mönch Lanfert herein. Sein Gesicht unter der Kapuze war noch immer verschleiert. »Bei den Dreigöttern, es ist wahr! Sie ist von den Gestaden des Todes zurückgekehrt. Unsere Gebete wurden erhört.« Tarean konnte die Miene des Mönchs durch das Tuch nicht erkennen, doch seine Stimme wurde strenger. »Nichtsdestoweniger ist es spät und eure Gefährtin noch schwach. Sie braucht unbedingte Ruhe, denn wir wollen die Gnade der Dreigötter doch nicht auf die Probe stellen, nicht wahr?« Auril und Tarean wollten beinahe gleichzeitig aufbegehren, doch der Mönch unterbrach sie mit einer knappen, aber bestimmten Geste. »Keine Widerrede. Morgen geht die Sonne auch wieder auf – und dank den Göttern für uns alle hier. Dann ist noch genug Zeit, zu lachen und zu reden und Pläne zu schmieden. Doch für heute heißt es: Ruhet wohl.«

So verabschiedeten sich die Gefährten voneinander. Moosbeere huschte als Erstes hinaus, Bromm nickte Auril noch einmal aufmunternd zu, bevor er die Kammer verließ, und auch der Mönch trat an Tarean vorbei und klopfte ihm im Gehen väterlich auf die Schulter. Der Junge allerdings zögerte einen Augenblick und blickte Auril an, während diese sich wieder zurück auf ihr Lager sinken ließ und die Augen schloss, um dem Gebot des Mönchs nachzukommen und sich Ruhe zu gönnen. Er dachte schon, sie sei sofort wieder eingeschlafen, erschöpft von dem kurzen Besuch ihrer Gefährten, doch als er sich schließlich umwandte, hörte er ihre Stimme, die noch einmal nach ihm rief: »Tarean.«

Er verharrte im Eingang der Kammer. »Ja?«

»Danke.«

Er schluckte. *Ich hätte es nicht ertragen, wenn du gestorben wärst,* dachte er bei sich, aber er wagte es nicht, den Gedanken in Worte zu fassen. Doch auch so war es ihm, als habe Auril sein Zögern verstanden, denn er glaubte regelrecht zu spüren, wie sich ihre glühenden grünen Augen in seinen Rücken bohrten. »Gute Nacht, Auril.«

»Bis morgen, Tarean.«

Und damit ging auch er.

Am nächsten Tag saßen sie alle gemeinsam vor der Höhle und frühstückten. Aurils Zustand hatte sich auf geradezu magische Art und Weise verbessert. Die furchtbare Wunde, die sie beinahe das Leben gekostet hatte, schien über Nacht gut verheilt zu sein, und wäre nicht gelegentlich bei einer unbedachten Bewegung ein Ausdruck des Schmerzes über ihr Gesicht gehuscht, hätte niemand ahnen mögen, dass noch vor wenigen Stunden der Tod erwartungsvoll an ihrer Bettstatt gesessen hatte.

Während sie aßen, erzählten Endhréan und Rodrik vom Leben im Wald und überboten sich beinahe darin, gegenüber Bromm, Auril und Tarean mit vergangenen Heldentaten zu prahlen, nur unterbrochen von einigen ziemlich respektlosen Einwürfen Shivonnes, gelegentlichen Richtigstellungen von Seiten des Magisters und dem beifälligen »Hört, hört« der beiden ehemaligen Bauern. Leyda kümmerte sich unterdessen darum, dass sie alle mit Brot und Käse und heißem Kräutertee versorgt waren, und der Nondurier Fenrir saß stumm, aber mit belustigter Miene nahebei auf einem umgestürzten Baumstamm und schnitzte. Der Junge fragte sich, wo der Mönch war, doch er nahm an, dass er sich irgendwohin zum Gebet zurückgezogen hatte. Er schien ständig zu beten. Und Moosbeere schlief.

Schließlich warf Shivonne Endhréan einen kurzen Blick zu und stellte dann die Frage, die Tarean eigentlich schon seit ihrer Ankunft erwartet und befürchtet hatte: »Sagt mal, es ergab sich ja gestern keine Gelegenheit, darüber zu sprechen, aber wollt ihr uns nicht verraten, was ihr in diesem Teil von Thal treibt?«

Der Junge schaute zu Auril hinüber. Sie hatten sich bislang keine Geschichte für ihre Reise ausgedacht. Jeden, der ihnen über den Weg lief, in ihre wahren Absichten einzuweihen mochte indes ein gefährliches Spiel sein, ganz gleich, wie freundlich er ihnen gegenüber auftrat.

»Wir schmuggeln«, sagte die Albin schließlich leichthin.

»Was schmuggelt ihr?«, hakte Endhréan nach.

Auril deutete mit ihrem Messer, mit dem sie gerade eine Frucht zerteilte, auf Tarean. »Den Jungen da.«

Tarean riss die Augen auf, doch Auril grinste ihn nur breit an. Sie würde doch nicht etwa …

»Wohin geht denn die Reise?«

Seine Gefährtin schüttelte den Kopf. »Endhréan, Endhréan, wie lange seid Ihr schon im Geschäft? Ihr wisst doch, dass man nicht zu viele Fragen stellen sollte? Denn was Ihr nicht wisst, können auch die Wolflinge nicht erfahren. Genügt es Euch denn nicht, dass wir alle Feinde des Hexenmeisters sind?«

»Wir haben euch das Leben gerettet«, wandte der Geächtete ein. »Außerdem will ich euch nur helfen. Wir kennen Wege, die den Wölfen verborgen sind. Aber um euch den rechten weisen zu können, müssten wir schon wissen, in welche Himmelsrichtung euch euer Weg führt.«

»Zu den Wolkenbergen«, platzte es unvermittelt aus Tarean heraus.

»Den Wolkenbergen?« Der Alb runzelte die graue Stirn. »Dort gibt es nicht viel.«

»Im Gegenteil!«, erwiderte der Junge. »Dort lebt, tief im Gebirge und abgeschieden von allen Menschen und Alben und Wölfen, ein Volk aus Vogelmenschen. Ich habe einst einen von ihnen kennengelernt, und wir kämpften Seite an Seite. Ich suche nach ihm, um ihn davon zu überzeugen, dem Widerstand gegen unsere Feinde beizutreten.« Die Lüge kam ihm glatt über die Lippen, denn tief in seinem Herzen wünschte er sich wirklich, er könne Iegi, seinen Vater und deren Volk auf die Seite der Rebellen ziehen, ein Unterfangen, an dem Wilfert und Hochkönig Jeorhel leider gescheitert waren.

»Hat man sowas schon gehört? Vogelmenschen?«, rief Rodrik ungläubig.

»Es ist wahr«, sagte Fenrir plötzlich. »Auch ich kannte einst eine Taijirin. Sie sind eine edle und stolze Rasse, doch ihre Größe wird noch von ihrem Hochmut übertroffen. Deine Reise, Junge, wird vergeblich sein.«

»Solange er uns bezahlt, ist das nicht unsere Sorge«, brummte Bromm, und damit schien die Neugierde der Gesetzlosen für den Augenblick befriedigt zu sein.

Während die anderen noch zusammensaßen, entschuldigte sich Tarean, um sich zu erleichtern, und kletterte ein paar Meter den Hang hinauf. Bei Tageslicht sah er nun, dass die Höhle, in der die Gesetzlosen hausten, an der Flanke einer recht steilen und dicht bewachsenen Erhebung lag, die vom Tal aus schwer zu erreichen und noch schwerer einzusehen war. Es war das perfekte Versteck – und ein Ort, der sich gut verteidigen ließ, sofern der Feind nicht direkt von der Hügelkuppe aus angriff.

Der Junge verrichtete seine Notdurft, doch statt sofort zu den Gefährten zurückzukehren, entschied er sich, noch ein paar Schritte zu gehen. Etwas weiter oben schienen einige seltsame Gesteinsformationen zwischen den Bäumen verstreut, die er sich genauer anschauen wollte.

Während er so den mit Laub übersäten Hang erklomm und seine Hand an Sträuchern vorbeistrich, deren Blätter noch mit Tautropfen bedeckt waren, sog der Junge gierig die frische Waldluft ein, die ihm so kalt und klar durch Körper und Geist strömte, dass es ihn schüttelte. Es war ein Morgen, so fand Tarean, der dazu angetan war, einen Mann sein Bündel schnüren und in die weite Welt aufbrechen zu lassen. Und auch sie würden bald aufbrechen müssen, denn noch lag ein langer und sicher ebenso mühsamer wie gefährlicher Weg bis zur Feste des Hexers vor ihnen – ein Gedanke, der ihm das Herz hätte schwer werden lassen mögen, wäre er an diesem neuen Tag nicht so glücklich gewesen.

Die Felsen erwiesen sich in Wirklichkeit als steinerne Reste eines Bauwerks, das vor langer Zeit ein Wachturm oder etwas Ähnliches gewesen sein mochte. Und zu seiner Überraschung traf er hier Lanfert an, der inmitten der Ruine auf einem flachen Granitquader saß. Er hatte die Kapuze zurückgeschlagen und las in einer kleinen, in dunkelbraunes Leder gebundenen Fibel. Als er den Jungen nahen hörte, hob er den Kopf und blickte ihm entgegen. »Ah, Tarean, ich wünsche dir einen guten Morgen.«

Der Junge erwiderte den Gruß, dann fragte er: »Was macht Ihr hier oben?«

Lanfert klappte das Buch zu. »Ich lese im Buch der Offenbarungen, die vom Propheten Indric empfangen wurden, dem, so heißt es, von Indra die Gabe des Sehens verliehen wurde. Ich lese jeden Tag ein paar Zeilen in diesem Buch und das schon seit sechzehn Jahren.«

Langsam trat Tarean näher. »Jeden Tag ein paar Zeilen? Warum?«

Der Mönch lächelte ihn traurig an. »Um mich an jenen unheilvollen Tag zu erinnern, da die Worte in diesem Buch mich dazu veranlassten, deinen Vater auf eine Queste zu schicken, die unser aller Untergang einläuten sollte.«

»Was?!«, entfuhr es Tarean. Der Junge glaubte, seinen Ohren nicht trauen zu dürfen.

»Setz dich, Tarean aus Bergen, Sohn des Anreon von Agialon.« Bruder Lanfert deutete auf einen nahen Steinblock. »Wir haben einiges zu bereden.«

Mit klopfendem Herzen kam dieser der Aufforderung nach. »Woher wisst Ihr, wer ich bin?«

Der Mönch deutete auf den Griff Esdurials, der an Tareans Seite aus der Schwertscheide ragte. »Ich erkenne eine Klinge wieder, wenn ich sie einem Mann eigenhändig überreicht habe.«

Unwillkürlich wanderte die Hand des Jungen zum Knauf der Waffe. »Wie meint Ihr das?«

»Vor langer Zeit befand sich Esdurial in meiner Obhut. Und als der rechte Zeitpunkt gekommen war, gab ich die Klinge an deinen Vater weiter, denn es fand sich in jenen Tagen kein Größerer unter den Rittern des Kristalldrachenordens, und er brauchte eine besondere Waffe für den Weg, der vor ihm lag. Nach der Niederlage auf dem Drakenskal barg Wilfert, der treue Knappe deines Vaters, das Schwert, und wir brachten es gemeinsam nach Bergen, wo wir uns einigten, es sicher zu verwahren, um es eines Tages dem Erben Anreons, der in der Nacht geboren ward, da sein Vater starb, zu vermachen. Und wie ich sehe, hat Wilfert genau das getan.«

In Tareans Kopf rauschte es. All die Jahre hatte er in Unkenntnis der Vergangenheit gelebt, nicht wissend, was seinem Vater damals in der letzten Schlacht der freien Völker des Westens gegen das Bestienheer des Hexers Calvas widerfahren war. Und nun endlich schien er einen Mann getroffen zu haben, der ihm alle Fragen beantworten konnte, die ihm auf der Zunge lagen, seit er zu sprechen gelernt hatte. Und mehr noch: Im Gegensatz zu Wilfert, dessen Lippen gewollt oder erzwungen stets versiegelt gewesen waren, schien Lanfert geradezu erleichtert zu sein, sich die Last der Erinnerung von der Seele zu reden.

»Erzählt mir alles, was Ihr über meinen Vater wisst«, bat er den Mönch.

Dieser nickte und fing an. Und er erzählte Tarean, wie Anreon von Agialon dem Orden der Kristalldrachen beigetreten war, wie er sich in seinen Rängen einen Namen als tapferer und edler Krieger erworben hatte, wie er schließlich mit der schicksalhaften Suche nach dem Buch der Verbannung betraut worden war und wie das Buch nach seiner erfolgreichen Heimkehr letzten Endes zu seinem

Fall geführt hatte. Dabei ergänzte er seine eigenen Erlebnisse mit den Dingen, die ihm Wilfert geschildert hatte, und auch seine Rolle als Gelehrter des Ordens und späterer Hüter des Buchs der Verbannung beschönigte er mit keinem Satz. »Wie du siehst, Tarean«, schloss er eine geraume Zeitspanne später, »lastet auf den Schultern deines Vater nur die Schuld, der Schlussstein im gewaltigen Gebäude aus Lug und Trug gewesen zu sein, das Calvas über unser aller Köpfe mit teuflischer Geduld und Kunstfertigkeit errichtet hatte. Der Baumeister indes, der diesen Schlussstein setzte, bin ich, denn ich versagte darin, die Falle zu entdecken, die der Hexer für uns ausgelegt hatte. Seit diesem Tage büße ich für mein Scheitern und gönne meinen Augen keine Freude mehr. Und wenn mich nun dein berechtigter Zorn trifft, mein Sohn, dann wird auch dies nur Teil meiner Buße sein.«

Der Junge vernahm die Worte, doch er wusste nicht, was er auf sie antworten sollte. Ihm war gleichzeitig zum Lachen und zum Weinen zumute, und er verspürte den Drang, aufzuspringen und den Mönch entweder zu umarmen oder niederzuschlagen. Natürlich war er Lanfert unendlich dankbar dafür, dass dieser ihm einen Einblick in das Leben seines Vaters gewährt hatte. Im selben Atemzug aber verspürte er auch Wut im Bauch, denn es war letztlich Lanfert und Seinesgleichen, den selbsternannten Gelehrten, die in der Alten Macht nicht mehr als einen Gegenstand für Versuche und Theorien sahen, geschuldet, dass das Andenken an einen großen Krieger heute besudelt war. Und dennoch ... wenn er dem Mönch in das blasse und von Sorgenfalten zerfurchte Gesicht blickte, dann erkannte er, dass es wohl niemanden geben konnte, der diesem für sein Versagen schwerere Vorwürfe zu machen vermochte, als Lanfert sie sich selbst bereits machte.

»Ich zürne Euch nicht«, sagte Tarean schließlich ruhig. »Ich danke Euch vielmehr, dass Ihr mir die Wahrheit gesagt habt. Sie bestärkt nur noch meinen Entschluss, dass das Unrecht, das Calvas meinem Vater angetan hat, gesühnt werden muss.«

Der Mönch blickte ihn ernst an. »Du willst den Hexer herausfordern?«

Der Junge nickte. »Ja, wir sind auf dem Weg ins Herz der Dunkelheit, nach At Arthanoc, zur Feste des Tyrannen.«

»Wie willst du vollbringen, was kein Held der Alben und Menschen zu vollbringen vermochte?«

»Ich weiß es noch nicht«, gestand Tarean, »aber ich bin kein Held, und vielleicht gelingt es mir gerade deshalb, der Aufmerksamkeit des Hexers zu entgehen, bis mein Schwert an seiner Kehle liegt.«

Lanfert lachte leise und schüttelte ungläubig den Kopf. »Tapferkeit und Wahnsinn liegen manchmal so nahe beieinander, dass es schwer ist, sie zu trennen. Doch ganz gleich, ob das eine oder das andere dich antreibt, der Segen der Dreigötter möge dich auf deiner Reise begleiten. Dies und meine Gebete kann ich dir bieten, so wenig es ist. Und einen Rat noch gebe ich dir mit auf den Weg: Unterschätze niemals die Verschlagenheit des Hexenmeisters. Er vermag vieles und weiß noch mehr. Und wenn ein Pfad allzu einfach scheint, so meide ihn, denn er wird dich in die Irre führen, so wie er mich in die Irre führte. Je näher du seiner Burg kommst, desto mehr erinnere dich meiner Worte.«

Der Mönch blickte zwischen den dicht belaubten Baumwipfeln hindurch zur Sonne, die bereits hoch am Himmel stand, und erhob sich. »Ich denke, wir sollten nun zu den anderen zurückkehren. Ihr müsst bald aufbrechen. Es liegt noch viel vor euch.«

Am frühen Nachmittag verabschiedeten sich Tarean, Auril, Bromm und Moosbeere von Endhréan Falkenauge und seiner Bande aus Gesetzlosen. Zuvor hatte sich die Albin mit Shivonne über die Begehbarkeit und den Zustand der in gewissen Kreisen bekannten Schleichwege nach Astria ausgetauscht, und sie waren von Leyda bemerkenswert großzügig mit Proviant versorgt worden – Tarean argwöhnte, auf Lanferts Betreiben hin. Danach führte sie Endhréan in Begleitung von Rodrik und Fenrir von der Höhle hinab ins Tal, und hier trennten sich schließlich ihre Wege.

»Gehabt Euch wohl«, rief der Alb zum Abschied. »Und wenn ihr irgendwann hierher zurückkehrt, haltet die Augen nach uns offen.«

»Das werden wir«, erwiderte Tarean. »Und habt Dank für alles.«

Das Land begann nun, sanft aber stetig anzusteigen. Vor ihnen, im Nordosten, verstellten die grauen, schroffen Bergflanken der Zwölf Zinnen den Horizont wie die gewaltige, mehrere Tausend Schritt hohe Wehrmauer einer Götterfestung. Sie glichen einem Bollwerk, dessen Gipfelzinnen selbst unter geübten Berggängern als unbezwingbar galten. Einzig einige abenteuerliche Pfade entlang steiler Abhänge und der Drakenskal-Pass ermöglichten den Übergang nach Astria.

Die Gefährten hielten sich abseits der baumlosen Schneise, in deren Mitte sich das breite, erdfarbene Band der Handelsstraße ins Gebirge hinaufschlängelte. Gelegentlich sahen sie in der Ferne, wie sich Rotten der Wölfe und schwer bewachte Handelszüge von Thal nach Astria und zurück bewegten. Hier durften sie sich keinesfalls blicken lassen.

Stattdessen wanderten sie querfeldein, mal einem Bachlauf folgend, dann einem Wildwechsel, und für Tarean erweckte es den Eindruck, als würden sie einer willkürlichen Zickzackroute folgen. Doch als er Auril darauf ansprach, lachte diese nur und sagte: »Vertrau mir. Ich kenne diese Wege.«

Am Abend erreichten sie schließlich ein kleines geschütztes Felsplateau, das von den Niederungen aus nicht einzusehen war, ihnen selbst aber eine gute Aussicht auf die sie umgebende Landschaft bot. Während Bromm und Auril sich über ihre Vorräte hermachten, lag Tarean am Rand des Plateaus auf dem Bauch und ließ seinen Blick über die Wiesen und Wälder Thals gleiten, die sich zu seinen Füßen ausbreiteten. Moosbeere ruhte auf seiner rechten Schulter und summte ihm leise ins Ohr.

Plötzlich gab sie einen Laut des Erschreckens von sich und zog Tarean aufgeregt am Ohrläppchen. »Sieh nur, da!«

»Au, was denn?« Der Junge verrenkte sich den Hals, um zu schauen, wohin ihr kleiner Arm deutete, dann folgte er ihm mit den Augen, aber er sah nichts Auffälliges, nur ein paar dunkle Punkte im Grün der Landschaft.

»Es ist dieser furchtbare Wolflingzauberer«, zwitscherte das Irrlicht wie außer sich, »der uns im Wald überfallen hat.«

Tarean kniff die Augen zusammen. Er vermochte unmöglich zu sagen, ob es sich bei den Punkten um Wolflinge handelte, ganz zu schweigen davon, dass er Einzelheiten erkannt hätte. »Bist du sicher?«

»Ja, ich sehe ihn doch«, schimpfte das Irrlicht.

Der Junge rollte sich auf die Seite und wandte sich seinen schmausenden Gefährten zu. »Auril, komm mal her. Wir haben vielleicht Ärger.«

Die Albin schob sich ein letztes Stück Hartwurst in den Mund, steckte ihr Messer zurück in den Gürtel, stand auf und schlenderte kauend zu ihm hinüber, bevor sie sich mit einer eleganten Bewegung neben ihm zu Boden gleiten ließ. »Was gibt es?«

»Wolflinge«, sagte Tarean knapp und deutete gen Westen. »Kannst du erkennen, ob sie uns auf der Spur sind?«

»Bestimmt sind sie uns auf der Spur«, zeterte Moosbeere aufgebracht. »Dieser widerliche Schattenbeschwörer ist bei ihnen.«

Auril starrte eine Weile angestrengt auf die winzigen Gestalten, die sich ganz langsam, aber doch merklich in ihre Richtung zu bewegen schienen. Dann schnalzte sie mit der Zunge und nickte. »Moosbeere hat Recht. Sie sind tatsächlich hinter uns her.«

»Woher willst du das so genau wissen?«, fragte Tarean.

»Ein paar haben Lederharnische umgeschnallt, wie sie die Wolfsgarde in Agialon trägt, und das Rudel wird von einem Schwarzpelz angeführt, der zu den Elitetruppen des Statthalters gehört.«

»Ein Schwarzpelz?! Hat er ein seltsames rotes Mal auf der Stirn? Es erinnert an einen Pfotenabdruck.«

»Es ist das Zeichen der Elite«, nickte Auril. »Vom Grimmwolf berührt, nennen sie es.«

Tarean fluchte. »Dann gibt es keinen Zweifel. Gegen eben diesen Schwarzpelz habe ich schon einmal in Agialon gekämpft. Er floh, kurz bevor du und Bromm damals auftauchten.«

»Er floh?«, erkundigte sich Auril offenkundig überrascht.

»Vor der Klinge Esdurials«, fügte der Junge erklärend hinzu.

»Da hast du Glück gehabt. Diese Bestien sind unangenehme Gegner.«

Tarean verzog das Gesicht. »Wie ermutigend … Aber wie sind sie uns nur auf die Spur gekommen?«

Die Albin zuckte mit den Achseln. »Keine Ahnung. Wölfe haben gute Nasen.«

»Und wie viele sind es?«

»Schwer zu sagen. Ich schätze, um die zwei Dutzend.«

»Zweiundzwanzig«, warf Moosbeere leichthin ein, als wäre nichts dabei, stecknadelkopfgroße Wolflingrotten auszuzählen.

Er spürte, wie sich sein Magen zusammenkrampfte. »Wenn diese Meute uns einholt, ist es aus mit uns.«

»Das würde ich auch sagen«, bestätigte Auril.

Tarean wollte sich empört aufrichten. »Und da bleibst du so ruhig?«, rief er, doch die Albin drückte ihn gleich wieder zu Boden. »Nein, Dreigötter noch mal, ich bleibe nicht so ruhig«, zischte sie ihn an. »Aber wir können einstweilen nichts tun. Bis zum Drakenskal ist es noch fast ein Tag, und wenn wir jetzt weiterlaufen, hat das nur zur Folge, dass wir den Pass bei hellem Tageslicht passieren müssen. Aber das können wir nicht, denn die Wölfe haben sich dort ziemlich gemütlich eingerichtet. Wir müssen uns im Schutze der Dunkelheit an ihnen vorbeipirschen. Also können wir genauso gut hier rasten wie an jedem anderen Ort, nur dass dies hier ein leidlich gutes Versteck ist. Abgesehen davon sind der Schwarzpelz und sein Gefolge sicher noch einen Tagesmarsch hinter uns, also selbst wenn sie die Nacht durchmarschieren sollten, werden sie uns nicht einholen, bevor wir den Drakenskal-Pass überquert haben. Und in Astria wird es uns schon gelingen, unsere Verfolger abzuschütteln.« Ihre Miene wurde etwas sanfter. »Dennoch denke ich, es ist ratsam, dass wir nur kurz rasten und in aller Frühe aufbrechen. Wir müssen es dem Feind ja nicht zu leicht machen.«

Tareans Schlaf war in dieser Nacht leicht und unruhig. Immer wieder hatte er das drohende Antlitz des Schwarzpelzes vor Augen und immer wieder schreckte er auf, weil er zu hören glaubte, wie sich viele Schritte verstohlen dem Lager zu nähern versuchten.

Entgegen ihrer Angewohnheit, im Dunkeln in der Gegend herumzustreifen, blieb Moosbeere in dieser Nacht an seiner Seite und huschte nur immer wieder im hinteren Bereich des Plateaus umher, rastlos und eindeutig begierig darauf, weiterzureisen. Der Junge nahm an, dass sich das Irrlicht des Grawl-Zauberers wegen nicht aus seinem Versteck traute, und eigentlich war es ihm auch ganz recht. Denn er wiederum befürchtete, dass der Schein des Irrlichts den Verfolgern ihren Aufenthaltsort preisgeben würde. Am liebsten hätte er es zurück in seine Tasche gesteckt, die von der fürsorglichen Leyda mit einem Flicken repariert worden war, aber er wusste, dass er mit solch einem Ansinnen bei der unruhigen Moosbeere auf taube Ohren gestoßen wäre.

Noch vor Sonnenaufgang packten sie ihre spärliche Ausrüstung zusammen und eilten weiter. Ihr Weg führte sie jetzt in einem fort bergauf, und Nadelgehölze lösten die Laubwälder ab, durch die sie bislang gereist waren. Die Landschaft wurde zunehmend felsiger, das Gras flacher und moosähnlicher, und die Hänge waren mit Geröll und Felsbrocken übersät, zwischen denen kleine Büschel blassgelber Wildblumen wuchsen.

Noch vor dem Mittag zogen die Wolken am ohnehin schon trüben grauen Himmel zusammen, und es fing an zu regnen. Stunde um Stunde ergoss sich das kühle Nass über ihre Häupter, und Tareans Stimmung verschlechterte sich zusehends. Auch Auril, deren Hautfarbe sich vortrefflich in die felsige Landschaft und den bedeckten Himmel einfügte, blickte reichlich verdrossen unter der Gugel hervor, die sie übergezogen hatte. Und aus Tareans Tasche drang leise, aber ohne Unterlass das Jammern Moosbeeres, die in den letzten Nächten zu wenig Bewegung bekommen hatte und deshalb an diesem Tag einfach nicht müde werden wollte.

Nur Bromm schien das Wetter nicht das Geringste auszumachen. Stoisch tapste der Bär ihnen auf allen vieren voraus, das Wasser troff ihm aus Fell und Kleidern, und ab und zu drehte er sich zu ihnen um, pustete mit einem Schnauben die Tropfen von seiner Nase und brummte aufmunternd: »Kommt schon. Und schaut nicht so trübsinnig. Es könnte kaum besser für uns sein.«

Und er hatte natürlich recht, denn ungeachtet der Tatsache, dass

Tarean alles für nur eine Stunde wärmenden Sonnenscheins gegeben hätte, kam ihnen der feuchte Segen eigentlich zugute, denn er spülte ihre Spuren vom steinigen Untergrund, denen feine Augen und Nasen selbst hier noch hätten folgen können.

Schließlich umrundeten sie am späten Nachmittag eine Felsnase, und vor ihnen klaffte der breite Einschnitt zwischen den himmelstürmenden Bergen auf, dessen Name mit dem vielleicht dunkelsten Kapitel der jüngeren Geschichte der westlichen Reiche verknüpft war. Der Drakenskal war seit jeher ein karger, lebensfeindlicher Ort gewesen. Doch seit vor sechzehn Jahren in jener furchtbaren Schlacht Tausende auf ihm den Tod gefunden hatten, seit der Pass übersät war von den bleichen Gebeinen der Gefallenen, die niemand von dort geborgen und den Riten der einzelnen Völker gemäß bestattet hatte, gab es kaum einen Ort auf Endar, der im Volksmund als verfluchter und unheimlicher galt, als dieses Niemandsland zwischen Thal und Astria. Selbst die Wölfe, die den Pass besetzt hielten, beobachteten ihn gerade des Nachts mit argwöhnischen Augen.

Entsprechend hatten sie es auch nicht gewagt, ihre Befestigungsanlage, die als Wach- und Zollstation gleichermaßen diente, in der Mitte der Ebene zu errichten. Stattdessen versperrte das vielleicht drei Manneslängen hohe Wehr den Zugang bereits direkt auf den westlichen Anhöhen, die den Rand des kraterähnlichen Talkessels bildeten. Der aufgeschüttete Erdwall mit seinem darauf errichteten Steinfundament und den abschließend aufgesetzten hölzernen Palisaden und Türmen zog sich dabei über die gesamte Breite der Ebene hin, um jedwedes Durchschlüpfen an den nahen Steilhängen zu unterbinden.

»Am östlichen Ausgang der Ebene gibt es noch eine zweite Befestigung, aber niedriger und schlechter bewacht, kaum mehr als eine Palisade mit einer Handvoll Türmen«, berichtete Auril, während sie von einem Versteck aus den Wall beobachteten und auf die Dämmerung warteten. »Ich nehme an, die Wölfe rechnen nicht mit einem Angriff aus Astria. Man munkelt sogar, sie hätten jenes Wehr eher errichtet, um sich vor dem zu schützen, was sich in finsteren Nächten vom Grund des Drakenskal erheben mag, als um Feinden von außen den Zugang zu erschweren. Wenn man die Siegel und Zeichen gegen das Böse sieht, die sie in verschwenderischer Größe und Zahl auf die Innenseiten der Wehre gemalt haben, dann mag an dem Gerede etwas dran sein.«

»Soll das heißen, hier gehen die Toten um?«, fragte Tarean ein wenig unbehaglich.

»Im Grunde ist der Pass einfach nur eine karge Einöde, die man schnell durchreisen sollte, wenn man von Thal nach Astria möchte, denn an diesem Ort lebt einfach nichts – und das war auch schon so, bevor die Gebeine Tausender hier ihre letzte Ruhestätte fanden. Ich gebe zu, ich habe ihn bislang nur zu nächtlicher Stunde aus weiter Ferne zu Gesicht bekommen, von der Flanke der Siebten Zinne aus, doch außer Nebelschwaden, die über dem Tal lagen wie ein Leichentuch, habe ich nichts gesehen. Ich glaube nicht daran, dass die Toten wiederkehren.«

Tarean schauderte. Seit ihm die Seele seines verstorbenen Vaters erschienen war, hatte ihn diesbezüglich jede Gewissheit verlassen. Doch er hatte den anderen nie von dieser Begegnung erzählt, und auch jetzt behielt er seine Meinung für sich.

Als es schließlich dunkelte, und die Wachmannschaft des Walls entlang der Palisaden Fackeln zu entzünden begann, huschten die Gefährten aus ihrem Versteck und schlichen um einige Felsen herum, bis sie schließlich einen schmalen Pfad erreichten, der recht steil die Flanke der Siebten Zinne emporführte. »Mir nach«, sagte Auril und begann mit dem Aufstieg.

Zunächst schlängelte sich der Weg in engen Serpentinen um einige Felsvorsprünge herum, dann tauchten sie in den undurchdringlichen Schatten einer Rinne ein, die möglicherweise von Schmelzwasser gebildet worden war und deren Steinboden sich durch den Regen des Tages nass und glatt anfühlte. Mehr als einmal rutschte Tarean aus, und er war dankbar, dass Bromm hinter ihm ging und einen überstürzten Abgang zurück ins Tal verhinderte.

»Das ist aber kein Weg für Karren«, bemerkte er nach dem dritten Ausgleiten säuerlich. »Wie in Dreigötternamen bringt ihr richtige Schmuggelware über diesen Pass?«

»Mit Packeseln oder noch besser Packziegen«, gab Auril von vorne zurück.

»Packziegen?«

»Aus Astria«, fügte der Bär hinter ihm wie zur Erklärung hinzu. »Sie sind größer als die Ziegen, die ihr in Breganorien kennt, und stärker. Und sie schmecken gut.« Er lachte leise.

Etwa eine halbe Meile später endete die Rinne, und sie kletterten nach links auf einen Sims, von dem aus sich der Pfad, nun bereits deutlich oberhalb der Ebene, direkt am Berghang fortsetzte.

»Ab hier müssen wir vorsichtig sein«, warnte die Albin. »Stellenweise kann man von unten den Pfad einsehen, weswegen man es auch am Tage nicht wagen sollte, ihn zu benutzen. Aber selbst im Dunkeln müssen wir leise sein, und Moosbeere …« Sie blickte das Irrlicht an, das neugierig aus Tareans Tasche herauslugte. »Du solltest dich verstecken, damit uns dein Leuchten nicht verrät.«

»Nein, ich mag nicht«, maulte Moosbeere. »Immer muss ich mich verstecken. Ich habe eine bessere Idee.« Geschwind huschte sie aus der Tasche hinaus und umkreiste die Gruppe zweimal, bevor sie mit summenden Flügeln vor ihren Gesichtern in der Luft verharrte. »Ich werde mich zeigen!«

»Moosbeere!«, rief Tarean erschrocken aus. »Mach keine Dummheiten.«

»Keine Sorge, *Wunderknabe*«, flötete sie und kicherte, dann jagte sie wie eine Sternschnuppe die Rinne hinab zurück nach Thal.

»Ich hoffe, ihr Leichtsinn bringt sie nicht in Schwierigkeiten«, meinte der Junge.

Auril machte ein verdrießliches Gesicht. »Mach dir keine Sorgen. Irrlichter bringen durch ihren Leichtsinn normalerweise nur andere Leute in Schwierigkeiten. Sie selbst sind nicht so einfach umzubringen.« Sie zuckte mit den Schultern. »Aber vielleicht hat es wirklich etwas Gutes, wenn sie die Aufmerksamkeit der Wölfe auf sich lenkt. Umso weniger kommen die auf den Gedanken, die Bergwände im Blick zu behalten – und sei es nur aus Langeweile.« Sie wandte sich um und stapfte los, Tarean hinterher, und der Bär bildete erneut das Schlusslicht.

Eine halbe Stunde mochten sie im Sichtschatten einer Verwerfung im Fels gewandert sein, einer schmalen, schrägen Spalte, an deren Grund sich der Pfad entlangzog, dann öffnete sich der Weg unvermittelt nach links und sie kletterten, von einigen scharfkantigen Felsvorsprüngen abgesehen, praktisch ungeschützt an der steilen Bergwand entlang. Tarean riskierte einen Blick in den Abgrund, der nur einen Schritt neben ihm schwarz und scheinbar bodenlos aufklaffte, und obwohl er in den Bergen aufgewachsen war und keine Angst vor Höhen hatte, wurde ihm doch ein wenig mulmig zumute.

Zu ihren Füßen erstreckte sich der etwa zwei Meilen breite und drei Meilen lange Krater des Drakenskal. In der Finsternis der bewölkten Nacht vermochte der Junge kaum etwas zu erkennen, aber als für einen Augenblick der Himmel aufriss und das fahle Mondlicht auf die Ebene fiel, da sah er, dass sich dichter Nebel in Bodennähe gesammelt hatte, der auch die fernen Feuer, welche die Wolflinge entlang der Palisaden entzündet hatten, in kalten Dunst hüllte.

»Gespenstisch, nicht wahr?«, meinte Bromm hinter ihm.

Der Junge nickte und zog fröstelnd seinen Mantel enger um die Schultern. »Wenn man daran glaubt, dass ruhelose Seelen auf Erden wandeln, gibt es wohl kaum einen Ort, an dem man eher erwarten würde, dass sie ihrem feuchten Grab entsteigen.«

Der Mond verschwand wieder hinter den Wolken, und die Dunkelheit verschluckte einmal mehr den Einschnitt zwischen den imposanten Gebirgsmassiven – doch nicht ganz. Auf einmal schien der Nebel an einer Stelle von einem dumpfen Glühen erfüllt zu sein. Es war wie das geheimnisvolle Meeresleuchten unter den Wellen des Ozeans, von dem die Bücher Bruder Ingolds zu erzählen wussten.

Und das Glühen bewegte sich.

Mal nahm es hier an Stärke zu, dann huschte es wieder geisterhaft schnell, dem Wetterleuchten eines fernen Gewitters gleich, zweihundert Schritt nach rechts. Zwischendurch schien es völlig zu verlöschen, nur um plötzlich und unerwartet kaum einen Steinwurf von den Palisaden entfernt wieder zu erblühen.

Tarean zupfte Auril am Ärmel. »Schau! Moosbeere.«

Auf den Palisaden kam plötzlich Unruhe in die Wachmannschaft. Die Feuer wurden geschürt, eine Alarmglocke im Torhaus fing an zu läuten, und einzelne Gestalten rannten gestikulierend und rufend auf dem Wehrgang hin und her.

Auf dem Gesicht des Jungen breitete sich ein Grinsen aus. »Das kleine Ding führt die Wölfe ganz gut an der schwarzen Nase herum.«

»Also, ich bin mir nicht sicher, dass die wegen des Irrlichts so in Aufregung sind«, meinte Auril neben ihm gedehnt.

»Was soll das heißen?« Er blickte zu der Albin hinüber, doch die achtete gar nicht auf ihn. Stattdessen starrte sie wie gebannt auf den wolkenverhangenen Nachthimmel. Ihre Stimme war plötzlich nur noch ein Flüstern. »Das verrate ich dir gerne, aber bitte beherzige unbedingt zweierlei: nicht schreien, nicht bewegen.«

»Was denn …?« Der Junge hob nun ebenfalls den Kopf, und der Rest des Satzes blieb ihm im Halse stecken. Lautlos entwich die Luft aus seinem offen stehenden Mund, und er suchte Halt an Bromms pelziger Schulter, denn seine Knie schienen auf einmal weich wie Butter an einem warmen Sommertag.

Er hatte bereits von den geflügelten Schrecken gehört. Sagen und Legenden sprachen von ihnen und ihren Gräueltaten. Geschichten, die man am Kamin austauschte, wussten von ihren gewaltigen Horten zu erzählen, die sie, unerreichbar für Mensch oder Alb, in unwirtlichen Teilen des Gebirges, auf den höchsten, schneebedeckten Gipfeln oder in den lichtlosen Tiefen im Schoß der kalten Erde eifersüchtig hüteten. Manch ein Recke, so ging die Kunde, war von ihnen mit Haut und Haar, Rüstzeug und Pferd verschlungen worden. Und es hieß, dass ihre gewaltigen Schwingen Sturmwinde heraufbeschworen, ihre massigen Leiber die Erde, auf der sie wandelten, zum Erbeben brachten und die glühende Lohe, die in ihrem Inneren schwelte, zu einer wahren Feuersbrunst entfesselt, alles verbrannte, das sich ihnen in den Weg stellte. Die Berichte unterschieden sich deutlich hinsichtlich der Größe, der Kräfte und des Charakters dieser Giganten der Lüfte, nur in einem waren sie sich alle einig: Seit mehr als hundert Jahren hatte niemand in den westlichen Reichen mehr mit eigenen Augen einen lebendigen Drachen gesehen!

Bis heute.

10

ASTRIA

Vom dornenkranzbewehrten Schädel bis zum schuppigen Schwanz maß das Ungetüm sicherlich zehn Manneslängen, und die ledrigen Schwingen mochten an Spannweite leicht das Doppelte betragen. Der kraftvolle Leib mit seinem lückenlosen Kleid aus stellenweise schildgroßen Schuppen hatte die Farbe von Steinkohle. Die Unterseite des Drachen aber, vom Kinn bis zum Bauch, war von einem tief glühenden Dunkelrot, so als habe er in der Esse einer titanischen Schmiede gebadet.

»Keiner rührt sich«, raunte Auril. »Dann bemerkt er uns vielleicht nicht.«

Tarean vermochte nur stumm zu nicken.

Majestätisch und Ehrfurcht gebietend glitt der Koloss aus den Wolken herab und strich so dicht an ihnen vorüber, dass der vor Angst erstarrte Junge die kleinen glutroten Augen sehen konnte, die sich durch einen Knochenkamm geschützt an den Seiten des massigen Schädels befanden. Dann legte der Drache mit zwei kräftigen Flügelschlägen, deren aufgewirbelte Luftmassen ihnen als warmer Wind ins Gesicht schlugen, die Strecke bis zu dem Bollwerk am Eingang des Passes zurück, wo er elegant mit seinen vier raubkatzenartigen Beinen auf dem Boden aufsetzte.

Hoch erhobenen Hauptes schritt das riesenhafte Untier auf die Befestigungsanlage zu, auf deren Wehrmauer sich bereits eine kleine Gruppe Gestalten versammelt hatte, um es zu empfangen.

Endlich fand der Junge seine Sprache wieder. »Was ist das für ein Monstrum?«

Auril schüttelte nur den Kopf. »Ich weiß es nicht.«

»Ein Glutlanddrache«, brummte Bromm an ihrer Seite düster. »Eines der ältesten Geschöpfe Endars überhaupt.«

»Aber was macht er hier?«, wunderte sich Tarean. Dann kam ihm ein Satz in den Sinn, den er vor ungefähr zwei Wochen durch einen Kamin in Dornhall erlauscht hatte und ihn fröstelte bei dem Gedanken. *Unsere Spione berichten, dass der Hexer keineswegs vergessen hat, wie der letzte Angriff auf Bergen und Albernia für ihn ausgegangen ist. Es heißt, er sei auf der Suche nach einem neuen, mächtigen Verbündeten.* »Oh, ihr Dreigötter«, hauchte er. »Calvas hat seinen neuen Verbündeten gefunden …«

Aurils Antlitz verdüsterte sich. »Wenn das der Wahrheit entspricht, wird sein nächster Schlag gegen Albernia nicht mehr allzu lange auf sich warten lassen. Und wie dieser Kampf ausgeht, wage ich mir kaum auszumalen.«

»Kommt«, grollte der Bär. »Lasst uns die Zeit nutzen, die uns bleibt, solange er abgelenkt ist. Sollte er nach den Gesprächen Appetit auf einen Happen für den Rückflug haben, wäre es sehr unangenehm, so ungeschützt hier oben an der Felswand zu kauern.«

»Du hast recht«, pflichtete die Albin ihrem Gefährten bei, und so machten sie sich schleunigst und doch mehr denn je auf Heimlichkeit bedacht wieder auf den Weg. Geduckt huschten sie von Fels zu Fels, und selbst das kaum wahrnehmbare Knirschen seiner Stiefelsohlen auf dem steinigen Pfad klang in Tareans Ohren viel zu laut. Ohne Moosbeere war es hier oben so dunkel, dass er seine Gefährten nur schemenhaft wahrnahm, und zu der Furcht vor dem Drachen gesellte sich rasch die Furcht vor dem Abgrund, denn ein falscher Schritt mochte ihn in die Tiefe stürzen lassen.

Ein furchtbares Brüllen erschütterte das Tal, wurde in vielfachem Echo von den hohen Bergmassiven zurückgeworfen und schien den gesamten Kessel auszufüllen. Tareans Rücken versteifte sich schmerzhaft, während das Grauen in seinem Körper emporbrandete wie die aufgewühlte See an einer Steilküste.

»Lauft!« Bromm drängte sich an ihm vorbei und verfiel in einen raschen Trab.

»Ich kann nicht«, keuchte der Junge stolpernd und die Arme tastend vor sich ausgestreckt. »Es ist zu dunkel. Wartet.« Da spürte er, wie eine Hand nach der seinen griff und ihn mit sich zog. Es war Auril. »Folge mir. Ich passe schon auf, dass deine Tollpatschigkeit dich nicht umbringt.«

»Nicht jeder von uns hat Katzenaugen«, begehrte Tarean flüsternd auf, doch die Albin lachte nur leise.

Und so rannten sie los, im Stockfinsteren. Mit jedem Schritt erwartete Tarean, ins Leere zu treten, und mit jedem Atemzug befürchtete er, den heißen Windhauch schlagender Schwingen hinter sich zu spüren. Den Weg nahm er nur noch als Folge spitzer Steine wahr, die sich in seine Fußsohlen bohrten, und ein paar Mal geriet er ins Straucheln. Doch Auril, deren grüne Augen die Dunkelheit ohne Mühe zu durchdringen schienen, führte ihn sicher und ohne Zögern, und der warme Druck ihrer Handfläche verhinderte, dass er sich von seiner Furcht überwältigt einfach irgendwo zu Boden fallen ließ, um zitternd den Anbruch des nächsten Tages zu erwarten.

»Pass auf, ab jetzt geht es abwärts«, warnte ihn die Albin. Auf einmal wurde der Boden glatter, und ihre Schritte erzeugten ein leises Hallen in der Finsternis, während Tarean eine schwache, kühle Brise ins Gesicht wehte. Dann war kein Boden mehr unter seinen Füßen, und er stolperte mit einem leisen Aufschrei nach vorne, bevor er im Dunkeln gegen einen Körper prallte, der ihn festhielt. Ein leichter Geruch von Tannenzweigen stieg ihm in die Nase. »Vorsicht«, flüsterte Auril, und ihre Stimme war ganz nah an seinem Ohr. »Stufen.«

»Wo sind wir?«, flüsterte der Junge zurück, und er wagte es nicht, sich zu bewegen, einerseits aus Furcht, erneut fehlzutreten, andererseits wie gebannt von der unmittelbaren Nähe zu der Albin. Für einen Herzschlag durchzuckte ihn eine absurde Enttäuschung darüber, dass er ihren Körper durch den Mantel und den Lederharnisch nur als Masse und nicht als warmen, anschmiegsamen Leib wahrzunehmen vermochte.

»In einer Felsspalte, die uns hinab nach Astria führt«, hauchte die Albin.

Und dann war der seltsame Moment vorbei.

Auril ließ ihn los, und ihr Körper löste sich in der Dunkelheit auf. »Vielleicht können wir uns jetzt ein wenig Licht erlauben«, hörte er ihre Stimme ein oder zwei Schritt entfernt. »Beweg dich nicht, Tarean.«

Dann vernahm er näher kommendes Tapsen, und Bromms Stimme fragte: »Alles in Ordnung bei euch?«

»Ja«, erwiderte die Albin, während sie in ihrer Tasche kramte. Es gab ein sanft fauchendes Geräusch, und das kleine, rote Feenfeuer, das ihnen bereits in der Kloake von Agialon den Weg geleuchtet hatte, erwachte erneut zu flackerndem Leben. »Aber ganz ohne Licht brechen wir uns hier nur den Hals.«

Im Licht des Feenfeuers erkannte Tarean, dass sie mit dieser Aussage noch deutlich untertrieben hatte. Irgendwie hatte sich durch das Absacken einer riesigen Felsplatte des Nordosthangs der Siebten Zinne eine schmale Spalte gebildet, und während sie selbst auf einer abschüssigen, scharfkantigen Stufe in der eigentlichen Bergwand standen, verlor sich links von ihnen der rote Schein der Flamme in einem sicher fünfzig Schritt tiefen Abgrund, während ganz weit über ihren Köpfen ein schmaler Streifen Nachthimmel zwischen den Felsen zu sehen war. Der Junge bemerkte, dass er höchstens zwei Handbreit neben dem Abgrund stand, und er trat rasch einen Schritt zur Seite.

»Was ist nun? Können wir weiter?«, erkundigte sich der Bär vor ihnen ungeduldig.

Auril warf Tarean einen Blick zu, und der nickte beklommen. Dann aber fiel im siedend heiß etwas ein: »Moosbeere! Was ist mit ihr? Wir können sie doch nicht zurücklassen.«

»Na, umkehren können wir jedenfalls nicht. Die Gefahr der Entdeckung ist viel zu groß«, knurrte Bromm.

»Bromm hat recht«, pflichtete die Albin in versöhnlicherem Tonfall, aber nicht minder bestimmt, ihrem Gefährten bei. »Der Drache ist noch immer da draußen, und wir können froh sein, ihm einmal entronnen zu sein. Ein zweites Mal mag uns das nicht gelingen. Außerdem«, fügte sie nach kurzem Schweigen hinzu, »ist das Irrlicht selbst schuld. Wäre es nicht eigenmächtig losgezogen …«

»Wir lassen niemanden im Stich«, beharrte Tarean. »Vielleicht braucht sie Hilfe!«

»Das Irrlicht kann schon auf sich aufpassen«, brummte der Bär. »Und zumindest muss es sich nicht vor dem Drachen fürchten. Er wird es wohl kaum als schmackhaften Happen betrachten.«

»Dann bleibt doch hier!«, versetzte der Junge hitzig. »Ich gehe jedenfalls zurück!«

»Oh, du bist sooo süß«, zwitscherte ein helles Stimmchen nur wenige Schritt von ihnen entfernt, und plötzlich erstrahlte eine gelbe Lichtkugel knapp außerhalb des Lichtkreises ihrer Fackel über dem Abgrund, so als habe jemand einen winzigen Stern entzündet. Kichernd huschte das Irrlicht auf die übrigen Gefährten zu und verpasste Tarean einen dicken Schmatzer auf die Nasenspitze. »Mein Held.«

»Moosbeere!«, keuchte der Junge überrascht. »Wo kommst du denn her?«

»Von dort«, meinte das Irrlicht unschuldig und deutete auf den Eingang der Felsspalte.

»Und wie hast du das gemacht …? Ich meine … deine Aura …«

»Ach das«, sagte Moosbeere leichthin. »Das war doch nicht schwer. Ich habe einfach mein Licht angehalten, schau.« Das kleine Wesen holte tief Luft, presste dann demonstrativ und mit aufgeblasenen Backen die Lippen zusammen, und auf einmal wurde seine strahlende Aura merklich schwächer, verlor an Leuchtkraft wie eine verlöschende Fackel – und dann war das Irrlicht auf einmal dunkel und nur noch der schlanke Körper der winzigen Frau schwebte fast lautlos in der Luft. »Und wieder an«, sagte sie, und im gleichen Moment erstrahlte ihre Aura wieder so blendend hell wie zuvor.

»Ein tolles Kunststück«, kommentierte Bromm, »aber jetzt kommt. Wir sind dem Feind noch viel zu nah. Wir sind erst sicher, wenn wir die Wildnis von Astria erreicht haben.«

Im Osten kündigte bereits ein schmaler hellgrauer Streifen den Morgen an, als sie am Fuße der Siebten Zinne die Felsspalte verließen und sich auf einem Hang oberhalb eines lichten Nadelwaldes mit hohen, borkigen Stämmen und ausladenden kegelförmigen Kronen wiederfanden. Der Schmugglerweg über den Drakenskal endete an der Ostwand des Berges und sicher vier Meilen vom östlichen Befestigungswall der Wolflinge entfernt. Für den Moment waren sie vor einer Entdeckung sicher.

Tarean ließ seinen Blick über die Landschaft schweifen und hielt unwillkürlich den Atem an. Er hatte auf seiner Reise das saftig grüne Kernland von Breganorien kennengelernt, ebenso wie die von Laubwald bedeckten Hügellande Thals. Doch nichts davon kam der wilden Schönheit Astrias auch nur nahe, die sich vor seinen Augen ausbreitete. Rau und zerklüftet war das Land, voller braun und dunkelgrün bewaldeter Bergkuppen und tiefer, schmaler Schluchten, durch die eisige Gebirgsbäche rauschten. Hoch über ihren Köpfen kreiste ein Jagdvogel, und über diesem zog die graue Wolkendecke im kräftigen Höhenwind rasch von Ost nach West dahin. An einigen Stellen zeigten sich bereits Risse, und Streifen fahlblauen Himmels blitzten dahinter hervor.

Fern im Norden schien Astria in einer Wand aus Stein zu enden, die in dichten Nebel gehüllt war, und am östlichen Horizont konnte man im Lichte des anbrechenden Tages ein weiteres Gebirge erahnen. Dort lag ihr Ziel: At Arthanoc.

Sie gönnten sich nur eine kurze Verschnaufpause, dann wandten sie sich hangabwärts und tauchten ein in den Schatten der hoch aufragenden Föhren. Bromm hatte die Führung übernommen, Auril und Tarean folgten ihm, und Moosbeere schwebte zwischen den Bäumen umher, offenbar zu neugierig auf dieses fremde Land, um müde zu werden. Ganz im Gegensatz zu ihr fühlte sich der Junge mittlerweile trotz der Frische des Morgens erschöpft und ausgelaugt, und seine Beine schmerzten von der nächtlichen Kletterpartie. »Es wäre mir lieb, wenn wir bald eine längere Rast einlegen könnten«, gähnte er. »Ich schlafe schon fast im Gehen ein.«

»Noch etwa vier Meilen, dann erreichen wir eine Klamm, in der wir ungestört den Rest des Tages und auch die Nacht verbringen können«, versprach ihm der Bär. »Es gibt dort Wasser, und Hainbeeren wachsen an den Sträuchern. Es wird euch gefallen.« Seit ihrer Ankunft in Astria wirkte er wieder deutlich ruhiger – wie ein Mann, der sich in den eigenen vier Wänden seines Hauses bewegte. Eigentlich hatte sich Tarean vorgenommen, wütend auf den Bären zu sein, wegen dessen Weigerung, Moosbeere zu helfen. Doch schon jetzt spürte er, wie sein Unmut verrauchte. Es lagen ein paar schlimme Tage und Nächte hinter ihnen, und selbst Bromms Gemütsruhe schien Grenzen zu kennen. Wer mochte ihm dies verdenken?

Tatsächlich wandte sich ihr Führer nach einer knappen Stunde der Wanderschaft nach rechts, und sie folgten einer sanft abfallenden Senke hinab in eine schmale Schlucht. Die felsigen Wände waren von Gestrüpp überwuchert, das stellenweise dicht wie ein braun-grüner Teppich den Stein bedeckte. Am Boden der Klamm floss ein kleiner, rascher Bach, der plätschernd über Stock und Stein setzte und immer wieder von seichten Becken aus natürlichem Fels gesäumt wurde, in deren stehendem Gewässer kleine, silbrig schimmernde Fische schwammen.

Nachdem sie eine Weile am Ufer des Flusses entlanggekraxelt waren, verbreiterte sich die Schlucht ein wenig, und sie erreichten einen Felsüberhang, von dem die Ranken einiger Sträucher herunterhingen wie ein zerschlissener Vorhang. Dahinter lag eine wenige Schritt breite und tiefe Einbuchtung, die sich regelrecht als Schlafplatz aufzudrängen schien. Ein schmaler Kiesstrand säumte einen flachen, vom Wildbach gespeisten Weiher, der links und rechts von bemoosten Steinen und Sträuchern eingefasst war, an denen – und hier hatte der Bär nicht übertrieben – in verschwenderischer Fülle kleine, violette, traubenähnliche Beeren wuchsen.

Bromm setzte sich auf den Kiesstrand und schnaufte: »Hier können wir eine Weile bleiben.«

»Den Dreigöttern sei Dank.« Tarean ließ sich neben ihm auf den Rücken fallen und schloss die Augen, ohne sich die Mühe zu machen, auch nur irgendein Stück seiner Kleidung oder Ausrüstung abzulegen.

Kaum überraschend fühlte er sich daher wie gerädert, als er einige Stunden später wieder erwachte.

Ächzend setzte er sich auf, rieb sich die schmerzenden Glieder und sah sich um. Während er offenbar wie ein Stein geschlafen hatte, war die Sonne zum Vorschein gekommen und über den Himmel gewandert. Ihre wärmenden Strahlen fielen schräg in die Schlucht hinein und beschienen ihren Rastplatz. Bromm hatte ein kleines Lagerfeuer angezündet, über dem er eine Reihe der silbernen Fische am Stock briet, und die Albin saß, nur nachlässig in Hemd und Beinkleid gewandet, neben ihm und flocht ihr langes, nasses Haar zu einem Zopf. Offenbar hatte sie die Gunst der Stunde genutzt, sich zu waschen, eine Angelegenheit, die auch Tarean nicht mehr lange vor sich herschieben konnte, wie er naserümpfend feststellte. Augenblicklich jedoch beließ er es dabei, sich zwei hohle Hände Wasser ins Gesicht zu spritzen und zufrieden festzustellen, dass das eisige Nass des Wildbachs seine Lebensgeister weckte.

Kurz darauf saßen sie gemeinsam ums Feuer und aßen den Fisch zusammen mit etwas Brot und Käse, das ihnen Leyda eingepackt hatte. Zum Nachtisch fütterte die unermüdliche Moosbeere den zufrieden auf dem Rücken liegenden Jungen mit Hainbeeren, wobei es sich das Irrlicht nicht nehmen ließ, die Beeren aus immer größerer Höhe in seinen offenen Mund fallen zu lassen. Erst als ihn die erste Beere aus vier Schritt Entfernung auf der Nasenspitze traf, huschte sie kichernd davon, und auch Tarean lachte.

Schließlich rollte er sich herum und blickte seine Gefährten an. »Wie geht es jetzt eigentlich weiter?«

Auril, die mit einem Zweig Kreise auf den Boden gemalt hatte, warf diesen in das kleine Lagerfeuer und meinte dann: »Ich schlage vor, dass wir geradewegs gen Osten wandern. Dann sollten wir in drei Tagen Karno erreichen.«

»Karno? Ist das die nächste Ansiedlung?«

»Karno ist kein Dorf, sondern ein Mann. Ein alter Freund von Bromm und mir. Er ist ein bisschen verrückt, aber ein hilfreicher Verbündeter. Er wird uns mit neuem Proviant versorgen können, und vor allem wird er wissen, wie die Dinge in Undur liegen.«

Tarean nickte. »Das klingt nach einem guten Plan.«

»Dann wäre das also beschlossen«, sagte Bromm, um gleich darauf herzhaft zu gähnen. »Irgendjemand von euch übernimmt die erste Wache«, brummte er und trottete durch den Rankenvorhang, um sich hinzulegen.

»Du«, sagte Auril zu Tarean, während sie sich neben dem Feuer ein provisorisches Lager bereitete und dann ebenfalls der Länge nach ausstreckte, um im warmen Schein der Nachmittagssonne ein wenig auszuruhen.

»Warum ich?«, begehrte dieser auf.

»Weil du wie ein Troll bei Tagesanbruch umgekippt bist, kaum dass wir hier angekommen sind, während andere Leute noch für Feuerholz und etwas zu essen gesorgt haben«, erwiderte die Albin. »Außerdem war ich schneller als du.« Sie schenkte ihm ein kurzes, selbstzufriedenes Grinsen, während sie es sich gleich einer Katze auf einem sonnigen Fenstersims genüsslich räkelnd bequem machte.

Tarean gab brummend sein Einverständnis und lehnte sich ein paar Schritte entfernt an einen bemoosten Stein. Tatsächlich empfand er es als ziemlich überflüssig, einen Wachposten aufzustellen, denn er war sich sicher, dass die Wölfe spätestens beim Überqueren des Drakenskal-Passes ihre Spur verloren hatten, wenn nicht schon im Laufe des Regentages zuvor. Und so war seine Aufmerksamkeit auch keineswegs unablässig auf den unwegsamen Pfad gerichtet, über den sie hierher gekommen waren. Stattdessen wanderte sein Blick den Bachlauf entlang, über die grün-braun verhangenen Felswände, und schließlich blieb er bei Aurils ruhender Gestalt hängen.

Sie hatte die Beine entspannt übereinandergelegt und die Arme unter der Brust verschränkt. Der schwarze Haarzopf schmiegte sich neckisch an die Linie ihres Hemdausschnitts und glänzte im Sonnenlicht. Die Augen der Albin waren geschlossen, und auf ihren Zügen hatte ein Ausdruck von Frieden Einzug gehalten, der die Ecken und Kanten glättete, die sie im Wachzustand stets aufrechtzuerhalten pflegte, wie eine letzte Bastion gegen eine Welt, die in irgendeiner Weise versuchen könnte, ihr Inneres zu berühren.

Tarean spürte, wie sein Herz schneller zu klopfen begann. Sie war so anders als die jungen Mägde und Zofen auf Dornhall, die ihn immer irgendwie an einfältige Schafe oder an hochnäsige Gänse erinnert hatten. Mal ganz abgesehen davon, dass ihm die meisten von ihnen seines Vaters wegen ohnehin stets mit Scheu oder Abneigung begegnet waren. Auril dagegen schien seine Herkunft nicht zu kümmern oder zumindest nicht abzuschrecken, hatte sie doch selbst bereits zu viele Dinge gesehen und erlebt, als dass ihr Blick oder Geist durch Mauern, wie sie das Leben auf einer Burg wie Dornhall umgaben, beengt sein könnte. Zudem war sie außerordentlich gewitzt und mutig, und nicht zuletzt war sie …

»Schön, nicht wahr?« Ohne die Augen zu öffnen, ließ die Albin einen wohligen Seufzer hören.

Der Junge schluckte trocken und spürte, wie ihm die Röte ins Gesicht stieg. »Was?«

»Hier ist es schön, findest du nicht auch?«

Er nickte, obwohl sie ihn nicht sehen konnte. »Ja … sehr.«

Auf ihrem Gesicht breitete sich ein wissendes Lächeln aus.

Zwei Tage durchwanderten sie vergleichsweise unbehelligt die Wildnis von Astria. Und Tarean verstand, was der Werbär gemeint hatte, als er sagte, dass man das Land zwar erobern, aber nicht beherrschen könne, denn es gab praktisch keine menschliche, albische oder sonstige Zivilisation hier draußen. Kein Gehöft, kein Dorf und keine Holzfällersiedlung bekamen sie zu Gesicht. Nur einmal kreuzte ihr Weg eine Handelsstraße, die sich von Norden nach Süden zog und die, wie Bromm wusste, die etwa eineinhalb Tagesreisen entfernte Stadt Hornwall mit dem südlichen Undur verband.

In der ersten Nacht hörte Tarean fern im Wald unheimliche Geräusche, urtümliches Brüllen und das Brechen von Gehölz, so als tobe ein massiger Körper ohne Rücksicht auf Verluste durch Gestrüpp und Unterholz.

»Gibt es hier draußen Trolle?«, fragte der Junge den neben ihm liegenden Bromm leise.

»Das und Schlimmeres«, nuschelte der Bär mit geschlossenen

Augen. »Aber keine Sorge: Sie haben ihre Reviere, und ich weiß, wie man ihnen aus dem Weg geht.«

Dass dem nicht ganz so war, zeigte sich am Nachmittag des darauffolgenden Tages, als sie eine Anhöhe erklommen und unvermittelt ein gewaltiges, katzenartiges Raubtier mit rostroter Mähne, weit aus dem Maul herausragenden Reißzähnen und zwei peitschenden Schwänzen aufscheuchten. Grollend kam die Bestie näher, doch Bromm erhob sich auf die Hinterbeine und röhrte drohend, und als Tarean und Auril sich mit gezogenen Schwertern zu ihm gesellten, überlegte es sich die Großkatze anders und zog sich langsam zurück.

»Wir hatten Glück, dass wir den Selok überrascht haben und nicht er uns«, meinte Bromm danach, »sonst hätte es möglicherweise Tote gegeben.« Es lag ein Unbehagen in seiner Stimme, das dem Jungen erschreckend deutlich machte, dass der mächtige Werbär in den Urwäldern dieses Landes keineswegs an der Spitze der Nahrungskette stand.

In der Nacht indes hörten sie ein Geräusch, das ihnen mehr Sorge bereitete als das Brüllen der Trolle und das Grollen des Seloks. Tarean hatte sich, zumindest schien es ihm so, gerade erst nach einem langen und anstrengenden Tag in den traumlosen Tiefen des Schlafes verloren, als er von Auril, die sich für die erste Wache gemeldet hatte, wachgerüttelt wurde. »Was?«, murmelte er verschlafen, doch die Albin legte warnend den Finger auf die Lippen und deutete dann in den Wald. »Horch«, flüsterte sie.

Der Junge hob den Kopf und lauschte angestrengt in die Finsternis hinaus. Und da hörte er es: leises, langgezogenes Wolfsgeheul. Ein kalter Schauer glitt ihm über den Rücken. »Sie sind immer noch hinter uns her …«

Auril nickte. »Ich wecke Bromm. Wir müssen sofort weiter.«

»In Ordnung.« Rasch suchte Tarean seine wenigen Habseligkeiten zusammen, pfiff leise Moosbeere zu sich, die unweit ihres Lagerplatzes in Bodennähe umherschwebte und irgendwelche Käfer beobachtete, und kurz darauf waren sie wieder unterwegs. Die offenkundig trügerische Sicherheit der Wildnis Astrias hatte sie in den letzten zwei Tagen eine eher gemächliche Gangart anschlagen lassen. Nun aber saßen ihnen auf einmal die Wölfe wieder im Nacken, und dieses Wissen trieb sie trotz der wenigen Stunden Ruhe erbarmungslos vorwärts.

Sie eilten einen weiteren Abhang hinab, durchquerten eine zwei Meilen lange Talsohle, und als sie schließlich den nächsten bewaldeten Berghang erklommen, sah Tarean bei einem Blick über die Schulter bereits Bewegungen zwischen den Bäumen am Eingang des Tals. Er fluchte. »Diesmal sind sie uns dicht auf den Fersen!«

Moosbeere umkreiste ihn aufgeregt. »Der Schattenbeschwörer ist bei ihnen«, piepste sie nervös, und es klang keineswegs wie eine mögliche Bedrohung, sondern wie eine angstvolle und sehr wirkliche Feststellung.

»Hartnäckige Untiere«, schnaufte Tarean.

»He, Moosbeere«, rief Auril da von vorne. »Könntest du nicht mal deinem Namen als Irrlicht alle Ehre machen und unsere Verfolger ein wenig in die Irre führen? Jede Meile Vorsprung, die wir herausschinden können, kann uns in dieser Lage das Leben retten.«

»Ich … hm … Ich weiß nicht …« Unbehaglich schwirrte Moosbeere zwischen der Albin und dem Jungen umher und schaute dabei immer wieder nach hinten ins Tal.

»Oh bitte, Moosbeere, das wäre jetzt wirklich großartig.« Der Junge blickte das Irrlicht beinahe flehend an.

Das Irrlicht zögerte und seufzte dann leise. »Na schön. Für dich, Tarean Keinriese.« Ihre Aura glühte hell auf, und sie huschte von ihnen weg in den Wald hinein, wo sie, zwischen den Baumstämmen umhergaukelnd, ihre falsche Spur legte.

Die drei übrigen eilten unterdessen den Hang hinauf, erreichten die Kuppe des Berges und rannten im hellen Licht des tief stehenden Mondes geduckt über den schmalen Felsgrat. »Ich hoffe, es gelingt Moosbeere, die Wolflinge von unserer Spur abzubringen«, japste Tarean, als sie über einen schmalen Felseinschnitt hinwegsetzten. Sein Herz hämmerte mittlerweile wie rasend in der Brust, und mit jedem Atemzug schien seine Lunge gequält aufzustöhnen. Lange würde er diese kräftezehrende Jagd nicht mehr durchhalten.

»Wir müssen nur Karno erreichen«, keuchte Auril vor ihm.

»Wie soll uns euer Freund hierbei helfen? Hat er eine Armee in der Scheune stehen?«

»Das nicht, aber er ist nicht ganz wehrlos, glaub mir. Außerdem hat er vielleicht ein Fluchtmittel für uns *in der Scheune stehen.*«

»Oh nein, nicht dieses Flugschiff«, mischte sich nun auch Bromm ein. Den Bären, der auf allen Vieren vorneweg trabte, schien ihre Flucht am wenigsten mitzunehmen.

»Ich sehe, du erinnerst dich.« Trotz der Anstrengung hatte Auril noch genug Luft, um milden Spott in ihre Stimme zu legen.

»Flugschiff?«, fragte Tarean und wischte sich mit dem Unterarm den Schweiß vom Gesicht.

»Lass dich überraschen«, grinste die Albin.

Sie schlitterten einen schmalen Geröllstreifen hinab und tauchten dann erneut ins Dunkel der Nadelbäume ein. Irgendwo auf der anderen Seite des Berges erhob sich mehrstimmiges Wolfsgeheul. Der Junge war für einen Herzschlag abgelenkt, stolperte über eine Wurzel und fluchte herzhaft. »Als würde es ihnen Vergnügen bereiten, uns vor sich herzuhetzen.«

»Vielleicht tut es das wirklich«, meinte Auril. »Es sind Wölfe.«

»Wie weit ist es noch?«

Die Albin warf ihm einen Blick zu, der nichts Gutes verhieß. »Zu weit. Also spare dir lieber deinen Atem zum Laufen. Du wirst ihn noch brauchen.«

Es ging einfach nicht mehr. Er hatte auf Aurils Rat gehört und fürderhin den Mund gehalten, und dennoch war er völlig am Ende. Seine Lungen brannten wie Feuer, und vor seinen Augen tanzten bunte Flecken. Ihm war übel, und seine Beine fühlten sich an, als trüge er Stiefel aus Blei. Wie weit waren sie gerannt? Fünf Meilen? Zehn Meilen? Er hätte es nicht zu sagen vermocht. Immer bergauf und wieder bergab, über Stock und Stein, durch Gestrüpp drängend, dass ihm nur so die Zweige ins Gesicht peitschten, und platschend einen Flusslauf entlang, den sie klatschnass und triefend wieder verließen.

»Ich kann nicht mehr«, krächzte er mit ausgedörrter Kehle. »Auril, ihr müsst mich zurücklassen.« Er blieb schwer atmend und vornübergebeugt stehen. Ihm war schwindlig und elend.

»So ein Unsinn«, keuchte die Albin, die auf der letzten Meile einen leichten Vorsprung gewonnen hatte. Sie kehrte um, eilte zu ihm zurück und packte ihn am Arm. Auf ihrem grauen Gesicht glänzte der Schweiß, aber noch heller glänzte die Entschlossenheit in ihren grünen Augen, die wie Feuer loderten, als sie ihn anblickte. »Du bist derjenige, wegen dem wir überhaupt all diese Strapazen auf uns nehmen.« Sie hustete trocken. »Also erzähle mir jetzt nichts von Aufgeben.«

»Aber ich habe keine Kraft mehr.«

»Halt durch. Wir sind fast da.« Sie zog ihn ein paar Schritt weiter auf die nächste Anhöhe. »Siehst du das Licht da unten im Tal?«

»Ich sehe überall Licht. Es flirrt und flimmert vor meinen Augen«, erwiderte der Junge schwach.

»Verdammt.« Auril schüttelte ihn zornig. »Reiß dich zusammen. Da unten, nur noch eine Meile entfernt, liegt Karnos Haus. Wenn wir dort sind, sind wir in Sicherheit … einstweilen …«

Auf einmal tauchte Bromm vor ihnen auf, der die ganze Zeit einige Schritt voraus gewesen war. Er sah zerzaust und verschwitzt aus. Sein mächtiger Brustkorb hob und senkte sich, und es dauerte einen Augenblick, bevor Tarean verstand, was ihn an dem Anblick des Bären so verwirrte: Er war wieder ein Mensch! »Komm«, brummte er mit dröhnender Stimme. »Ich trage unseren Wunderknaben, bevor er uns den letzten Abhang herunterrollt und sich das Genick bricht.« Er streckte die muskulösen, behaarten Arme aus, doch der Junge wehrte ab. Auf einmal war der Stolz doch größer als die Erschöpfung, und die Blöße, sich vor den Augen der Albin von ihrem buchstäblich bärenstarken Gefährten über die Schulter werfen zu lassen, wollte er sich nun doch nicht geben. »Es wird schon gehen.«

Gemeinsam stolperten sie den letzten Abhang hinunter. Jetzt sah Tarean auch den gelben Schimmer, der von Karnos Behausung ausging, die sich, in der Mitte der Talsohle an einem kleinen Flusslauf gelegen, im Lichte des anbrechenden Tages aus der Dunkelheit schälte.

Wäre er nicht so erschöpft gewesen, hätte er die fantastische Konstruktion sicher mit staunenden Augen zur Kenntnis genommen. So verspürte er kaum mehr als eine leichte Verwirrung ob des unglaublichen Durcheinanders an hölzernen Stegen, Treppen und Plattformen, die das eigentliche Gebäude so vollständig überbaut hatten, dass nur noch hier und da das fleckige Grau des Mauerwerks zu sehen war. Einst mochte es eine Mühle gewesen sein – zumindest drehte sich im Fluss ein Mühlrad –, doch irgendwie bezweifelte Tarean, dass dieser Karno ein einfacher Müller war.

Das etwa dreistöckige Bauwerk wurde von einem windschiefen Spitzdach gekrönt, auf dem ein dicker Schornstein saß, aus dem grauer Rauch in die klare Morgenluft aufstieg. Direkt dahinter erhob sich eine sicher zwanzig Schritt hohe Eiche mit einer ausladenden Krone. Durch die zahllosen Holzaufbauten erschien es, als sei sie im Laufe der Jahre mit dem Refugium des seltsamen Mannes praktisch verwachsen und bildete nun eine Art natürlichen Fortsatz seiner Behausung.

Sie hatten sich dem Haus vielleicht auf dreißig Schritt genähert, als plötzlich ein dumpfer Knall ertönte und ihnen ein faustgroßer Ball aus blauem Licht entgegenschoss. Er beschrieb einen weiten Bogen und schlug dann mit einem Donnern vor ihnen in die Wiese ein, dass die Grassoden nur so durch die Luft wirbelten. Tarean riss die Augen auf und duckte sich instinktiv. »Das war nur ein Warnschuss!«, brüllte eine heisere Stimme aus dem zweiten Stock des Turms.

»He, Karno, halte ein!«, rief Auril, während sie dem Jungen mit einer Geste zu verstehen gab, dass alles in Ordnung war. »Wir sind es: Bromm und Auril!«

»Was? Auril?« Der Mann im Inneren schien überrascht, aber es klang nicht eben nach freudiger Überraschung. »Was wollt ihr hier?«

»Wir brauchen deine Hilfe. Dürfen wir näher kommen?«, fragte die Albin und machte zwei Schritt auf das Haus zu. Sofort flog eine weitere blaue Kugel auf sie zu und krachte vor ihren Füßen in den Boden.

»Nein«, tönte es vom Turm her.

»Er erinnert sich offenbar an unseren letzten Besuch«, bemerkte Bromm leise.

»Beim Grimmwolf, Karno, uns sind Grawls auf den Fersen«, schrie Auril, die langsam wütend wurde. Tarean konnte sich lebhaft vorstellen, dass sie sich das Wiedersehen mit ihrem »alten Freund« anders vorgestellt hatte – wie immer »ihr letzter Besuch« auch ausgesehen haben mochte.

»Umso schlimmer«, gab Karno zurück. »Ich will keinen Ärger mit den Wölfen haben.«

Die Albin holte tief Luft und warf ihren Gefährten einen Blick zu, in dem sich die mühsam unterdrückte Wut widerspiegelte, die in ihrem Inneren brodelte. Dann stieß sie den Atem langsam zwischen den Zähnen wieder aus und sagte ruhiger: »Karno, hör mir zu: Sinjhen schickt mich. Hilf mir, und die alte Schuld soll beglichen sein.«

»Sinjhen?«, fragte Tarean.

»Die alte Schuld?«, fragte Bromm.

»Später«, sagte Auril.

Einen Augenblick war es ruhig in dem Turm, dann vernahmen sie ein Rumpeln und Poltern im Inneren, als würde jemand Möbelstücke verrücken, und schließlich öffnete sich die niedrige Holztür, und ein stämmiger, aber kurz gewachsener Mann mit einer wilden, silbergrauen Haarpracht und einem Bart von gleicher Farbe trat ins Freie. Im linken Arm hielt er etwas, das Tarean an eine Mischung aus Armbrust und Ofenrohr erinnerte. Mit der Rechten winkte er sie näher. »Also schön, zum Erdendonner, kommt rein.«

Auril ließ erleichtert die Schultern sinken. »Danke, Karno.«

»Wer ist denn der Bursche bei euch?«, erkundigte sich der Mann, als sie näher kamen.

»Das ist Tarean aus Breganorien«, stellte die Albin den Jungen vor. »Er reist mit uns … oder besser gesagt, wir mit ihm.«

»Hm«, machte Karno. Der Freund Aurils und Bromms war von

seiner Erscheinung her kaum weniger seltsam als seine Behausung. Er trug ein ärmelloses, etwa knielanges Wollhemd am Leibe, das verdächtig an ein Nachtgewand erinnerte. Darüber hatte er eine grobe Lederschürze gebunden, an der zahlreiche Werkzeuge hingen. Die Füße steckten in schweren Stiefeln. Seine nackten Arme waren muskulös wie die eines Schmieds, und eine Patina aus Ruß, Öl und Sägemehl wiesen ihn als Mann der handwerklichen Tat aus. Doch gleichzeitig saß ihm eine filigrane Sehhilfe auf der Nase, und die nussbraunen Augen, mit denen er Tarean über den Rand der Brille hinweg musterte, zeugten von einem wachen Verstand, nein, mehr noch, der prüfende Blick erinnerte den Jungen an den eines Gelehrten, der alle Dinge in der Natur zuzuordnen und zu ergründen sucht.

Der stämmige Mann streckte Tarean die kräftige Hand entgegen. »Ich bin Karnodrim Silbereisen, Settländer von Geburt, Gelehrter und Tüftler von Profession, und seit knapp drei Jahren darf ich mich wohl Freund unserer grauhäutigen Schönheit nennen, auch wenn ich das an manchem Tag schon bereut habe.«

Auril schenkte Karnodrim ein reizendes Lächeln, während der Junge die dargebotene Rechte ergriff. »Ich freue mich, Eure Bekanntschaft zu machen. Und verzeiht unser frühmorgendliches Eindringen.«

Sein Gegenüber winkte ab. »Mach dir mal deswegen keine Gedanken, Junge. Ich war ohnehin schon wach. Ich hatte heute Nacht im Bett nämlich einen Geistesblitz und musste sofort nachprüfen, ob …« Plötzlich wurden die Augen des Setten schmal, und er hob die klobige Apparatur, die womöglich eine Waffe darstellen sollte, wieder in die Höhe. »Und was haben wir hier?«

Tarean drehte sich um und sah, dass eine winzige goldene Sonne zwischen den Bäumen aufgetaucht war und ihnen nun mit hoher Geschwindigkeit entgegensauste. »Wartet!«, rief er. »Das ist Moosbeere, die Vierte in unserer Reisegesellschaft.«

»Da schlag der Blitz den Stein entzwei«, entfuhr es Karnodrim, als er das winzige, summende Geschöpf erkannte. »Ein Irrlicht?«

»Ja«, bestätigte Tarean eilig. »Es ist eine lange Geschichte.«

»Keine Zeit, keine Zeit«, piepste Moosbeere, als sie vor Aufregung Kapriolen schlagend die Gruppe erreichte. »Der garstige Schattenbeschwörer hat mich verscheucht, und jetzt sind euch die Wolfsmenschen wieder auf der Spur. Sie haben vom Kamm aus das Haus entdeckt.«

Wie zur Bestätigung ihrer Worte erhob sich auf einmal vielstimmiges Wolfsgeheul, und der Junge glaubte bereits im Dämmerlicht Bewegungen auf dem Hang am fernen Ende des Tals ausmachen zu können.

»Grawls, hm?«, knurrte Karnodrim. »Und ihr habt sie genau zu mir geführt.«

Die Albin nickte. »Es tut mir leid, Karno. Sie folgen uns schon seit Tagen, und jetzt scheinen sie uns eingeholt zu haben. Ich sah keinen anderen Ausweg.«

»Und welchen Ausweg, glaubst du, könnte ich euch bieten?«, fragte der Sette mit steinerner Miene.

»Ich hatte gehofft, du würdest uns das Flugschiff leihen.«

Es gab nun keinen Zweifel mehr. Am Waldrand, kaum eine Meile entfernt, sammelte sich das Rudel Wolflinge, das ihnen, wie es schien, bereits seit Thal folgte. Und auch wenn Tarean ihn nicht zu sehen vermochte, so konnte er doch regelrecht spüren, dass der Schwarzpelz unter ihnen war und mit gierigem Blick in den Augen den Moment herbeisehnte, ihn mit seinen verkrümmten Klauen endlich packen zu können.

Karnodrim gab ein gereiztes Knurren von sich. »Verflucht sollst du sein, Auril Enéadhwen. Du hättest zu keinem schlechteren Zeitpunkt auftauchen können.« Er machte auf dem Absatz kehrt und stürmte ins Innere des Hauses.

Auril und die anderen folgten ihm. Es schien, als bestünde der in das diffuse Halbdunkel einiger verborgener Lichtquellen und einer Handvoll schmaler Fenster getauchte Innenraum aus einem einzigen hohen Schacht, der, ähnlich der Außenanlagen, ein auf den ersten Blick chaotisches Durcheinander aus Stiegen, Stegen und kleinen Holzplattformen beherbergte. Überall, auf Schränken, Regalbrettern und Werkbänken, lagen fremdartige Apparaturen und Utensilien herum. Und dort, wo einst das Mahlwerk der Mühle gewesen war, drehten sich knarzend schwere, vom Mühlrad angetriebene Zahnräder, die nach Tareans Einschätzung überhaupt keinen Zweck zu erfüllen schienen. Gerne hätte sich der Junge im Haus des Tüftlers genauer umgesehen, doch ihre Zeit war knapp bemessen.

»Bitte, Karno«, drängte derweil die Albin. »Es ist wirklich wichtig. Du weißt, ich wäre nicht gekommen, wäre die Lage nicht verzweifelt.«

Der Sette wirbelte auf dem Absatz herum. »Ich kann euch das Schiff nicht geben, Erdsturz und Steinschlag!«, brüllte er erregt. »Ich habe den verdammten Schweberahmen abmontiert, um einige zersprungene Kristalle in den einzelnen Kästen zu ersetzen. Es fliegt nicht!«

Die Albin blickte ihn fassungslos an. »Das meinst du nicht ernst …«

»Leider doch«, gab Karnodrim barsch zurück, während er mit raschen, zielstrebigen Bewegungen einige flache Metallkästen, die an der Seite mit Zugseilen und vorne mit beweglichen Lamellen versehen waren, auf die nächstbeste Werkbank wuchtete und daran zu arbeiten begann. »An Reparieren ist jetzt wohl nicht mehr zu denken. Vielleicht können wir sie wieder anbringen, dann steigt das unselige Ding zumindest in den Himmel auf. Aber elegant wird es dabei nicht aussehen.« Er rüttelte an den einzelnen Lamellen und zog sie dann über das Seil alle gemeinsam einmal kurz auf und zu. Dabei drang ein sanfter violetter Schimmer aus dem Innern der Kästen, und ein protestierendes Knarren ging durch die schwere Werkbank, so als laste ein großer Druck auf dem Holz.

»Bromm, Auril, nehmt den ganzen Krempel und bringt ihn zur obersten Plattform«, befahl der Sette und hob einen Kasten nach dem anderen wieder von der Werkbank. »Ich komme gleich mit dem Werkzeug nach. Du, Irrlicht, wenn du dich nützlich machen willst, flieg mal unters Dach und schau nach, ob da noch ein paar Kyrillian-Kristalle zwischen den Schindeln schweben. Mir ist vorgestern eine Kiste kaputtgegangen, und ich habe sie noch nicht wieder von der Decke geklaubt. Wenn du sie findest, bring sie mir einzeln.« Er schien jetzt ganz in seinem Element zu sein, jedweder Groll gegenüber der Albin oder jedwede Sorge, was ihm und seinem Heim blühen mochte, wenn die Wolflinge erst heran waren, schien für den Augenblick in den Hintergrund gedrängt. »Junge«, sprach er Tarean an, »kannst du schießen?«

»Äh, ja, ich habe auf der Burg meines Ahns bereits mit Bogen und Armbrust geschossen«, beeilte sich dieser zu sagen.

»Hervorragend.« Karnodrim drückte ihm das Ofenrohr in die Hand. »Das Ding hier funktioniert fast genauso. Spannen, Klappe auf, Kugel rein, Klappe zu, zielen und abdrücken. Die Feuerkugeln liegen auf der zweiten Ebene in der kleinen Metallkiste am Fenster. Also marsch, rauf mit dir und sieh zu, dass du uns die Grawls so lange wie möglich vom Leib hältst.«

»Sollte ich nicht vielleicht besser …«, setzte Auril an, doch der Sette unterbrach sie: »Nein. Du hast Ahnung von Flugschiffen, der Junge nicht. Ich brauche dich beim Anbringen des Rahmens. Und jetzt hurtig, sonst war alles umsonst.«

Angesteckt vom Eifer Karnodrims kam Bewegung in die Gefährten. Während Moosbeere erstaunlich widerspruchslos hinauf in den dunklen Dachstuhl des Turms huschte, hievte sich Bromm mit einem Grollen, das sein wahres Wesen selbst durch die menschliche Gestalt erkennen ließ, gleich zwei der brünierten Metallkästen auf die Schulter, und Tarean kletterte, so schnell er sich in dem Durcheinander zurechtfand, mit eingezogenem Kopf die Stiegen und Leitern hinauf zu der Plattform, die ihm der Sette gewiesen hatte. Tatsächlich fand er dort eine schwarze Metallkiste, und als er sie aufklappte, lagen darin, sorgsam in Fächer eingeordnet, ein gutes Dutzend der faustgroßen Kugeln. Allerdings brannten sie noch nicht in blauem Feuer, sondern wirkten eher wie eine Art geschliffener Kristall, in dessen Innern Einschlüsse blauen Nebels zu sehen waren.

Tarean legte die klobige Schusswaffe auf den Boden und lud sie mit zitternden Fingern. Er hatte keine Ahnung, wie sie genau funktionierte, aber er wollte unbedingt vermeiden, dass eine der seltsamen Kugeln auf eine Weise explodierte, wie sie es draußen auf der Wiese getan hatten. Endlich hatte er es geschafft und legte das Rohr auf das steinerne Sims des Fensters. Gespannt blickte er hinaus auf die im Dämmerlicht des frühen Morgens liegenden Wiesen, und sein Herzschlag beschleunigte sich.

Die Wölfe kamen.

II

ÜBER DEN WOLKEN

Tarean drückte ab.

Sirrend schnellte die Sehne der Waffe in seinen Händen nach vorne und katapultierte die faustgroße Kugel flammend und mit einem dumpfen Knall aus dem Rohr hinaus und in einem weiten Bogen durch die kühle Morgenluft den Wolflingen entgegen. Doch er hatte den Winkel zu flach gewählt, und die Kugel schlug vergleichsweise harmlos auf halber Strecke ein, wo sie mit einem Donnern eine Fontäne aus Gras, Erde und blauem, zähflüssigem Feuer emporschießen ließ. Dennoch kamen die Wolfskrieger, die sich als dichte Rotte in gemächlichem Trab dem Haus des Tüftlers genähert hatten, zu einem abrupten Halt und verständigten sich mit bellenden Lauten in einer Sprache, die der Junge nicht verstand.

Tarean nutzte die Atempause, um die Waffe abzustellen und mit dem Fuß festzuhalten, den Spannhebel einzuhaken und mit einer raschen, kraftvollen Bewegung die Sehne zurückzuziehen. Dann ließ er die Ladeklappe aufschnellen, schob eine weitere Kugel in die Kammer, schlug die Klappe wieder zu und legte erneut an.

Von draußen hörte er das Brüllen Karnodrims und ein Schlagen wie von Hämmern auf Holz und Metall. Durch ein rückwärtiges Fenster sah er, wie der Sette mit Werkzeug unterm Arm über einen der Holzstege rannte, dann eine gewundene Treppenkonstruktion erklomm und schließlich in der Krone der mächtigen Eiche verschwand, die hinter dem Haus wuchs. Irgendwo dort, außerhalb seiner Sicht, sollte das Flugschiff vertäut sein, ein Gefährt, unter dem sich Tarean nicht wirklich etwas vorstellen konnte. Er wusste nur, dass es imstande sein sollte, sich in die Lüfte zu erheben, und schon dies schien ihm nachgerade fantastisch und kaum glaubhaft – auch wenn dies für viele der Dinge und Geschöpfe gegolten hatte, denen er in den letzten zwei Wochen begegnet war.

Das Heulen der Wölfe lenkte seine Aufmerksamkeit wieder nach vorne. Der Feind rückte abermals vor, rascher jetzt und in lockerer Formation aufgefächert. Wer immer sie anführte – *der Schwarzpelz!* – hatte mit Waffen wie der seinen offenbar schon zu tun gehabt. Tarean zielte etwas höher und feuerte erneut.

Diesmal war sein Augenmaß besser, und die Kugel riss nur wenige Schritt vor zwei Grawls den Boden auf. Einem von ihnen entfuhr ein gepeinigtes Jaulen, und er hielt sich den Kopf. Der andere duckte sich und rannte an dem Einschlagkrater vorbei. Der nächste Schuss saß noch besser, traf die Formation der Wolflinge genau in der Mitte und holte gleich zwei von ihnen von den Beinen. Doch die Verbliebenen kamen unbarmherzig näher.

Unter seinen Füßen polterten der Sette und der Werbär zur Tür herein. »Karnodrim, beeilt Euch«, schrie der Junge. »Sie sind gleich da!«

»Schneller«, trieb Karnodrim den Hünen an seiner Seite an, und mittlerweile hatte sich in seine Stimme die Art von Aufregung eingeschlichen, die nicht mehr weit von Panik entfernt war. »Ich dachte, du bist stark wie ein Bär.«

»In meiner wahren Gestalt wäre ich das auch«, gab Bromm gereizt zurück, »aber in meiner Menschenhaut bin ich schwach.« Doch als wolle er seine eigenen Worte Lügen strafen, stemmte er die letzten drei der sperrigen Metallkästen gleich auf einmal in die Luft und stapfte ächzend wieder nach draußen. Der Sette wühlte unterdessen in einer Ecke mit Gerümpel herum und förderte einen großen Rucksack zutage, in den er dann scheinbar wahllos Dinge aus Schränken, Schubladen und Regalen hineinstopfte, seltsames Handwerkszeug, filigrane Apparaturen, Fläschchen mit farbigen Tinkturen und Schriftrollen.

Tarean griff einmal mehr in die Metallkiste, um seine Schuss-waffe nachzuladen. Doch in der Hast stieß er sich die Hand an, und dabei entglitt die Kugel seinem Griff, rollte über den Rand der Platt-form und fiel in die Tiefe. »Nein!«, entfuhr es dem Jungen entsetzt, und er zog in Erwartung der Explosion den Kopf ein. Doch es gab nur ein helles *Klöng*, so als habe jemand einen leeren Messingbecher zu Boden fallen lassen.

»Was machst du da oben?«, schrie Karnodrim aufgebracht. »Willst du uns alle umbringen?«

»Verzeiht«, rief Tarean schuldbewusst zurück. »Ich versuche, es zu vermeiden.«

Hastig rappelte sich der Junge wieder auf und schob eine neue Kugel in den Lauf. Die Wolflinge waren keine hundert Schritt mehr von Karnodrims Turm entfernt. *Es reicht nicht ... Ich kann sie nicht aufhalten.* Er betrachtete einen Herzschlag lang die eine Kugel, die in der Kammer lag, dann schluckte er – *ich versuche, es zu vermei-den ...* – und schob zwei weitere hinein, bevor er die Klappe kräftig zuschlug und die Waffe hob.

Tarean kniff die Augen zusammen, zielte und schoss. Mit einem hohlen Dreifachschlag jagten die blau leuchtenden Flammenbälle aus dem Lauf und auf die Wölfe zu. Der Junge riss die Arme hoch und schrie begeistert auf, als eine der Kugeln einen Wolfskrieger mitten in die Brust traf und regelrecht in Stücke riss, während die anderen zwei leicht versetzt vor den Reihen der Grawls den Erd-boden umpflügten und für einen Moment eine beeindruckende Feuerwand bildeten.

Eingeschüchtert hielten die Wölfe erneut in ihrem Vormarsch inne und legten sogar noch ein paar Schritt Entfernung zwischen sich und den unsichtbaren Schützen im Turm. Doch Tarean wagte es nicht, sich der Illusion hinzugeben, er hätte sie zurückgeschla-gen.

Und tatsächlich trat nun ein einzelner Grawl vor und hob wie beschwörend beide Arme zum Himmel. In der rechten Klaue hielt er einen langen Stab. *Es ist der Zauberer*, durchfuhr es den Jungen, und sein Inneres verkrampfte sich. Ohne den Wolfling aus den

Augen zu lassen, lud Tarean ein weiteres Mal die seltsame Waffe Karnodrims. Dann stützte er sie auf dem Sims ab und sein Gesicht nahm einen verkniffenen Ausdruck an, während er sich auf sein Ziel konzentrierte. *Ich muss ihn ausschalten, sonst wird er wer weiß was für einen Zauber wirken.*

Er zog den Abzug durch.

Die Sehne schnellte nach vorne und schickte das brennende Geschoss auf den Weg. Doch Hast oder Hexerei hatten sein Auge offenbar schlecht beraten, denn obschon der Junge der Ansicht war, keineswegs zu hoch gezielt zu haben, schien der blau leuchtende Ball den Boden zu meiden wie der Dämon das Weihwasser. In weitem Abstand flog er über die Köpfe der Grawls hinweg, um Dutzende von Schritt hinter ihnen harmlos Grassoden in die Luft zu sprengen.

Und dann holte der Wolfszauberer zum Gegenschlag aus.

Tareans Augen weiteten sich ungläubig, als er sah, wie plötzlich der Fluss zur Rechten der Wolflinge anzuschwellen begann. Das Wasser, das eben noch ruhig und gleichförmig dahingeflossen war, fing von einem Lidschlag zum nächsten an zu brodeln und zu schäumen, als würden die Elemente von einer unsichtbaren Kraft aufgewühlt. Dann erhob es sich in einer buchstäblich haushohen Welle aus dem Flussbett. Und wie eine Schreckschlange, die sich vom Lied des Schlangenbeschwörers bezaubert aufrichtet und mit pendelndem Kopf im Kreise dreht, folgte die Welle dem magischen Befehl des Grawlzauberers, der jetzt fremdartige Worte weithin über die Ebene brüllte und dabei immer wieder mit ruckartig vorstoßendem Stab auf die Behausung des Tüftlers wies.

»Oh, Dreigötter, steht mir bei«, hauchte der Junge. Hektisch riss er die Kugelschleuder vom Sims, öffnete mit fliegenden Fingern die Ladeklappe, wollte schon eine Kugel hineinlegen, merkte dann, dass die Sehne noch nicht gespannt war und setzte fluchend den Spannhebel an. Doch als er einige rasche Handgriffe später die Waffe schließlich geladen hatte und Blick und Rohr hob, erkannte er, dass es zu spät war.

Die Flutwelle kam direkt auf ihn zu!

Tarean schrie, ließ die Schleuder fallen und warf sich eher instinktiv denn wohl überlegt von der Holzplattform. Einen furchtbaren Herzschlag lang stürzte er in die Tiefe, dann bekam er eine dicke, vom Dachstuhl herabhängende Eisenkette zu fassen und schwang sich daran auf eine tiefer liegende Plattform.

In dem Moment, da er schwer auf dem Holzgerüst aufschlug und sich abrollte, donnerten bereits die Wassermassen gegen die Front des Mühlenturms. Eine Fontäne schoss mit Macht durch das offene Fenster, hinter dem er soeben noch gekauert hatte, spülte alles, was auf der Plattform gewesen war, davon und riss sogar einen Teil des Geländers mit sich. Der Junge kauerte sich zusammen, und ein Schwall eiskalten Flusswassers ergoss sich über ihn. Er hustete und spuckte. Dann sprang er auf und hechtete zur nächstbesten Schießscharte, während zu seinen Füßen Karnodrim einen überraschten Fluch ausstieß, als auch er vollständig durchnässt wurde.

Der Junge lugte nach draußen und sah seine schlimmsten Befürchtungen bestätigt. Die Wölfe jagten im vollen Lauf auf das Haus zu!

Am Hintereingang tauchte Auril auf. »Was war das eben? Ich habe nur gesehen, wie eine riesige Flutwelle gegen das Haus gebrandet ist ...«

Tarean rutschte die Stiegen hinab und machte zwei schnelle Schritte zur Eingangstür, um sie zuzuschlagen und den Riegel vorzuschieben. »Moosbeeres Dunkelgeistbeschwörer hat uns erwischt. Der Turm ist verloren. Wir müssen sofort verschwinden.«

»Gleich, gleich«, murmelte Karnodrim, der sich, triefnass und in einer großen Wasserlache stehend, aber nichtsdestoweniger mit grimmiger Entschlossenheit im Gesicht, an einer Kiste zu schaffen machte, die neben der Werkbank stand.

»Wir haben keine Zeit mehr!«

Vor der Tür erhob sich das vielstimmige Triumphgeheul der Wolfskrieger.

»Fertig«, verkündete der Sette und klappte die Kiste zu.

»Was hast du gemacht?«, erkundigte sich Auril.

»Eine letzte Überraschung für die Wölfe vorbereitet. Um sie

willkommen zu heißen.« Ein Unheil verkündendes Lächeln huschte über Karnodrims Züge.

»Dann kommt!« Unter der Führung der Albin hetzten sie zur Hintertür hinaus und über die Treppen und Stege hinauf zur Krone der mächtigen Eiche. Herunterhängende Blätter und Zweige peitschten Tarean ins Gesicht, als sie über die Bohlen rannten und dann eine letzte, um den Stamm gewundene Treppe erklommen. Schließlich traten sie hinaus ins Sonnenlicht, und die Augen des Jungen wurden groß.

Die Kuppe der Eiche war beschnitten worden, sodass sich eine Mulde gebildet hatte, die von äußerem Astwerk beschirmt wurde. Eine vielleicht acht Schritt durchmessende, hölzerne Plattform war auf die starken oberen Äste des Baumes gesetzt worden, die nur über die eine Treppe erreicht werden konnte. Und in der Mitte der Plattform stand – nein, *schwebte* – das Fluggerät.

Er hatte dergleichen noch nie gesehen. Auf den ersten Blick ähnelte das an der Unterseite bläulich-grau gestrichene Gefährt einem etwa sieben Schritt langen und knapp drei Schritt breiten Flusskahn. Heck und Bug waren leicht erhöht, und ein einzelner Mastbaum, der im Augenblick umgelegt war, steckte in einer robusten Metallmanschette. Doch damit endeten die Gemeinsamkeiten auch schon. Sechs Metallkästen waren unter dem Rumpf befestigt, die durch einen Rahmen gehalten jeweils halbkreisförmig den Bug und das Heck umschlossen. Die Lamellen waren leicht geöffnet, und die Ahnung eines violetten Schimmers drang aus dem Inneren. Stabile Taue führten von den Kästen über Rollen an der hohen Reling bis hin zu einer Art Führerstand in der Mitte des Schiffs, kurz vor dem Mast. Außerdem waren im hinteren Bereich des Flugschiffes zwei zusammengefaltete, fächerartige Konstruktionen aus mit Segeltuch bespannten Holzstreben zu sehen. Eine kurze Strickleiter hing von Bord zur Plattform hinab, an deren Fuße bereits Bromm mit säuerlicher Miene auf sie wartete.

»Nicht staunen. Einsteigen!« Auril gab dem Jungen einen aufmunternden Klaps und kletterte dann behände die Leiter empor, um sich an Bord zu schwingen. Tarean tat es ihr nach, gefolgt von

Karnodrim und schließlich dem leicht widerwillig wirkenden Werbären.

An Bord erwartete sie bereits das Irrlicht, das aufgeregt vom Bug zum Heck huschte. »Wir fliegen!«, zwitscherte Moosbeere freudig. »Schau nur, wir fliegen.«

Gegen seinen Willen musste Tarean grinsen. Es schien dem kleinen Geschöpf nicht einzufallen, dass es selbst praktisch ununterbrochen flog.

Karnodrim übernahm derweil das Kommando. »Junge, zieh die Leiter ein. Auril übernimm das Steuer und bring uns von hier weg. Bromm, hilf mir. Wir müssen den Mast aufrichten.«

Und dann stiegen sie in den klaren Morgenhimmel auf. Noch während Tarean die Strickleiter einholte und aufrollte, sah er, wie sich die Plattform unter ihnen langsam entfernte, und ein seltsames Gefühl von Leichtigkeit überkam ihn, als sie von den schwebenden Kyrillian-Kristallen unter dem Rumpf emporgehoben wurden. Es war ganz anders als der wilde Sturzflug, den er mit Iegi an dem Abend vor Beginn seiner Reise vom Wallhorn hinab nach Dornhall erlebt hatte. Nicht erschreckend und berauschend schnell zugleich, sondern fast behäbig und beinahe unnatürlich ruhig gewann das Flugschiff an Höhe.

Hinter ihm hievten der Sette und der Werbär den Mastbaum in die Senkrechte und arretierten ihn in seiner Manschette. Dann setzten sie das Segel, während Auril im leicht erhöhten Steuerstand mit einem Geschick, als habe sie ihr ganzes Leben lang nichts anderes getan, an den zwölf Tauen zog, welche die Lamellen der unter dem Schiff befestigten Metallkästen öffneten und schlossen.

Jetzt kamen auch die Wolflinge in Sicht und umschwärmten Ameisen gleich das Haus des Tüftlers. Tarean erkannte die hünenhafte Gestalt des Schwarzpelzes, der die Rotte anführte. Sein Herz machte einen schmerzhaften Hüpfer in der Brust, als der Grawl den Kopf hob, das träge aufsteigende Flugschiff entdeckte und den anderen Wölfen scharfe Befehle zubellte, woraufhin einige rasch die Stege und Treppen hinaufhechelten, während andere mit ihren Äxten die Eingangstür einschlugen und ins Innere vordrangen.

Der Zauberer jedoch hielt sich im Hintergrund. Tarean konnte sein Gesicht nicht erkennen, aber der gebeugten Körperhaltung nach zu urteilen hatte ihm die Beschwörung des Flusses so viel an Kraft abverlangt, dass er vorübergehend nichts Weiteres zu tun vermochte – ein Umstand, der ihnen womöglich soeben das Leben rettete.

Der Sette trat neben den Jungen und blickte nach unten auf sein einstiges Heim. Immer mehr Grawls stürmten nun ins Innere des Hauses, und es war fast, als könne man das Poltern und Bersten der Möbel hören, an denen sie ihre unbändige Wut ausließen. »Jetzt«, murmelte Karnodrim.

Und mit einem gewaltigen Donnerschlag explodierte der gesamte Turm!

Die Druckwelle sprengte das Mauerwerk und zerfetzte die hölzernen Aufbauten um das Gebäude herum. Die aufgeschreckten Wölfe wurden wie Spielzeuge durch die Luft gewirbelt, und selbst das schwere Mühlrad barst und wurde träge rotierend auf die andere Seite des Flussufers geschleudert. Gleichzeitig erblühte eine gleißende Blume aus blauem Feuer, die sprunghaft in die Breite wuchs, um den Stamm der mächtigen Eiche leckte und alles im Umkreis von sicher zwanzig Schritt verzehrte.

»Bei den Dreigöttern!«, entfuhr es Tarean.

Karnodrim Silbereisen rollte eine einzelne Träne über die bärtige Wange, als er sein Zuhause in Rauch und Trümmer aufgehen sah, aber kein Wort der Anklage verließ seine Lippen. Auril hakte die Steuertaue ein, gesellte sich zu ihnen und legte ihm tröstend die Hand auf die Schulter. »Wir bauen dir ein neues Heim, das verspreche ich dir. Sobald all das hier vorüber ist.«

Der Sette nickte nur stumm, ohne den Blick von seinem ehemaligen Haus abzuwenden.

Unter ihnen entfernte sich der Erdboden Astrias, und mit ihm ließen sie die verbrannten Überreste ihrer Verfolger zurück. Die Hetzjagd, die, wie Tarean argwöhnte, bereits an jenem Abend ihren Anfang genommen hatte, da er auf einem Hinterhof in einer Seitengasse von Agialons Südviertel der Wolflingstreife unter der

Führung des Schwarzpelzes entgegengetreten war, hatte ein Ende gefunden. Sie waren entkommen.

So dachten sie jedenfalls.

Doch die Anspannung in ihren Mienen war kaum der Erleichterung gewichen, die noch zögernd nach einem Weg suchte, einen angemessenen Ausdruck für die widerstreitenden Empfindungen in ihrem Inneren zu finden – Freude über ihre geglückte Flucht, Schuld und Trauer ob des zerstörten Heims Karnodrims –, als sie plötzlich tief unter sich einen langgezogenen, klagenden Laut vernahmen, der in der klaren Morgenluft weithin gut hörbar über die stillen Bergeshöhen wehte.

»Was ist das?«, fragte Tarean, und das Unbehagen schlich sich erneut auf seine Züge und verscheuchte das befreite Lächeln, das sich soeben zaghaft darauf auszubreiten gewagt hatte.

Karnodrim runzelte die buschigen Augenbrauen, und sein Antlitz verfinsterte sich. »Habt ihr mir zufällig noch etwas verschwiegen?«

»Was meinst du?«, wollte Auril wissen.

»Ich habe erst einmal in meinem Leben einen derartigen Laut gehört«, knurrte der Sette, »damals, in meiner Kindheit in den Grauen Bergen. Es ist ein Drachenhorn, und es wird nur von jenen geblasen, die im Bunde mit den Ledergeflügelten sind. Damals war es ein Ritter des Kristalldrachenordens, der in tiefer Demut den Rat einer der Großen Echsen suchte. Doch der Orden ist zerschlagen, und die Kristalldrachen sind nur noch Legende. Also, wer ruft hier und was wird gerufen?«

Tarean schluckte. »Auf der Drakenskal-Ebene sahen wir einen …« Er warf Bromm einen Hilfe suchenden Blick zu.

»… Glutlanddrachen«, ergänzte der Werbär in Menschengestalt grollend.

»Und er scheint sich mit den Wölfen getroffen zu haben, die am Rande der Ebene Wache hielten«, fügte Auril hinzu.

»Ja, ja. Ich habe es mit eigenen Augen gesehen«, piepste Moosbeere aufgeregt, die offenbar auch etwas zu dem Gespräch beitragen wollte.

»Ein Glutlanddrache?«, echote Karnodrim. »Von allen dunklen

Kreaturen, die aus der Esse von Vater Erde gekrochen sind, zweifellos die dunkelste. Und ihr sagt, ihr traft ihn im Westen bei den Zwölf Zinnen?«

»Vor drei Tagen«, bestätigte die Albin. »Aber wir konnten nicht sehen, ob er von dort aus nach Westen flog oder zurück gen Osten. Vielleicht wurde er auch als Beobachter geschickt. Als Auge des Hexers.«

»Und was sollen wir jetzt machen?«, fragte Tarean. »Wenn dieses Ungetüm uns hier oben findet, wird es uns übel ergehen.«

»Wenn er dem Ruf folgen wird«, warf Auril ein.

»Oh, das wird er«, versicherte der Sette. »Ist er tatsächlich so nah, wie ihr es beschrieben habt, wird er das Horn vernommen haben und sich seinem Träger zeigen. Aber da wir nicht zu sagen vermögen, aus welcher Richtung er kommen wird, schlage ich vor, dass wir uns einen günstigen Wind suchen, um so viel wie möglich des Weges, den ihr einzuschlagen gedenkt, hinter uns zu bringen, bevor wir aufgehalten werden können. Was mich zu einer interessanten Frage führt …« Er pflanzte den Fuß auf eine Holzkiste, die hinter dem Mast stand, legte die Unterarme auf das angewinkelte Knie und sah Auril streng an. »Was hast du diesmal ausgefressen?«

»Ich?« Die Albin legte die Hand auf die Brust und wirkte ehrlich überrascht. »Wie kommst du darauf, dass alles Unglück, das dir widerfährt, von mir ausgeht?«

»Nun, man sammelt so seine Erfahrungen«, erwiderte Karnodrim trocken. »Ihr erinnert euch sicher.«

»Karno, du tust ihr Unrecht«, mischte sich Bromm ein. »Sie wusste wirklich nicht, dass Ardo den Rumpf voller Schmuggelware hatte, als er dich nach Nondur brachte.«

»Sie war ein Jahr mit diesem Luftpiraten zusammen gewesen. Sie hätte ihn besser kennen müssen«, gab der Sette scharf zurück.

»Ich habe dir doch schon gesagt, dass es mir leid tut«, verteidigte sich Auril leicht gereizt. »Immerhin hast du sein Ehrenwort, dass er nichts unversucht lassen wird, dein verloren gegangenes Hab und Gut wiederzufinden. Und du hast sein Schiff als Unterpfand.« Sie klopfte auf die hölzerne Reling. »Also, können wir diese alte

Geschichte nicht einstweilen auf sich beruhen lassen? Uns plagen größere Sorgen.«

»Ich bin gespannt, davon zu hören.«

Auril nickte dem Jungen zu. »Tarean.«

Der Junge räusperte sich. »Wir müssen nach At Arthanoc.«

»Nach At Arthanoc?«

»Ja.«

»Zur Festung des Hexenmeisters?«

»Ja.«

Karnodrim blinzelte. »Und was gedenkt ihr dort zu tun?«

»Ich werde Calvas den Hexenmeister für seine Taten zur Rechenschaft ziehen.« Tarean sah den Setten ernst an.

Diesem schien es für einen Augenblick die Sprache zu verschlagen. Dann brach er unvermittelt in schallendes Gelächter aus, das jedoch ebenso rasch wieder erstarb, als er bemerkte, dass weder Tarean noch Auril oder Bromm Absichten zeigten, sich ihm anzuschließen und die Worte des Jungen als guten Scherz zu entlarven. Er schluckte und schüttelte ungläubig den Kopf. »Das kann nicht wirklich euer Ansinnen sein.« Er warf der Albin einen Blick zu. »Dass du tollkühn bist, Auril, wusste ich ja. Aber seit wann hat sich Lebensmüdigkeit hinzugesellt?«

»Wir bringen Tarean nur bis zu den Toren der Feste. Was danach geschehen wird, wer weiß das schon …«, wiegelte die Albin ab, doch die Ausrede klang selbst in ihren Ohren lahm.

»Ich bleibe bei Tarean«, stellte Moosbeere sofort unmissverständlich klar.

»Das ist Wahnwitz, der reine Wahnwitz«, murmelte der Tüftler fassungslos.

»Ja, das weiß ich selbst«, versetzte Tarean heftiger als eigentlich beabsichtigt. Er hatte nun schon so viele Tage jeden Gedanken an das, was ihn am Ziel seiner Reise erwarten würde, verdrängt, und es überraschte ihn regelrecht, festzustellen, wie sehr doch die Ungewissheit an ihm nagte, sobald ihn eine Stimme der Vernunft, und gehörte sie auch einem Mann, den Auril als verrückt bezeichnete, schmerzlich daran erinnerte, wie aussichtslos sein Unterfangen an herkömmlichen Maßstäben gemessen erscheinen musste. Trotzdem war sein Zorn auf den Setten ungerechtfertigt, daher fügte er leiser hinzu: »Verzeiht Karnodrim. Aber mir bleibt keine andere Wahl.«

»Warum, mein Junge?«

»Weil ich der Sohn von Anreon von Agialon bin, der Sohn des …« Er brachte das Wort kaum über die Lippen. »… Fluchbringers – wie ihn die Welt zu nennen pflegt. Und ich muss, obschon ich das Böse nicht ungeschehen machen kann, das aus Calvas' Herrschaft erwuchs, zumindest versuchen, seinem Wirken Einhalt zu gebieten.« Wie oft hatte er diese Sätze bereits wiederholt, ein paar Mal laut und viel häufiger noch lautlos im Geiste, um sich selbst von der Notwendigkeit seiner Reise zu überzeugen. Es war sein Leitspruch geworden. *Ich muss versuchen, dem Hexer Einhalt zu gebieten und den Namen meines Vaters reinzuwaschen …*

»Der Sohn Anreon von Agialons?« Karnodrim sah ihn überrascht an, und es schien, als sehe er ihn auf einmal mit anderen Augen. »Nun, das ändert einiges. Ich stand auf dem Drakenskal an dem Tag, der die Welt verändern sollte. Ich sah deinen Vater, wenn auch nur von Ferne, kämpfen. Er war ein tapferer Mann, dem das Schicksal ein furchtbares Los auferlegt hat.« Er wandte sich erneut an Auril. »Und Sinjhen, so nehme ich an, weiß auch von dem Jungen, sonst hättest du bei eurer Ankunft nicht in seinem Namen gesprochen.«

»Ja. Er erhielt Kunde von der Queste und bat mich von Cayvallon aus, auf Tarean acht zu geben und ihn sicher durch die besetzten westlichen Reiche zu führen.«

»Dabei frage ich mich noch immer, wie er davon erfahren konnte«, merkte der Junge an. »Niemand außer dem Ritter Wilfert wusste von meiner Abreise.«

Bei dem Namen wurde Karnodrim hellhörig. »Du sprichst nicht zufällig von dem Wilfert, der einst der Knappe Anreons war?«

»Doch«, nickte Tarean. »Er lebt, genau wie ich, seit Jahren auf Burg Dornhall in Bergen – und ich denke, zu meinem Schutz.«

»Nun, dann wundert mich nichts mehr«, meinte der Sette. »Dein Vater, Auril, gehörte schon zur Zeit des großen Krieges zum inneren Kreis des Hochkönigs Jeorhel, der wiederum mit dem Orden der

Kristalldrachen Umgang hatte. So lernten sich Wilfert und Sinjhen kennen, und wenn mich meine Erinnerung nicht täuscht, wurden sie damals Freunde.«

Auril und Tarean warfen sich einen viel sagenden Blick zu. Sie schienen beide dasselbe zu denken: *Und heute leben Wilfert und Sinjhen nur wenige Meilen voneinander entfernt …*

»Und wie passt du in dieses Mosaikbild, das sich hier langsam zusammensetzt?«, wandte sich Bromm an den Setten.

»Ich war schon damals ein Erforscher der Natur und ihrer Geheimnisse, und man bediente sich meiner Kenntnisse, um einige Waffen zu bauen, die im Kampf gegen das Bestienheer zum Einsatz kamen.« Die Erinnerung an das Geschehene verfinsterte das bärtige Gesicht des Setten. »Nicht dass ich dafür jemals ein Wort des Dankes gehört hätte … Stattdessen fand ich mich im dicksten Getümmel wieder, als sich das Schlachtenglück gegen uns wendete, und es ist nur dem beherzten Eingreifen Sinjhens zu verdanken, dass ich heute noch lebe.«

»Die alte Schuld …«, mutmaßte der Bär.

»Ganz recht«, bejahte Karnodrim. »Und es muss schon eine Laune des Schicksals sein, dass ich einst aus den Klauen der Ungeheuer errettet wurde, die Calvas zu Gebote standen, um heute den Nachkommen des Mannes, dessen Fall mich erst in diese Gefahr brachte, zur Festung des Hexenmeisters zu bringen.« Er wirkte auf einmal sehr nachdenklich. »Viele Dinge, die damals ihren Anfang nahmen, kommen hier und heute erneut zusammen. Das kann kein Zufall sein. Vielleicht existieren doch höhere Mächte, die deine Schritte lenken, mein Junge, als nur ein vor Scham und Zorn brennendes Herz.«

Karnodrim holte tief Luft. »Nun, wie dem auch sein mag, unser Weg führt uns also gen Nordosten. Und wenn wir heute noch einige Meilen gut machen wollen, sollten wir diesem Vehikel hier besser Wind in die Segel blasen. Und denkt daran, den Himmel zu beobachten. Irgendwo dort draußen lauert ein Drache auf uns.« Er nickte bekräftigend und wandte sich dann ab, um sich der Steuerung des Flugschiffes zu widmen.

»Ihr habt Karnodrim gehört«, löste Auril die Runde auf. Sie ging zum Heck, um die Fächerkonstruktionen aufzuziehen, die an Backbord und Steuerbord befestigt waren und die dem Gefährt zusätzlichen Auftrieb und Stabilität verliehen. Tarean half ihr dabei. Unter ihnen zog die zerklüftete Wildnis von Astria dahin, während eine frische Brise sie At Arthanoc entgegenwehte.

Im Osten braute sich etwas zusammen.

Im Laufe der letzten Stunden hatte sich der Himmel zugezogen und der auffrischende Wind hatte gedreht, sodass sie zum Kreuzen gezwungen gewesen waren, um ihren Kurs zu halten. Ihre tatsächliche Reisegeschwindigkeit hatte darunter zwar merklich gelitten, doch Karnodrims Worten war nichts entgegenzusetzen, wenn er sagte: »Besser auf Umwegen zum Ziel als gar nicht ankommen.«

Nichtsdestoweniger stand der Sette jetzt am Bug, und der düstere Himmel spiegelte sich auf seinem Antlitz wider. »Das gefällt mir nicht«, brummte er, und Tarean, der an seiner Seite stand, konnte ihm da nur beipflichten. »Dieses Wetter kann nicht natürlichen Ursprungs sein. Ein böser Geist treibt diese Wolken an. Wir sollten besser landen und das Ganze am Boden aussitzen, um danach …«

In diesem Moment wurde er jäh unterbrochen. »Der Drache!«, kreischte Moosbeere, und ihr helles Stimmchen gellte in einer Lautstärke über Deck, die man ihrem kleinen Körper gar nicht zugetraut hätte.

Tarean und Karnodrim wirbelten herum. Und auch Auril, die in der flachen Kajüte hinter dem Mast ihrem luftkranken Gefährten Bromm Gesellschaft geleistet hatte, kam an Deck gehetzt, nur knapp gefolgt von dem leicht schwankenden Werbären. »Wo?!«

»Da!«, piepste das Irrlicht aufgeregt und deutete auf eine Stelle schräg hinter ihnen.

Und tatsächlich konnte der Junge, als er die Augen zusammenkniff, eine noch winzig kleine, dunkle Gestalt gegen das helle Grau der Wolken ausmachen, die sich ihnen mit den langsamen, kraftvollen Flügelschlägen eines Lebewesens von enormen Ausmaßen näherte.

»Schlund und Abgrund«, fluchte der Sette in seinen Bart hinein. »Der ledergeflügelte Dämon hat uns entdeckt. Wenn er uns einholt, ist es aus mit uns, ganz gleich, ob am Boden oder in der Luft.«

»Dann bleibt uns wohl nur eines. Wir verstecken uns in dem Unwetter.« Auril deutete auf die schiefergrauen Wolkenberge, die sich am östlichen Himmel auftürmten und fast ebenso erschreckend rasch näher kamen wie der Glutlanddrache.

»Wird das Flugschiff dem Sturm standhalten?«, fragte Tarean unsicher.

»Dem Sturm möglicherweise, dem Drachen sicher nicht«, erwiderte die Albin.

»Ich sage es nicht gerne, aber all meiner Abneigung zum Trotz, diesem verfluchten Wetter zu nahe zu kommen, teile ich Aurils Ansicht«, knurrte Karnodrim.

»Eilt euch. Der garstige Drache kommt näher«, drängelte das Irrlicht, das wie eine kleine Laterne über der rückwärtigen Reling schwebte.

Tatsächlich schien die geflügelte Gestalt die Distanz zwischen ihnen regelrecht zu verschlingen. Schon glaubte der Junge die mächtigen, ledrigen Schwingen ausmachen zu können, den massigen Körper und den kräftigen Hals mit dem dornenbekränzten Schädel. Ihm wurden die Knie weich bei dem Gedanken, dass dieses Ungeheuer hier oben am Himmel, fast dreihundert Schritt über dem sicheren Erdboden, über sie herfallen könnte.

»Also schön«, rief Auril. »Dann hoffen wir mal, dass ich nichts von dem verlernt habe, was ich einst über dieses Schiff wusste. Karnodrim und Bromm, das Segel senkrecht zum Wind. Tarean, kippe die Seitenfächer. Ein kleiner Sturzflug sollte uns in Fahrt bringen.«

Alle stürmten auseinander, um den Befehlen der Albin Folge zu leisten, die sich unterdessen wieder in den Steuerstand schwang. In einem atemberaubenden Manöver zwang sie den Bug des Flugschiffs steil nach unten, und sie gewannen rasch an Geschwindigkeit. Den Schwung nutzend, trieb die Albin sie in einer weiten Kurve der Wolkenfront entgegen.

Ein markerschütterndes Brüllen ließ Tarean herumfahren. Durch Aurils Flugkünste war das Ungeheuer wieder ein wenig zurückgefallen, und der Junge konnte die grenzenlose Wut und Enttäuschung des Drachen, der sich um seine leichte Beute betrogen fühlte, regelrecht spüren. Die schwertlangen Krallen seiner Vordertatzen glänzten wie polierter Onyx, während sie rauschend die Luft zerschnitten, und dem Jungen lief es kalt den Rücken hinunter, als er sich ausmalte, was zwei oder drei kräftige Hiebe dieser todbringenden Pranken bei ihrem fragilen Fluggefährt anrichten würden. Doch in diesem Moment sah er etwas, das noch viel schlimmer war: Rauch stieg aus den Nüstern des Drachen auf.

»Bromm?«, stammelte Tarean, und er vermochte nicht die übermächtig aufkeimende Todesangst aus seiner Stimme zu verbannen. »Was sagen die alten Geschichten? Können Glutlanddrachen Feuer speien?«

»Also wenn es eine Drachenart gibt, die dazu imstande ist, dann ja wohl …« Der Werbär brach ab und schielte über die Reling nach hinten. »Ausweichen, Auril!«

»Festhalten!«, schrie die Albin, und Tarean hatte kaum mit beiden Händen den Rand des Flugschiffs gepackt, da sackte es auf einmal übergangslos senkrecht nach unten ab. Für einen Moment flatterte das Segel unkontrolliert, und der Junge fürchtete schon, es würde abreißen. Doch dann fing Auril das Schiff mit einem heftigen Ruck wieder ab und ließ es nach rechts ausbrechen, geradewegs auf die nun schon fast greifbare Wolkenfront zu.

Direkt über ihnen, dort, wo sie noch einen Herzschlag zuvor gewesen waren, ging die Luft regelrecht in Flammen auf, als eine Walze aus glutrotem Feuer tosend über sie hinwegrollte.

»Dreigötter!«, schrie Tarean und zog den Kopf ein. Er spürte, wie die heiße Luft über ihnen zusammenschlug.

Und dann war das Unwetter da. Als wollte der Himmel auf die brennende Wunde, die ihm der Drache geschlagen hatte, antworten, setzte unvermittelt heftiger Regen ein und starke Böen trieben das Flugschiff seitwärts vom Kurs ab. Das Segel knatterte und drohte herumzuschlagen, und die Planken ächzten, als sich ihr Gefährt

243

nach Backbord neigte, wie ein Segelboot, das auf hoher See unter dem Ansturm der Wellen krängte.

Auril stieß ein wildes Jauchzen aus, und als sie ihm über die Schulter hinweg einen Blick zuwarf, sah Tarean ihre grünen Augen zwischen Strähnen nassen Haares feurig glühen. »Mal sehen, wie das dem Drachen gefällt.« Sie grinste dreist wie ein Kaperfahrer hinterm Steuerrad, lenkte das Schiff in den Sturm hinein und zog den Bug steil hoch.

Bromm stöhnte gequält auf.

»Sie wird uns alle umbringen!«, schrie der Junge gegen das Brausen Karnodrim zu.

Der Sette nickte. »Darauf warte ich schon seit Jahr und Tag.«

Ein neuerlicher Windstoß traf sie an Steuerbord und drückte das Schiff zur Seite. Es bockte und tanzte wie eine Nussschale in einem Wildbach, und die Taue, die das Segel hielten, knarzten bedrohlich. »Wir müssen den Mastbaum wieder umlegen, sonst bricht er uns ab!«, brüllte Karnodrim. »Auril, bring uns tiefer!«

»Wenn ich es denn könnte«, erwiderte die Albin, ließ das Schiff aber dann doch etwas absinken, derweil sich Tarean, Bromm und der Sette damit abmühten, das Segel einzuholen und den Mast zu kippen, um dem Sturm weniger Angriffsfläche zu bieten.

Auf einmal tauchte zwischen ihnen das Irrlicht auf, das wie ein Jungtier den gewaltigen hölzernen Körper der Mutter durch den Ozean der Lüfte begleitete und dabei wundersamerweise von den Elementen völlig unberührt blieb. Weder vermochten die Wassermassen ihren kleinen Körper zu ertränken noch der Sturm ihre zarten Flügel zu zerreißen. Es war, als sei sie in ihrer Aura aus Licht geschützt vor allen Unbilden der Natur.

»Moosbeere!«, rief Tarean.

»Der Drache!«, schrie sie ihm ins Ohr.

»Wo?« Er sah sich hektisch um, konnte im Dunkel des Unwetters aber nichts erkennen.

»Direkt über uns!«

»Was?!« Der Junge hob den Blick, und da sah er die riesenhafte Echse mit angelegten Schwingen im Sturzflug aus den Wolken herausfallen, wie ein Habicht, der Beute schlagen will. Der Drache legte sich in eine elegante Kurve und kam dann direkt auf sie zu. »Auril!«

Doch für ein Ausweichen war es zu spät. Mit Entsetzen sah er, wie die Albin in einer fließenden Bewegung über den Steuerstand hinwegsetzte, in zwei Schritten die Strecke bis zum Bug überwand, sich dort hoch aufrichtete und dabei ihre Schwerter zog. »Komm her, du Ungetüm!«, schrie sie in das Brausen des Sturms hinein und hob drohend ihre Waffen.

Aus den Nüstern des Glutlanddrachen quoll schwarzer Qualm.

»Nein, Auril«, donnerte Karnodrims Stimme über Deck, und der Sette rannte los, um die Albin zu Boden zu reißen.

Und dann schien alles gleichzeitig zu passieren. Starr vor Angst und doch mit einer Klarsicht, die ihm jede Einzelheit tief ins Gedächtnis einbrennen sollte, beobachtete Tarean, wie der Drache das Maul öffnete und brüllte. In der Tiefe seiner Kehle loderte das unheilige Feuer, das sie alle verbrennen würde. In diesem Augenblick holte die Albin kraftvoll aus und warf beide Klingen gleichzeitig der Bestie entgegen. In zwei schillernden Kreisen wirbelten die Schwerter auf das Ungeheuer zu und fuhren ihm tief in den Rachen. Der Angriffsschrei verwandelte sich übergangslos in ein grauenvolles, schmerzerfülltes Heulen, dann versuchte der Drache, abzutauchen und unter ihnen hindurchzugleiten.

Doch er war schon zu nah.

Mit einem furchtbaren Schlag rammte sein massiger schwarzer Leib das kleine Flugschiff und warf sie alle von den Füßen. Holz splitterte, das Schiff wurde emporgewirbelt und trudelte haltlos um die eigene Achse. Tarean sah noch, wie Auril den Halt verlor und nach vorne zu kippen drohte. Er sah, wie Karnodrim die Hand ausstreckte, um sie festzuhalten. Da traf das Schiff unvermittelt ein zweiter Schlag, als der Glutlanddrache mit dem kräftigen Schwanz nachsetzte – und Auril und Karnodrim gingen gemeinsam über Bord.

Mit einem Aufschrei war Tarean auf den Beinen und hechtete zur Reling. Bromm tauchte nur Lidschläge später an seiner Seite auf, auch auf seinem Gesicht stand blankes Entsetzen geschrieben. Doch da war nichts. Keine Hand, die sich mit letzter Kraft an das Holz klammerte, kein Körper, der an einem herabhängenden Tau oder einer der Rumpfaufbauten hing. Und sie sahen auch keine fallenden Leiber im Dunkel des Unwetters. Nur Sturm und Regen und das dichte Grau der Wolken über ihren Köpfen und unter ihren Füßen.

Irgendwo hinter ihnen brüllte der Drache seine Schmerzen hinaus.

»Moosbeere, du musst ihnen folgen!«, schrie Tarean gegen den Sturm an.

»Ich?« Das Irrlicht glitt an seine Seite.

»Du würdest mich überall finden, so wie du mich auf dem Riva gefunden hast, nicht wahr?«

»Nun … ich … ja.«

»Dann fliege rasch, Moosbeere. Du bist die Einzige, die herauszufinden vermag, ob Auril und Karnodrim noch leben. Und wenn ja, hilf ihnen und führe sie zu uns zurück. Bitte!«

»Also gut. Aber versprich mir zu überleben.« Moosbeere huschte auf ihn zu und hauchte ihm einen Kuss auf die regennasse Wange. »Viel Glück!« Dann schlug sie eine Kapriole und jagte wie der Blitz davon, eine winzige Sonne in einer Welt der Dunkelheit. Im Nu war sie in den Wolken verschwunden.

Der Junge starrte ihr wie gebannt nach. »Ich verspreche es«, brüllte er, und die Wassertropfen, die seine Wangen herabliefen, schmeckten auf einmal seltsam salzig.

»Tarean!« Die Stimme Bromms brachte ihn ins Hier und Jetzt zurück.

»Was?« Er zog die Nase hoch und wischte sich mit dem Ärmel übers Gesicht.

Der Werbär in Menschengestalt legte ihm die Pranke auf die Schulter. Seine dunklen, braunen Augen blickten kummervoll, doch seine Haltung zeigte zugleich grimme Entschlossenheit. »Wir müssen später trauern, mein Junge. Es ist noch nicht vorbei.«

Wie um seine Worte zu unterstreichen, wurden sie erneut von einem heftigen Windstoß erfasst, und das Flugschiff bekam ächzend Schlagseite. Ein Blick zum Bug zeigte Tarean, dass ein Großteil der Aufbauten vom Zusammenprall mit dem Drachen fortgerissen worden war. Zudem hing der Steuerbordfächer in Fetzen, und wie es schien, waren auch einige der Kristallkästen in Mitleidenschaft gezogen worden, denn jetzt, wo er darauf achtete, bemerkte er, dass sich die Spitze des Schiffs langsam aber bedenklich dem Erdboden zuneigte.

»Wir müssen den Kahn landen, sonst ist es aus mit uns«, stellte er fest, und Bromm gab ihm mit einem Brummen recht.

Er eilte zum Steuerstand, aber als er die zahlreichen Taue sah, die hier zusammenliefen, verließ ihn beinahe der Mut. »Wie bedient man dieses Ding?«

»Ich weiß es auch nicht«, rief Bromm, der sich am umgelegten Mastbaum festhielt. »Ich hasse es, zu fliegen.«

Wahllos zog der Junge an einigen der Schlaufen, die das Ende der Taue bildeten.

Das Flugschiff fiel vom Himmel wie ein Stein.

»Dreigötter!«, schrie er und zog an einigen anderen Schlaufen. Das Schiff legte sich quer und fing an zu schlingern. »Oh nein, oh nein!«

Plötzlich brachen sie durch die letzte Wolkenschicht, und unter ihnen jagte die Landschaft dahin. Sie hatte sich verändert, wie Tarean zu seinem Schrecken bemerkte. Wo vorher die bewaldeten und von breiten Tälern durchzogenen Berge Astrias gewesen waren, lag nun grauer, schroffer Fels, ein hartes, totes Karstland, dessen scharfe Grate sie zu empfangen schienen wie die Reißzähne eines urtümlichen Ungeheuers.

»Tarean!«, brüllte Bromm in drängendem Tonfall.

»Ich weiß, wir stürzen ab!« Er sah sich hektisch um und versuchte, den Verlauf der Taue ihren Funktionen zuzuordnen, doch in der Dunkelheit und inmitten des sturmgepeitschten Regens erwies sich das als unmöglich. Also griff er einfach erneut beherzt in das Tauwerk – und für einen kurzen, wundervollen Moment glaubte er, dass es ihm gelungen sei, ihren Sturz abzufangen.

Doch dann schlugen sie auf, und in einem Splittern und Bersten aus Holz, einem Inferno aus krachenden Balken, kreischendem Metall auf hartem Fels und dem lang gezogenen Heulen des Werbären ging die Welt um Tarean herum unter. Er wurde von den Beinen gehoben und schmerzhaft aufs Deck geworfen. Ein gleißender Schmerz durchzuckte ihn, als er mit dem Hinterkopf irgendwo aufschlug. Und dann wurde es dunkel.

12

IN LICHTLOSEN TIEFEN

Das Erste, was er spürte, als sein Bewusstsein langsam zurückkehrte, war die Kälte. Mit eisigen Fingern strich sie über sein Gesicht, legte sich feucht auf seine Brust und ließ ihn erschauern. Ein Grund für diese Kälte mochte sein, dass er am ganzen Körper klatschnass war. Die mit Wasser vollgesogenen Kleider klebten ihm klamm an Armen und Beinen, und zusammen mit dem kühlen Luftzug, der über ihn hinwegstrich, sogen sie ihm das letzte bisschen Wärme aus dem Leib.

Er schlug die Augen auf, und es war dunkel, so dunkel, dass er für einen schrecklichen Moment von der Angst übermannt wurde, er habe bei dem Absturz sein Augenlicht verloren. Doch dann blinzelte er, und als sich seine Augen an die Finsternis gewöhnten, merkte er, dass er doch nicht gänzlich von Schwärze umgeben war. Irgendwo jenseits seines Blickfeldes schien ein schwaches, fahles Licht einzufallen und den Ort zu erhellen – wo auch immer er sich befinden mochte.

Er fing an, probeweise seine Glieder zu bewegen, immer auf den heißen, stechenden Schmerz wartend, der davon künden würde, dass er ihren Absturz nicht unverletzt überstanden hatte. Arme und Schultern ließen sich anstandslos bewegen, auch wenn er annahm, dass seine Haut von blauen Flecken und Abschürfungen übersät war. Auch Rippen schienen keine gebrochen zu sein. Doch als er sich langsam aufrichten wollte, explodierte der Schmerz in seinem rechten Bein und obendrein erfasste ihn ein Übelkeit erregender Schwindel, sodass er sich stöhnend wieder zurücksinken ließ.

»Tarean?« Er vernahm das weiche Tapsen schwerer Tatzen, dann tauchte Bromms braune Bärenschnauze über ihm auf, der wieder seine wahre Gestalt angenommen hatte. »Den Göttern sei Dank, du lebst.«

»Bromm«, wollte er sagen, doch seine Stimme versagte und heraus kam nur ein Krächzen.

»Warte«, sagte Bromm, verschwand und kam kurz darauf mit einem Wasserschlauch zurück. »Setz dich ganz langsam auf, Junge, du hast einen bösen Schlag auf den Kopf bekommen.«

Mithilfe des Bären richtete Tarean den Oberkörper halb auf und nahm einige Schlucke von dem schon leicht schal schmeckenden Wasser. Hinter seiner Stirn pochte der Schmerz und wollte auch nicht vergehen, aber zumindest drehte sich nicht erneut die ganze Welt um ihn. »Mein Bein«, brachte er mühsam hervor.

»Ja«, brummte der Bär. »Es sieht aus, als wäre es gebrochen.« Er beugte seinen Kopf zu Tarean hinab. »Schling deine Arme um meinen Hals, dann trage ich dich ins Licht und werde sehen, was ich tun kann.« Der Junge tat, wie ihm geheißen, und der Werbär richtete sich auf die Hintertatzen auf und zog ihn in eine aufrechte Stellung. Dann trug er ihn einige Schritt weit, und Tarean biss die Zähne zusammen, um nicht zu wimmern, als er dabei gegen sein verletztes Bein stieß. Schließlich legte Bromm ihn, mit dem Rücken gegen einen flachen Felsen gelehnt, wieder ab, und durch einen breiten Spalt weit oben über seinem Kopf konnte Tarean ein Stück grauen Himmels erkennen.

»Wo sind wir und was ist geschehen?«, fragte er.

»Ganz genau kann ich dir das auch nicht sagen«, erwiderte der Bär schnaufend. »Aber ich glaube, dass wir bei unserem Absturz auf einem Hang aufgeschlagen sind, der einen Teil der Wucht abgefangen hat. Dann sind wir ihn hinabgerutscht und schließlich durch die Decke dieser Höhle gebrochen. Beim Aufprall hier unten sind auch die letzten Reste unseres Gefährts zerschellt. Und nun sitzen wir hier.«

Tarean wandte den Kopf und sah, was der Bär meinte. Unterhalb des Deckendurchbruchs lagen Geröll und kleinere Felsbrocken und dazwischen ragte das Wrack von Karnodrims Flugschiff empor wie das Gerippe eines großen, lange verendeten Tieres. Der Rumpf war völlig zertrümmert, und noch im Umkreis von mehreren Schritt Entfernung lagen zersplitterte Planken und verbogene Reste der Metallkästen, die sein Antrieb gewesen waren. Tareans Blick wanderte zur hohen Decke, und es überraschte ihn kaum, eine Reihe der violett schimmernden Kyrillian-Kristalle zwischen den Ritzen und Felsnasen schweben zu sehen. »Unglaublich, dass wir das überlebt haben«, murmelte er.

Der Bär nickte. »Deine Dreigötter müssen ein waches Auge auf dich geworfen haben. Nun müssen wir zusehen, dass du auch am Leben bleibst. Beiß die Zähne zusammen, ich werde versuchen, dein Bein zu richten und zu schienen. Aber es wird wehtun.« Er ergriff mit kräftigen Pranken das Bein und zog es ruckartig wieder in eine gerade Stellung.

Tareans Schrei hallte durch die gesamte Höhle.

Als er zum zweiten Mal an diesem unseligen Tag erwachte – dem Licht zufolge, das von draußen durch den Spalt fiel, musste es später Nachmittag sein –, fühlte er sich kaum besser. Noch immer dröhnte es in seinem Schädel, und in seinem rechten Bein, das der Bär mit zwei Metallstreben, Segeltuch und reichlich Tau fixiert hatte, pochte der Schmerz. Aber zumindest war ihm nicht mehr kalt. Wie er sah, hatte ihm Bromm während seiner erneuten Bewusstlosigkeit Mantel, Harnisch, Hemd und Stiefel ausgezogen und zum Trocknen ausgebreitet. Dann hatte er mithilfe einiger Planken aus den Resten des Schiffsrumpfes ein Lagerfeuer entfacht, das dem Jungen zumindest ein wenig Wärme spendete. Tarean stöhnte und versuchte sich aufzurichten, doch er fühlte sich noch immer zu schwach.

»Es tut mir leid, aber es musste sein«, meldete sich Bromm von der anderen Seite des Lagerfeuers zu Wort, als er bemerkte, dass Tarean wach war. »Ich fürchte allerdings, dass, selbst wenn der Knochen wieder richtig verheilt, das Bein lahm sein wird. Ich bin kein Arzt, und dies hier ist sicher kein Spital.« Die vage Bewegung des Bären umfasste das Dunkel der Höhle, dann seufzte er mitfühlend.

»So kurz vor dem Ziel …«, murmelte Tarean, und ihm wurde beinahe schlecht bei dem Gedanken. »Wie weit können wir noch von At Arthanoc entfernt sein? Zwei, vielleicht drei Tagesreisen?«

»Wenn uns der Sturm nicht in die falsche Richtung getrieben hat«, wandte Bromm schwach ein.

»So oder so ist hier das Ende unserer Reise. Ich kann nicht laufen, und selbst wenn du mich trägst und wir irgendwie einen Weg nach draußen finden … Soll ich so dem Hexer gegenübertreten? Ein Krüppel auf dem Rücken eines Bären?« Seine Gedanken wanderten zu Kilrien, dem Amulett, das ihm Iegi geschenkt hatte, und er wünschte sich, er hätte es noch. Dieser kurze Gedanke verselbstständigte sich und führte ihn weiter zu Auril, deren Schicksal ungewiss war und noch deutlich schlimmer aussehen mochte als das seine. Er fing wieder an zu zittern.

»Was unser drängendstes Problem angeht …«, meinte Bromm unterdessen. »Ich habe mich ein wenig umgeschaut. Durch den Spalt in der Decke können wir nicht hinausklettern, aber es scheint ein oder zwei Ausgänge aus der Höhle …«

»Bromm«, unterbrach ihn Tarean.

»Hm?«

»Meinst du, Auril lebt noch?«

Der Bär verfiel eine Weile in Schweigen. Dann brummte er leise. »Ich hoffe es … mit jeder Faser meines Körpers hoffe ich es. Aber es müsste wohl ein Wunder geschehen sein, denn wann hat man schon von einem gehört, der einen Sturz vom Himmel überlebt hat …«

Es müsste wohl ein Wunder geschehen sein …, echoten die Worte des Bären in Tareans Geist. *Oh, Indra, Jesup und Vazar, bitte lasst sie überlebt haben. Bitte lasst sie alle überlebt haben. Und wenn es mich mein Bein kostet, und wenn meine Queste damit zu Ende sein mag, dann soll das der Preis sein, den ich freudig zahle …*

»Andererseits ist Auril wie eine Wildkatze«, versuchte Bromm ihn aufzuheitern, »ungezähmt, zügellos, und sie hat sieben Leben …« Er brach wieder ab und schnaufte aus tiefster Seele.

Zwischen ihnen prasselte und knackte das kleine Feuer. Ansonsten war eine Weile lang kein Laut zu hören.

»Du sagtest, es gäbe weitere Ausgänge aus dieser Höhle«, nahm Tarean schließlich das Gespräch wieder auf.

Der Bär nickte. »Im hinteren Bereich beginnen zwei Tunnel. Ich weiß nicht, wie weit und wohin sie führen, aber alles ist besser, als hier unten zu warten, bis uns die wenigen Rationen ausgehen, die unsere Bruchlandung überstanden haben. Vielleicht haben wir Glück und einer der Wege bringt uns zurück an die Oberfläche.«

»Dann sollten wir so bald wie möglich aufbrechen.«

»Ja, nachdem wir ein paar Stunden geschlafen haben. Die letzte Nacht und der Tag bis jetzt waren anstrengend, und wenn ich dich durch die Stollen tragen soll, brauche ich all meine Kräfte.«

»In Ordnung«, nickte Tarean. Aber er glaubte nicht daran, dass er in dieser Stunde der Not viel Schlaf finden würde.

In der Tat schlief der Junge die Nacht über unruhig. Obwohl ihm der Bär aus dem Segel und zwei Decken, die er aus den Trümmern der Kajüte des Flugschiffs geborgen hatte, ein leidlich bequemes Lager bereitet hatte, ließen ihn die Schmerzen in seinem Bein nicht zur Ruhe kommen, und wann immer er sich bewegte, um sich in eine angenehmere Schlafposition zu drehen, flammten sie erneut auf. Und in den wenigen Stunden, in denen es ihm tatsächlich vergönnt war, die Augen zu schließen, wurde er von Albträumen geplagt, die von einem mächtigen schwarzen Drachen handelten und von Auril, die hilfesuchend ihre Arme nach ihm ausstreckte, während sie durch die Wolken in die Tiefe stürzte, wo ihr schlanker Leib auf dem grauen, harten Fels zerschmettert wurde.

Als Tarean wieder aufwachte, war es am Himmel über ihnen noch stockdunkel. Das Feuer war zu einer sanft glimmenden Glut heruntergebrannt und alles, was weiter als einen Schritt entfernt lag, wurde von tiefer Schwärze verschluckt. Der Junge stöhnte leise. Er fühlte sich wie gerädert. Die Wolldecke klebte an seinem verschwitzten Oberkörper, seine Kehle war wie ausgedörrt, und als er eine Hand auf die Stirn legte, verspürte er eine Hitze, die nur vom

253

Fieber stammen konnte. Er tastete nach dem Wasserschlauch, doch er konnte ihn nirgendwo finden. »Bromm«, krächzte er.

Der Bär lag auf der anderen Seite der Feuerstelle, die Schnauze zwischen die Vordertatzen gebettet, und schnarchte.

»Bromm.«

Auf einmal vernahm der Junge ein leise mahlendes Geräusch, wie von Stein, der über Stein schabte. Er erstarrte, und seine weit aufgerissenen Augen versuchten, die Schatten zu durchdringen, die sie beide umgaben, während alle anderen Sinne, plötzlich aufs Äußerste geschärft, darauf warteten, einen erneuten Beweis dafür geliefert zu bekommen, dass sie nicht mehr allein waren.

Tatsächlich wiederholte sich das Geräusch, diesmal von der anderen Seite der Höhle.

»Bromm, wach auf.« Er wusste nicht, ob er schreien oder flüstern sollte, doch die Furcht entschied für ihn, dass es wohl am besten wäre, wenn, was immer sich ihnen näherte, nicht erfuhr, dass sie seine Anwesenheit bemerkt hatten.

Der Bär grunzte und öffnete dann ein Auge. »Tarean? Was …?«

»Still«, wisperte Tarean. »Wir sind nicht mehr allein.«

Bromm hob behutsam die Schnauze und schnüffelte. »Ich rieche nur feuchten Stein«, murmelte er. »Und sehen kann ich in der Dunkelheit überhaupt nichts.«

Irgendwo löste sich ein Steinchen und fiel klackernd zu Boden.

»Reich mir mein Schwert«, hauchte Tarean. »Und halte dich bereit.«

Der Bär brummte leise zur Bestätigung, ergriff vorsichtig die Waffe, die er zu ihrem übrigen Hab und Gut auf einen kleinen Haufen gelegt hatte, und schob sie dem Jungen dann langsam zu. Lautlos glitt die runenverzierte Klinge aus der Scheide, als dieser Esdurial zog.

Bromm spannte alle Muskeln an, bereit aufzuspringen und zu kämpfen.

Tarean schluckte, betete, dass seine Stimme nicht versagen möge, und dann stieß er die Klinge in die Luft und rief mit aller verbliebenen Kraft: »Esdurial!«

Zusammen mit dem Schmerz, der bei der heftigen Bewegung in seinem Körper explodierte, explodierte auch das Licht, das von der Schneide des Schwerts ausging, gleißend hell über sie hinwegbrandete und das Höhleninnere in das weiße Strahlen des Drachenfeuers tauchte.

Für einen kurzen Moment schloss er selbst geblendet die Augen, und als er sie wieder öffnete, wünschte er sich, er hätte es nicht getan. Bromm erhob sich bereits grollend auf die Hinterbeine und drehte sich mit drohend vorgereckter Schnauze im Kreis.

Denn sie waren umzingelt!

Ein Kreis von sechs hünenhaften Gestalten hatte sich um sie geschlossen. Für einen grauenhaften Moment glaubte Tarean, dass sie einem Rudel Trolle sozusagen in den Speisesaal gefallen waren, denn ihre Gegner hatten die Furcht einflößend massigen Körper und die gleiche steingraue Haut wie die Menschenfresser, denen er im Alten Wald begegnet war. Bei genauerem Hinsehen aber erkannte er, dass diese Geschöpfe bestenfalls ferne Verwandte der grobschlächtigen Ungetüme sein konnten. Denn obwohl sie den Werbären an Größe noch überragten, wirkten sie keineswegs plump oder brutal, sondern strahlten vielmehr eine stumme Erhabenheit aus, die den Jungen überraschte. Sie erinnerten an die Marmorstatuen, die Tarean auf einigen Plätzen Agialons aufgefallen waren, nein, vielleicht eher noch an die mächtigen Wasserspeier, die ihn vom Dachfirst der Akademie des Wissens herab angestarrt hatten, nein, vielleicht noch eher an deren große Brüder: massiv, unverrückbar und Ehrfucht gebietend.

Auf einmal begannen wie auf ein geheimes Zeichen hin die Augenpaare der sechs Unterirdischen in einem hellen Blau zu leuchten, so als bestünden sie aus Himmelsquarz, hinter dem jemand eine Kerze angezündet hatte. Dann traten sie mit bedächtigen Schritten näher, und der Kreis um den Jungen und den Bären zog sich zusammen.

Bromm röhrte warnend und bewegte sich seinerseits auf eine der steinernen Gestalten zu, doch Tarean hielt ihn zurück: »Warte! Ich glaube nicht, dass sie uns feindlich gesinnt sind.«

»Wie kommst du darauf?«, knurrte der Bär unruhig.

»Es ist so ein Gefühl …«

»Ich hoffe, dein Gefühl trügt dich nicht.« Sehr aufmerksam verfolgte Bromm, wie die Unterirdischen in vielleicht zwei Schritt Entfernung erneut zum Stehen kamen. Zwei von ihnen trugen mannshohe Stäbe, auf deren Spitze ein perfekt geschliffener runder Kristall saß, und als das Licht von Esdurial langsam verblasste, stießen sie selbige gleichzeitig mit einem dumpfen Schlag auf dem Steinboden auf, und die Kristalle erglühten in einem sanften Schimmer, der die Szenerie in ein goldenes Licht tauchte. Dann trat ein dritter Unterirdischer vor und ließ sich knirschend neben dem Jungen auf die Knie sinken. Fasziniert erkannte Tarean, dass das, was er für Haut gehalten hatte, tatsächlich ein unglaublich kompliziertes Mosaik aus kleinen und größeren Steinen war. Es schien wahrhaftig so, als bestünden diese Wesen aus lebendigem Basalt.

Überraschend sanft legte der Unterirdische seine schwere Hand auf Tareans gebrochenes Bein, und trotzdem zuckte der Junge unter der Berührung zusammen. Das hünenhafte Geschöpf, dem nicht anzusehen war, ob es Mann oder Frau war, wenn es denn derlei Unterscheidungen bei diesen Wesen überhaupt gab, drehte den klobigen Kopf und blickte ihn aus unergründlichen blauen Augen an. Und dann sprach es plötzlich: »Schmerz.«

Tarean starrte es nur fassungslos an.

»Schmerz«, wiederholte der Unterirdische. Seine Stimme hörte sich wie das Mahlen von Granitplatten an, dumpf und grollend und ohne jedweden melodischen Klang, und es schien, als habe er Mühe, die fremdartigen Laute der Menschensprache zu formen.

Endlich nickte der Junge. »Ja, mein Bein ist gebrochen.« Und einer Eingebung folgend fügte er hinzu: »Könnt Ihr uns helfen?«

Sein Gegenüber schien einen Moment darüber nachdenken zu müssen. Dann nickte das Wesen. »Komm.« Und es stand auf.

Tarean blickte fragend seinen Gefährten an: »Bromm?«

»Das gefällt mir gar nicht«, brummte der Bär. »Aber wenn sie uns hätten töten wollen, wären wir vermutlich schon tot. Also können wir uns auch an dein Gefühl halten und ihnen vertrauen – einstweilen.«

Während ihm die Unterirdischen stumm und scheinbar teilnahmslos zuschauten, packte er ihre wenigen Habseligkeiten in einen behelfsmäßigen Beutel aus Segeltuch, den er sich auf den Rücken band. Dann nahm er zwei lange Streben und fertigte mithilfe der Decken und etwas Seil eine einfache Schleiftrage, auf die er den Jungen bettete. Als er die Trage am Kopfende anhob, trat einer der Unterirdischen ans Fußende und nahm dieses hoch. »He!«, grollte Bromm leicht widerwillig, doch Tarean legte ihm die Hand auf den pelzigen Unterarm. »Lass sie, sie wollen doch nur helfen.«

Der Bär schnaubte, aber er schwieg.

Und so setzte sich der seltsame Zug in Bewegung. Im goldenen Licht der Stabkristalle, welche die Unterirdischen dem Anschein nach aus Rücksicht auf ihre Gäste nicht wieder verlöschen ließen, konnte Tarean erkennen, dass sie einem abschüssigen Gang folgten, der sie hinab in die Tiefe führte. Vereinzelte Tropfsteine hingen von der Decke und glitzerten, wenn der Schein der Kristalle auf sie fiel, und nur gelegentlich passierten sie Stellen, die von den Unterirdischen offenbar nachträglich ausgeweitet worden waren, um Platz für ihre massigen Leiber zu schaffen.

Eine unbestimmte Zeitspanne wanderten sie so, ohne ein Wort zu sprechen, dahin und drangen dabei immer tiefer in den Schoß der Erde vor. Einmal durchquerten sie einen gewaltigen Felsendom, dessen Größe nicht zu ermessen war und dessen im Dunkel liegende Decke von gewaltigen Gesteinssäulen getragen wurde, die für sich genommen bereits an kleine Berge erinnerten. Dann wieder folgten sie einem schmalen Pfad am Rande eines lotrecht in die Tiefe abfallenden Abgrunds, aus dessen unergründlicher Schwärze das leise Rauschen eines unterirdischen Flusses zu ihnen empordrang. Und immer schloss sich ein weiterer Gang oder Stollen oder Spalt an, durch den die sechs Unterirdischen sie ins Herz einer Welt führten, die sich, so wollte es dem Jungen zumindest erscheinen, unter der Oberfläche der gesamten westlichen Reiche erstreckte.

Er vermochte nicht zu sagen, wie lange sie unterwegs gewesen waren, denn Tag oder Nacht hatten in diesen lichtlosen Tiefen keinerlei Bedeutung, als sie plötzlich aus einem schmalen Tunnel heraustraten und eine weitere Höhle erreichten. Und diese stellte alles in den Schatten, was Tarean an Wundern auf seiner bisherigen Reise durch Endar begegnet war.

Die goldbraunen Höhlenwände erweckten den Eindruck, aus geschmolzener Bronze zu bestehen, und über ihren Köpfen erstreckte sich eine gewaltige Kuppel, die über und über mit Tropfsteinen unterschiedlichster Größe und Form bedeckt war. Schlanke Säulen erhoben sich vom Erdboden bis zur Decke, und überall glitzerte es, als sei der Stein von Tausenden winziger Silberadern durchzogen. Denn in der Höhle war es keineswegs dunkel. Vielmehr wurde der Dom von zahllosen Lichtquellen erhellt, die alle aus demselben Kristall zu bestehen schienen, wie die Kugeln an den Spitzen der Stäbe ihrer Begleiter.

Der Grund dafür enthüllte sich dem staunenden Jungen, der für einen Moment sogar Fieber und Schmerz vergaß, als sie eine breite natürliche Rampe zum Grund der Höhle hinabschritten. Ihr Inneres beherbergte eine Stadt! Er hatte sich in all den totenstillen Höhlen und Tunneln bereits gefragt, ob die sechs Unterirdischen, die sie begleiteten, wohl die Einzigen ihrer Art waren, doch nun wurde er eines Besseren belehrt. Die gesamte Höhle war voll von den mächtigen, steinernen Wesen. Sie hockten in Löchern in den Wänden, saßen am Ufer grünlich schimmernder, mit kristallklarem Wasser gefüllter Felsenbecken und wandelten zwischen den haushohen Gesteinsblöcken am Boden umher – die sehr wohl Häuser sein mochten, soweit Tarean das beurteilen konnte.

Ihre Führer schritten eine Art Hauptstraße entlang, und überall dort, wo sie vorbeikamen, hielten die Unterirdischen in ihrer Beschäftigung inne, wandten sich um oder hoben die haarlosen Schädel, um stumm und mit glühenden Augen ihr Vorüberziehen zu verfolgen. Überhaupt war es gespenstisch still in der Höhle. Die massigen Geschöpfe gingen ihrem Tagewerk mit einer erstaunlichen Anmut und Lautlosigkeit nach. Und obschon viele von ihnen in kleinen Gruppen beieinanderstanden, war nirgendwo auch nur die

Andeutung von etwas zu hören, das ein Gespräch hätte sein können, und dies, obwohl sie, wie er wusste, durchaus imstande waren, Laute von sich zu geben. *Vielleicht müssen sie nicht miteinander sprechen, um sich zu verstehen,* dachte Tarean.

»Wohin gehen wir?«, machte der Bär seinem Unwohlsein Luft. »Sind wir bald da?«

»Geduld«, lautete die schlichte Erwiderung des Wortführers ihrer Gruppe, der zwar einsilbig sein mochte, im Vergleich zu seinen Gefährten aber immer noch unglaublich gesprächig war.

Ihr Weg führte sie einmal quer durch die Höhlenstadt der Unterirdischen bis zur Rückwand des Felsendoms, die aussah wie ein gewaltiger, zu Stein gewordener Wasserfall. Kaskaden aus Tropfstein ergossen sich von der Decke herab zur Erde, mal in schmalen Rinnsalen, mal in breiten Strömen, und am Fuße der Wand lag eine ovale Öffnung, aus der goldenes Licht fiel. Dahinter schien sich ihr Ziel zu befinden, denn dorthin wandten sich die Steinernen.

An der Pforte blieben vier der sechs Unterirdischen zurück. Nur ihr Anführer und der Träger von Tareans Trage begleiteten sie weiter. Zu viert schritten sie eine schmale Rampe innerhalb des Wasserfalls hinauf, bis sie eine kleinere Höhle erreichten. Auch hier wirkten die Wände wie gegossen, und zum ersten Mal sah Tarean, dass die augenscheinlich sehr asketisch lebenden Geschöpfe ihre natürliche Umgebung durchaus mit ihrer Handwerkskunst schmückten, denn entlang der Wände verliefen Einlegearbeiten aus silbernen Schriftzeichen, die dem Jungen vollkommen unverständlich waren und die doch seltsam vertraut wirkten.

In der Mitte des Raumes befand sich ein Felsenbecken. Aber es war kein Wasser in ihm. Es erweckte vielmehr den Eindruck, als sei es randvoll mit flüssigem Licht gefüllt. Die Oberfläche glitzerte wie ein Meer aus Sternen, und es lag eine seltsame Spannung in der Luft, wie auf einem freien Feld an einem schwülen Sommernachmittag, bevor ein reinigendes Gewitter losbricht. Am fernen Ende des Beckens stand ein Steinerner, gehüllt in eine Robe aus flüssigem Gold.

»Wo sind wir?«, fragte Bromm, als ihr Führer ihnen gebot, stehen zu bleiben.

»Heilung«, war das einzige Wort, das er als Antwort erhielt.

»Wir nennen es das Bad der Tränen«, sprach der Güldengewandete auf einmal mit erstaunlich klarer Stimme, »denn in diesem Becken haben wir die Tränen des letzten Kristalldrachen aufgefangen, die dieser vergoss, als er das Leid sah, das die jungen Völker über ihre Welt gebracht haben. Es ist das einzige Zeugnis, das uns von den Kristalldrachen geblieben ist, seit sie diese Welt verlassen haben.«

Kristalldrachen! Sein Vater hatte dem Orden der Kristalldrachen angehört. Und mit einem Mal erkannte Tarean auch die Zeichen an den Wänden – sie glichen den Runen auf der Schneide Esdurials! »Bromm, hilf mir«, bat er, denn er wollte dem geheimnisvollen Fremden auf Augenhöhe entgegentreten, ganz gleich, wie elend er sich fühlte. Er verzog schmerzerfüllt das Gesicht, als der Bär die Trage ablegte und ihn auf die Beine stellte, aber dann richtete er das Wort an den Unterirdischen. »Verzeiht, aber wer seid Ihr, und was wisst Ihr von den Kristalldrachen?«

»Mein Name«, sprach der andere, »ist Câch'drokk, und mehr Fragen werde ich dir heute nicht beantworten.« Er winkte ihn mit einer Hand näher. »Aber nun komm. Du bist hier, damit wir den Schmerz von dir nehmen können, der auf dir lastet.«

Tarean zögerte. Eine seltsame Befangenheit ergriff ihn angesichts dieses uralten und ganz offenbar von der Alten Macht erfüllten Ortes. »Was soll ich tun?«

Der Unterirdische begann, um das Becken aus Licht herumzuschreiten. »Tauche ein in das Bad der Tränen, denn es heißt, mit den Tränen beginnt jede Heilung.«

Tareans Blick irrte zu dem Bären, aber der zuckte nur mit den breiten Schultern. »Du hast gesagt, sie wären unsere Freunde …«

Câch'drokk trat an ihre Seite und bot dem Jungen die Hand. »Fürchte dich nicht. Ich werde dich stützen und dir beistehen.«

Tarean holte tief Luft, dann ergriff er die dargebotene Rechte.

Gemeinsam stiegen sie in das Becken hinein, natürliche, ausgewaschene Stufen hinab, wie Gläubige, in der Absicht, sich von ihren Sünden reinzuwaschen. Die Tränen des Kristalldrachen umspülten seine Füße, dann seine Beine, seine Hüften und schließlich stand er fast bis zur Brust in dem Felsenbecken, gebadet in flüssiges Licht. Es hatte den Widerstand von Wasser und trug seinen Körper, wenn er träge die Beine vom Beckenboden abstieß, doch es war weder kalt noch nass. Stattdessen umfing ihn eine angenehme Wärme, und er spürte, wie sein ganzer Körper von einem sanften Prickeln erfüllt wurde, das jeden Schmerz betäubte und jedes Gewicht von seiner Seele zu nehmen schien.

»Bromm!«, rief Tarean.

»Was ist?« Nervös trabte der Bär am Ufer des Beckens hin und her.

»Es ist unglaublich! Ich kann es nicht beschreiben, aber es fühlt sich wunderbar an. Als … als würde mein ganzer Körper von der Alten Macht durchströmt.«

»Tauche ein«, sagte der Unterirdische, »und lass dich treiben, bis die Tränen des Drachen deinen Schmerz gelindert haben.«

Und der Junge schloss die Augen, breitete die Arme aus, ließ sich nach hinten fallen und versank.

Tarean träumte.

Er stand auf einer leeren Ebene. Dichter Nebel umwaberte ihn und nahm ihm die Sicht auf den Himmel und alles Land, das ihn umgab. Unschlüssig, was er tun sollte, drehte er sich um die eigene Achse, dann lief er aufs Geratewohl los. Es war, als wandle er durch Wolken, und es war, als sei er das einzige Geschöpf auf Erden.

Doch das stimmte nicht.

Auf einmal sah er in einigen Schritt Entfernung einen Körper auf dem Boden liegen. Er trat langsam näher und erkannte, dass es eine Frau war. Sie trug ein Gewand aus feinstem, goldenem Gespinst, und die Haut ihrer bloßen Arme und Beine war hell wie ein klarer Frühlingsmorgen. Langes, blondes Haar verdeckte ihr Gesicht, und aus ihrem Rücken wuchsen zwei filigrane, schmetterlingsartige Flügel, die sie wie eine hauchzarte, durchscheinende Decke halb um den Leib geschlungen hatte. Eine schwache Aura goldenen Lichts umgab sie, und ihr Körper war von einem seltsamen Funkeln erfüllt, so als sei er – und damit auch sie – nicht ganz von dieser Welt.

Tarean stockte der Atem. »Moosbeere?«

Es mochte der Klang seiner Stimme in diesem Refugium der Stille gewesen sein oder einfach nur Zufall, doch auf einmal fing das Irrlicht an, sich zu rühren. Gebannt beobachtete der Junge, wie sich das Geschöpf, das eindeutig Moosbeere war, dabei indes den zierlichen, doch unverkennbar menschlichen Körper einer jungen Frau hatte, zu ihm herumrollte, wobei ihr Haar zur Seite glitt und das schöne, ebenmäßige Gesicht enthüllte. Fast mühevoll, so als habe sie diese seit Ewigkeiten nicht mehr bewegt, entfaltete Moosbeere ihre Flügel, dann erhob sie sich in eine halb sitzende Stellung ... und schlug die strahlend blauen Augen auf. »Tarean?« In ihrer Stimme lag ein unnatürlicher Hall, so als überbrücke sie einen tiefen Abgrund.

»Träum ich oder wach ich?«, flüsterte der Junge.

Für das Irrlicht schienen derlei Fragen nicht von Bedeutung zu sein. »Tarean!« In einer einzigen fließenden Bewegung erhob sich das Irrlicht, schwang sich scheinbar federleicht in die Luft, huschte auf ihn zu und brachte ihn dann fast zu Fall, als sie sich ihm ohne Vorwarnung an den Hals warf, ihm einen stürmischen Kuss gab und ihn fest an sich drückte.

Es war ein unbeschreiblich seltsamer Augenblick. Tausend Fragen wirbelten gleichzeitig in Tareans Kopf umher, und in seiner Brust stritten Verwirrung, Wiedersehensfreude und plötzliches Begehren miteinander. Denn zumindest eines stand ohne Zweifel fest: Als Däumling war Moosbeere süß gewesen, als Frau blendete ihre Erscheinung im wahrsten Sinne des Wortes das Auge des Betrachters. Und obwohl es war, als seien sie durch einen funkelnden Schleier getrennt, den auch die größte Willensanstrengung nicht würde niederzureißen vermögen, spürte Tarean gleichzeitig ihre Nähe mit einer Macht, die ihn überwältigte. Ein leichter Wind kam auf und verwirbelte die Nebelschwaden zu ihren Füßen.

Zögernd hob der Junge die Arme, um die Umarmung zu erwidern, aber so wie in der Wirklichkeit wagte er auch im Traum nicht, Moosbeere zu berühren, und ebenso unvermittelt, wie sie über ihn hergefallen war, ließ sie auch schon wieder von ihm ab und ging auf eine Körperlänge Abstand. »Wo seid ihr? Und wie geht es dem brummigen Bären?«, fragte sie fröhlich.

Die Sprunghaftigkeit des Irrlichts raubte Tarean schier den Verstand. *Reiß dich zusammen*, ermahnte er sich selbst. »Ich … ich weiß es nicht genau. Wir befinden uns irgendwo unter der Erde bei einem Volk von Steinmenschen. Bromm geht es gut. Wir sind abgestürzt, aber die Steinernen haben uns gerettet, und ich hoffe, dass sie uns sobald wie möglich den Weg nach At Arthanoc weisen.«

Der Wind wurde langsam stärker. Er spielte mit Moosbeeres Gewand und ihrem blonden Haar und ließ ihre Flügel flattern. »Was geschieht hier?« Tarean sah sich um und erstarrte. Eine gewaltige, schwarze Wolkenwand rollte von Osten direkt auf sie zu. »Oh, Dreigötter, steht uns bei …«

»Rasch«, drängte das Irrlicht. »Ich fürchte, uns bleibt nicht viel Zeit.«

»Wie meinst du das?«

Der Wind zerrte nun sichtlich an ihrem schlanken Körper, und sie hatte Mühe, nicht fortgeweht zu werden. »Sag mir, was du mir sagen musst, und frag mich, was du mich fragen willst, aber tu es rasch.«

»Moosbeere, nein«, rief Tarean und streckte den Arm aus. »Gib mir deine Hand. Ich will dich nicht verlieren.«

Das Irrlicht legte die zarte, schlanke Hand in die seine, doch es blickte ihn dabei mit sanftem Mitleid an, wie eine Lehrmeisterin den Schüler, der sich redlich mühte und trotzdem nicht verstehen konnte. Auf einmal wirkte sie sehr alt. »Das wird nichts nützen, Tarean. Aber hab keine Angst. Es ist doch nur ein Traum, und mir wird nichts geschehen. Wir sehen uns wieder, aber du musst mich gehen lassen, wenn ich gehen muss.«

Die Wolkenfront war nun beinahe heran, und der Sturm brauste um sie, als wären sie wieder an Bord des zerbrechlichen Flugschiffes. »Dann … warte.« Seine Gedanken rasten. »Sag mir wenigstens noch, ob Auril lebt. Und was ist mit Karnodrim? Und wo seid ihr? Könnt ihr es schaffen, zu uns zu stoßen?«

Moosbeere wollte gerade antworten, da fuhr eine Orkanböe von unvorstellbarer Gewalt zwischen sie, riss ihr die Worte aus dem Mund und zog und zerrte an ihrem elfenhaften Körper.

»Moosbeere!«, brüllte der Junge und stemmte sich mit aller Kraft gegen das Toben des widernatürlichen Sturms.

Ein Lächeln breitete sich auf den Zügen des Irrlichts aus, ihr Mund formte lautlos drei kurze Worte – dann ließ sie seine Hand los. Sogleich wurde sie von unsichtbaren Kräften gepackt und emporgehoben und wirbelte davon wie ein Blatt im Wind. Binnen eines Herzschlages war sie nicht mehr als ein Glitzern in der Dunkelheit.

»Moosbeere!« Der Schrei des Jungen gellte durch das Nichts …

Alles wird gut … Die beruhigenden Worte des Irrlichts klangen im Gewölbe von Tareans Geist nach, als er langsam die Augen öffnete.

Dann zuckte er erschrocken zusammen und war mit einem Schlag hellwach, denn direkt neben seinem Kopf hockte ein Unterirdischer. »Dreigötter, habt ihr eigentlich nichts Besseres zu tun, als Leuten beim Schlafen zuzuschauen?«

»Nein«, sagte der Steinmensch schlicht.

Der Junge hatte keine Ahnung, ob es sich um Câch'drokk oder ihren Führer oder einen völlig anderen Bewohner der Steinernenstadt handelte, denn noch hätte er sie nicht mal auseinanderhalten können, wenn sie direkt nebeneinander aufgereiht gewesen wären. »Bist du Câch'drokk?«, fragte er daher.

»Nein«, lautete die wortkarge Antwort.

»Du hast uns gestern hierher geführt?«

»Ja.«

»Na schön.« Zufrieden richtete sich Tarean auf. Er befand sich in einer der kleinen Seitenkammern, die ebenso gut auf natürliche Weise in der Wand der Haupthöhle entstanden wie von den Steinernen mit bloßen Händen herausgegraben sein mochten. Er hätte es anhand der seltsamen Beschaffenheit der Wände hier nicht sagen können. Sein Lager sah aus wie der fleischige Schirm eines monströsen Pilzes, doch ungeachtet des seltsamen äußeren Eindrucks war es außerordentlich bequem. Überhaupt hatte Tarean zum ersten Mal, seit sie Dankwarts Boot verlassen hatten, das Gefühl, eine wirklich erholsame Nacht verbracht zu haben – wenn es denn tatsächlich Nacht gewesen war draußen an der Oberfläche.

Tarean konnte sich nicht mehr daran erinnern, wie er das Bad der Tränen verlassen hatte, vielleicht war er auch ohne Bewusstsein gewesen, doch der Priester, oder welche Stellung Câch'drokk auch immer in der Gesellschaft der Unterirdischen innehaben mochte, hatte nicht zu viel versprochen. Er konnte sein Bein ohne jeden Schmerz bewegen, sein Fieber war ebenfalls verschwunden, und überhaupt fühlte er sich so erfrischt und bereit zu neuen Taten, wie seit dem Tag nicht mehr, da er über die Zugbrücke von Dornhall spaziert war, um hinauf zum Wallhorn zu steigen.

Der Unterirdische stand auf und ging zum Eingang der Kammer. »Komm.«

»Wohin?«

»Kreis.«

Der Junge hob fragend die Augenbrauen. »Ein Kreis? Was willst du mir damit sagen?«

Natürlich bekam er keine Erklärung. Sein Gegenüber schienen Sätze, die mehr als ein Wort enthielten, zu überfordern. Er winkte Tarean ungeduldig zu. »Komm.«

Gleichmütig zuckte dieser mit den Schultern, schnallte sich sein Schwert um und folgte dem Steinernen ergeben nach draußen. Dort traf er auf Bromm, der auf einem Sims lag und offensichtlich über seinen Schlaf gewacht hatte. Doch so hartnäckig sich der Bär letzte Reste von Misstrauen gegenüber ihren grauhäutigen Wohltätern bewahrt hatte, letzten Endes war die Müdigkeit wohl doch stärker gewesen, denn im Augenblick hatte er alle Viere von sich gestreckt und schnarchte. Tarean lächelte. *Der gute alte Bromm ...* »Lässt du ihn nachher wissen, wo ich bin? Sonst verwüstet er noch die ganze Stadt auf der Suche nach mir«, bat er den Unterirdischen.

»Ja.«

Sie wandten sich nach links und folgten eine Weile den Straßen der Stadt, bis ihr Weg auf einem erhöht liegenden Rund endete, von dessen Rand aus man das Treiben in der ganzen Höhle gut überblicken konnte. Sechs Steinerne erwarteten ihn dort, jeder von ihnen in ein bodenlanges Gewand gehüllt, das an eine Amtsrobe erinnerte und, wie Tarean staunend bemerkte, vollständig aus winzigen Metallplättchen zu bestehen schien, die glatt und glänzend an ihren Körpern herabfielen. Die Plättchen waren aus unterschiedlichen Metallen gegossen, sodass sich Muster aus Gold und Silber, Blau und Grün auf den Gewändern abzeichneten und eine Unterscheidung ihrer Träger leicht machte. Nur eine Robe war vollständig aus Gold – das musste Câch'drokk sein.

Dieser ergriff auch als Erster das Wort. »Willkommen in Tiefgestein, Tarean.« Er ließ offen, ob er damit die Stadt oder ihr Reich meinte. »Nun, da du genesen bist, können wir uns unterhalten. Sicher hast du Fragen, die ich dir beantworten kann, und mehr noch haben wir Fragen, auf die wir uns eine Antwort wünschen.«

Der Junge räusperte sich, leicht befangen angesichts der Tatsache, dass er hier vermutlich vor den Würdenträgern dieser Gesellschaft unter der Erde stand. »Nun, zunächst einmal habt Dank für die freundliche Aufnahme und meine Heilung. Ich stehe in Eurer Schuld, und wenn ich Euch irgendwie zu Diensten sein kann, so lasst es mich wissen.«

Der Unterirdische hob die Hand. »Es ist kein Dank vonnöten. Wir haben gerne geholfen. Vor allem einem Menschensohn, dessen Erscheinen uns alle sehr … neugierig gemacht hat.«

»Neugierig?«, fragte Tarean.

Câch'drokk deutete auf sein Schwert. »Wir alle spüren, dass dieser Waffe eine große Macht innewohnt, eine Macht, die wir in dieser Art schon seit langer Zeit nicht mehr gespürt haben. Und wir fragen uns, was einen Jungen und einen sprechenden Bären, die aus dem Nichts in unserem Reich aufgetaucht sind, mit solch einem Schwert nach Tiefgestein führt.« Er streckte auffordernd die Hand aus. »Zeige es mir bitte.«

Mit leichtem Widerwillen wanderte Tareans Hand zum Schwertgriff. Die Unterirdischen hatten ihm durch keine ihrer bisherigen Taten Anlass zu der Vermutung gegeben, dass man ihnen nicht trauen konnte – genau genommen schien ihre Vergangenheit sogar mit der des Ordens, dem sein Vater angehört hatte, verknüpft zu sein. Dennoch gab er die magische Klinge ungern aus der Hand. Auf der anderen Seite … Welche Wahl blieb ihm schon? Also ließ er Esdurial sanft aus der Scheide gleiten, dann drehte er die Klinge und reichte dem Steinernen die Waffe Griff voran.

Dieser nahm sie, und der Blick seiner blau glühenden Augen wanderte langsam an der Schneide empor. »Es ist also wahr. Esdurial ist heimgekehrt.« Er strich mit einer Hand über die eingelassenen Kristallrunen, und ein Schimmer glitt über sie hinweg, als spürten sie die Berührung eines Vertrauten.

»Ihr kennt das Schwert?«, fragte Tarean überrascht.

Der Unterirdische nickte. »Wir waren es, die einst Schwerter wie dieses auf Geheiß der Kristalldrachen schmiedeten, denn wir waren und sind ihre treuen Diener seit dem Anbeginn der Zeit. Dieses hier überreichten wir vor fünfhundert Zyklen einem menschlichen Ritter. Ich erinnere mich nicht mehr an seinen Namen …« Sein Nachbar zur Linken hob den Kopf, und Câch'drokk wiegte den schweren Schädel. »Lothur von Agialon! Richtig, so hieß er. Doch wie kommt es nun in deinen Besitz?« Der Unterirdische reichte dem Jungen das Schwert zurück.

»Man sagte mir, dass das Schwert über die Generationen von Ritter zu Ritter weitergereicht worden sei. Anreon von Agialon, mein Vater, war sein letzter Träger. Er starb vor sechzehn Jahren in der Schlacht um den Drakenskal-Pass im Kampf gegen den Hexenmeister Calvas und sein Bestienheer.«

»Hm, ja, wir hörten davon, dass es einen neuen Krieg auf der Oberfläche gegeben haben soll. Aber Kriege kommen und gehen. So ist das mit euch jungen Völkern.«

»Dieser Krieg war anders, denn der Hexenmeister hatte den Grimmwolf an seiner Seite. Mein Vater sollte ihn bannen, doch er wurde getäuscht und kam ums Leben. Seitdem glauben alle, mein Vater trage die Schuld am Sieg des Bösen. Dieses Unrecht muss ich wieder ins Lot bringen. Daher bin ich auf dem Weg nach At Arthanoc, zur Feste des Hexers, um diesen herauszufordern. Der Knappe meines Vaters, der die Klinge vom Schlachtfeld geborgen hatte, gab mir Esdurial, um diese Queste zu bestehen.«

Câch'drokk schien das Gehörte überdenken zu müssen, dann sagte er: »Der Name Grimmwolf hat einen bösen Klang. Was hat es mit ihm auf sich?«

»Man sagt, es sei ein Dämon«, erklärte Tarean. »Ein gewaltiger Wolf, den der Hexer aus den Dunkelreichen beschworen habe, um sein Heer aus Wolflingen zu kontrollieren.«

»Ein Geschöpf, den Dunkelreichen entstiegen ...« Zum ersten Mal sah der Junge so etwas wie einen Gesichtsausdruck bei dem Unterirdischen, als dieser besorgt die Stirn zu runzeln schien. »Was ist mit dem Orden der Kristalldrachen? Oblag es nicht seinen Rittern in all den Jahrhunderten, gegen das Böse anzutreten?«

Der Junge senkte den Blick. »Der Orden wurde auf dem Drakenskal und in den Kämpfen, die danach geführt wurden, zerschlagen. Heute reitet kein Ritter mehr im Namen der Kristalldrachen. Vielleicht leben sie im Untergrund, ich weiß es nicht.«

Der Steinerne tauschte einige Blicke mit den anderen aus. »Bei uns hat niemand Zuflucht gesucht ...«

»Dann sind sie vermutlich alle tot.«

Eine Weile herrschte bedrückendes Schweigen, aber Tarean hatte das Gefühl, dass auf einer Ebene, die sich seinem Verständnis entzog, eine eindringliche Debatte geführt wurde, denn die Unterirdischen wandten die Köpfe und sahen sich mit leuchtenden Augen an, als könnten sie auf diese Weise die Gedanken des jeweils anderen lesen.

Schließlich sprach Câch'drokk. »Der Kreis hat entschieden. Der Orden der Kristalldrachen mag zerschlagen sein, doch du trägst eines seiner machtvollsten Vermächtnisse am Gürtel und, mehr noch, in deinem Geist, und in deiner Aufgabe leben seine Tugenden fort. Wir möchten dir helfen.«

Der Junge spürte, wie eine innere Anspannung von ihm abfiel, und er atmete erleichtert aus. Er war sich nicht sicher gewesen, zu welchem Zweck diese Unterredung ursprünglich anberaumt worden war, aber er hatte gehofft, von den Steinernen Unterstützung für die letzte Etappe seiner Reise zu bekommen. »Wenn Ihr mir einen Weg weisen könntet, auf dem ich ungesehen nach At Arthanoc komme, wäre das wunderbar.«

Der Unterirdische wechselte einige Blicke mit den Umstehenden und nickte dann. »Das können wir.«

Tarean lächelte. »Habt Dank und …« Auf einmal huschte ein Gedanke durch seinen Kopf, und er legte die Hand auf den Knauf von Esdurial. »… und vielleicht könnt Ihr noch etwas für mich tun …«

13

BEI DEN GREIFENREITERN

Auril fiel.

Um sie herum tobte der Sturm, und der Regen schlug ihr ins Gesicht, doch nichts davon hatte eine Bedeutung, denn Auril stürzte durch die Wolken dem sicheren Tod entgegen. In den Geschichten, die man ihr erzählt hatte, schrien diejenigen, die aus großer Höhe, etwa von einer Klippe oder einem Bergfried, hinabfielen, immer. Doch die Angst schnürte ihr die Kehle zu, und kein Laut kam über ihre Lippen. Irgendwo weit über sich sah sie die Silhouette des Luftschiffes im Aufruhr der Elemente rasch kleiner werden, und sie hoffte inständig, dass ihr waghalsiges Manöver den Drachen vertrieben und ihren Gefährten zumindest eine Verschnaufpause im Kampf ums Überleben gewährt hatte. Der Preis, den sie für ihren selbstlosen Leichtsinn zu zahlen hatte, war hoch genug.

Sie rollte sich im Fallen herum, um dem Unvermeidlichen wenigstens offenen Auges zu begegnen, und schon brach sie durch die tief hängende Wolkendecke.

Überrascht riss sie die Augen auf.

Unter ihr, vielleicht hundertfünfzig Schritt entfernt, breitete sich ein weites, weißes Schneefeld aus. Der Schnee bedeckte die schroffen und fast überall steil abfallenden Ausläufer eines gewaltigen Gebirgsmassivs, einer den Horizont verstellenden Bastion aus viertausend Schritt und höher gen Himmel strebenden Gipfeln. *Die Wolkenberge!*

Durchaus absichtsvoll hatten sie sich den ganzen Morgen über den Wolkenbergen stetig genähert, um deren südöstliche Ausläufer während des Fluges über das nördliche Undur in – wohlgemerkt – sicherem Abstand zu passieren. Doch wie nahe das Unwetter sie an die gefährlichen Grate und Berghänge herangetragen hatte, an denen das Flugschiff mit jedem heftigen Windstoß leicht hätte zerschellen können, war ihr nicht bewusst gewesen.

Aber ihr Sturz ließ ihr keine Zeit, weiter darüber nachzudenken. Schon sprang ihr der Erdboden wie ein hungriges Raubtier regelrecht entgegen, und die rasch kälter werdende Luft, die ihr den Atem raubte, an ihren Kleidern riss und ihren schwarzen Haarzopf wie loses Tauwerk im Sturm umherpeitschen ließ, verwandelte den fallenden Regen um sie herum in winzige, stechende Eiskristalle.

Tarean! Bromm!, dachte sie noch – dann schlug ihr Körper auf dem von einer dünnen Eisschicht überzogenen Schneefeld auf und …

… mit einem Ruck öffnete die Albin die Augen. Ihr Herz hämmerte in der Brust, und ihr ganzer Körper hatte sich verkrampft – in Erinnerung an den furchtbaren Fall, den sie wie durch ein Wunder überlebt hatte. Auch heute noch, zwei Tage später, vermochte ihr Verstand dies kaum zu begreifen.

Als ihr Geist nach dem Aufprall irgendwann wieder aus der Schwärze der Bewusstlosigkeit aufgetaucht war, hatte sie sich in einer tiefen Schneewehe wiedergefunden, die ihren jeder irdischen Wahrscheinlichkeit nach zwangsläufig todbringenden Sturz abgefangen hatte. Und kaum dass sie sich, voller Unglauben und am ganzen Leib vor Erschöpfung und Kälte zitternd, wieder aus dem Schnee hervorgegraben hatte, hatten weitere Überraschungen auf sie gewartet. Nicht nur sie, sondern auch Karnodrim, der, wie sie sich vage erinnerte, versucht hatte, ihren Sturz zu verhindern, war über Bord gegangen. Und nicht nur sie, sondern auch der Sette war dem Ewigen Schlaf noch einmal entronnen, gerettet durch eine verschneite Hochgebirgslandschaft, die sie unter normalen Umständen als absolut lebensfeindlich um jeden Preis gemieden hätte. Und zu guter Letzt war Moosbeere unvermittelt aufgetaucht und hatte ihr berichtet, dass Tarean sie hinter ihnen hergeschickt hatte, damit sie sich von ihrem Schicksal überzeugen und ihnen, wenn denn noch möglich, auf der Suche nach den anderen den Weg weisen möge. Wie sie das zu bewerkstelligen gedachte, aus der Einsamkeit der Berge heraus die Verfolgung eines vom Sturme verwehten Luftschiffes aufzunehmen, hatte sie ihnen allerdings nicht verraten.

Nichtsdestoweniger war es wohl dem Irrlicht zu verdanken, dass die Gefährten in der darauffolgenden Nacht das soeben neu gewonnene Leben nicht doch noch verloren hatten. Denn obwohl sich der widernatürliche Sturm gegen Nachmittag so rasch aufgelöst hatte, wie er gekommen war, wurde es nach Einbruch der Dunkelheit unter dem sternenklaren Himmel so bitterkalt auf den vom Höhenwind umwehten und nur sehr spärlich von schützendem Nadelgehölz bewachsenen Abhängen, dass Auril und Karnodrim dem Tod durch Erfrieren ins bleiche Antlitz geblickt hätten, wäre ihnen das winzige Irrlicht nicht ein steter, hell strahlender Wärmespender gewesen. Als Moosbeere am Morgen darauf völlig ermattet in einer der Werkzeugtaschen von Karnodrims Kittel eingeschlafen war, hatte sich Auril gezwungen gesehen, ihre nicht sonderlich hohe Meinung von dem leichtlebigen, oft sprunghaften Geschöpf zu überdenken.

Und dann waren die Vogelmenschen gekommen, drei an der Zahl, majestätisch wirkende Wesen von menschenähnlicher Statur, denen jedoch prachtvolle Gefieder aus dem Rücken wuchsen und die aus dem blauen Himmel auf die fast erfrorenen Flugschiffbrüchigen herabgestoßen waren. Karno hatte sich mit ihnen kurz in einer Sprache unterhalten, die Auril nicht verstand, dann hatten die Taijirin, wie sie sich selbst nannten, sie beide unter den Armen gepackt und sich mit ihnen in die Luft geschwungen, um sie davonzutragen, hierher, nach Airianis – oder Luftspitze, wie ihr Karnodrim den Namen der Stadt der Vogelmenschen übersetzt hatte.

Auril schloss wieder die Augen und atmete tief durch. Sie lag auf dem weichen Lager, das ihr eine kleinwüchsige Vogelmenschenfrau am vergangenen Abend nach der Ankunft auf Geheiß ihrer Retter bereitet hatte. Sehr gesprächig waren ihre Gastgeber zunächst nicht gewesen. »Was geschieht jetzt mit uns?«, hatte sie wissen wollen, ohne dabei wirklich zu erwarten, dass die Fremden sie verstanden, doch tatsächlich hatte einer von ihnen ihr unvermittelt in der Gemeinsprache geantwortet: »Ruht Euch zunächst einmal aus. Ihr habt viel durchgemacht. Wir sprechen morgen.« Dann hatte er sie mit verblüfftem Gesicht stehen gelassen und sich mit ausgebreiteten Flügeln von der Plattform geschwungen, die sich außen um ihre Bleibe herumzog, einem kleinen, aber sehr kunstvoll verzierten Rundhaus, das sich einem Vogelnest gleich an den Südhang eines imposanten Berges klammerte, zusammen mit Hunderten weiterer großer und kleiner Gebäude, die gemeinsam die Stadt Airianis bildeten.

Ihr Magen knurrte und erinnerte die Albin daran, dass der warme Brei, den man ihr zum Nachtmahl vorgesetzt hatte, keineswegs ein Ausgleich für die Strapazen der letzten Tage gewesen war, während denen so schlichte Bedürfnisse wie Essen und Schlafen deutlich zu kurz gekommen waren.

Auril zog die Bettdecke zur Seite, stand auf und verschränkte fröstelnd die Arme vor der Brust. Die Lage der Stadt war einigermaßen günstig. Sie befand sich unterhalb der Schneegrenze und wurde vom breiten Rücken des Berges vor dem eisigen Wind, der aus Firnland jenseits des Wolkengebirges heranwehte, geschützt. Doch die luftige Bauweise der Taijirin lud die Kühle des frühen Morgens geradezu in ihr Schlafgemach ein, und sie strich ihr um die bloßen Beine wie eine anhängliche Frostkatze. Rasch zog sie ihre Kleider über, die während der Nacht zum Trocknen um die kleine Feuerstelle des Hauses aufgehängt worden waren. Da allerdings niemand Holzscheite nachgelegt hatte, war die Asche in dem kleinen Steinkessel jetzt so kalt wie ihre Sachen selbst auch.

Die Albin fluchte leise und rieb sich über die Oberarme, dann trat sie hinaus vor die Tür und räkelte sich gähnend in den ersten Strahlen der aufgehenden Sonne.

Aus der Nachbarhütte, die Wand an Wand mit ihrem Gastquartier gebaut worden war, vernahm sie ein leises Jauchzen. Neugierig trat sie durch die offen stehende Eingangstür ins Innere und sah sich um. Karnodrim, den die Vogelmenschen hier untergebracht hatten, war nicht anwesend. Nur eine zerwühlte Lagerstätte und einige filigrane Werkzeuge auf dem Tisch zeugten davon, dass er die Nacht hier verbracht hatte. Offenbar hatten ihn die Taijirin, da er zumindest in Ansätzen ihre Sprache zu beherrschen schien, schon früh am Tag abgeholt.

Aber am anderen Ende des Raums auf einer Anrichte über der Kochnische kuschelte sich Moosbeere in ein Büschel getrockneter Kräuter und bewegte sich unruhig im Schlaf. Ihre Aura strahlte ungewöhnlich hell dafür, dass sie im Land der Träume weilte, und sie murmelte leise und unverständlich, als spreche sie zu jemandem. Einmal glaubte Auril das Wort Tarean zu verstehen, und der Gedanke an den Jungen versetzte ihr einen Stich in der Brust. *Ich hoffe, es geht dir gut …*, dachte sie, und dann fügte sie fast schuldbewusst hinzu: *Ich hoffe, es geht euch gut.*

Seit ihrer Ankunft auf dem Schneefeld hatte sich das Irrlicht fortwährend in der Nähe des Setten aufgehalten, der ihre Anhänglichkeit mit der brummigen Miene ertragen hatte, die der Ahn der Enkelin gegenüber aufsetzen mag, um nicht zu viel von seiner inneren Rührung preiszugeben. Die Albin empfand deswegen keinen Neid, aber ein wenig überrascht hatte es sie schon, denn Moosbeere hatte den Tüftler erst wenige Stunden zuvor kennengelernt und in dieser Zeit auch kein besonderes Interesse an ihm gezeigt. Sie fragte sich, ob das Irrlicht sie aus Eifersucht mied, denn auf ihrer gemeinsamen Reise war Auril keineswegs verborgen geblieben, wie sehr das kleine Geschöpf an dem Jungen hing, mit dem es reiste, dem Jungen, der wiederum ihr selbst gegenüber eine scheue Zuneigung entwickelt zu haben schien.

Tarean … das war so eine Angelegenheit. Ihr erstes Aufeinandertreffen in Agialon hatte nicht unbedingt unter einem guten Stern gestanden. Doch dann hatten sich die Ereignisse in den Folgetagen regelrecht überschlagen, und – da war sie sich mittlerweile ziemlich sicher – die Gefühle des Jungen ihr gegenüber auch. Es war nicht so sehr das, was er sagte oder tat. Es war vielmehr die Art, wie er sie anblickte – manchmal offen, wie an ihrem Krankenlager bei Endhréan und seinen Gesetzlosen in Thal, manchmal verstohlen, wenn er glaubte, sie würde gerade nicht hinsehen –, die mehr über ihn preisgab, als er vielleicht zeigen wollte.

Was ihr eigenes Inneres betraf, so hatte sie noch nicht gewagt, es zu erforschen. Nach außen hin, das musste sie sich sehr wohl eingestehen, spielte sie ein wenig mit seiner heimlichen Schwärmerei für sie. Doch schon der Umstand, dass sie keine sich ihr hierzu bietende Gelegenheit ausließ, mochte ein Hinweis darauf sein, dass …

»Tarean lebt!« Moosbeeres schriller Ausruf ließ Auril zusammenzucken und riss sie aus ihren Gedanken. In seiner Begeisterung purzelte das Irrlicht fast von der Anrichte, und rasch entfaltete es seine Flügel, um in die Luft aufzusteigen.

»Was?« Auril trat näher, und ein fragender Ausdruck machte sich auf ihrem Gesicht breit. »Woher weißt du das?«

»Ich habe mit ihm gesprochen!«, trällerte das Irrlicht, ohne sich im Mindesten über die Anwesenheit der Albin und die Abwesenheit des Setten zu wundern. »Er sagte, er sei am Leben und der Bär auch. Sie sind irgendwo in den Bergen abgestürzt, aber dann wurden sie von komischen Steinmenschen gerettet, die sie jetzt zur Burg des Hexers führen sollen, und wir sollen auch dorthin kommen, wenn wir können.« Moosbeere glühte regelrecht, und Auril wandte geblendet den Blick ab, als das Irrlicht Kapriolen schlagend direkt vor ihrem Gesicht herumsauste.

»Wie hast du mit ihm gesprochen?«, wollte sie wissen.

»Er erschien mir im Traum«, säuselte das Irrlicht und lächelte geheimnisvoll.

»Im Traum …«

Moosbeere nickte eifrig. »Mhm.«

Auril zog skeptisch eine Augenbraue hoch, doch dann wurde sie abgelenkt, als von draußen eine Stimme rief. »Dame Auril? Wo seid Ihr?«

»Das musst du mir später noch einmal genauer erklären«, sagte sie zu dem Irrlicht. Dann trat sie vor die Tür, um zu schauen, wer nach ihr verlangte.

Es war ein Vogelmensch von stattlicher Statur, hochgewachsen, mit breiten Schultern und prachtvoll glänzendem weiß-braunem Gefieder. Sein bronzefarbener Harnisch verlieh ihm eine kriegerische Ausstrahlung, und er hatte die Flügel halb ausgebreitet, eine Geste, die sein eindrucksvolles Erscheinungsbild nur noch verstärkte und daher sicher keinesfalls zufällig war. Doch das alles täuschte nicht darüber hinweg, dass er deutlich jünger war als die Taijirin, die sie vorgestern gerettet hatten, ein Knabe an der Schwelle zum Mannes-alter – wie Tarean auch.

»Hier bin ich. Was kann ich für Euch tun?«

»Mein Name ist Iegi, und ich muss mit Euch sprechen«, eröffnete ihr der Taijirin brüsk.

»Nun, das tut Ihr bereits. Worum geht es?«

Er schlug kurz mit den Flügeln, und sein Blick huschte hinter ihr zum Berghang.

Sie drehte sich halb um und sah, dass dort ein zweiter Vogel-mensch saß, offenbar ein Soldat, der sie sehr genau im Auge be-hielt. Seine Hand ruhte an seinem Gürtel, in dem mehrere schmale Wurfklingen steckten. Natürlich war sie selbst trotz des Verlusts ihrer zwei Schwerter nicht ganz wehrlos, dennoch bezweifelte sie, dass sie eine Konfrontation in luftiger Höhe überleben würde. Also schien Diplomatie das Gebot des Augenblicks zu sein. »Gibt es Schwierigkeiten, Herr Iegi?«

»Das hängt ein wenig davon ab«, erwiderte dieser, der ihre An-spannung wohl bemerkt hatte, »was Ihr mir über die Umstände zu berichten vermögt, die Euch in den Besitz dieses Amuletts brach-ten.« Er öffnete die rechte Hand, und darin lag das heilkräftige Kleinod, das ihr Tarean im Lager der Geächteten geschenkt hatte.

Instinktiv machte sie einen Schritt auf ihn zu. »Wo habt Ihr das her?«, fuhr sie ihn an, vielleicht heftiger, als es klug war.

»Es lag zwischen Euren Sachen. Hauptmann Nirwin erkannte es, als er Euch Euer Quartier wies, und er war so frei, mir davon Kunde zu bringen.«

»Und das, glaubt Ihr, gibt Euch das Recht, mich zu bestehlen?«

»Ich nehme mir das Recht«, erwiderte Iegi kühl, »als Prinz von Airianis und einstiger Besitzer von Kilrien, der es vor nicht allzu lan-ger Zeit einem Freund schenkte, und dieser Freund wart nicht Ihr.«

Auril hielt überrascht inne, als sich die Mosaiksteinchen in ihrem Kopf plötzlich zu einem Bild zusammensetzten. »Ihr seid der Freund, der Tarean einst Kilrien schenkte, der Vogelmensch aus den Wolkenbergen, mit dem er damals Seite an Seite kämpfte.«

Der Geflügelte blickte sie überrascht an. »Ihr kennt Tarean?«

»Bedeutend besser, als Ihr es Euch vermutlich vorstellen könnt«, antwortete Auril. »Wollen wir hineingehen? Dann bin ich gerne bereit, Euch die Umstände zu schildern, die Tarean und mich zusammengeführt haben.« Sie deutete mit einer einladenden Handbewegung auf ihre Hütte.

Der Taijirin schien kurz zu überlegen, dann nickte er knapp und trat beiseite, um ihr den Vortritt zu lassen. Als die Albin ihn passierte, hielt sie inne und streckte ihm die Handfläche entgegen. »Und im Übrigen hätte ich gerne das Geschenk zurück, das ich von Tarean empfing. Es war ihm wichtig, dass ich Kilrien trage.«

Iegi reichte es ihr und lächelte auf einmal. »Und vielleicht hatte es tatsächlich etwas Gutes, denn es führte uns zusammen.«

Auril hatte ziemlich lange geredet und dazwischen ein wenig gegessen, und als sie fertig war, lehnte sich der Vogelmensch langsam auf seinem Stuhl mit der hohen, schmalen Lehne zurück und ließ einen leisen Pfiff der Verwunderung hören. »Ich gestehe, Eure Geschichte hört sich allzu fantastisch an. Viel leichter würde es mir fallen, in Euch eine kleine Diebin zu sehen, die Kilrien gestohlen hat und mir nun ein Märchen auftischt, um mit heiler Haut davonzukommen.«

Die Albin wollte schon auffahren, doch er hielt sie mit einer Geste zurück. »Aber ich glaube Euch dennoch und dies nicht nur, weil Ihr mir Tarean als den Jungen zu beschreiben vermögt, als den ich ihn in der kurzen Zeit, die wir gemeinsam auf dem Wallhorn verbracht haben, kennengelernt habe. Ich glaube Euch auch deshalb, weil mir keine naheliegendere Geschichte einfallen will, die Euch in den wenigen Wochen, die seit meiner Rückkehr aus Bergen vergangen sind, bis hierher ans andere Ende Eurer so genannten westlichen Reiche hätte führen können. Vor allem aber«, er beugte sich wieder vor und seine fast schwarzen Augen bohrten sich in die ihren, »glaube ich Euch, weil ich spüre, dass Ihr ein aufrechtes Herz habt, auch wenn Ihr es Fremden gegenüber geschickt zu verbergen sucht.«

»Es freut mich, dass Ihr uns Flachländer so gut zu beurteilen wisst, Hoheit«, erwiderte Auril mit deutlichem Sarkasmus in der Stimme.

Iegi ging mit nachsichtigem Lächeln darüber hinweg. »Wie soll es nun für Euch weitergehen?«

Die Albin stand vom Tisch auf und ging zum Fenster. Draußen stand die Sonne bereits hoch am Himmel, und Scharen von Taijirin bevölkerten die Luft über Airianis. Die meisten von ihnen flogen aus eigener Kraft, manche ritten indes auf edel aussehenden Tieren, einer Mischung aus Pferd und Vogel, mit breiten Hufen, einem kräftigen Schnabel und beachtlicher Flügelspannweite, mittels derer sie elegant durch die Lüfte glitten. »Karnodrim, Moosbeere und ich müssen so rasch wie möglich nach At Arthanoc. Tarean braucht uns dort, denn alleine wird er gegen den Hexer niemals bestehen. Abgesehen davon bin ich für ihn verantwortlich – ich habe es meinem Vater versprochen.« Sie wandte sich wieder Iegi zu. »Könnt Ihr uns helfen?«

Der Prinz erhob sich ebenfalls. »Ich weiß es nicht. Ich würde Euch gerne helfen, aber ich fürchte, ich werde zunächst bei meinem Vater vorsprechen müssen. Und unter seinen Ratgebern sitzen eine Menge Zauderer, denen die Belange der Flachländer in der Tat nichts bedeuten und die sich am liebsten auf ewig hier oben in den Bergen verstecken würden.«

Sein Tonfall ließ sie aufhorchen. »Ihr stimmt nicht mit ihnen überein?« Auril war ein wenig überrascht. Sie hatte noch nicht viel über die Taijirin in Erfahrung bringen können, doch alles, was sie bisher gesehen hatte, deutete darauf hin, dass sie praktisch keinerlei Umgang mit den anderen Völkern pflegten.

»Nein«, gestand Iegi. »Ich denke – wie viele der Jüngeren von uns auch –, dass alle rechtschaffenen Völker dieser Welt irgendwie einander verbunden sein sollten. Ihr mögt es wissen oder nicht, aber die kläglichen Reste Eurer einst freien Reiche des Westens planen bereits seit geraumer Zeit, sich erneut gegen den Hexer zur Wehr zu setzen.«

»Ich weiß es. Mein Vater ist ein treuer Ratgeber des Hochkönigs von Albernia, Jeorhel, und ich diene beiden seit Jahr und Tag als Auge und Ohr in der Welt. In den letzten Wochen sind die Dinge in Bewegung geraten. Die unglaubliche Queste Tareans ist nur ein unvorhergesehener, seltsamer Auswuchs in einem weitläufigen Rankenwerk an heimlichen Vorbereitungen.«

»Nun, eine dieser Vorbereitungen beinhaltete die Aufnahme von Gesprächen zwischen den Menschen, den Alben und meinem Volk. Die Rebellen gegen die Tyrannei des Hexers suchten uns als ihre Verbündeten zu gewinnen, doch mein Vater verweigerte den Euren unter dem Einfluss seiner Berater jedwede Hilfe. Ich denke, es war falsch, und möglicherweise zwingt es Eure Leute zu einer Verzweiflungstat, deren Folgen auch für uns unabsehbar sind.« Iegi zuckte ergeben mit den Schultern. »Aber liegt es in meiner Macht, den Lauf der Dinge zu verändern? Ich wüsste nicht wie. Hoffen wir also, dass es zumindest in meiner Macht liegt, Euch ein paar Greifen und eine kleine Eskorte zu gewähren, die Euch zu Calvas' Festung bringen und Euch die Wiedervereinigung mit Euren Gefährten erlauben.« Er trat zur Tür hinaus und entfaltete die Schwingen. »Ich komme später wieder vorbei.«

»Ich erwarte Eure Rückkehr«, erwiderte Auril, und innerlich fügte sie grimmig hinzu: *Wo soll ich auch hingehen?* Man konnte es drehen und wenden, wie man wollte. Ohne die Hilfe der Taijirin saß sie in Airianis fest.

Iegi befand sich bereits in der Luft, als ihr Karno einfiel: »Verzeiht, Prinz Iegi!«, rief sie ihm nach. »Wisst Ihr vielleicht, was mit meinem Gefährten Karnodrim Silbereisen geschehen ist?«

»Ich glaube, Nirwin wollte ihm ein paar Fragen stellen«, rief der junge Vogelmensch im Wegfliegen. »Ich werde nach ihm schauen und ihn zu Euch zurückbringen lassen.«

»Habt Dank!«, konnte sie ihm noch nachrufen, dann hatten ihn seine kraftvollen Flügelschläge außer Hörweite getragen.

Den halben Tag über wartete Auril auf Iegi, und mit jeder Stunde, die verstrich, kamen ihr die zwei Hütten, die man ihnen als Bleibe überlassen hatte, mehr wie luftige Käfige vor. Augenscheinlich wiesen sie zwar keine Gitterstäbe auf, aber aufgrund ihrer Lage am Steilhang hätte es schon eines geübten Kletterers bedurft, um ihnen zu entrinnen.

Moosbeere hatte sich bereits wieder beruhigt und schlafen gelegt, als Auril nach dem Gespräch mit dem Vogelmenschen in Karnodrims Hütte zurückkehrte, um nach ihr zu sehen, und auch der Sette bot ihr keine Zerstreuung, denn er blieb in den Tiefen der Stadt verschollen. Entweder hatte er sich bei der Befragung durch die Taijirin um Kopf und Kragen geredet, oder – und das hielt die Albin für viel wahrscheinlicher – er war so fasziniert von der Lebensweise der Geflügelten, dass er seine Gefährtin einstweilen völlig vergessen hatte.

Gegen Nachmittag tauchte auf einmal ein berittener Vogelmensch vor ihrer Tür auf, stieg vom Reittier und stellte sich ihr vor: »Mein Name ist Liftrai. Ich bin einer der Greifenmeister von Airianis. Prinz Iegi schickt mich. Er möchte, dass Ihr Euch im Umgang mit einem Greifen vertraut macht, denn wenn es für Euch einen Weg von hier fort geben soll, so auf dem Rücken eines solchen. Das waren seine Worte. Seid Ihr bereit?«

»Mehr als bereit«, erwiderte Auril voller Tatendrang, froh, endlich der Langeweile des Wartens auf irgendwelche Entscheidungen über ihr Schicksal zu entkommen. Und ganz gleich, wie der Urteilsspruch lauten mochte: Auf einem der geflügelten Pferdevögel reiten zu können mochte sich so oder so als nützlich erweisen.

Die nächsten Stunden verbrachte sie im Sattel, und nachdem sie ihr anfängliches Unwohlsein überwunden hatte, stellte sich ein berauschendes Gefühl von Freiheit ein, das ein Reiter auf dem Rücken eines gehörnten Pferdes empfinden mochte, das durch die weiten Steppen des Ostens galoppierte, oder ein Seemann, der bei strahlend blauem Himmel und steifer Brise beobachtete, wie der Bug seines Segelschiffes Gischt sprühend durch die Wellen pflügte. Und obendrein stellte sie fest, dass sich der Ritt auf einem Greifen letztendlich gar nicht so sehr von dem auf jedem anderen Reittier unterschied, wenn man einmal davon absah, dass man nach einem Abwerfen, zumindest als erdgebundener Mensch oder Alb, für gewöhnlich nicht mehr dazu imstande war, sich vom Boden aufzurappeln und erneut aufzusteigen – Wahrscheinlichkeiten hin und Wunder her. Doch in weiser Voraussicht hatte ihr Liftrai ein recht duldsames Exemplar ausgewählt.

Abends schließlich tauchte auch Karnodrim wieder auf.

»Wo warst du den ganzen Tag?«, wollte Auril von ihm wissen.

»Die Lebensweise der Taijirin ist wahrhaft faszinierend«, schwärmte der settische Gelehrte, ohne damit direkt auf die Frage der Albin zu antworten. »Fragmente ihrer Sprache und Geschichte habe ich ja schon seit langer Zeit gesammelt, ohne je auch nur den Hauch einer Möglichkeit zu sehen, eine Expedition zu ihren abgelegenen Refugien in den Wolkenbergen unternehmen zu können. Aber jetzt sind wir hier, und ich habe diesen misstrauischen Hauptmann auch so weit zu überzeugen vermocht, dass wir keine Gefahr für seine Stadt darstellen, dass er mir erlaubte, mich hier eingehend umzusehen. Du kannst dir nicht vorstellen, mit welcher Kunstfertigkeit und welchem Einfallsreichtum die Taijirin all ihr Leben und Handeln auf eine Daseinsform eingerichtet haben, die sich gleichberechtigt in alle drei Richtungen des Raumes entfalten kann.«

»Karno«, versuchte die Albin den begeisterten Redeschwall ihres Gefährten zu bremsen.

»Konstrukte, die in einer Stadt von Menschen oder Alben fantastisch wirken würden …«

»Karno!«

Der Sette blinzelte und hielt inne.

»Du vergisst nicht, dass uns eine Aufgabe im Osten erwartet?«, ermahnte ihn Auril. »Wir sind hier nur zu Gast, und dies je kürzer, desto besser.«

»Wie kannst du den Wundern, die sich uns hier eröffnen, nur so gleichgültig gegenüberstehen?«, murrte er.

»Das tue ich nicht, aber ich vergesse auch nicht die Schrecken, die jenseits dieser verlorenen Welt unsere Heimat im Griff haben«, erwiderte sie, doch der Sette schien nicht überzeugt zu sein.

Den letzten Besuch des Tages erhielt Auril erneut nicht von Iegi, sondern von einer Botin, die ein paar kurze Zeilen von selbigem überbrachte. »Ich bitte vielmals um Verzeihung, edle Dame Auril«, schrieb der Prinz der Taijirin, »aber dringende Geschäfte verhindern es, dass ich Euch heute noch einen Besuch abstatte. Es scheinen tatsächlich Ereignisse einzutreten, die auch mein Vater und der Rat nicht einfach übersehen können. Ich verspreche Euch für morgen weitere Einzelheiten. Gezeichnet: Iegi. PS: Ich hoffe, der Unterricht heute Nachmittag hat Euch gefallen.«

Obwohl Auril natürlich enttäuscht war, ließ sie dem Vogelmenschen ihren Dank ausrichten, und dann begab sie sich früh zu Bett, wohl wissend, dass sie in den nächsten Tagen ihre Kräfte bitter nötig haben würde.

Iegi kam tatsächlich am späten Vormittag des nächsten Tages zu ihr, und man konnte ihm ansehen, dass er seine Aufregung nur mit Mühe zu unterdrücken vermochte. »Kommt. Ich möchte, dass Ihr hierbei zugegen seid.«

»Worum geht es?«, verlangte Auril zu wissen, während sie ihm nach draußen auf die Plattform folgte, wo bereits ein Greif auf sie wartete.

»Das werdet Ihr sehen, wenn wir da sind«, erwiderte der Vogelmensch nur.

»Was ist mit Karnodrim?«

Der Sette, der seinen Namen gehört hatte, erschien im Türrahmen seiner Hütte und schaute sie fragend an.

»Ihr könnt uns natürlich auch begleiten«, erweiterte Iegi seine Einladung. »Ich lasse einen zweiten Greif holen.«

»Und Moosbeere?«

»Hat die ganze Nacht in meinem Zimmer Kreise gezogen«, erwiderte Karnodrim an Stelle des Prinzen. »Jetzt schläft sie den Schlaf der Gerechten. Warum nur müssen Irrlichter immer nachts zum Leben erwachen …«

Iegi löste unterdessen sein Versprechen ein, und kurz darauf waren sie zu dritt unterwegs. Die Greifen schlugen kraftvoll mit ihren weit ausgebreiteten Schwingen und trugen sie an den Häusern und Hallen vorbei, den Plattformen und Stegen, die den Berghang in schier unüberschaubarer Zahl übersäten, braune Sterne an einem grauen Firmament.

Bei ihrer Ankunft vor zwei Tagen war Auril zu erschöpft gewesen, um die Schönheit von Airianis auf sich wirken zu lassen, und so wurde ihr erst jetzt bewusst, wie groß und – auf eine fremdartige Weise – prächtig die Stadt der Vogelmenschen wirklich war, die sich einer Schmuckkette gleich um den Hals des Bergmassivs legte.

Ihr Weg führte sie stetig aufwärts, bis schließlich nur wenige hundert Schritt unter dem Gipfel ein Plateau sichtbar wurde, auf dem sich ein imposanter kreisrunder Bau mit einem Kuppeldach erhob, das von vielfarbigen Bannern geziert wurde. Eine ausladende Holzplattform, die halb über das Plateau hinausragte, war ihm vorgelagert. Dutzende von Greifen standen bereits dort und wurden von Knechten umsorgt. Die Reittiere wirkten besonders herausgeputzt und trugen kostbares Zaumzeug, wie überhaupt der ganze Ort Prunk und Würde ausstrahlte.

»Dies ist die Ratshalle der Taijirin«, erklärte ihnen Iegi, während sie aufsetzten. »Hier versammeln sich die Edlen, die Zunftmeister und die Feldherren, wenn Entscheidungen gefordert sind, die unser ganzes Volk betreffen.«

»Warum sind wir heute hier?«, erkundigte sich Auril.

»Noch ein wenig Geduld«, vertröstete sie der Vogelmensch einmal mehr.

Sie saßen ab und gingen ins Innere. Das ganze Bauwerk schien nur aus einem einzigen großen Raum zu bestehen, dessen Wände ringsherum von steil aufsteigenden Sitzreihen gesäumt waren. In der Mitte des Runds, direkt unter einem in die Decke eingelassenen Kristall, der das Tageslicht von draußen einfing und in vielfach gebrochenen Strahlen durch den Raum schickte, befand sich ein erhöhtes Rednerpodest, zu dem allerdings keine Treppe hinaufführte. Und am fernen Ende der Halle, dem offenen Eingangsportal direkt gegenüber, stand ein prunkvoller Thron, hinter dem die Statue eines stilisierten Taijirin aufragte, der Flügel und Arme dem Himmel entgegenreckte und in seinen Händen eine glitzernde Kristallkugel hielt.

»Ich habe davon gehört«, flüsterte Karnodrim der Albin andächtig zu. »Zur Mittagszeit fällt das Licht der Sonne genau so durch den Kristall in der Decke, dass ein Strahl auf die Kugel trifft und es den Anschein erweckt, als halte die Statue das Tagesgestirn in ihren Händen.«

Die Ränge der Ratshalle waren, der Anzahl der Reittiere draußen entsprechend, bereits gut gefüllt. Vogelmenschen aller Art hatten sich dort niedergelassen. Manche waren von eher rundlicher Statur und erinnerten Auril mit ihrem bunten Gefieder unwillkürlich an die Singvögel ihrer Heimat, andere wiederum wiesen einen ähnlich kräftigen Wuchs wie Iegi auf, mit scharfen Gesichtszügen, mal gelben und mal dunklen Augen, und ihre beeindruckenden Flügel bestanden aus braunen, grauen oder schwarzen Federn. Es war auffällig, dass der Rat ausschließlich aus Männern zu bestehen schien, ein Umstand, den sie aus ihrer Heimat Albernia nicht kannte.

»Setzt Euch hier an den Eingang«, wies ihnen Iegi ihre Plätze. »Das Schauspiel, das nun folgt, dürfte Euch interessieren.« Er selbst durchquerte die Ratshalle und blieb neben dem Rednerpodest auf dem Boden stehen.

Es trafen nur noch wenige Nachzügler ein, bevor schließlich in der Seitenwand neben dem Thronpodest ein Vorhang aufgezogen wurde und der König der Vogelmenschen die Ratshalle betrat. Der majestätisch ausschreitende Mann, dessen Gefieder vom gleichen Weiß-Braun wie das Iegis war, strahlte die ganze Autorität eines geborenen Herrschers aus, und der mit Gold verzierte Paradeharnisch, über dem er eine der Flügel wegen hoch geschlitzte und von einem verzierten Gürtel gehaltene Robe aus fließendem, karmesinrotem Stoff trug, unterstrich sein würdevolles Auftreten noch. Begleitet wurde er von vier Wachen, unter denen Auril auch Hauptmann Nirwin erkannte, der wie die anderen eine Art zeremoniellen Kampfstab in der Rechten hielt.

Der König ließ sich auf dem Thron nieder und gab dem Hauptmann ein Zeichen, woraufhin dieser vortrat und mit dem metallverstärkten Ende seines Kampfstabes drei Mal kräftig auf eine Felsplatte zu seinen Füßen schlug. »*Inhrai Ieverin istvai tshi'Ish Rhaidhvien iJin ie iJip. Indri jinn airilen jamir'Ish?*«

»Was sagt er?«, fragte Auril Karnodrim flüsternd.

»Er begrüßt die Anwesenden im Namen des Königs und fragt, wer den Rat einberufen habe«, erklärte der Sette ebenso leise.

Auf dieses Stichwort hin schwang sich Iegi mit einem kräftigen Flügelschlag auf das Rednerpodest und drehte sich einmal langsam um die eigene Achse. »Ich, Prinz Iegi von Airianis, habe Euch einberufen«, erklärte er rituell mit lauter Stimme. »Und ich bitte darum, diesen Rat in der Gemeinsprache, der wir doch alle mächtig sind, abzuhalten, denn es weilen Gäste unter uns, die das hier Gesprochene ebenso betrifft wie uns.« Er deutet auf die Albin und den Setten.

Unter den Anwesenden erhob sich leises Gemurmel, und Nirwin wandte sich mit fragender Miene dem König zu. Dieser sah seinen Sohn mit milder Überraschung an, doch dann nickte er. »Nun denn«, fuhr der Hauptmann daraufhin gut verständlich fort, »was ist Euer Begehr, Prinz Iegi?«

Der junge Vogelmensch warf den Ratsmitgliedern einen bedeutungsschweren Blick zu, holte tief Luft, und begann dann mit ruhiger Stimme: »Geehrter Vater, geehrte Mitglieder des Rates. Gestern Morgen entdeckte ein Himmelswanderer direkt südlich der Wolkenberge eine Streitmacht der Völker der westlichen Reiche von Endar. Die Armee, die seiner Schätzung zufolge um die viertausend Köpfe zählt, bewegt sich durch abgelegenes Gebiet und mit aller Heimlichkeit, die ihren Anführern zu Gebote steht. Auf dem Heimflug wurde der Mann von einer Streife der königlichen Garde abgefangen und direkt zur Himmelszitadelle gebracht. Nur weil ich zufällig zugegen war, als er eintraf, und mir später Zutritt zu den Gemächern verschaffte, in die er eingesperrt worden war, bekam ich Kunde von den Vorgängen, die sich direkt an der Grenze unseres Reiches abspielen.«

»Das ist unerhört!«, fuhr ein älterer Taijirin dazwischen. Er hatte die Züge eines Falken, und sein schwarz-graues Gefieder spreizte sich bedrohlich auf seinem Rücken. »Habt Ihr uns hier versammelt, Prinz Iegi, weil Ihr uns beichten wollt, dass Ihr in die verbotenen Trakte der Zitadelle eingebrochen seid?«

»Ich habe den Rat versammelt, Fürst Shiraik, um ihn davon in Kenntnis zu setzen, dass direkt vor unseren Horsten eine Schlacht im Begriff ist, zu entbrennen, und ich der Meinung bin, dass das Volk der Taijirin in diesem Kampf Stellung beziehen sollte.«

Seine Worte lösten einen kleinen Tumult unter den Anwesenden aus. Aufgeregtes Gemurmel und Federrascheln erfasste die Ränge der Ratsmitglieder. »Und ich bin der Meinung, diese Versammlung sollte umgehend wieder aufgelöst werden und der Prinz eine Woche Hausarrest bekommen«, erscholl Shiraiks Stimme über allen anderen.

»Für wen hält sich dieser Kerl?«, flüsterte Auril Karnodrim erregt zu. Die Missachtung der Würde des Prinzen schien ihr unerhört.

»Himmelsmarschall Shiraik ist der Oberbefehlshaber der Garde von Airianis«, erklärte der Sette leise.

»Seit wann sind Heerführer gegen einen Krieg?«, wunderte sich die Albin und schüttelte verständnislos den Kopf.

König Ieverin hörte sich die Aufregung eine Weile stumm an, dann nickte er erneut Hauptmann Nirwin zu, und dieser ließ seinen Kampfstab sprechen. Das scharfe Knallen der Schläge von Metall auf Granit brachte die unruhigen Taijirin zur Räson und sorgte für eine angespannte Stille, in die hinein nun Iegis Vater die Stimme erhob. »Mein Sohn, dein Handeln bestürzt mich. Besser als jeder andere dürftest du wissen, dass die Frage, ob wir uns in die Angelegenheiten der Flachländer einmischen, bereits erörtert wurde. Wir haben den Hochkönig der Alben besucht, haben uns sein Anliegen unterbreiten lassen und dann nach reiflicher Überlegung entschieden, uns nicht in einen Kampf gegen Calvas, den Hexenmeister, hineinziehen zu lassen. Es gibt keinen Anlass, diese Entscheidung zu überdenken.«

»Ihr irrt Vater, es gibt einen. Und um Euch hiervon zu berichten, habe ich eigens einen Abgesandten des Albenkönigs nach Airianis bringen lassen. Ich rufe Ritter Wilfert, den Anführer der Streitkräfte von Breganorien und Thal, in die Halle des Rats.«

Er machte eine einladende Geste, und auf einmal trat ein Mensch durch das Eingangsportal. Er trug einen schweren, dunkelblauen Mantel, der vorne offen war und das blank polierte Silber einer Plattenrüstung erkennen ließ. Haar und Bart waren ordentlich gestutzt, und sein Gang war aufrecht und fest. Nur die Müdigkeit in seinen Augen, die zu entdecken es jedoch eines aufmerksamen Beobachters bedurfte, verriet die Anstrengung des tagelangen Gewaltmarschs, den das Heer bereits hinter sich haben musste.

Sofort brach erneut ein Tumult los, dem sich diesmal auch der König nicht zu entziehen vermochte. »Wie konntest du es wagen, Sohn?!«, rief er, und Shiraik setzte nach: »Das hat es noch nie gegeben. Ein Mensch in der Ratshalle von Airianis.«

Der Ritter, der seinen lahmen Arm unter dem Mantel verborgen hielt, stellte sich ruhig neben das Rednerpodest, und auf Iegis Blick hin ließ sein Vater schließlich Nirwin die Versammlung zur Ordnung rufen.

König Ieverin seufzte. »Ritter Wilfert. Ich fürchte, es wäre übertrieben, zu sagen, dass es mir eine Freude ist, Euch bereits nach so kurzer Zeit wiederzusehen. Doch da Ihr nun einmal hier seid, nehmt mein Willkommen an. Die Gastfreundschaft der Taijirin ist Euch gewiss, ich hoffe, Ihr habt nicht vor, sie zu missbrauchen.«

»Keineswegs, Euer Hoheit. Ich danke Euch für die Gelegenheit, vor dem Rat sprechen zu dürfen«, gab der Ritter zurück. »Und was ich zu sagen habe, dürfte für Euch von höchstem Interesse sein, denn es betrifft das Fortbestehen Eures ganzen Volkes.« Wilfert machte eine wohl berechnete Pause, um seinen Worten Gewicht zu verleihen, dann fuhr er mit ernster Miene fort: »Dem Hochkönig und mir liegen eindeutige Beweise für etwas vor, das bis vor Kurzem nicht mehr als eine bange Vermutung war: Calvas ist es gelungen, einen neuen Verbündeten für seine Sache zu gewinnen. Es ist ihm gelungen, einen Glutlanddrachen auf seine Seite zu ziehen.« Halb ungläubiges, halb erschrockenes Flüstern unter den Anwesenden folgte dieser Eröffnung, doch der Ritter ließ sich davon nicht beirren. »Aber warum geht der Hexenmeister überhaupt einen solch gefährlichen Bund mit einer Großen Echse ein? Hat er nicht bereits im Grimmwolf einen Heerführer, der in der Vergangenheit jeden Widerstand zu brechen vermochte? Ich sage: Ja und nein! Denn der Grimmwolf ist ein Dämon und als solcher an seinen Meister gebunden. Er vermag nur dort zu sein, wo auch der Hexer wandelt. Ferne, abgelegene Kriegsschauplätze wie Albernia, Rûn oder die Wolkenberge, die im großen Krieg keine Ziele waren oder schwer einzunehmen sind, konnten daher bis heute der Herrschaft der Wölfe entgehen. Doch mit einem Glutlanddrachen auf seiner Seite vermag Calvas Wolflingheere an Orte zu führen, die ihm bisher verwehrt waren. Bergeshöhen sind kein Garant mehr für Sicherheit! Und der Hexer hat seine nächsten Nachbarn keineswegs vergessen. Sobald er den letzten Widerstand der Menschen und Alben gebrochen hat, wird er seine gierige Klaue nach weiteren Ländern ausstrecken. Und die Wolkenberge mit ihren verborgenen Reichtümern werden das Erste sein, nach dem er greift!«

»Nichts als Vermutungen«, rief Shiraik. »Ihr kommt doch nur deshalb mit Euren Schauermärchen zu uns, weil Ihr im Begriff seid, eine Endschlacht herbeizuzwingen, die Ihr alleine nicht gewinnen könnt. Daher wollt Ihr, dass unsere Soldaten für Euch in den Tod gehen. Und dies sollen sie auch noch in dem Glauben tun, ihr eigenes Volk zu retten. Dabei wird die einzige Folge, die uns aus einer Einmischung erwächst, eben diese sein, dass sich das Auge des Hexers auf die Wolkenberge richtet und sein Zorn über uns hereinbricht. Sechzehn Jahre hat er sich nicht um uns gekümmert, denn wir haben uns aus dem Krieg herausgehalten. Ich bezweifle stark, dass eine Änderung dieser Strategie uns zum Vorteil gereichen wird.«

»Versteht Ihr denn nicht? Der Hexer hat Euch nur deshalb kaum Beachtung geschenkt, weil Ihr keine Gefahr für ihn dargestellt habt. Ihr habt ihm tatenlos erlaubt, Undur, Astria, Thal und Breganorien zu unterwerfen. Hätten wir bereits von Beginn an Seite an Seite gestanden, hätten wir ihm vielleicht die Stirn bieten können. Diese Stunde mag unsere letzte Möglichkeit zu einem Bündnis sein, denn sollte das Heer der Alben und Menschen tatsächlich an den Mauern von At Arthanoc scheitern, steht Ihr alleine da. Ganz alleine.« Wilfert wandte sich von Shiraik ab und sah den König eindringlich an.

Auril bemerkte, wie dessen Blick zu dem Himmelsmarschall und seinen Begleitern zuckte und dort auf verschlossene Mienen traf. Auf den Rängen der Ratshalle herrschte gespannte Stille. Schwerfällig erhob sich Ieverin und trat vor. »Gibt es noch jemanden, außer meinem Sohn, der zugunsten dieses Ritters sprechen möchte?«

Sein Blick wanderte über die versammelten Würdenträger. Während die Gelehrten und Zunftmeister regelrecht verschreckt wirkten, unfähig, eine rasche Entscheidung zu fällen, schienen die Krieger, wie einer geheimen Absprache folgend, nicht gewillt, das Wort zu ergreifen.

Der König nickte bedächtig. »Da habt Ihr unsere Antwort, Ritter Wilfert. Kehrt zurück zu Hochkönig Jeorhel und Euren Soldaten. Unsere besten Wünsche begleiten Euch – aber mehr können wir Euch nicht bieten.«

Der Ritter starrte ihn einen Moment schweigend an, und schließlich sprach er: »So gibt es nichts weiter zu sagen. Habt Dank, dass Ihr mich empfangen habt, Hoheit, und mögen die Götter verhindern, dass Ihr Eure Entscheidung irgendwann bereut.« Er verbeugte sich, drehte sich um und ging.

Als er durch das offene Portal trat, löste sich Auril von ihrem Platz. Während der Streit im Inneren sich Prinz Iegi zuwandte, folgte sie dem Heerführer nach draußen auf die weitläufige Plattform. »Ritter Wilfert.«

Er wandte sich um und blickte sie überrascht an. »Ja?«

»Grüßt meinen Vater von mir, wenn Ihr zum Heer zurückkehrt. Würdet Ihr das für mich tun?«

Er musterte sie einige Herzschläge lang, dann trat Erkennen auf seine Züge. »Ihr seid Auril, die Tochter Sinjhens, nicht wahr?«

Die Albin nickte.

»Was tut Ihr hier?«

»Das ist eine lange Geschichte, die vermutlich nach einem gemütlichen Kaminfeuer an einem langen Winterabend verlangt«, erwiderte sie.

Er nickte. »Also gut. Ich werde ihm Euren Gruß ausrichten. Aber warum begleitet Ihr mich nicht zurück zum Heer? Euer Vater würde sich sicher freuen, Euch zu sehen.«

»Das geht nicht«, meinte Auril. »Ich habe hier noch etwas zu tun, glaube ich.«

»Dann wünsche ich Euch mehr Glück dabei, als es mir beschieden war.«

Er wollte sich gerade wieder abwenden, doch die Albin hielt ihn zurück. »Vielleicht interessiert es Euch, dass Tarean noch lebt und At Arthanoc bereits fast erreicht hat.«

»Tarean?«, fragte er verblüfft.

»Ja. Erzählte Sinjhen Euch nicht, dass er mich damit beauftragt hat, den Jungen zu finden und sicher durchs Feindesland zu geleiten?«

Der Ritter schüttelte den Kopf. »Er sagte mir nur, die Alben würden ein Auge auf ihn haben, so weit es ihnen möglich sei.« Ein schmales Lächeln hellte sein von Kriegssorgen verdunkeltes Antlitz ein wenig auf. »Es freut mich zu hören, dass Ihr mit ihm gereist seid.«

»Zumindest bis wir getrennt wurden«, erwiderte Auril. »Aber habt keine Sorge. Auch ohne mich wird er seinen Weg gehen. Er war fest entschlossen, bis in die Hallen des Hexers vorzudringen.«

Das Lächeln verschwand, und der Ritter seufzte. »Ich weiß. Und dennoch hoffe ich, dass wir vor ihm dort eintreffen, jetzt, da wir praktisch den ganzen Weg bis zu Calvas' Schwelle zurückgelegt haben, während die Aufmerksamkeit des Hexers auf den Sohn des Fluchbringers gerichtet war.«

Seine Worte weckten in der Albin Erinnerungen an ein Gespräch, das sie vor einer gefühlten Ewigkeit an Bord von Dankwarts Kahn auf dem Riva geführt hatte. »Ja, mein Vater sprach von diesem irrwitzigen Plan. Abgesehen davon, dass Ihr dabei noch immer alle umkommen könnt: Wie konntet Ihr das nur tun? Ihn ziehen lassen, um den Hexenmeister herauszufordern? Nur weil Ihr glaubtet, das

Wasser des Sehens kenne seine Bestimmung? Was kann dieser Orakelspruch nicht alles bedeuten.« Sie suchte nach den Worten.

»Ein Schatten der Vergangenheit erhebt sich.
Der Sohn des Fluchbringers geht nach Osten.
Das Drachenfeuer brennt in der Halle aus Eis.
Und so beginnt es ...»

Sie schwieg kurz, und der Ritter nickte. »Ganz recht. Aber da war noch mehr.«

Die Albin hob die Augenbrauen. »Noch mehr?«

»Ja, das Orakel sprach ein zweites Mal, kurz darauf.«

»Was sagte es?«

»Was lange getrennt war, steht Seite an Seite.
Der Vater bittet den Sohn um Vergebung.
Das Dunkel erlischt in den Flammen aus Licht.
Und so endet es ...»

Er seufzte. »Es ist mir nicht leicht gefallen, Auril. Das müsst Ihr mir glauben. Hätten der Hochkönig und ich irgendeinen anderen Weg gesehen, wir hätten ihn beschritten. Aber auch Ihr dürftet das erstaunliche Zusammentreffen der Ereignisse erkannt haben. Irgendetwas hat Tarean tatsächlich nach Osten gerufen.«

»Ja«, sagte sie leise. »Da habt Ihr recht.«

Wilfert trat auf die Albin zu und legte ihr die gesunde Hand auf die Schulter. »Mögen die Dreigötter Euch beschützen, Auril.«

Sie sah ihn an, und in ihren Augen lag grünes Feuer. »Die Kristalldrachen seien mit Euch, Ritter Wilfert.«

14

CALVAS

Tarean schrie und wachte auf.

Neben ihm öffnete Bromm müde ein Auge. »Wieder ein Albtraum, Junge?«

Dieser nickte und tastete mit der Hand nach seinem Wasserschlauch, um die trockene Kehle zu benetzen. »Ich verstehe das nicht«, meinte er leise, als er den Schlauch wieder absetzte. »Jede zweite Nacht suchen mich diese Träume heim. Oder sind es Visionen? Sie wirken so echt und dann auch wieder auf furchtbare Weise verzerrt.«

Der Bär schnaufte. »Wir kommen der Feste des Hexers immer näher. Daran muss es liegen. Was war es diesmal?«

Der Junge zuckte mit den Achseln. »Es war alles sehr verwirrend und verschwommen. Ich glaube, wir standen vor den Toren von At Arthanoc, auch wenn die Feste selbst nicht zu sehen war. Sie lag irgendwie im Dunkeln, sodass ich sie nicht erkennen konnte. Und auf einmal war da dieses Heer aus Menschen und Alben, und Wilfert stand in der ersten Reihe. Doch plötzlich schien die Dunkelheit vor ihnen flüssig zu werden wie heißes Kerzenwachs, und sie schwappte über sie hinweg und … ich …« Er brach ab, und in seinen Augen stand blankes Entsetzen.

»Ist schon gut, Junge. Es war nur ein böser Traum«, beruhigte ihn Bromm, oder vielleicht wollte sich der bepelzte Hüne auch nur selbst beruhigen. »Aber ich gebe zu, bei all der Alten Macht, die um uns herum knistert, steht auch mir andauernd das Nackenfell zu Berge.«

»Der Grimmwolf war auch da«, sagte Tarean unvermittelt.

»Der Grimmwolf?«

»Ja. Ich fürchte, dass ich ihn nicht werde umgehen können, wenn ich zum Hexer vordringen will. Um Calvas zu besiegen, muss ich zuerst an dem Dämon vorbei.« Er fröstelte in der Kälte der unterirdischen Halle, in der sie sich zur Ruhe gelegt hatten. Sie hatten kein Feuerholz aus Tiefgestein mitnehmen können, als sie gestern von dort aufgebrochen waren, denn es gab dort kein Feuerholz, und die Kristalle der vier Steinernen, die sie begleiteten und die stumm wie Statuen schlafend um den Jungen und den Bären herum im Kreis saßen, spendeten zwar mildes Licht, aber keine Wärme. »Was glaubst du, was für eine Tageszeit gerade an der Oberfläche ist?«, fragte er Bromm.

»Hm«, brummte der Werbär. »Mein Zeitgefühl ist völlig dahin. Es könnte ebenso gut Mittag wie Mitternacht sein. Aber mein Magen sagt mir, dass es bald Essenszeit sein muss.«

Tarean grinste schwach. »Dann lass uns unsere versteinerten Freunde wecken. Ich kann jetzt ohnehin nicht mehr schlafen. Also können wir auch etwas essen und dann weiterziehen.«

In Aurils Inneren brodelte es, als sie in die Ratshalle der Vogelmenschen zurückkehrte. In eben diesem Moment mochte Tarean nur in Begleitung eines alternden Werbären vor einer Begegnung stehen, deren Ausgang mehr als ungewiss war. Und in eben diesem Moment marschierte ein Heer der wirklich letzten Verteidiger der verbliebenen freien Flecken Erde der westlichen Reiche in eine Schlacht, die ihnen auch noch das Letzte nehmen mochte, was ihnen geblieben war. Und hier stritten eitle Vögel um die Art der Bestrafung, die einem der Ihren aufzuerlegen sei, nur weil er versucht hatte, zu helfen.

Tatsächlich stand Prinz Iegi nicht mehr auf dem Rednerpodest, sondern mit dem gesenkten Kopf des Büßers daneben, doch am Zittern seiner Flügel konnte die Albin seinen nur mühsam unterdrückten Zorn erkennen. Stattdessen hatte sich ein rundlicher, in eine feine, blau-silberne Tunika gekleideter Taijirin in der Mitte der Halle in Pose geworfen. Die schwarzen Flügel, die an der Spitze metallisch blau glänzten und am Schulteransatz je einen tropfenförmigen weißen Flecken aufwiesen, lagen eng am Körper an, doch seine Gestik und seine Worte zeugten von großer Theatralik. »… und damit kann ich nur begrüßen, was Fürst Shiraik bereits sagte, und betone gerne einmal mehr, welch weiser Ratschluss heute hier getroffen wurde.«

Die Kiefer zusammengepresst marschierte Auril schnurstracks auf das Podest zu, stemmte sich ohne darüber nachzudenken in einer schwungvollen Bewegung hinauf und drängte den Gecken zur Seite. Er brach mit erschrockenem Trillern ab und flatterte mit den Flügeln, um nicht hinunterzufallen.

Ein überraschtes Murmeln ging durch die Ränge, und Shiraik sprang sofort auf: »Wachen, ergreift die Tolldreiste!«

Doch der König hielt seine Garde mit einer Handbewegung zurück, bevor er Auril aus dunklen, klugen Augen ansah. »Ihr wisst, dass Ihr einen schweren Bruch der Etikette begeht, der für Euch die Verbannung aus Airianis bedeuten kann?«

Auril erwiderte seinen Blick ohne Scheu. »Es soll mir die Verbannung wert sein. Ich muss ohnehin bald weiterreisen. Aber vorher möchte ich noch etwas sagen.«

Ieverin lehnte sich langsam zurück. »Dieser Tag ist bereits ungewöhnlich genug. Auf ein Ereignis mehr oder weniger kommt es nicht mehr an. Also, was wollt Ihr, Albenfrau?«

»Was ich will?«, echote sie. Sie drehte sich langsam im Kreis, um sich der Aufmerksamkeit aller zu versichern. »Was ich will, ist, Euch in die Augen schauen und mich selbst davon überzeugen, dass in den Herzen des so stolzen Volkes der Taijirin tatsächlich kein Mut, keine Ehre und kein Mitgefühl mehr verblieben sind.«

»Eine unsägliche Beleidigung! Ich will diese Frau in Ketten sehen«, donnerte Shiraik von seinem Platz aus.

»Kein Mut mehr«, schrie Auril gegen die aufkommende Unruhe in der Halle an, »einem Feind wie den Wolflingen entgegenzutreten, denen ein Menschenknabe im Kampf überlegen ist. Keine Ehre mehr, für eine Sache einzutreten, auch wenn sie gefahrvoll sein mag, einfach weil es richtig ist, für diese Sache einzutreten. Und kein Mitgefühl mehr, einem Verbündeten, der Euch zwei Mal um Beistand bittet, den starken Arm zu reichen. Es mag einst ein stolzes Volk der Vogelmenschen gegeben haben – doch in diesem Raum befindet sich nur noch ein einziger Vertreter dieses Volkes.« Sie deutete auf Iegi, der zu ihren Füßen stand. »Seht ihn Euch genau an: Er mag der Letzte seiner Art sein.« Sie schnaubte wütend. »Und jetzt entschuldigt mich. Ich muss nach At Arthanoc. Denn dort wird in Kürze ein neues Kapitel in der Geschichte unserer Welt geschrieben.«

Und damit sprang sie vom Rednerpodest, nickte Iegi zu und schritt auf das Portal der Ratshalle zu.

Da vernahm sie plötzlich die Stimme des jungen Prinzen in ihrem Rücken. »Und ich gehe mit ihr! Als Vertreter meines Volkes! Verbanne auch mich dafür, wenn du musst, Vater, aber du wirst mich nicht aufhalten können!« Lächelnd drehte sich Auril um und sah, wie der Vogelmensch auf sie zustürmte.

Gleichzeitig trat Karnodrim an ihre Seite. »Ich bin fast froh, dass du nicht an der Runden Tafel der Setten so gesprochen hast«, raunte er. »Ich weiß nicht, ob ich so beherzt wäre wie unser junger Heißsporn hier.« Dabei grinste er in seinen Bart hinein, als sie zu dritt die Ratshalle verließen, ein Sette, eine Albin und ein Taijirin Seite an Seite, während ihnen die aufgeregten Stimmen der Ratsmitglieder hinterherschallten.

Iegi brachte Auril und Karnodrim zurück zu ihren Quartieren, nur um sich gleich wieder auf den Weg zu machen. »Ich danke Euch für Eure Worte im Rat«, sagte er zum Abschied zu Auril. »Ich glaube, Ihr habt sie mehr aufgerüttelt, als es mir jemals möglich gewesen wäre. Und auch wenn daraus nichts erwachsen wird, so war es trotzdem dringend an der Zeit dafür.«

»Was geschieht nun?«, wollte die Albin wissen.

»Ich muss noch einige Vorbereitungen treffen, sehen, wen ich von den jungen Taijirin auf meine Seite ziehen kann. Haltet Euch unterdessen bereit. Morgen reiten wir los – nachdem wir ein letztes Zeichen gesetzt haben.«

Als Auril am nächsten Morgen auf die Plattform vor ihrer Unterkunft trat, stand mitten in der Luft, dem Kern von Airianis direkt gegenüber, ein Greif auf einer Wolke. Das prächtige Tier verharrte völlig ruhig, die Flügel angelegt, als hätte es festen Boden unter den Füßen und nicht bloß eine Ansammlung von flockigem Weiß, die im besten Falle aus Watte zu bestehen schien.

Auf seinem Rücken saß Iegi, und der Vogelmensch hatte sich, genau wie sein Reittier, prachtvoll herausgeputzt. Er trug seinen bronzenen Harnisch, der im Schein der morgendlichen Sonne glänzte, und darüber ein fließendes Gewand, das demjenigen ähnelte, das sein Vater tags zuvor in der Versammlung getragen hatte. In der Hand hielt er seinen Kampfstab, aufrecht präsentiert wie die Lanze eines breganorischen Ritters vor einem großen Turnier. Reglos und mit ernster Miene glich er einem Mahnmal, das die Bewohner der erwachenden Stadt nicht ohne ein schlechtes Gewissen anzuschauen vermochten.

Jeden Moment erwartete die Albin eine Abordnung Soldaten, ausgeschickt von diesem unsäglichen Fürst Shiraik, die den Prinzen in die Mitte nehmen und zurück zur Himmelszitadelle geleiten würde, um dort den Hausarrest anzutreten, die der Himmelsmarschall als erzieherische Maßnahme für so dringend erforderlich hielt. Doch nichts dergleichen geschah. Stattdessen bemerkte sie einen zweiten Taijirin, zum Kriegszug gerüstet und ebenfalls auf einem Greifen reitend, der sich Iegi näherte. Er zog sein Tier in der Luft in eine enge Kurve und kam dann auf der Wolke austrabend neben Iegi zum Stehen, wobei die Wolke, wie es Auril erschien, ein klein wenig in die Breite wuchs.

»Karno?«

»Was gibt es?« Der Sette erschien im Türrahmen und schaute sie an.

»Es ist Zeit. Kommst du mit, alter Freund?« Auril warf ihm einen fragenden Blick zu.

Der Tüftler verzog die bärtige Miene. »Ich habe mein Haus verloren. Ich habe mein Flugschiff verloren – nun ja, Ardos Flugschiff, aber es war mein Unterpfand – und mit ihm, ganz nebenbei bemerkt, mein gesamtes verbliebenes Hab und Gut. Obendrein hätte ich beinahe noch mein Leben verloren. Ich denke, Sinjhen würde mir zustimmen, wenn ich sagte: Die alte Schuld ist beglichen.« Er schwieg für einen Augenblick. »Auf der anderen Seite besteht nun eine neue Schuld. Dieser Hexenmeister, dessen Schergen mir all das genommen haben, schuldet mir ein Haus, ein Flugschiff und ein neues Leben. Und wie es aussieht, werde ich diese Schuld wohl persönlich eintreiben müssen. Ich bin also dabei. Warte einen Moment.« Er verschwand wieder in der Hütte und kam kurz darauf mit einer bauchigen Umhängetasche und einem Apparat in den Händen zurück, der verdächtig an die fremdartige Schusswaffe erinnerte, mit der er sie vor wenigen Tagen an der Schwelle zu seinem Heim empfangen hatte.

»Was ist das?«

»Was denkst du denn? Eine neue Feuerballschleuder. Oder glaubst du, ich habe zwei Tage und zwei Nächte in meinem Quartier Däumchen gedreht?«

»Wo hast du das Werkzeug und Baumaterial her?«

Der Sette grinste verschmitzt. »Ein schlauer Geist weiß sich zu helfen.« Er hob die Hand. »Oh, warte.« Und mit diesen Worten verschwand er wieder nach drinnen. Es gab einen kurzen Schlag, wie von einer Faust auf Holz, gefolgt von dem empörten Ausruf eines hellen Stimmchens. Als der Sette zum dritten Mal hinaus auf die Plattform trat, torkelte ihm Moosbeere durch die Luft hinterher und rieb sich die Augen.

»Was ist denn los?«, verlangte das Irrlicht verschlafen zu wissen.

»Wir fliegen nach At Arthanoc«, erklärte ihr Auril, »zu Tarean.«

Das schien die Lebensgeister des kleinen Geschöpfes zu wecken. »Endlich!«, jubilierte es. »Und ich dachte schon, ihr wolltet hier warten, bis euch auch Flügel wachsen.«

Auril lächelte. »Nein, wir vertrauen lieber auf die Flugkünste der Greifen.« Sie gab Iegi, der ihre Anwesenheit bereits bemerkt hatte, ein Zeichen, und dieser wandte sich an seinen Nachbarn, der sich daraufhin aus der kleinen Gruppe von Greifenreitern löste, die sich mittlerweile um den Prinzen geschart hatte. Er segelte außer Sicht und kehrte kurz darauf mit zwei herrenlosen Tieren zurück, mit denen er sich ihnen näherte. Auril erkannte Liftrai und begrüßte ihn: »Es ist schön, Euch zu sehen.«

»Ich hoffe, Ihr habt mein Kommen erwartet«, erwiderte der Greifenmeister lachend. »Den großen Ritt der Taijirin möchte ich um nichts in der Welt verpassen.«

»Wenn nur alle so denken würden wie Ihr«, meinte Auril, während sie aufstiegen.

Sie flogen zu Iegi und seiner Handvoll Getreuen hinüber und setzten sich an die Spitze der vielleicht ein Dutzend Köpfe zählenden Gruppe. Auch ihre beiden Reittiere blieben einfach in der Luft stehen, und unter ihren Hufen bildete sich weißer Dunst.

Der Prinz lächelte. »Auril, Karnodrim, schön, dass Ihr Euch uns anschließt.«

»Und was ist mit mir?«, beschwerte sich das Irrlicht und huschte mit empörtem Blick und vor der Brust verschränkten Armen in Iegis Blickfeld.

»Eure Anwesenheit ehrt uns natürlich besonders, denn so weit die Annalen der Taijirin auch zurückreichen, steht doch nirgends geschrieben, dass je ein Irrlicht mit einem der Unseren gemeinsam in die Schlacht gezogen wäre«, versuchte sich der Vogelmensch zu retten.

»Hm«, piepste Moosbeere, nur halb versöhnt. »Eigentlich eile ich ja nur Tarean zur Hilfe.«

»Das tun wir alle«, sagte Iegi.

»Wie viele werden es sein?«, fragte Auril.

Der Prinz blickte versonnen auf die Stadt vor ihren Augen. »Mehr als ich befürchte und weniger als ich hoffe.«

Und so warteten sie, während die Sonne am Himmel aufstieg, den Zenit überschritt und sich langsam gen Westen neigte. Tatsächlich mehrten sich nach und nach die Getreuen Iegis. Meist war es nur einer, der sich, an Rüstzeug und Waffen tragend, was er eben besaß, auf einem Greifen ihnen anschloss, manchmal auch ein Paar oder eine kleine Gruppe. Fast alle Neuankömmlinge schienen noch jung zu sein, vom Idealismus getrieben oder dem Wunsch nach Rebellion gegen die Herrscher von Airianis. Und bemerkenswerterweise kamen auch einige Frauen, mit Lederharnischen am Leibe, die ihnen sichtbar nicht passten, aber in ihren Augen blitzten Trotz und Entschlossenheit, während sie an Iegi vorüberritten, um sich ihm anzuschließen, so als erwarteten sie, dass er sie wieder nach Hause schickte. Aber das tat er nicht.

So wuchs das schweigsame Heer stetig weiter an, und so sehr Auril die eiserne Selbstbeherrschung der Vogelmenschen überraschte, die kein Scherzen, kein Rufen und kein Lachen hören ließen, so sehr überraschte sie die scheinbar stillschweigende Übereinkunft der übrigen Stadtbewohner, die zunehmend große Schar, die sich vor ihren Augen versammelte, vollkommen zu missachten. In Fuencarral und mehr noch in Menschenstädten wie Agialon und Bristaja hätte ein derartiges Schauspiel Dutzende, ja Hunderte von Schaulustigen angezogen – von der Garde des Stadtverwalters ganz zu schweigen. Aber der Stolz – oder die Arroganz? – der Vogelmenschen schien ihnen zu verbieten, dem Aufstand ihrer Jugend gegen die Edikte des Rats Beachtung zu schenken.

Gegen Nachmittag war ihre Zahl auf etwa fünfhundert Greifenreiter angestiegen, und damit schienen alle freiwilligen Gefolgsleute Iegis versammelt, denn der bislang stetig tröpfelnde Strom an Neuankömmlingen war versiegt. Damit hatten sich weit mehr Taijirin eingefunden, als Auril für möglich gehalten hätte, aber natürlich dennoch weit weniger, als das Volk der Vogelmenschen aufzubieten imstande gewesen wäre, wenn es sich zum Bündnis mit den Alben und Menschen entschlossen hätte.

Sie lehnte sich aus dem Sattel heraus dem Prinzen entgegen. »Ich denke, wir sollten reiten, Iegi. Es wird niemand mehr kommen.«

Der Vogelmensch nickte. »Ja, reiten wir.« Er ließ sein Reittier ein paar Schritt nach vorne traben, wendete es dann, erhob sich aus dem Sattel und schrie mit lauter Stimme. »Krieger und Kriegerinnen der Taijirin! Ich bin stolz auf jeden Einzelnen von Euch, der meinem Ruf gefolgt ist. Ich könnte nun an die mutige Rede meiner Gefährtin Auril vom Volke der Alben anschließen, die jene gestern vor dem Rat gehalten hat. Ich könnte über die Tugenden der Taijirin sprechen, die wir hier und heute wiederentdecken. Doch die Zeit drängt, daher will ich kein Wort zu viel verlieren. Vielmehr sollen Taten sprechen. Eilen wir also jenen zu Hilfe, die unsere Hilfe am nötigsten haben und ...«

»Iegi!«, unterbrach ihn Auril. »Dreht Euch um und schaut Euch das an.«

»Was?« Der Prinz hielt verwirrt in seiner Ansprache inne und tat, wie ihm geheißen.

Und seine Augen wurden groß!

Denn just in diesem Moment erhob sich von der Himmelszitadelle, dem am höchsten liegenden Bauwerk von Airianis, von dem sie hier unten nicht viel mehr als die Kuppeln der breiten Türme hatten sehen können, ein gewaltiger Schwarm Greifenreiter. Auril versuchte, ihre Kopfstärke zu schätzen, doch sie verlor rasch den Überblick, während die Wolkenfront aus Soldaten in einer weiten Formation aufgefächert den Himmel über ihnen verdunkelte.

»Dreitausend. Eher mehr«, brummte Karnodrim neben ihr. »Das war es dann wohl mit dem großen Ritt der Greifenreiter.«

Auch die anderen Getreuen Iegis hatten den Aufmarsch der Garde von Airianis bemerkt, und nun breitete sich doch Unruhe unter ihnen aus. Unschlüssig, ob sie ausbrechen oder ausharren sollten, ließen sie den Augenblick ungenutzt verstreichen, bis die Armee heran war und sich um sie herum in Stellung gebracht hatte.

Aus dem Pulk der Angreifer löste sich ein Mann, der in Aufzug und Würde Iegi glich wie der Vater dem Sohne. Und in der Tat handelte es sich um den Herrscher der Vogelmenschen.

»Ich sehe, du hast einige aus unserem Volk gefunden, die bereit sind, deinem Ruf zu folgen, mein Sohn«, dröhnte die Stimme König Ieverins zu ihnen herüber, als sein Greif auf einem dünnen Wolkenband langsam näher schritt, gefolgt von einem weiteren, auf dem Hauptmann Nirwin saß, gekleidet in eine prunkvolle Rüstung.

»Was willst du hier, Vater?«, rief Iegi zurück. »Wenn du mich aufhalten wolltest, warum hast du es nicht gestern getan? Warum ziehst du all diese treuen Seelen in einen Streit mit hinein, der nur uns beide etwas angeht?«

»Weil dieser Streit nicht nur uns beide etwas angeht, sondern alle hier.« Der König machte eine weit ausholende Geste. »Denn nur gemeinsam, als Volk vereint, werden wir imstande sein, gegen jene, mit denen wir wirklich im Streit liegen, nämlich die Wölfe des Hexenmeisters Calvas, anzutreten und zu siegen.«

Auril glaubte, ihren Ohren nicht trauen zu können. Sie spürte, wie ihr ganzer Körper anfing zu kribbeln, so als müsse sie gleich vor Glück und Erleichterung ohnmächtig werden.

»Ihr hattet unrecht, Albenfrau«, wandte sich Ieverin an sie. »Die Taijirin haben ihren Mut, ihre Ehre und ihr Mitleid keineswegs verloren – sie haben nur ein wenig in Vergessenheit geraten lassen, wann solche Tugenden wichtiger sind als die eigene Sicherheit, Bequemlichkeit und Zufriedenheit.«

Er ritt noch etwas näher und sagte dann leiser. »Iegi, ich bitte dich um Verzeihung. Ich hätte sehen müssen, was deine Freunde aus der Ferne sofort erkannt haben. Dass du einer der Edelsten bist, die unser Volk im Augenblick aufzubieten hat. Lass uns gemeinsam reiten, mein Sohn.«

Der junge Vogelmensch gab sich Mühe, ernst und würdevoll zu wirken, doch schließlich konnte er das Strahlen, das auf sein Antlitz drängte, nicht länger unterdrücken. »Mein König, meine Schar und ich schließen uns gerne Euren Reihen an.« Er sah sich suchend um. »Aber was ist mit Shiraik?«

Auf dem Gesicht des Königs zeigte sich ein dünnes Lächeln. »Greifenmeister Shiraik zog es vor, in Airianis zu bleiben. Himmelsmarschall Nirwin wird unter meinem Befehl die Truppen führen.«

Iegi ließ ein verblüfftes Pfeifen hören. »Das wird er dir nie verzeihen, Vater.«

Der ältere Vogelmensch zuckte mit den Schultern. »Eine Schlacht nach der anderen …« Dann gab er Nirwin ein Zeichen, und dieser richtete sich im Sattel auf, hob seine Waffe über den Kopf und stieß einen gellenden Jagdschrei aus. Iegi fiel darin ein, und dreitausend-fünfhundert Kehlen antworteten ihnen.

Die Taijirin ritten in den Krieg.

Sie lagen auf der felsigen Kuppe eines graslosen Hügels und blickten auf eine steinige, leblose Ebene hinab, die nach Norden hin leicht anstieg, um dann jäh an einem tiefen Abgrund zu enden. Über den vielleicht fünfzig Schritt breiten Riss in der schroffen Karstland-schaft, der Tarean auf unangenehme Weise an eine offene Wunde inmitten der verschorften Haut der Erde erinnerte, spannte sich eine breite Steinbrücke. Sie führte zu einem Felsplateau auf der anderen Seite, das sich an eine Bergwand schmiegte, die das ferne Ende der Schlucht markierte und dabei so glatt und lotrecht zum Himmel aufragte, dass ein Herabklettern von oben völlig unmöglich war. Auf dieser Felseninsel aber, inmitten des eisigen Luftstroms, der aus der Tiefe heraufwehte, über die Ebene blies und den Jungen selbst hier, in sicher fünfhundert Schritt Entfernung, vor Kälte erschaudern ließ, lag die Burg des Hexers.

Irgendwie hatte sich Tarean At Arthanoc größer vorgestellt. In seinem Kopf war die Festung in den letzten Tagen und Wochen zu einer titanischen, uneinnehmbaren Bastion angewachsen, einem Bollwerk, Stein für Stein aus seinen innersten Ängsten errichtet, bis beim Anblick seiner schieren Größe auch beherzte Männer alle Hoffnung fahren lassen mussten. Wieder und wieder hatte er den klammen Griff, der sich um seinen Geist und sein Herz zu schließen drohte, zu lockern und von sich zu schieben versucht. Doch ganz war es ihm nie gelungen, die Furcht vor diesem Augenblick der Wahr-heit zu verdrängen, dieser Stunde, da er vor den Toren At Arthanocs stehen würde, nur um festzustellen, dass angesichts der Gewaltigkeit seiner Mauern all sein Streben nur der verrückte Wunschtraum eines dummen Jungen war – wie man es ihm immer und immer wieder vorgehalten hatte.

Und jetzt war At Arthanoc nur eine Burg. Wobei dies vielleicht eine Untertreibung war, denn noch immer umgaben den Turm des Hexenmeisters, der sich am hinteren Ende des Plateaus direkt an die Bergwand gebaut in düsterer Pracht erhob, dicke Mauern und trutzige Wehranlagen, zu denen auch ein imposantes Portal gehörte, dessen schwarze Flügel im Schatten eines finster wirkenden Torhauses lagen. Von diesem abgesehen schien es zudem keinen Weg zu geben, der einen ins Innere bringen würde. Und dennoch wirkte die Feste – sah man von dem Turm des Hexers ab – nur wenig größer und unheimlicher als das heimische Dornhall in einer Gewitternacht.

»Irgendetwas stimmt hier nicht«, meinte er.

»Ganz und gar nicht«, pflichtete Bromm ihm bei.

»Stille«, sagte nun auch der Steinerne, der zu ihrem ständigen Führer geworden war und dem Tarean insgeheim den Spitznamen Kiesel gegeben hatte. Er war der letzte ihrer vier Begleiter. Die übrigen drei waren ohne Erklärung zurückgeblieben, als sie nach fast zweitägiger Wanderung vor wenigen Stunden wieder an die Oberfläche gekommen waren, aber der einsilbige Unterirdische hatte sie nur mit einem »Kommt« weitergewunken und war den ersten Hügel hinaufgestiegen.

»Ich frage mich auch, wo die Bewohner der Burg sind«, nickte Tarean. »Es wird schon dunkel, und es brennen lediglich eine Handvoll Fackeln innerhalb der Mauern. Und nirgendwo ist auch nur eine einzige Wolfshaut zu sehen. Man könnte meinen, die Feste wäre verlassen.«

»So oder so«, brummte der Bär, »uns bleibt, wie es aussieht, nur ein Weg.« Er deutete auf die Brücke. »Lasst uns warten, bis die Nacht vollständig hereingebrochen ist, und hoffen, dass der Himmel von Wolken verhangen bleibt. Und dann müssen wir unser Glück versuchen.«

Sie warteten, bis auch das letzte Licht des Tages am westlichen Horizont verblasst war, und zur Sicherheit noch etwas länger. Dann rappelten sie sich auf und schlichen geduckt – Bromm auf allen Vieren – am Rande der Ebene entlang auf den Abgrund zu. Obwohl sie ihn nicht darum gebeten hatten, blieb ihnen Kiesel auf den Fersen, und irgendwie war Tarean dankbar dafür, den steinernen Hünen an seiner Seite zu haben.

Man konnte kaum die Hand vor Augen sehen, so finster war die Nacht über den Grauen Bergen, in deren nördlichen Ausläufern At Arthanoc lag. Und hätte nicht doch auf den Wehrgängen der Feste die eine oder andere Lichtquelle die Mauern und den davor liegenden Riss in der Landschaft beschienen, der Junge wäre in Sorge gewesen, dass sie ein unbedachter Schritt in die Schwärze hinein über den Rand des Abgrunds getragen hätte. »Pass auf, wo du hintrittst«, warnte er den Bären, der vorantrabte.

Dieser schnaubte leise. »Ein Gutes hat die Finsternis. Man wird uns kaum von den Mauern aus sehen können, bis wir uns im Sichtschatten der Burg selbst befinden.«

»Ich frage mich, warum sie die Brücke nicht beleuchtet haben«, flüsterte Tarean.

»Warum sollten sie. Ich bezweifle, dass Calvas oft Besuch empfängt.«

Unwillkürlich kam dem Jungen die Mahnung des Mönchs Lanfert wieder in den Sinn. *Unterschätze niemals die Verschlagenheit des Hexenmeisters. Wenn ein Pfad allzu einfach scheint, so meide ihn, denn er wird dich in die Irre führen.* Die Sache hatte nur einen Haken, wie Bromm bereits bemerkt hatte: Es gab nur diesen einen Pfad. Und sie würden ihm folgen müssen, ganz gleich, wohin er sie letztlich führte.

Alle fünf Sinne und die Nerven bis zum Äußersten angespannt, traten sie auf die Brücke hinaus und schlichen Schritt für Schritt über den Abgrund. Tarean wagte einen Blick über die steinerne Brüstung, und ihn fröstelte, als er in die scheinbar bodenlose Schwärze blickte, aus welcher der Eishauch des erfrorenen Gebeins der Erde hinaufzuwehen schien. Seine Finger glitten über den schwarzen Fels, und es fühlte sich an, als sei dieser mit einer dünnen Schicht Eis überzogen.

Zusammen mit der Kälte trug die Luft auch einen seltsamen Geruch wie von ungewaschenem Fell an ihre Nasen. Bromm hob sachte den Kopf und schnüffelte. »Es riecht nach Wolfskriegern. Diese Burg mag zwar verlassen wirken, aber wir sind ganz sicher nicht alleine hier. Wir müssen aufpassen.«

Tarean nickte beklommen.

Schließlich hatten sie den Abgrund überwunden und standen im Schutze des Torhauses vor dem gewaltigen, schwarzen Portal. Die mit einem düsteren Halbrelief verzierten Torflügel erweckten den Eindruck, aus unvorstellbar massiven Metallplatten geschmiedet worden zu sein, und der Junge vermochte sich nicht auszumalen, wie sie in die schweren Angeln, die aus dem Mauerwerk ragten, eingesetzt worden waren.

»Es sieht verschlossen aus«, hauchte Tarean.

»Alles andere würde mich wundern«, erwiderte der Bär und schielte um die Ecke die Burgmauer entlang. »Aber ich bin mir auch gar nicht sicher, ob ich zum Haupteingang hineinspazieren würde, selbst wenn wir es könnten. Das schreit doch geradezu nach einer Falle.«

»Aber was sollen wir sonst tun? Wir haben kein Seil, um über die Mauer zu klettern.«

Kiesel wiegte den haarlosen Schädel und rief dann einmal mehr: »Kommt.« Er stapfte am Fuße der Mauer entlang, und dabei glitt seine linke Hand über den kalten Fels, als wolle der Unterirdische ihn erkunden. Nach ein paar Schritten blieb er unweit des ersten Wachturms stehen. Die Mauer machte hier einen leichten Knick nach innen, sodass man ihre Position vom Tor aus nicht mehr sehen konnte. Kiesel legte beide Hände auf das Gestein.

»Was soll das?«, flüsterte Tarean, der ihm mit Bromm nachgeschlichen war.

Der Steinerne sah ihn aus unergründlichen, blau leuchtenden Augen an. »Eingang«, sagte er.

»Was? Ich sehe keinen Eingang.«

Kiesel presste nur die Hände auf die Mauer – und plötzlich versanken sie darin wie in feuchtem Lehm. Der Steinerne machte langsame, nach außen kreisende Bewegungen mit den Armen, und der Fels schien zunehmend an Festigkeit zu verlieren. Erst in zähen Tropfen, dann in einem immer dünnflüssiger werdenden Rinnsal floss der Stein entlang der Arme des Steinernen zu Boden. Kiesel verschob, knetete und verstrich den Stein wie ein Kind, das in einer

Schlammlache spielt, und nach einer kurzen Weile hatte er eine mannshohe Öffnung in der gut zwei Schritt dicken Burgmauer geschaffen, deren Eingang und Wände aus glattem, geschmolzenem Stein bestand. Tarean hatte diese seltsame Gesteinsbeschaffenheit schon in Tiefgestein bewundert, aber er war davon ausgegangen, dass es sich um ein natürliches Phänomen handelte. Nie wäre er auf den Gedanken gekommen, dass der wie ausgewaschen wirkende Fels auf die wundersamen Fähigkeiten der Bewohner dieser unterirdischen Welt zurückgehen könnte.

Der Unterirdische trat zurück, schüttelte die Arme aus und wartete einen Moment, derweil der Junge regelrecht dabei zusehen konnte, wie der Stein hart wurde. Dann blickte Kiesel sie ruhig und, wie Tarean sich einredete, mit stummem Triumph an. »Eingang.«

»Unglaublich«, murmelte Bromm staunend. »Dieser Bursche hat einen feinen Trick auf Lager.«

»Lasst uns gehen«, drängte Tarean, dem zunehmend unwohl zumute wurde, je länger sie hier draußen sozusagen auf dem Präsentierteller standen. Er schob sich durch die Öffnung im Fels, und der Werbär folgte ihm. Der Steinerne bildete das Schlusslicht, und während er langsam rückwärts schritt, streckte er erneut die Hände aus und zog mit ausholenden Bewegungen das zähflüssige Mauerwerk wieder zusammen, bis die Öffnung, durch die sie ins Innere der Burg gelangt waren, wieder völlig verschwunden war. Das Mauerwerk wirkte an dieser Stelle nun zwar so, als sei es unter dem Einwirken enormer Hitze regelrecht zerlaufen, aber in der Dunkelheit würde das hoffentlich niemand bemerken.

Sie standen nun im Schatten eines niedrigen Bauwerks, dessen Zweck auf den ersten Blick nicht festzustellen war, und lugten um die Ecke hinein in den Burghof. Ihre Blicke huschten hinüber zum Haupthaus, auf dessen fünfeckiger Basis der gewaltige Turm saß, der das dunkle Herz von At Arthanoc bildete.

Der Hof war völlig leer. Kein Wachposten drehte seine Runde, kein Bediensteter ging in eiligen Geschäften seines Weges, kein einziger Wolfling saß im Lichtkreis einer der wenigen Fackeln und döste vor sich hin. Die Treppen, die Wehrgänge, die Wachtürme –

306

nirgendwo war eine lebende Seele zu sehen. Und trotzdem, oder vielleicht gerade deswegen, strömte der Ort ein überwältigendes Gefühl unsichtbarer Bedrohung aus.

»Wo sind sie alle hin?«, fragte Tarean leise.

»Ich habe ein ganz schlechtes Gefühl bei der Sache«, brummte der Werbär, und seine Ohren zuckten nervös.

»Falle«, wiederholte Kiesel das entscheidende von Bromms vorherigen Worten. Der Steinerne strahlte eine so stoische Ruhe aus, dass Tarean sich fragte, ob er überhaupt begriff, in welcher Gefahr sie sich befanden.

Sie sahen sich an, und Bromm zog eine Grimasse. »Was sollen wir machen? Umkehren und nach Hause gehen? Wohl kaum.«

Tarean, flüsterte auf einmal eine Stimme im Geist des Jungen. Erschrocken zuckte er zusammen.

»Was hast du?«

Tarean spürte, wie sich seine Nackenhaare aufstellten. *Tarean.* »Er weiß, dass ich hier bin«, hauchte er ungläubig.

»Wovon sprichst du?«, zischte Bromm, während Kiesel ihn nur mit großen Augen anstarrte.

»Calvas. Er weiß, dass ich hier bin, in seiner Burg.«

Tarean, komm zu mir.

»Das ist Unsinn«, knurrte Bromm, aber er ließ einmal mehr einen forschenden Blick über die Wehrgänge gleiten. »Deine Fantasie spielt dir einen Streich.«

Ein leises Lachen hallte durch das leere Gewölbe seines Geistes, während sich jeder bewusste Gedanke panisch in finsteren Ritzen und Spalten zu verstecken versuchte. »Nein, das ist keine Einbildung.«

»Aber wie …?«, setzte der Bär an, doch Tarean unterbrach ihn. »Ich weiß nicht, wie er es gemerkt hat. Vielleicht spürt er die Nähe von Esdurial. Vielleicht war es auch einfach töricht, anzunehmen, wir könnten ungesehen in die Burg eines Hexenmeisters einbrechen.«

»Das heißt, wir verschwinden auf dem schnellsten Wege wieder?«

Der Junge schüttelte den Kopf. »Nein. Nein, ihr bleibt hier und …

und haltet mir den Fluchtweg offen.« Sein Blick irrlichterte den düsteren Turm empor, der sie gewaltig und Furcht einflößend überragte. Er fragte sich, ob Calvas in genau diesem Moment aus einem der schmalen Fenster hoch droben auf sie herabblickte, und ein Schauer lief ihm über den Rücken.

»Und was machst du?«, wollte der Bär wissen.

Komm zu mir, Tarean.

»Ich gehe hinein«, sagte Tarean. »Und werde mich dem Hexer stellen. Deswegen sind wir doch hier, oder nicht?«

»Oh nein«, widersprach der Bär, »du gehst nicht alleine. Auril würde mich umbringen, wenn dir etwas zustößt.«

»Bromm, du kannst mir nicht helfen!«

Dieser ließ seine gewaltigen Muskeln spielen. »Bist du dir da so sicher, mein Junge?«

Tareans Blick huschte erneut den Turm hinauf, und dann blickte er den Werbären fast traurig an. »Ja, das bin ich.«

Bromms Antlitz verfinsterte sich, doch dann legte ihm Kiesel die Hand auf die Schulter, schaute ihn aus blauen Augen an, und ein Ausdruck der Verblüffung trat auf die Miene des Bären. Die beiden standen sich einen Moment schweigend gegenüber, und schließlich nickte Tareans hünenhafter Gefährte widerwillig. »Na schön. Aber wenn du bis zum Morgengrauen nicht zurück bist, bleibt in dieser Burg kein Stein auf dem anderen.« Er ließ ein bedrohliches Grollen hören, um seine Worte zu unterstreichen.

Tarean nickte kurz, wandte sich um, schwankte, drehte sich dann noch einmal zurück und umarmte Bromm. »Mach's gut, Bromm«, flüsterte er erstickt, und plötzlich befiel ihn das schreckliche Gefühl, dass er den Werbären nie wieder sehen würde.

Bromm schloss ihn in seine gewaltigen Arme. »Pass auf dich auf, Kleiner.« Er gab ihn frei und versetzte ihm einen Schubs. »Und nun lauf.«

Tarean, wisperte die Stimme in seinem Kopf.

»Ich komme, Hexenmeister«, knurrte Tarean, zog sein Schwert und huschte los. Er überquerte den Burghof, und es verwunderte ihn kaum, dass die Tür zum Haupthaus offen stand. Er argwöhnte, dass sie auch das Burgtor unverschlossen vorgefunden hätten, wenn sie es geprüft hätten.

Der Junge trat ins Innere und fand sich in einer düsteren Eingangshalle mit hohem, spitzem Deckengewölbe wieder. Es erinnerte ihn mehr an einen Tempel denn an eine Burg. Im Halbdunkel weiter hinten schien es eine Treppe zu geben, die nach oben führte.

Von der Stimme in seinem Geist gelenkt, die leise aber drängend nach ihm verlangte, schlich er durch die Halle und die Treppe hinauf, dann durch weitere Gänge und Kammern, die allesamt wie ausgestorben wirkten. Mit traumwandlerischer Sicherheit trieb es ihn voran, bis er schließlich eine Wendeltreppe erreichte, die sich dem Anschein nach entlang der Außenmauer des Hexerturms schier endlos nach oben zog, auch wenn es keine Fenster oder Schießscharten gab, die ihm Sicherheit darüber gegeben hätten.

Tarean.

Wie lange er Schritt für Schritt Stufe für Stufe erklomm, vermochte er nicht zu sagen. Schließlich erreichte Tarean das obere Ende der Treppe und fand sich in einem großen, schmucklosen Vorraum wieder. Es war bitterkalt hier, und die nackten, kahlen Steinwände verstärkten das Gefühl der Beklommenheit noch, das auf einmal mit Macht über ihn gekommen war, kaum dass er die letzte Stufe verlassen hatte.

Ihm gegenüber befand sich ein einzelnes Portal aus dunklem Metall, und ein fremdartiges weißes Muster überzog das flache Reliefbild, das die Türflügel verzierte. Als der Junge näher trat, erkannte er, dass es Eisblumen waren, die sich auf dem Metall gebildet hatten. Und mit einem Mal wusste er, dass er am Ziel seiner Reise angekommen war. Hinter dieser Tür würde er Calvas, dem Hexenmeister, endlich gegenübertreten. Und was dann geschehen würde, wussten nur die Dreigötter.

Indra, Jesup und Vazar, steht mir bei. Zögernd berührte er einen der beiden Torflügel, unterdrückte ein Zusammenzucken, als ihm, wie erwartet, die Eiseskälte in die Handfläche biss, und erschrak dann doch, als unvermittelt gleich beide Türhälften lautlos nach innen schwangen. Dahinter erstreckte sich ein weiter, hoher Raum.

Esdurial fest umklammert und wie zum Schutze vor sich gehalten, trat der Junge ein. Er erkannte, dass er auf einer halbkreisförmigen Plattform stand, von der aus sich eine breite Brücke in einem kühnen Bogen über einen schwindelerregend tiefen Schacht spannte. Der Turm des Hexers hatte von außen bereits hoch und eindrucksvoll gewirkt, doch das ausgehöhlte Innere schien noch bis weit in den Schoß der Erde vorzudringen, ein gähnender Abgrund, der sich in der Tiefe in einem weißen Wirbeln wie von Schneetreiben verlor. Schneidender Wind wehte ihm daraus entgegen, so wie aus dem Graben draußen vor der Burg, und verwandelte Tareans Atem in feine Dampfwölkchen. Auf dem Boden und an den Wänden hatte sich Raureif abgesetzt, und Eiszapfen hingen von den steinernen Vorsprüngen und der spitzen Decke hinab. Es war, als habe er eine erfrorene Welt betreten.

Links und rechts von der Brücke zweigten in schrägem Winkel je zwei kürzere Stege ab, die sich anmutig zu zwei Galerien hinüberschwangen, welche gen Norden und gen Süden entlang der Turmwand verliefen und von hohen, spitz zulaufenden Fensterbögen gesäumt wurden. Im Norden waren die Fensterhöhlen nicht mehr als Nischen, in denen irgendwie beunruhigend wirkende Steinskulpturen standen. Im Süden aber boten sie einen atemberaubenden Ausblick auf die Ebene vor der Burg. Dünne lange Eiszapfen wuchsen in den Öffnungen in der Wand und erinnerten auf unangenehme Weise an Gitterstäbe.

Am fernen Ende der Brücke aber, an der rückwärtigen Wand des Saales, befand sich eine weitere, zweigeteilte Plattform, die durch breite Mauerstücke von den Galerien zur Linken und zur Rechten getrennt war und von deren oberer Hälfte zwei sanft geschwungene Rampen zur unteren führten. Die obere Plattform schien leer zu sein. Doch auf der unteren, eingerahmt durch die zwei gemauerten Arme der Aufgänge, stand ein weißer Thron.

Und auf dem Thron saß ein Mann.

Er trug einen weiten, weißen Umhang, der vorne offen stand und das strahlende Silber eines makellosen, prachtvollen Plattenpanzers enthüllte. Der Fremde hatte den Kopf gesenkt, und sein Gesicht wurde von der Kapuze seines Mantels verdeckt. Ein geisterhaftes Licht umschmeichelte ihn und verlieh seiner Gestalt ein unirdisches Leuchten, als sei er nicht mehr ganz Teil dieser Welt.

Komm zu mir, Tarean.

Tareans Mund wurde trocken, und er fing am ganzen Leib an zu zittern. Mit äußerster Willensanstrengung zwang sich der Junge, einen Schritt vor den anderen zu setzen, Esdurial vor sich erhoben und die rechte Hand so fest um den Griff verkrampft, dass die Knöchel weiß unter seiner Haut hervortraten. Er wagte kaum zu atmen, während er die Brücke über den weiß wirbelnden Schlund hinweg überquerte und sich langsam, quälend langsam, der Gestalt näherte, die zusammengesunken auf dem großen Thron saß.

Als sie nur noch wenige Schritt trennten, straffte sich der Oberkörper des Fremden plötzlich, er hob die behandschuhten Hände, schlug die Kapuze zurück und blickte Tarean aus hellen, unendlich traurigen Augen an.

Tarean verspürte einen schmerzhaften Stich in der Brust. »Vater …?«, hauchte er entgeistert.

15

DIE SCHLACHT UM AT ARTHANOC

»Der Junge ist schon viel zu lange da drinnen.« Unruhig trat Bromm von einem Fuß auf den anderen. »Oder was meinst du?«, fuhr er den Steinernen ungehalten an, dessen stoische Ruhe den Bären nur noch mehr aufregte.

Für einen kurzen Augenblick hatte ihn der Unterirdische wirklich überrascht, als dieser auf ihn zugetreten war und Bromm eine Stimme in seinem Kopf vernommen hatte, die ihm sagte, dass sie Tarean ziehen lassen sollten, um den Hexer in Sicherheit zu wiegen und dem Jungen später heimlich nachzufolgen. Seitdem schwieg der graue Hüne wieder und hatte seinen schweren Körper keinen Fingerbreit weit bewegt. Jetzt aber wandte er dem Bären den haarlosen Schädel zu und sagte nur ein Wort: »Ja.«

»Ha!« Der Bär schlug mit der Faust in die offene Pranke. »Also gehen wir. Bevor es zu spät ist.«

Sie eilten über den leeren Burghof zum Portal des Haupthauses, in dem auch Tarean verschwunden war, und mussten dort feststellen, dass es in der Zwischenzeit verschlossen worden war. Der Bär fluchte. »Kannst du den Stein schmelzen?«, fragte er seinen Gefährten.

Dieser legte die Hand auf das schwarze Gemäuer und verzog tatsächlich einmal das steinerne Gesicht, bevor er den Kopf schüttelte. »Nein.«

»Warum nicht? An der Außenmauer ging es doch?«

»Schmerz«, war alles, was der Unterirdische antwortete.

»Na schön«, knurrte Bromm. »Dann müssen wir das Hindernis auf altmodische Art bezwingen.« Er stellte sich vor den Eingang, bereit, sein immenses Körpergewicht als Ramme einzusetzen, und sah den Unterirdischen erwartungsvoll an. »Auf drei, ja? Eins … zwei …«

Sein Gefährte stieß beide Arme nach vorn, und seine steinernen Fäuste donnerten gegen die Türflügel. Mit einem Dröhnen sprangen diese nach innen auf, und Bromm sah noch die armdicken Splitter eines Riegels durch die dahinterliegende Halle fliegen.

»Nicht schlecht«, meinte er, als sie in die Eingangshalle eindrangen.

Auf der Treppe am fernen Ende der Halle tauchte ein einzelner Grawl auf und kam ihnen langsam die Stufen hinab entgegen. Sein Fell war schwarz und wirkte an einigen Stellen angesengt, und auf der breiten Stirn trug er ein rotes Mal in Form einer Wolfspfote. In den Klauen hielt er eine riesige Doppelaxt. »Keinen Schritt weiter.«

Bromm blinzelte überrascht. *Tareans Schwarzpelz!* »Bist du nicht bei der Explosion von Karnos Haus ums Leben gekommen?«, grollte er. »Mir war, als hörte ich deine Todesschreie.«

»Manchmal bekommt man nicht, was man sich wünscht«, erwiderte der Wolfskrieger boshaft, »sondern was man verdient.« Er bellte einen knappen Befehl, und hinter ihm trat ein Dutzend Grawls aus dem Dunkel.

Bromm senkte den Kopf und spannte die gewaltigen Muskeln an. »Wir werden sehen …«

Fassungslos stand Tarean vor dem Thron des Hexenmeisters und starrte das geisterhafte Abbild seines Vaters an. Sein Herz pochte bis zum Hals. »Was tust du hier?«, stieß er hervor, und im gleichen Moment fürchtete er die Antwort, die er auf seine Frage erhalten mochte.

»Ich habe auf dich gewartet, mein Junge«, ertönte da eine Stimme – in seinem Rücken.

Erschrocken zuckte Tarean zusammen und wirbelte herum.

Auf der Galerie zu seiner Linken stand plötzlich ein Mann. Er trug eine bodenlange, dunkelblaue Robe, und sein graues, scharf geschnittenes Gesicht wurde von wallendem, weißem Haar umrahmt. In seinen violetten Augen schien ein unheiliges Feuer zu glühen, und seine ganze Erscheinung strahlte eine Bosheit aus, die sich wie mit Eisdolchen in Tareans Eingeweide bohrte.

»Calvas«, keuchte er und packte Esdurial abwehrend mit beiden Händen.

Der Hexenmeister schritt langsam näher. »Ja, so nennt man mich bisweilen. Tyrann rufen mich andere, Meister flüstern ehrerbietig meine Diener, und einige sehen in mir gar einen … Vater.« Er legte mit geheuchelter Rührung die Hand aufs Herz.

Tareans Blick huschte zu der weißen Gestalt auf dem Thron, und er sah, wie eine einzelne Träne über das schöne, strenge Gesicht der Erscheinung lief, während diese langsam durchscheinend wurde und verging – so wie damals auf dem Friedhof von Ortensruh. Und mit einem Mal schwankte der Junge und spürte, wie ihm die Sinne schwanden, als er in der Andeutung des Hexers die furchtbare Täuschung erkannte, der er möglicherweise von Anfang an erlegen war. Die Vision, die Träume, sein fester Glaube, einem ihm vorherbestimmten Weg zu folgen … sollte all das nur Teil eines perfiden Ränkespiels des Hexers gewesen sein? »Nein«, flüsterte er heiser vor Zorn und Entsetzen. »Das kann nicht wahr sein.«

Der Hexer lächelte böse, als habe er Tareans Gedanken gelesen. »Oh doch, mein Junge. Es ist wahr. Ich war es, der dich nach At Arthanoc rief. Und ich war es auch, der dich unbehelligt mein Reich durchqueren ließ.«

Tarean schüttelte in wilder Verzweiflung den Kopf. »Das glaube ich Euch nicht. Das könnt Ihr niemals geplant haben.«

»Tatsächlich?«, erwiderte der Hexer mit milder Überraschung, während er den schmalen Steg über den Schlund überquerte.

»Warum sonst waren uns Eure Schergen ohne Unterlass auf den Fersen? Mehr als einmal hätten sie uns beinahe getötet. Dann wären meine Mission und Euer vorgeblicher Plan gescheitert.«

Calvas hob die Hand zum Einwand. »Nach Osten getrieben haben sie euch. So lautete ihr Befehl. Aber ich nehme an, du spielst auf den unerfreulichen Überfall in Thal an.«

»Und auf den Drachenangriff …«

Das Gesicht des Hexers verhärtete sich, und seine Stimme wurde kalt wie der Raum, in dem sie standen. »Ich gebe zu, der Verrat des Geisterbeschwörers kam unerwartet. Aber er hat seinen falschen Ehrgeiz mit dem Leben bezahlt. Und auch Igarkjuk weiß nun, dass er nur einem Herrn zu dienen hat.« Dann entspannten sich seine Züge wieder. »Dessen ungeachtet bist du hier, stehst mit dem Schwert in der Hand vor mir, in dem Glauben, mich vernichten zu können.« Der Hexer war nun beinahe heran, und in einer Geste der Aufforderung breitete er die Arme aus. »Nur zu. Ich bin unbewaffnet. Strecke mich nieder.«

Calvas schritt so dicht an Tarean vorbei, dass der Saum seiner Robe dessen Beine streifte. Tareans Faust verkrampfte sich um den Schwertgriff, und die Klinge zitterte. *Tu es. Tu es jetzt, und alles wird vorbei sein*, raunte eine Stimme in seinem Kopf. »Aber dann wirst du niemals erfahren, was wirklich mit deinem Vater geschehen ist.« Verblüfft ließ der Junge die Waffe in der Luft hängen, und der Moment verstrich. Der Hexer gluckste leise, als er sich gemächlich auf seinem steinernen Thron niederließ. »So willig auch das Fleisch, der Geist ist schwach …«

In diesem Augenblick erscholl von draußen völlig unerwartet der helle Klang von Trompeten. Klar und rein wehte er zu ihnen herauf, ein Ton, der in diesem rauen, düsteren Land nicht fremder hätte wirken können. Tarean vernahm ihn wohl, aber er glaubte seinen Ohren nicht trauen zu dürfen. Es klang wie die Trompeten von Cayvallon.

Der Hexenmeister nickte zufrieden. »Ah, das Heer ist eingetroffen.« Und als er Tareans ungläubigen Blick sah, machte er eine einladende Geste. »Nur zu. Schau hinaus und erkenne, dass du nicht der Einzige bist, der meinem Ruf nicht widerstehen konnte.«

Neugierig, aber doch stets ein misstrauisches Auge auf Calvas gerichtet, trat der Junge auf die nach Süden weisende Galerie und schaute aus dem Fenster. Der Anblick, der sich ihm dort bot, erschreckte und verwirrte ihn zutiefst. Im Osten brach bereits ein neuer Tag an, und schon das schien ihm nachgerade unmöglich, denn er hätte schwören können, dass er erst vor wenigen Stunden mit Bromm und Kiesel im Schutze der ersten Dunkelheit Richtung At Arthanoc aufgebrochen war.

Doch er wollte erst recht seinen Augen nicht trauen, als er das Heer aus Menschen und Alben gewahrte, das wie aus dem Nichts auf der Ebene vor den Toren der Festung aufmarschiert war. Tarean vermochte ihre Zahl nicht zu schätzen, aber es schienen mehrere tausend Krieger zu sein, die einen Wald von bannergeschmückten Spießen auf dem leblosen Felsboden aufgepflanzt hatten, und im Hintergrund zogen kräftige, gereizt schnaubende Brulls unter den Peitschenschlägen ihrer Antreiber große Katapulte auf eine Anhöhe. Eine kleine Gruppe von Reitern, die einem niedrigen Hügel am Rande der Ebene zustrebte – als Feldherrenhügel wie geschaffen –, erregte seine Aufmerksamkeit. Er kniff die Augen zusammen, und es war ihm, als sehe er einen Ritter in einem blauen Mantel und neben ihm einen Alben auf einem riesenhaften, weißen Schlachtross, das wie sein Herr in smaragdgrünes Rüstzeug gekleidet war. »Das ist unmöglich …«

Der Hexenmeister lachte. Er machte keinen Hehl daraus, dass es ihm Vergnügen bereitete, mit dem Jungen zu spielen wie eine Katze mit der Maus. »Unmöglich sagst du? Keineswegs! Es musste nur ein wenig an den richtigen Fäden gezogen werden, und schon entwickelte sich alles ganz nach meinem Plan.«

Tarean wandte halb den Kopf. »Eurem Plan?«

»Ganz recht, mein junger Freund.« Calvas stützte die Ellbogen auf die steinernen Armlehnen und legte die Finger vor dem Gesicht zusammen. »Meinem Plan, Jeorhel von Albernia zu töten! Denn du musst wissen: Länger, als du auf dieser Erde weilst, ist mir der Albenkönig nun schon ein Dorn im Auge. Das jämmerliche Heer der so genannten freien Reiche des Westens mag ich damals auf dem Drakenskal-Pass zerschlagen haben. Thal und Breganorien fielen vor mir in den Staub. Doch nie vermochte ich die Alte Macht, die Jeorhel und sein Reich in den Bergen beschützt, zu brechen. Obgleich dein Vater damals den Grimmwolf brennend gen Himmel erhob, als der dunkle Zauber des Buches, das ich ihm in die Hände gespielt hatte, von ihm Besitz ergriff, war der Dämon nicht stark genug, die Alben zu überwinden. Er brauchte mehr Kraft. *Ich brauchte mehr Kraft.*«

Er schwieg einen Moment, dann warf er Tarean einen verschlagenen Blick zu. »Du kannst dir sicher vorstellen, mein Junge, welch glückliche Fügung es für mich war, dass eine Machtquelle, die ich seit sechzehn Jahren nicht mehr gespürt hatte, vor einigen Wochen erneut auftauchte und meinen Blick gen Bergen zog. Und siehe, ich fand dort nicht nur das Schwert Anreons, sondern auch den Sohn des so genannten Fluchbringers. Was aber könnte passender sein, als dass mir der Erbe des Mannes, der mir einst den Weg geebnet hat, jetzt zum endgültigen Sieg verhelfen würde? Also sandte ich dir das Zeichen, nach dem du dich dein ganzes Leben gesehnt hattest. Und auch den Albenkönig vermochte ich zu täuschen: Nur vier kurze Zeilen, gesprochen von seinem ach so wertvollen Wasser des Sehens, dem auch ich einst diente: *Der Sohn des Fluchbringers geht nach Osten. Das Drachenfeuer brennt in der Halle aus Eis.*« Calvas lächelte böse. »Und diesmal ging er mir in die Falle. Die Verlockungen einer möglichen Schicksalswende waren zu groß. Also ließ er zu, dass du dich mit dem Schwert deines Vaters zu mir auf den Weg machtest. Er selbst versammelte derweil im Geheimen, wie er glaubte, alle verbliebenen Verbündeten, um sich auf abgelegenen Pfaden anzupirschen, hoffend, dass ein Tor wie du, ausgestattet mit einer machterfüllten Waffe, genug Aufsehen erregen würde, um meine ganze Aufmerksamkeit auf sich zu lenken.« Der Hexer sprang auf und deutete mit seinem knochiger Finger auf Tarean. »Genau das warst du für deine Freunde da draußen! Ein Ablenkungsmanöver! Der lächerliche Versuch, ihren Marsch vor mir zu verbergen, um mich wehrlos in meiner eigenen Feste anzutreffen. Aber sie sind damit gescheitert! Und diesmal wird mein Sieg vollkommen sein! Erzittert vor der Macht von At Arthanoc!«

Er riss beide Arme hoch und rief ein einzelnes Wort. Auf der oberen Plattform hinter dem steinernen Thron erschien ein schwarzes Monstrum von einem Wolf. An seinem Körper leckten hungrige Flammen empor, und in seinen glutroten Augen loderte ein Hass, der jeden Sterblichen verbrennen musste. Für einen schrecklichen Moment sah der Grimmwolf Tarean direkt in die Augen. Dann hob er den Kopf, und ein lang gezogenes, unirdisches Heulen drang aus seiner Kehle, erfüllte den Raum und wurde über die Burgmauern und die Ebene getragen.

Draußen auf dem Feldherrenhügel tätschelte Wilfert den Hals seines nervös mit den Ohren zuckenden Pferdes. Sein grimmiger Blick war auf die Mauern von At Arthanoc gerichtet. »Es ist zu ruhig«, murmelte er. »Wo sind Calvas' Truppen? Er wird seine Festung niemals völlig ohne Schutz belassen haben, doch unsere Späher haben in einem Umkreis von zehn Meilen keine Spur von einem Wolfling gesehen.«

»Ihr glaubt, es ist eine Falle?«, fragte sein Kampfgefährte Sinjhen, der neben ihm auf seinem gehörnten, weißen Ross saß. Er trug eine jadegrüne Plattenrüstung, und obwohl sie keineswegs so prunkvoll war wie die des Hochkönigs, der auf seinem gewaltigen, gepanzerten Kaltblüter alle überragte, erschien es Wilfert, als hätte sich jeder der Anwesenden für den letzten Kampf gegen den Hexer besonders eindrucksvoll herausgeputzt.

»Mein Gefühl sagt mir ja, auch wenn mein Auge dafür kein Anzeichen entdeckt. Ich kann mir einfach nicht vorstellen, dass uns Calvas eine Antwort auf unser Erscheinen schuldig bleiben wird.«

»Eines ist klar«, meinte Sinjhen, »so schwer es uns fallen wird, über den Abgrund und die Brücke hinweg die Burg zu erstürmen, so schwer hat es der Hexer, einen raschen Gegenangriff durchzuführen.«

Ein Hauptmann zu Pferde kam herangeprescht. »Hohe Herren, die Artillerie steht bereit.«

Jeorhel von Albernia nickte. »Dann gebt das Signal. At Arthanoc soll in Trümmern liegen.«

In diesem Augenblick vernahmen sie plötzlich ein tiefes, schau-

derhaftes Heulen, die düstere Umkehrung der hehren Trompeten-
klänge, die ihren Aufmarsch begleitet hatten.

Wilferts Nackenhaare stellten sich auf. »Der Grimmwolf …«,
knurrte er, und er bemerkte, dass die Soldaten zu seinen Füßen un-
sichere Blicke austauschten. Dann aber ging ein kollektiver Ausruf
des Schreckens über tausend Lippen, als sie sahen, wie die Luft
vor den Mauern der Burg auf einmal zu flimmern anfing, und
dort, wo soeben noch ein tiefer Abgrund gewesen war, titanische
schwarze Mauern und Türme sichtbar wurden. Ein zweiter und ein
dritter trutziger Verteidigungsring erschienen, als der Hexer den
magischen Vorhang der Täuschung niederriss und sich At Arthanoc in seiner ganzen furchtbaren Größe enthüllte. Und während
Wilfert noch zu begreifen versuchte, was er dort sah, öffneten sich
drei gewaltige Eisentore am Fuße der äußersten Mauer, und ein
schier endloser Strom von Wolfskriegern ergoss sich aus ihnen. Mit
wildem Kampfgeheul antworteten sie dem Ruf ihres dämonischen
Heerführers, und gleichzeitig erfüllte ein markerschütterndes Brüllen die Luft zwischen grauem Fels und grauen Wolken, denn auf
den Zinnen über dem mittleren Tor thronte der Glutlanddrache und
reckte voller Zorn den gehörnten Schädel zum Himmel.

Das ist das Ende, dachte Wilfert.

Tarean spürte, wie sich seine Eingeweide zusammenzogen. Er blickte aus dem Fenster und sah, wie dort unten auf der Ebene jenseits
der Mauern des wahren At Arthanoc eine Schlacht entbrannte,
die man kaum als solche bezeichnen konnte. Es war vielmehr ein
Schlachten! Die Höfe und Hallen des gewaltigen Bollwerks, die der
Zauber des Hexers bis zu diesem Augenblick vor den Streitern aus
dem Westen verborgen hatte, spien Tausende und Abertausende
Grawls aus. Wie Heuschrecken über ein Kornfeld fielen sie über die
Reihen der Kämpfer aus Albernia, Breganorien und Rûnland her,
und nichts schien sie aufhalten zu können.

Einmal donnerten in der Ferne die Katapulte, einmal jagten gleißende Bälle aus Licht den angreifenden Wolflingshorden entgegen,
um beim Aufprall furchtbare Verheerung unter ihnen anzurichten.

Dann aber breitete der Glutlanddrache seine ledrigen Schwingen aus und schwang sich mit machtvollen Schlägen in die Lüfte empor. Sein riesiger Schatten glitt über die Heere hinweg, als Igarkjuk den Kriegsmaschinen des Hochkönigs entgegenrauschte, und dann ging eine brüllende Feuerwolke aus seinem Maul auf seine Opfer hernieder. Erschüttert wandte sich der Junge von dem grausigen Schauspiel ab.

Calvas' zufriedenes Lachen hallte durch den Thronsaal. »Ja. Verschließe nur die Augen vor dem Tod deiner Freunde, denn du wirst sie nicht retten können. Und auch für dich gibt es keine Rettung! Komm zu mir, werde zum Werkzeug in meiner Hand, und dein Schicksal ist endlich besiegelt.«

Bevor Tarean reagieren konnte, hatte der Hexer bereits die Hand ausgestreckt und ein Wort der Macht ausgesprochen. Der Junge fühlte sich wie von der Faust eines unsichtbaren Riesen gepackt, als er von der Galerie quer durch den Saal geschleudert wurde. Der Aufprall auf die Plattform vor Calvas' Thron trieb ihm die Luft aus den Lungen und prellte ihm Esdurial aus der Hand. Klirrend schlitterte das Schwert über den Steinboden und blieb erst mehrere Schritt weit entfernt in der Mitte der Brücke liegen.

Tarean hustete, rappelte sich auf und stolperte mit verzweifelt ausgestrecktem Arm auf die Waffe zu. Aber schon stand der Hexer hinter ihm und schickte ihn mit einem weiteren magischen Schlag zu Boden. Dann packte er ihn am Kragen seines Lederharnischs, riss ihn mit unmenschlicher Kraft herum, und halb auf die Knie gezwungen presste er ihm die knochigen, spinnenbeingleichen Finger auf die Stirn. Auf seinem dunklen, verzerrten Antlitz lag ein triumphierender Ausdruck. »Jetzt, mein törichter, junger Held, gehörst du mir.«

Im Rücken des Hexers wuchs langsam die gewaltige Gestalt des Grimmwolfs in die Höhe. Der glühende Blick des Dämons war auf Tarean gerichtet, und dem Jungen wurde eiskalt, als er spürte, wie seine Lebenskraft aus ihm herauszufließen begann, wie Wasser aus einem leckenden Tongefäß.

»Schildreihe geschlossen halten! Linke Flanke, zusammenbleiben! Lasst niemanden durchbrechen!« Wilfert riss sein Pferd herum, und sein behelmter Kopf ruckte wild von links nach rechts, um die Schlachtreihe zu überblicken. Immer wieder brachen die Wolfskrieger mit selbstmörderischen Angriffen durch die Linien der Menschen, und mit jedem Mal fiel es dem Ritter schwerer, die Lücken zu schließen.

Hinter ihm, auf der Kuppe des Feldherrenhügels, kauerten fünfzig albische Bogenschützen und beobachteten mit gespannten Langbögen und besorgten Mienen den Himmel. Bisher hatte der Glutlanddrache erst einen Anflug auf den Hügel unternommen. Der allerdings hatte sie beinahe alle das Leben gekostet. Nur das Schwert Jeorhels hatte noch zwischen ihnen und dem sicheren Tod gestanden, denn der Albenkönig hatte das grüne Feuer der Waffe heraufbeschworen, und das plötzliche Aufgleißen der Klinge hatte den Drachen geblendet und zornig abdrehen lassen. Wenn er zurückkam und das Überraschungsmoment nicht mehr auf ihrer Seite war, würde sich zeigen, ob eine Wolke Pfeile dem Ungeheuer ebenso Einhalt zu gebieten vermochte. Wilfert bezweifelte es.

»Clanjard Condreth, schickt Eure Männer zum westlichen Ende des Schlachtfeldes. Die Wölfe drohen uns zu umgehen«, rief Sinjhen ein paar Schritt neben ihm einem breitschultrigen Rûnländer zu, dessen Gesicht unter der blau-roten Kriegsbemalung kaum zu erkennen war.

»Keine Sorge. Das soll ihnen nicht gelingen«, grollte dieser, schulterte seinen schweren Streitkolben und machte sich auf den Weg.

»Der Drache kommt wieder!«, schrie jemand.

»Bogenschützen«, befahl Jeorhel mit ruhiger, aber trotzdem weithin hörbarer Stimme.

»In Deckung«, brüllte Wilfert Sinjhen zu und glitt vom Rücken seines Pferdes. Keinen Augenblick zu früh, denn im nächsten Moment spürte er, wie sein Mantel von den Windböen, welche die Schwingen des Untiers entfesselten, erfasst wurde, und dann rauschte eine Flammenwalze über die Soldaten in der ersten Schlachtreihe hinweg. Dass er dabei Grawls ebenso wie Menschen tötete, schien den Glutlanddrachen nicht zu kümmern. Und bevor sich die nächste Schildreihe auch nur halbwegs formiert hatte, schwappte das Heer der Wolflinge über die schwelenden Kadaver von Freund und Feind hinweg und brach wie eine Naturgewalt über die Alben und Menschen herein.

Wilfert kam wieder auf die Beine. Er hustete und riss sich den Helm vom Kopf. Mit rauchendem Federbusch klapperte die Kopfbedeckung zu Boden. Neben ihm lag sein treues Ross und rührte sich nicht mehr. »Zurück! Sammeln!«, schrie er und hustete erneut. In der Luft hing der Gestank von verbranntem Fleisch.

Tarean kniete vor dem Hexenmeister, und er fühlte sich so hilflos wie noch nie zuvor in seinem Leben. Dabei schmerzte ihn die Erkenntnis, dass er auf das falsche Spiel des Tyrannen hereingefallen war, fast weniger als der endgültige Verlust der Illusion, die er bis zuletzt gehegt hatte: dass er diesem Mann einfach gegenübertreten und dabei auch nur das Geringste hätte bewirken können. Nicht umsonst waren größere Krieger an Calvas gescheitert. Nun lag er ihm mit kraftlos zuckendem Körper zu Füßen, und die spindeldürren Klauenfinger des Hexers brannten wie gefrorenes Eisen auf seiner Stirn.

Der Hexer lächelte böse. »Ja, mein Junge. Halte dir dein Versagen vor Augen. Deine Verzweiflung und dein Selbstmitleid sind ein Labsal für mich und den Grimmwolf.«

In diesem Moment flog die Tür zum Thronsaal krachend aus den Angeln.

Der Hexer hob ruckartig den Kopf. »Wer wagt es …?«

Im zertrümmerten Eingang stand ein Bär. Er hatte den massigen Oberkörper bedrohlich vornübergebeugt, sein ganzer Pelz war blutverschmiert, und in den Pranken hielt er eine gewaltige, bluttriefende Doppelaxt. Neben ihm ragte ein steingrauer Hüne auf, dessen blaue Augen wie Feenfeuer strahlten, und dessen Körper nicht minder vom Blut seiner Feinde besudelt war. Seine beiden riesigen Fäuste waren nach vorne ausgestreckt und verharrten genau dort in der Luft, wo soeben noch ein mit Eisenplatten verkleidetes Portal gewesen war.

»Ich hoffe, wir kommen nicht zu spät, um einen Hexenmeister sterben zu sehen«, grollte Bromm. »Es hat uns viel Mühe gekostet, uns bis hierher durchzukämpfen.«

Calvas ließ von Tarean ab, der schlaff zu Boden sackte. »Grimmwolf«, befahl er mit lauter Stimme. »Weise dieses Pack in seine Schranken!«

Der riesige Dämonenwolf machte einen Satz an dem Hexer vorbei und auf die Eindringlinge zu. Ein bedrohliches Grollen drang aus seiner Kehle.

Tarean hob schwach den Kopf und flüsterte voller Unglauben und Freude: »Bromm … Kiesel …«

Der Werbär richtete sich zu seiner vollen Körpergröße auf und röhrte herausfordernd. »Komm nur her, du Ungetüm. Auf einen Wolf mehr oder weniger kommt es heute auch nicht mehr an.«

Während er nach rechts auf die Plattform sprang und die Aufmerksamkeit des Grimmwolfs auf sich lenkte, wich der Unterirdische nach links aus. Der Junge sah, dass sein steinerner Körper von tiefen Kerben übersät war, die von dem Widerstand zeugten, den er und der Bär auf dem Weg nach oben hatten überwinden müssen. Die Wunden allerdings schienen ihn nicht im Mindesten zu stören, denn sofort stapfte er los, direkt auf den Hexer zu, einem von den Bergen talwärts rollenden Felsbrocken gleich, der unaufhaltsam alles, was sich ihm in den Weg stellte, zur Seite fegte oder unter sich begrub.

Der Hexer fauchte, hob mit hassverzerrtem Gesicht die Hände, und plötzlich lösten sich violette Blitze aus seinen Fingerspitzen. Krachend schlugen die Entladungen in den Leib des Unterirdischen ein und sprengten weitere Steinsplitter von Schultern und Oberkörper. Doch Kiesel ließ sich auch dadurch nicht aufhalten. Mit einem Laut des Unwillens auf den Lippen, der an das Mahlen gewaltiger Gesteinsformationen erinnerte, stemmte er sich gegen das knisternde und knallende Blitzgewitter, das ihm Calvas entgegenschleuderte. Und bevor dieser die unerwartete Bedrohung vollends erfasst hatte, war der Steinerne bereits heran, packte den hageren Leib des Hexers und hob ihn hoch in die Luft.

Das unmenschliche Kreischen des dunklen Zauberers, der Blitzschlag um Blitzschlag in den Kopf des Unterirdischen jagte, weckte Tarean aus seiner Starre. Während der Steinerne, den Körper nach vorne gebeugt, als kämpfe er gegen ein schweres Unwetter an, Calvas Schritt für Schritt dem Abgrund jenseits der Brücke entgegentrug, rollte sich der Junge mühsam auf den Bauch und zog sich auf allen vieren seinem Schwert entgegen, das noch immer in schier unerreichbarer Ferne lag.

Dahinter standen sich Bromm und der Grimmwolf gegenüber. Der Junge hatte den Werbären bereits zweimal kämpfen sehen: in Agialon und in den Wäldern von Thal. Doch verglichen mit dieser Begegnung schien es, als habe sich der bepelzte Hüne damals nur ein wenig gerauft. Wäre Tarean bei klarerem Verstand gewesen, es hätte ihn geschaudert angesichts der ungezügelten, animalischen Wut, die von dem Bären Besitz ergriffen hatte. Furchtlos und mit gefletschten Zähnen brüllte er den Grimmwolf an, während er gleichzeitig seine gewaltige Axt nach dem Dämon schwang und sie tief in dessen rechtes Vorderbein grub.

Der Wolf knurrte, und sein Hass ließ die Flammen auf seinem Rücken fauchend in die Höhe schlagen. Blitzschnell schlug er zu und warf den Bären durch die Kraft seines Hiebes gegen die rückwärtige Wand des Thronsaals. Dieser schüttelte benommen das schwere Haupt, dann packte er seine Waffe erneut mit beiden Pranken und sprang genau in dem Moment vor, da der Grimmwolf nachsetzen wollte. Mit einem dumpfen Schlag fuhr das breite Blatt der Doppelaxt in die Brust des Dämons, und ein Schwall von Blut, glühend wie Lava, ergoss sich über den Werbären. Das schmerzerfüllte Heulen der beiden Streitenden wehte durch den ganzen Thronsaal.

Wieder stieß der geflügelte Tod von oben auf sie herab, packte einen Panzerreiter samt Pferd und entführte beide hinauf in die Lüfte, um sie dort mit seinen schwertlangen Klauen zu zerreißen. Neben Wilfert stöhnten die Soldaten panisch auf, und auch er spürte, dass der Moment nicht mehr fern war, da er seine Waffe von sich werfen und, ohne zurückzublicken, dem Grauen zu entfliehen versuchen würde.

In zerbeulter, mit dem Blut seiner Feinde bespritzter Rüstung stand er auf dem Feldherrenhügel, Schulter an Schulter mit Sinjhen, dem Hochkönig und den letzten seiner Getreuen. Und obwohl sie noch immer das Banner des Sturmfalken gen Himmel reckten, wusste Wilfert, dass sie diese Schlacht bereits verloren hatten. Und diesmal würde die Niederlage eine endgültige sein. Überall waren die Grawls durchgebrochen, und so verzweifelt und tapfer sich auch die Streiter aus Albernia, Breganorien und Rûn verteidigten, früher oder später würden sie vor der schieren Masse des Feindes die Waffen strecken müssen.

Wilfert schlug mit seinem Schwert zu und fällte einen angreifenden Wolfling. Doch im gleichen Moment sah er aus den Augenwinkeln, wie links von ihm zwei albische Gardisten von Axthieben ihrer Feinde niedergestreckt wurden. Es fühlte sich an wie ein Omen. Lange würde es nicht mehr dauern, bis sie alle das gleiche Schicksal ereilte.

Plötzlich aber schrie einer der Bannerträger an der Spitze des Hügels auf und deutete gen Himmel. »Bei den Dreigöttern! Was ist das?«

Das Schlimmste befürchtend hob der Ritter den Blick. Doch die Angst verwandelte sich im nächsten Moment in ein berauschendes Gefühl der Freude und Erleichterung, als er sah, dass unerwartete Hilfe eingetroffen war.

Das Heer der Greifenreiter donnerte über den Wolken dahin, fast viertausend Vogelmenschen, eine gewaltige Streitmacht, an deren Spitze Auril gemeinsam mit Iegi, Karnodrim, König Ieverin und Himmelsmarschall Nirwin dahinpreschte, während Moosbeere sie voller Tatendrang und schier unermüdlich umschwirrte. Sie hatten sich seit ihrem Aufbruch aus Airianis nur wenige Stunden Rast gegönnt, während dieser aber bereits Späher Richtung Osten geschickt, um die Lage auszukundschaften. Und als selbige ihnen vor

einer Stunde vom Aufmarsch des Heeres der westlichen Reiche vor
den Mauern von At Arthanoc berichtet hatten, war vom König umgehend der Befehl erlassen worden, aufzusitzen und loszureiten.

Jetzt jagten sie hoch am Himmel dahin, und die weit ausgreifenden Bewegungen ihrer Reittiere, die sich auf dem trügerisch luftigen
Wolkenband unter ihren Hufen so traumwandlerisch sicher bewegten, wie Pferde auf einer grasbewachsenen Ebene, fraßen förmlich
die Meilen bis zu ihrem Ziel.

Schon kam unter ihnen die graue, zerklüftete Felsenlandschaft um
die Festung des Hexers in Sicht, und mit Schrecken erkannte Auril,
dass sie keinen Augenblick zu früh kamen. Die Ebene vor der Burg
war dunkel von Wolfskriegern, und die einstigen Angreifer, die das
Schlachtenglück schnell zu bedrängten Verteidigern hatte werden
lassen, mussten sich unter bitteren Verlusten ihrer Haut erwehren.

Der König nickte Nirwin zu, und der Himmelsmarschall stieß
einmal mehr den gellenden Schrei eines Jagdvogels aus. Die Taijirin,
die ihnen folgten, antworteten mit leidenschaftlicher Wildheit.

»Haltet Euch fest, Auril«, rief ihr Iegi zu.

Dann endete unvermittelt die weiße Wolkendecke, und die
Greifen gingen mit angelegten Flügeln in einen halsbrecherischen
Sturzflug über. Wie Wassermassen durch die gesprengten Mauern
eines Staudamms ergoss sich das Heer der Vogelmenschen aus den
Wolken hinab auf das Schlachtfeld, und die schrillen Kampfschreie
der Taijirin erfüllten den ganzen Himmel.

Die Albin klammerte sich an den Hals ihres Reittieres, doch der
ersten instinktiven Todesangst des Fallens folgte der Rausch der Geschwindigkeit, und als der Greif nur wenige Dutzend Schritt über
dem Boden seine mächtigen Flügel ausbreitete und in eine elegante
Kurve ging, schrie sie begeistert auf. Iegi, der sie und Karnodrim
begleitet hatte, schenkte ihr ein verwegenes Grinsen. Nur der Sette
hockte ein wenig verkrampft im Sattel seines Vogelpferdes und
erweckte den Eindruck, als befände er sich in diesem Augenblick
lieber woanders.

Man hatte Auril mit einer Handvoll Wurfdolchen und einem
kräftigen Kurzbogen ausgestattet. Dazu hatte ihr Iegi sogar zwei

lange Messer überreicht, die ungefähr denen glichen, die sie im Kampf gegen den Drachen verloren hatte – nur würde sie leider damit hier oben in der Luft nichts anfangen können. Derweil hielt Karnodrim seine Feuerballschleuder mit grimmiger Miene an die Brust gepresst, und Iegi trug seine ebenso elegant wie tödlich wirkende Stabwaffe.

König Ieverin und sein Heerführer Nirwin steuerten mit einer Hundertschaft Soldaten den letzten Verteidigungsring um Jeorhel von Albernia an, um dessen Männer zu entlasten. Die übrigen Taijirin verteilten sich, begleitet vom fassungslosen Zornesgeheul der Grawls und dem Jubel der Menschen und Alben, über das Schlachtfeld. Unterdessen deutete Iegi auf einen Punkt zu ihrer Rechten. »Wir müssen diese Bestie aufhalten!«, schrie der Prinz.

Aurils Blick folgte seiner ausgestreckten Hand, und für einen Moment setzte ihr Herz aus, als sie die massige schwarze Gestalt des Glutlanddrachen sah, der mit seinen Tatzen eine Gruppe wilder Rûnländer zerschmetterte. »Einen kleineren Gegner konntet Ihr Euch nicht aussuchen?«, rief sie und hoffte, dass der Sarkasmus die Unsicherheit in ihrer Stimme überdeckte.

»Ich sehe keinen, dessen Tod für den Ausgang dieser Schlacht von größerer Bedeutung wäre«, gab Iegi zurück.

Die Albin schluckte hart, sagte aber dann: »Ich bin an Eurer Seite.«

Moosbeere huschte heran und verzog das Gesicht. »Ich habe keine Lust, Drachen zu bekämpfen«, zwitscherte das Irrlicht. »Ich gehe Tarean suchen, ja?«

Auril nickte. »Gut. Aber Moosbeere«, sie hob warnend den Finger und sah das Irrlicht streng an, »keine Alleingänge. Wenn er hier irgendwo ist und unsere Hilfe braucht, dann hole uns.«

»Mache ich«, flötete das winzige Geschöpf. Dann zischte es im Zickzack davon, einem Suchmuster folgend, das nur für ein Irrlicht Sinn ergeben konnte.

Gleichzeitig gaben Auril, Iegi und Karnodrim ihren Greifen die Sporen und rauschten dem Furcht einflößenden Glutlanddrachen entgegen, der sich mit kraftvollen Bewegungen in die Lüfte schwang, als er das Eintreffen der Vogelmenschen bemerkte. Auch aus anderen Richtungen näherten sich bereits tollkühne Taijirin-Krieger dem Monstrum, um es von seinen Opfern am Boden abzulenken, und so gelang es den Dreien tatsächlich, sich unbehelligt der Bestie zu nähern.

Der Drache warf sich in der Luft herum, und sein gewaltiger, geschuppter Schwanz brach einem anfliegenden Greifen die Flügel und ließ Reiter und Reittier unkontrolliert trudelnd dem Erdboden entgegenfallen. Einen zweiten erwischte er mit seinen Krallen und zerfleischte ihn förmlich. Dann wurde er der drei Gefährten gewahr. Mit tückischen kleinen Augen fixierte er die Neuankömmlinge, und Auril fühlte sich einen schrecklichen Moment an ihre letzte Begegnung mit dem Ungeheuer inmitten des tobenden Unwetters über den Wolkenbergen erinnert.

»Ausweichen!«, schrie die Albin, als der Drache sein Maul weit öffnete und Qualm aus seinen Nüstern trat. Während der Sette fluchend nach links zog und sie ihren Greifen nach rechts abdrehen ließ, trieb Iegi sein Reittier steil in die Höhe. Eine Feuerwolke verzehrte die Luft dort, wo sie eben noch gewesen waren. Der Vogelmensch aber stieß sich in einem waghalsigen Manöver vom Rücken seines Greifen ab, vollführte im freien Fall einen Überschlag und landete dann mit halb ausgebreiteten Flügeln auf dem Rücken der riesigen Echse.

Auril beobachtete das Geschehen mit einer Mischung aus Angst und Bewunderung. »Er ist wahnsinnig!«

»Da kenne ich noch jemanden«, rief Karnodrim und warf ihr einen doppeldeutigen Blick zu.

Die Albin schnaubte nur, dann hob sie den Kurzbogen und zielte auf die Augen den Ungetüms. Aber sie wagte nicht zu schießen, denn der Drache bockte wie toll, um seinen unwillkommenen Gast abzuschütteln. Iegi indes packte den Dornenkamm auf seinem Rücken und zog sich langsam vorwärts, bis er schließlich breitbeinig im Nacken des Monstrums stand.

»Ziel auf den Kopfansatz«, brüllte Karnodrim, als der Taijirin das Keulenende seines Kampfstabes hob und Maß nahm. Krachend ließ er die Hiebwaffe auf den Hals des Drachen hinabsausen. Das Ungeheuer brüllte und schüttelte wütend den Kopf, doch die schwarzen Hornpanzerplatten hatten den Schlag abgefangen.

»Höher, höher!«, ereiferte sich der Sette.

Iegi holte wieder aus, aber in diesem Augenblick rollte sich der Drache unvermittelt um die eigene Achse, und der junge Vogelmensch verlor den Halt.

Auril ließ die Sehne ihres Bogens singen, als sie für einen kurzen Moment das rot glühende Bauchfleisch des Ungeheuers präsentiert bekam, doch sie wusste sehr wohl, dass diese Wunde für den Drachen nicht mehr als den Stich eines Insekts darstellte.

Der Prinz versuchte sich zu fangen, doch schon war der riesenhafte Leib der zornigen Echse über ihm, und es wäre wohl um Iegi geschehen gewesen, wenn nicht plötzlich eine bläuliche Lichtkugel auf dem schuppigen Rücken des Ungeheuers explodiert wäre. Verwirrt brüllte Igarkjuk auf und sah sich nach seinem neuen Angreifer um, der ihm tatsächlich Schmerzen zu bereiten vermochte.

Aurils Kopf zuckte nach links, und sie erblickte Karnodrim, der mit seinem Greif still auf einer Wolke stand. In seinen Händen hielt er die Feuerballschleuder, und aus dem Rohr stieg leichter Rauch auf. »Karno, was tust du da?«, schrie sie den Gefährten an.

»Ich denke, ich bin auch ein bisschen wahnsinnig«, erwiderte dieser grimmig, während er die Schleuder an der breiten Brust abstützte, um sie mit nur einer Hand nachzuladen.

»Du bringst dich um!«

»Vielleicht, vielleicht auch nicht.« Der Sette zog ächzend die Sehne zurück, schob die Ladeklappe auf und suchte in seiner Tasche nach seiner Munition. »Aber ein guter Treffer, und wir haben eine Sorge weniger.«

Der Glutlanddrache legte sich in eine enge Kurve und schwang sich dann empor, um dem neuen Feind auf Augenhöhe zu begegnen.

Nein, nein, nein! Hastig legte Auril einen neuen Pfeil auf die Sehne, wohl wissend, dass sie in diesem Kampf nicht die Entscheidung würde herbeiführen können. Gleichzeitig sah sie, wie Iegi hinter dem Drachen wieder an Höhe gewann und diesmal hielt er die Klingenseite des Kampfstabes vor sich, bereit, mit aller Kraft zuzustoßen. Aber er war noch zu weit weg, er würde zu spät kommen.

Igarkjuk öffnete erneut sein Maul, und sein Brüllen hüllte den Setten ein wie ein Sturmwind. Der Greif scheute und schlug mit den Flügeln, doch was immer Karnodrim mit ihm angestellt hatte, er versuchte nicht zu fliehen.

Der Sette rammte die Ladeklappe zu und legte die Feuerballschleuder an.

Aus den Nüstern des Drachen drang erneut dunkler Qualm.

Die Kristalldrachen seien uns gnädig, betete Auril, dann ließ sie den Pfeil von der Sehne los. Im Bruchteil eines Herzschlages überbrückte das gefiederte Geschoss die Strecke zwischen ihr und dem Ungeheuer – und prallte an dem Knochenkamm über dem Auge ab.

Die Brust des Glutlanddrachen glühte hell auf, dann rollte eine Flammenwalze aus seinem Rachen. Im selben Augenblick drückte der Sette ab. »Friss das, Bestie!« Und drei gleißend helle, blau leuchtende Kugeln schossen aus dem Rohr seiner schweren Schleuderwaffe. Sie tauchten in die Feuersbrunst ein, und für einen Atemzug fürchtete die Albin, dass sie von der Hitze einfach verzehrt werden würden.

Doch dann gab es einen gewaltigen, dreifachen Donnerschlag und der Kopf des Drachen wurde regelrecht zerfetzt! Auril wollte die Arme hochreißen und in Jubel ausbrechen, aber bevor auch nur ein Laut ihre Lippen verlassen hatte, musste sie mit ansehen, wie der kopflose, schwelende Kadaver des Ungeheuers, vom eigenen Schwung vorangetrieben, mit dem hektisch seitwärts ausweichenden Reittier Karnodrims zusammenprallte und alle drei – der Greif, der Glutlanddrache und Karnodrim – in die Tiefe stürzten.

Der Kampf war vorbei: sowohl der eine als auch der andere. Und sie hatten beide verloren.

Tarean konnte es einfach nicht glauben. Es schien schon, als würde es dem Unterirdischen, dessen halber Oberkörper von Calvas' Blitzschlägen regelrecht pulverisiert worden war, gelingen, den dunklen Zauberer mit einer letzten Kraftanstrengung über den Rand der Brücke zu hieven und in den wirbelnden Abgrund zu schleudern. Doch nur zwei Schritte vor dem Ziel war es aus mit ihm. Kiesel wankte noch einmal, und aus seiner Kehle drang ein mahlendes Röcheln. Dann fiel er einfach um, und seine Hände gaben den Hexer frei.

Fast gleichzeitig ging auch Bromm in die Knie, mit rauchendem Pelz und stöhnend vor Schmerz, und der Grimmwolf versetzte ihm einen letzten, wuchtigen Schlag. Der braune Hüne wurde zurück durch das zertrümmerte Eingangsportal in den Vorraum geschleudert, wo er regungslos am Boden liegen blieb.

Schwer atmend kam der Hexenmeister auf die Beine und klopfte sich den Steinstaub von der Robe. »Tumbes Ungetüm«, fauchte er, legte aber doch ein paar Schritte Abstand zwischen sich und den bewegungslosen Körper des Steinernen.

Endlich schlossen sich Tareans Finger um den Griff von Esdurial, und er rollte sich gerade auf den Rücken, um aufzustehen und seinen Teil zu diesem Kampf beizutragen, als die heiße Aura des Grimmwolfs über ihm zusammenschlug. Stocksteif hielt er in der Bewegung inne. Der gewaltige Dämon schritt gemächlich um ihn herum und stellte sich dann zwischen ihn und seinen Meister. Heißes, glühendes Blut troff aus seinen Wunden und landete zischend auf dem Steinfußboden, doch schon setzte ein unheimlicher Heilungsprozess ein, der sie fast so schnell wieder schloss, wie sie geschlagen worden waren.

Tarean biss die Zähne zusammen und wappnete sich für die bevorstehende Konfrontation. Dann packte er den Griff seines Schwertes mit aller Kraft und zog es zu sich herum. »Esd…«, begann er, doch der Grimmwolf machte einen Satz nach vorne und unterbrach ihn mit einem wütenden Schnauben. Seine riesige Pfote zuckte vor, legte sich tonnenschwer auf die Brust des Jungen und presste ihn auf den Steinboden. Der schwere Schädel senkte sich, und der Dämon blickte Tarean aus nächster Nähe direkt in die Augen.

Calvas suhlte sich in boshafter Selbstzufriedenheit. »Endlich. Endlich ist alles so eingetreten, wie ich es vorhergesehen habe. Vor den Toren von At Arthanoc geht das Heer des Hochkönigs von Albernia zugrunde. Und hier wird der Sohn des Anreon von Agialon vom Grimmwolf verschlungen, so wie einst sein Vater vor ihm.« Er trat näher, und sein von Schadenfreude verzerrtes Gesicht schwebte wie ein abscheulicher grauer Trabant um die düster lodernde Sonne des Dämonenwolfs. »Vielleicht triffst du ja die gepeinigte Seele deines Vaters im Innern des Dämons. Wenn ja, richte ihm meinen Dank dafür aus, dass er mir die Welt und alle, die in ihr leben, nun endgültig ausgeliefert hat.«

Als er Tareans Verwirrung bemerkte, verzog sich das Antlitz des Hexers zu einem hämischen Lächeln. »Ganz recht, mein Junge. Dein Vater ist nicht tot. Seine fleischliche Hülle mag auf dem Drakenskal verbrannt sein, aber sein Geist wurde vom Grimmwolf verschlungen und ist seitdem dessen Gefangener, von Pein und Schuld zerfressen, und liefert dem Dämon so mit jeder Stunde und jedem Tag neue Nahrung. Und genau dieses Schicksal ist auch dir bestimmt, Tarean.« Der Hexer spuckte den Namen regelrecht aus, dann zog er sich zurück und befahl dem Wolf mit kalter Stimme: »Und jetzt töte ihn.«

Doch der Druck der Pfote auf Tareans Brust verstärkte sich nicht. Unsicher suchte der Blick des Jungen den des Grimmwolfs, und er hatte das Gefühl, als läge ein Zögern in dessen glutroten Augen. Und auf einmal stiegen die Bilder eines längst vergessenen Traums wieder in ihm auf, eines Traums, den er in einem, wie es schien, anderen Leben auf dem Friedhof von Ortensruh gehabt hatte. Dort war er dem Grimmwolf schon einmal so nahe gewesen wie heute. Und schon damals hatte er für einen kurzen Moment zwischen Träumen und Wachen das verwirrende Gefühl gehabt, dass …

»Vater?«, fragte er leise.

Der Grimmwolf grollte, und sein heißer, trockener Atem schlug Tarean ins Gesicht. Es war, als wolle ein Teil von ihm dem Befehl seines Meisters Folge leisten, ein anderer aber, der unvermittelt erwacht war und nun die Kontrolle über sein Handeln beanspruchte, hinderte ihn daran.

»Vater, kannst du mich hören?«

»Was ist los?«, keifte der Hexer, der sich in Richtung seines Throns zurückgezogen hatte. »Töte ihn!«

»Höre nicht auf ihn, Vater«, flüsterte Tarean heiser, und seine Augen ließen die des Grimmwolfs nicht mehr los. »Du hast diesen Kampf noch nicht verloren. Wehre dich, Vater. Wehre dich mit aller Macht, und gemeinsam können wir Calvas noch immer besiegen.«

Der Grimmwolf schwieg und starrte ihn nur aus glühenden, roten Augen an.

»Lass mich dich erlösen. Das Bad der Tränen wartet auf dich.« Mit klopfendem Herzen packte der Junge Esdurial fester, und er hoffte, keinen Fehler begangen zu haben.

»Hast du mich nicht gehört?«, rief der Hexer. Er fügte zwei Worte in einer dunklen Sprache hinzu, und die Flammen auf dem Rücken des Grimmwolfs loderten hell auf, während ein Zittern durch den Körper des Dämons lief wie durch den eines verstockten Hundes.

Dann nahm er die Pfote von Tareans Brust.

Vergib mir, mein Sohn.

Und mit einem furchtbaren Grollen richtete sich der Grimmwolf hoch über dem Jungen auf.

Aber statt ihn unter dem Frohlocken seines Meisters zu zermalmen, entblößte er ihm die breite, ungeschützte Brust und blickte ihn erwartungsvoll an. Tarean nickte unmerklich, verstehend und vergebend in gleichem Maße. Dann sprang er auf, drehte die Klinge von Esdurial und rammte dem Dämonenwolf das Schwert bis zum Heft in den Leib.

»Esdurial!«, rief er, und die uralte, machterfüllte Waffe, von Câch'drokk vor Tareans Abreise aus Tiefgestein im Bad der Tränen gesegnet, explodierte inmitten des Dämonenkörpers in einem Ball aus gleißendem, weißen Licht.

Draußen, über der Ebene, ertönte ein gewaltiger, dreifacher Donnerschlag.

»Karno!«, schrie Auril, und sie wollte ihren Greif gerade in einen halsbrecherischen Sturzflug zwingen, als plötzlich ein Grauen erregendes Heulen von At Arthanoc her über das Schlachtfeld getragen wurde, das jeden Kampfeslärm übertönte. Und im nächsten Augenblick sah die Albin, die, wie alle anderen auch, erschrocken und verwirrt den Kopf gewendet hatte, dass die Spitze des höchsten Turmes von Calvas' Festung wie von einer gewaltigen Kraft getroffen zerplatzte. Ein gleißender Ring weißen Lichts breitete sich in alle Himmelsrichtungen aus, zertrümmerte einen Teil des rückwärtigen Felsmassivs und trieb schwarzes Mauerwerk und glutroten Staub vor sich her.

Einen Augenblick lang war es auf dem Schlachtfeld totenstill.

»Der Grimmwolf ist vernichtet«, erhob sich schließlich eine donnernde Stimme, und als die Albin nach unten blickte, sah sie Jeorhel von Albernia mit siegesgewiss zum Himmel gerecktem Langschwert auf dem Feldherrenhügel stehen. »Der Grimmwolf ist vernichtet!«

Und obschon damit die Schlacht noch keineswegs geschlagen war, brandete sofort ohrenbetäubender Jubel unter den Alben und Menschen auf, in den die Taijirin mit gellenden Kampfschreien einstimmten. Die Wolflinge aber heulten und jaulten, mit ihrer Führung gleichzeitig ihrer Einigkeit beraubt. Und auch wenn sich einige sofort wieder mit doppelter Wut in den Kampf stürzten, um ihren gefallenen Gott zu rächen, suchte ein guter Teil doch das Weite, denn sie sahen keinen Sinn mehr darin, in einem fernen Land für einen albischen Hexenmeister zu sterben. Der Rest schließlich wandte sich gegeneinander, denn nachdem der Bann des Grimmwolfs von ihnen genommen war, fiel den Rudeln und Rotten plötzlich wieder ein, dass sie eigentlich mehr trennte als verband, und so ließen sie die Gelegenheit, alle hier unter Waffen versammelt zu sein, nicht verstreichen, alte Zwistigkeiten aus der Heimat erneut aufleben zu lassen. Das Bündnisheer sollte nicht mehr viel Mühe mit ihnen haben.

Zunächst jedoch tauchte Moosbeere urplötzlich neben Auril auf. »Ich weiß, wo Tarean ist«, zwitscherte sie, die offenbar als Einzige von dem Schauspiel soeben völlig unbeeindruckt geblieben war, und zog die Albin aufgeregt an den Haaren. »Er braucht unsere Hilfe.«

»Du elender Wurm!« Ächzend erhob sich Calvas aus den Trümmern, die um seinen Thron herum lagen. Sein langes Haar war zerzaust, und seine Robe zerfetzt und mit Steinstaub bedeckt. Doch er war weder tot noch verwundet, und das allein zeugte von seiner erschreckenden Macht.

Der Untergang des Grimmwolfs war mit einer Gewalt vonstatten gegangen, die Tarean niemals erwartet hätte. Der Dämon war von der Kraft Esdurials und den eigenen, in ihm gebundenen Energien regelrecht zerrissen worden, und die gewaltige Druckwelle, mit der sich die Alte Macht Bahn gebrochen hatte, hatte nicht nur einen Großteil der Außenmauern des Thronsaals hinweggefegt, sondern infolgedessen auch die hohe Turmdecke einbrechen lassen. Mehr Glück als Verstand hatte den Jungen davor bewahrt, von einem der herabstürzenden Steinbrocken erschlagen zu werden.

Jetzt war von dem einstigen Thronsaal kaum mehr als ein Gerippe übrig. Einzelne Pfeiler und halbe Rundbögen ragten in die kalte Morgendämmerung auf, und ein scharfer Wind blies von der Ebene herüber und brachte den Gestank von Tod und Verderben mit sich.

Da unten wurde noch gekämpft, wie das ferne Brüllen, Heulen und Schreien bezeugte, doch für Tarean verschmolzen die Geräusche der Schlacht zu einem fernen Tosen, wie von Wassermassen, die sich eine Bergwand hinabstürzten. Er wünschte nur noch, dass es vorbei war. Auf dem kalten Steinboden auf dem Rücken liegend und zu Tode erschöpft, sehnte er sich nur noch danach, die Augen zu schließen und zu schlafen. Frieden zu finden, wie sein Vater ihn zuletzt gefunden hatte. Und dennoch blieb eines zu tun. Mühsam kam er auf die Beine. »Calvas.«

»Hier bin ich.« Der Hexer schritt langsam auf ihn zu. Alle perfide Lust am Spiel und aller genüsslich ausgekostete Triumph waren aus seiner Stimme verschwunden. Geblieben war allein purer, unversöhnlicher Hass. »Ich hoffe, du verspürst eine gewisse Freude über das, was du erreicht hast. Aber gib dich bloß keinen Illusionen hin. Du magst meine Pläne zurückgeworfen haben, aber du hast mich nicht besiegt! Noch lebe ich, und ich werde zurückkehren. Und dann werden die Menschen und die Alben meinen Zorn zu spüren bekommen. Aber bevor ich gehe …« Er hob drohend die knorrigen Hände.

Tarean schrie wütend auf, riss sein Schwert über den Kopf und rannte dem Hexer entgegen. Doch kurz bevor er ihn erreicht hatte, traf ihn ein Blitzschlag mitten in die Brust und hielt ihn auf, als wäre er gegen eine unsichtbare Mauer gelaufen. Er zuckte zusammen, und seine Knie knickten ein. Ein zweiter Blitz ließ Tarean zu Boden gehen. Gepeinigt stöhnte der Junge auf, und seine Hand verkrampfte sich um den Schwertgriff, während die violetten Entladungen knisternd über seinen Körper wanderten.

»… möchte ich mich noch gebührend von dir verabschieden«, beendete der Hexenmeister mit Grabesstimme seinen Satz. Calvas trat noch einen Schritt näher, und aus seinem Antlitz war jedes Gefühl gewichen. Mit der Kälte eines Mannes, der nur noch ein Ziel kennt, richtete er seine von bläulichem Qualm umspielten Finger auf das Gesicht des Jungen. »Jetzt stirb, Tarean von Agialon.«

»Nein!«, schrie da auf einmal ein helles Stimmchen. Der Blitzschlag verließ die Fingerspitzen des Hexers, doch er erreichte sein Ziel nie. Denn im gleichen Lidschlag huschte ein winziger goldener Stern zwischen Calvas und Tarean hindurch und fing im Vorbeiflug die todbringenden Energien ab. Das Irrlicht gab einen spitzen Schmerzensschrei von sich, dann strauchelte und torkelte Moosbeere zu Boden und blieb dort reglos liegen. Ihre sanfte Lichtaura flackerte, und von ihrem zarten Körper stiegen feine Rauchfahnen auf.

»Moosbeere. Nein«, hauchte Tarean entsetzt.

Der Hexer gönnte sich ein gehässiges Lachen. »Was für ein Ende. Alle deine Gefährten sind tot. Alle haben sich für dich geopfert. Und doch hast du zuletzt versagt. Ich hoffe, sie nehmen es dir nicht übel, wenn du ihnen in den Dunkelreichen gegenübertrittst.«

»Nicht so eilig«, wurde eine zweite Stimme in ihrem Rücken laut. »Eine Gefährtin hat Tarean noch.«

»Was?« Überrascht drehte sich Calvas um, und da stand Auril inmitten der Trümmer auf der Plattform oberhalb des Throns, und hinter ihr wartete ein Greif. Ohne den Hexer auch nur zu Wort kommen zu lassen, schnellten ihre Hände nach vorne, und zwei blitzende Wurfklingen schossen ihm entgegen, die sich mit dumpfen Schlägen links und rechts in seinen Brustkorb bohrten.

Calvas keuchte gepeinigt auf und krümmte sich. Die Zeit schien sich unendlich zu verlangsamen. Drei, vier Herzschläge lang schien es, als sei der Hexer endlich besiegt. Stattdessen richtete er sich langsam wieder auf. »So leicht bin ich nicht zu töten.« Er bedachte Auril mit einem höhnischen Lächeln, als er sich die beiden Dolche aus dem Leib zog. Klirrend fielen die nutzlosen Klingen auf den Stein.

Dann aber verwandelte sich sein Lächeln unvermittelt in eine Fratze, als plötzlich die runenverzierte Schneide eines Schwertes aus seiner Brust hervorbrach. Mit vor Anstrengung und Schmerz verzerrtem Gesicht erhob sich Tarean hinter ihm und klammerte sich an den Griff seiner Waffe. »Esdurial«, flüsterte er.

Und das weiße Drachenfeuer leckte über die silberne Klinge und brannte sich seinen Weg durch den Körper des Hexenmeisters, bevor das Schwert in einer Welle gleißenden Lichts einmal mehr seine volle Macht entfaltete. Als dies aber geschah, begann der Hexer auf einmal, wie verrückt zu kreischen. »Das kann nicht sein! Das ist nicht richtig!«

»Ihr irrt!«, erklärte die Albin mit blitzenden Augen. »Genau so wurde es vom Wasser des Sehens prophezeit. Es hat Euer Ende vorhergesehen.«

»Die Prophezeiung?!«, schrie Calvas. »Die Prophezeiung?! *Ich* schickte euch die Prophezeiung! *Ein Schatten der Vergangenheit erhebt sich.*« Er brach unvermittelt ab und hustete. Schwarzes Blut lief aus seinem Mundwinkel. Doch er sprach weiter: »*Der Sohn des Fluchbringers geht nach Osten ... Das Drachenfeuer ... brennt in der Halle aus Eis ... Und so ... beginnt es ...*« Er rang keuchend nach Atem. »Meine ... Worte ...«

Mit einem eleganten Satz sprang Auril von der Plattform und trat auf den röchelnden Hexer zu. Sie musterte ihn mit gerunzelter Stirn, aber dann hellten stilles Verstehen und ein triumphierendes Lächeln ihr Gesicht auf. »Und wie steht es hiermit: *Was lange getrennt war, steht Seite an Seite. Der Vater bittet den Sohn um Vergebung. Das Dunkel erlischt in den Flammen aus Licht. Und so endet es ...«*

Bei jedem Wort der Albin schien Esdurial aufzuleuchten, und die Augen des Hexenmeisters weiteten sich wie die eines Wahnsinnigen. Ein letztes Mal kehrte Leben in seinen tödlich verwundeten Körper zurück. Er heulte und schrie und entriss mit einer Drehung seines Körpers dem Jungen die Waffe. Während die Klinge heller brannte denn je, torkelte Calvas über die Brücke in der Mitte des Saals, wobei er mit fahrigen Gesten versuchte, den Griff des in seinem Rücken steckenden Schwertes zu erreichen.

»Oh nein!«, rief Tarean, als er sah, was geschehen würde. Doch es war schon zu spät, um einzugreifen. Blind vor Schmerz und Enttäuschung taumelte Calvas auf den gähnenden Abgrund jenseits der Brücke zu, stolperte über den noch immer am Boden liegenden Kiesel, trat ins Leere und kippte kreischend vornüber.

»Esdurial!«, schrie der Junge entsetzt, und im selben Augenblick kam Leben in den tot geglaubten Unterirdischen. Eine steinerne Hand zuckte vor und umschloss den Griff des magischen Schwertes, während es an dem Liegenden vorüberfiel. Für einen Moment schien Calvas in der Luft zu hängen, nur vom unnachgiebigen Arm des Steinernen gehalten, der die Waffe nicht preisgab, die im Rücken des Hexers steckte. Dann glitt der Körper an der makellosen Klinge herab und Calvas stürzte mit einem letzten, langen Schrei in die Tiefe. Wirbelndes Weiß verschlang ihn.

Knirschend richtete sich der Unterirdische auf und wiegte bedächtig den malträtierten Schädel, als wolle er prüfen, ob er noch da sei. Eines seiner Augen war blind geworden, doch das andere leuchtete ungebrochen in strahlendem Blau, als er auf den Jungen zustapfte und ihm das Schwert entgegenhielt. »Esdurial«, sagte er.

EPILOG

EIN NEUER MORGEN

Tarean kauerte auf dem Boden von Calvas' Thronsaal und wünschte sich, er hätte Bergen nie verlassen.

Zwar hatte Calvas sein gerechtes Schicksal ereilt, der Grimmwolf war gebannt worden, und die Seele seines Vaters konnte endlich in Frieden ruhen, doch der Junge empfand keine Spur des Triumphes über die errungenen Siege. Stattdessen fühlte er eine Leere in seinem Innern, die durch nichts von dem, was heute erreicht worden war, wettgemacht werden konnte.

Moosbeere war tot.

Er konnte es einfach nicht glauben, wollte es einfach nicht wahrhaben, aber hier lag sie leblos in seiner hohlen Hand, die goldene Lichtaura vollständig erloschen, und der zarte, kleine Körper, so makellos und unversehrt er schien, fühlte sich kalt an.

Hinter ihm stand Kiesel, der zwar im Gegensatz zu dem Irrlicht furchtbar zugerichtet aussah, doch wortwörtlich die Widerstandskraft eines Steins zu haben schien. Mitfühlend drückte er die Schulter des Jungen, doch mehr Trost konnte er ihm auch nicht spenden. Daher wandte er sich ab und stapfte hinüber zu Auril, die ihrerseits zu Bromm geeilt war, kaum dass der letzte Schrei des Hexers verklungen war.

Denn auch um den Bären war es schlimm bestellt. Er hatte im Duell gegen den Grimmwolf furchtbare Verletzungen davongetragen, nicht zuletzt durch sein Bad im heißen Blut des Dämons, und für einen kurzen Moment stieg in Tarean das schlechte Gewissen hoch, dass er um eine Tote trauerte, statt einem Sterbenden beizustehen. Er hob den Kopf und sah, dass die Albin neben dem Werbären kniete und Kilrien in der Hand hielt. Und da wusste er, dass Auril alles, was in ihrer aller Macht stand, tun würde, um den Gefährten zu retten.

»Oh, Moosbeere«, murmelte er leise, »warum hast du das nur getan? Warum hast du dein Leben für das meine gegeben?« Seine Gedanken wanderten zurück zu ihrer ersten Begegnung, und er spürte, wie ihm die Tränen in die Augen stiegen, als er sich daran erinnerte, wie sie ihn mit ihren blauen Augen bezaubert, mit ihren schnippischen Bemerkungen verwirrt und mit ihrem unbedarften Leichtsinn verrückt gemacht hatte. Und dann stiegen Worte in seinem Inneren auf, die sie damals an ihn gerichtet hatte: *Du trägst ein mächtiges Schwert an deiner Seite, Tarean. Die Alte Macht ist stark in ihm. Doch bevor du es das nächste Mal anrufst, lass es mich wissen, denn auch ich bin ein Geschöpf der Alten Macht und spüre seine Wirkung.*

Für einen Moment hielt Tarean inne. Eine wahnwitzige Idee stieg in seinem Kopf auf, derweil sein Blick zu Esdurial wanderte, das in der Scheide an seinem Gürtel steckte und ruhte, nachdem er heute bereits zweimal seine Macht entfesselt hatte. *Einmal noch, einmal, treue Klinge, musst du deinen Wert beweisen. Dann magst du auf ewig ruhen ...*

Sanft legte er Moosbeere auf den Boden. Dann zog er langsam sein Schwert und hielt die flache Seite der Schneide direkt über ihren kleinen Körper. *Gib acht, Moosbeere, ich rufe ...*

»Esdurial.«

Lautlos und beinahe zärtlich glitten die weißen Flammen über die Klinge hinweg, leckten um die in das makellose Silber der Schneide eingelassenen Kristallrunen und fanden an der Spitze zusammen. Fauchend erwachte die Alte Macht zum Leben, und heller als die Sonne erstrahlte das Schwert vor seinen Augen. Geblendet wandte der Junge den Kopf ab, doch aus den Augenwinkeln sah er, wie Moosbeere in gleißendes Licht gebadet wurde. Der Körper des Irrlichts wirkte beinahe durchscheinend und zerbrechlich wie ein

Glasgefäß, während er von Esdurials Magie umschmeichelt, durchdrungen und erfüllt wurde. *Ihr Dreigötter, bitte lasst es klappen.*

Nach einer kurzen Weile verlor das intensive Leuchten an Kraft, die Flammen verschwanden, und zuletzt erloschen auch die glimmenden Runen. Es war vorbei.

Und zunächst geschah nichts. Schlaff und leblos lag das Irrlicht auf dem kalten Stein, und jetzt konnte und wollte Tarean seine Tränen nicht länger zurückhalten, denn es schien, als hätte auch Esdurials Macht nicht gereicht, Moosbeere ins Reich der Lebenden zurückzuholen. Behutsam hob er sie hoch, legte seine Wange an ihren kleinen Körper und weinte stumm.

Da gewahrte er plötzlich mit halbem Auge ein sanftes Leuchten, das über Moosbeeres Körper irrlichterte. Verwundert ließ er seine Hand sinken und blinzelte, unsicher, ob er sich das Ganze vielleicht nur eingebildet hatte. Nein! Da war es wieder! Ein bronzener Schimmer, der über Moosbeeres bleiche Haut glitt, ihre Beine empor, dann über ihre Arme und ihr Gesicht, wie die Reflexion einer Kerze auf einem Medaillon, das man sanft hin und her dreht.

»Moosbeere?«, flüsterte er.

Und auf einmal erblühte das goldene Licht des Lebens wieder in ihrem Körper, gewann rasch an Kraft, und dann hob das Irrlicht träge einen schlanken Arm und rieb sich damit übers winzige Gesicht. »Igitt«, war ihr erstes Wort. »Ich bin ja klatschnass.«

Tarean entließ mit einem Keuchen die Luft aus seinen Lungen. Ein Strahlen breitete sich auf seinem Gesicht aus, das mit der zunehmenden Lichtaura des magischen Geschöpfs zu wetteifern schien, und er schrie begeistert: »Moosbeere! Du lebst!«

Sie öffnete die Augen, richtete sich auf und schüttelte ihre tränenfeuchten Flügel aus. »Ja natürlich lebe ich. Hast du etwas anderes gedacht?«, erkundigte sie sich erstaunt.

»Was für eine Frage!«, rief er und musste sich zusammenreißen, um das Irrlicht nicht vor Freude zu zerquetschen. »Du bist mitten in den Blitz des Hexers geflogen. Wir alle dachten, du wärest tot.«

Moosbeere machte große Augen. Dann strich sie mit dem Finger über ihren feuchten Oberarm und leckte ihn ab. Als sie das salzige

Nass schmeckte, wurden ihre Züge weich und sie seufzte schmachtend. »Du hast um mich getrauert … Du bist sooo süß!«

Der Junge spürte, wie ihm die Röte ins Gesicht stieg. Er zog die Nase hoch und brummte: »Und du bist so blöd, Moosbeere.«

Das Irrlicht kicherte.

Die Schlacht um At Arthanoc war geschlagen.

Doch was für einen Preis hatten sie für den Sieg bezahlt. Karnodrim war gefallen. Ebenso waghalsig wie tapfer hatte der mürrische Sette den Glutlanddrachen zum Zweikampf gefordert und am Ende gemeinsam mit der Bestie den Tod gefunden. Wilfert war gefallen. Bis zuletzt hatte er standhaft an der Seite von Hochkönig Jeorhel ausgeharrt, doch als sich das Schlachtenglück mit dem Eintreffen der Taijirin schon zu wenden schien, schlug ihm die Axt eines Grawl-Kriegers eine tiefe Wunde, und auch rasch herbeigeholte Hilfe hatte sein Leben nicht zu retten vermocht. Nirwin war gefallen. Ein schwarz gefiederter Pfeil hatte den Hauptmann der Garde und Feldherrn der Vogelmenschen aus dem Sattel seines Greifen geholt, und obwohl er sich auch am Boden noch verbissen seiner Haut erwehrt hatte, war er ein Opfer des letzten zornigen Aufbäumens der Wolflinge geworden. Und die Zahl der toten Alben, Menschen und Taijirin, deren Namen Tarean nicht kannte und deren Leichname das Schlachtfeld vor den Toren der Burg übersäten, musste in die Tausenden gehen.

Sah man davon ab, dass sie Übrigen überlebt hatten, war die einzig wirklich gute Nachricht, dass Bromm sehr wahrscheinlich durchkommen würde. Kilrien, das heilende Amulett, lag auf der breiten Brust des Werbären, und er schien aus der Bewusstlosigkeit an der Schwelle zum Tode in einen tiefen Heilschlaf hinübergeglitten zu sein. Auril, Kiesel und Iegi, der zu ihnen gestoßen war und Kunde vom Ende der Schlacht und ihren Opfern gebracht hatte, saßen bei ihm und warteten auf helfende Hände, um den Verwundeten ins Feldlager tragen zu können.

Tarean lehnte derweil an einem halb zertrümmerten Fensterrahmen und blickte gedankenverloren auf die Welt zu seinen Füßen.

Die Greifenreiter segelten durch die Lüfte über dem Schlachtfeld und trieben die Rotten der überlebenden Grawls zurück gen Osten, und an vielen Stellen der Burg hoben Trupps aus Menschen und Alben die Widerstandsnester der letzten Getreuen des Hexenmeisters aus. Noch war das Töten nicht gänzlich vorbei, aber es war sicher nur noch eine Frage der Zeit. Für ihn jedenfalls war die Schlacht um At Arthanoc geschlagen. Jetzt wartete eine halbe Welt darauf, befriedet zu werden. Keine leichte Aufgabe für den, der sie übernehmen musste.

Moosbeere hockte auf seiner rechten Schulter und summte leise vor sich hin. Das Irrlicht schien von seinem Zusammenprall mit der Magie des Hexers bereits vollständig genesen und verschwendete offenbar auch keinen weiteren Gedanken mehr an das Geschehene.

»Ich kann es kaum glauben, aber wir haben es geschafft«, murmelte Tarean.

»Ich habe doch gesagt, alles wird gut«, zwitscherte Moosbeere fröhlich. »Wann fängst du endlich an, auf mich zu hören?«

Gegen seinen Willen musste er lächeln. »Ja, damit sollte ich wohl wirklich langsam mal anfangen.«

»Ganz richtig.«

Er seufzte und beschloss, die trüben Gedanken für einen Moment beiseitezuschieben. Stattdessen verrenkte er sich den Hals, um dem Irrlicht den Kopf zuzuwenden. »Sag mal, Moosbeere«, stellte er eine Frage, die ihm schon seit Tagen durch den Kopf ging. »Kannst du groß werden?«

Einen Augenblick schien sie seinem Gedankensprung nicht folgen zu können. »Groß werden?«, echote sie dann mit unschuldigem Blick.

»Na ja, ich meine, dich in eine Menschenfrau verwandeln?«

Das Irrlicht fing an zu kichern, als belustige sie die Vorstellung ungemein. »Wie kommst du denn darauf?«

»Hm, ich weiß nicht. In dem Traum vor ein paar Tagen, in dem wir beide uns trafen, da warst du groß.« Er spürte, wie ihm eine leichte Verlegenheitsröte ins Gesicht stieg, als er sich an die Erfahrung erinnerte.

Die winzige Frau schüttelte den Kopf. »Tarean Keinriese, was bist du für ein Wirrkopf. Das war doch nur ein Traum.«

Er zog fragend die Augenbrauen hoch. »Nur ein Traum?«

Moosbeere kicherte erneut, dann hauchte sie ihm einen Kuss auf die Wange, grinste ihn verschmitzt an und flüsterte noch einmal: »Nur ein Traum.« Damit stieg sie summend in die Luft auf, um zu Bromm und den anderen hinüberzuhuschen.

Auril trat neben ihn. »Mein Vater und ein paar unserer Soldaten sind da. Wir können gleich los.«

»Ja, in Ordnung«, erwiderte Tarean.

Etwas in seiner Stimme ließ die Albin aufhorchen. »Was hast du?«, wollte sie wissen.

»Ach, nichts«, meinte er, »es ist nur Moosbeere. Sie verwirrt mich manchmal.«

»Sie ist ein Irrlicht. Was erwartest du?«

»Hm.«

»Und ich denke, sie liebt dich.«

Erstaunt wandte Tarean den Kopf und warf der Albin einen forschenden Blick zu, aber diesmal konnte er keinen Funken von Sarkasmus in ihren Augen entdecken. Schließlich sackten seine Schultern etwas nach unten. »Ich würde gerne behaupten, dass ich das weiß, aber es wäre gelogen. Mal könnte man es glauben, ja, dann wieder scheint die Vorstellung vollkommen abwegig.«

»Und was ist mit dir?«, hakte die Albin nach.

Irgendwie erschien es dem Jungen seltsam, dass er hier, am unpassendsten aller Orte und zum unpassendsten aller Zeitpunkte, über seine Gefühle sprechen sollte. Und dennoch … »Was soll ich sagen? Ich mag sie.« Er blickte auf seine Füße. »Sehr. Aber sie ist ein Irrlicht, nicht wahr? Und außerdem …« Und da hob er den Kopf wieder und sah Auril einfach nur an. *… liebe ich jemand anderen.*

Für einen Moment erwiderte Auril seinen Blick, und in ihren grünen Augen flackerte es. Sie wandte sich halb um und schaute über die Burgmauern von At Arthanoc auf die dahinter liegende Ebene und darüber hinaus in die Ferne. »Ich frage mich, was jetzt geschehen wird«, sagte sie.

»Ich weiß es nicht«, erwiderte Tarean. »Ich hoffe, es wird alles anders. Besser. Irgendwie.«

Einen kurzen Moment standen sie so Seite an Seite. Dann spürte er, wie ihre Hand die seine suchte, und diesmal zögerte er weder, noch machte er sich Gedanken. Er ergriff sie einfach nur und hielt sie fest.

Im Osten, über den Gipfeln der Grauen Berge, brach die Sonne durch die Wolken.

DANKSAGUNG

Viele mögen glauben, dass ein Roman (im Gegensatz zu einem Film etwa) die Leistung eines Einzelnen ist: des Autors. Das stimmt nicht. Auch ein Autor (wie ein Regisseur) hat Menschen um sich herum, die ihm mit Rat und Tat zur Seite stehen, auf dass seine Geschichte besser wird, als sie es ohne ihr Zutun jemals hätte werden können. Das war in meinem Fall nicht anders. Deshalb gebührt mein Dank all jenen, die mich während der verschiedenen Entstehungsphasen von »Der Sohn des Fluchbringers« unterstützt haben:

Ich danke meiner Familie, die meine von Kindesbeinen an bestehende Begeisterung fürs Geschichtenerzählen immer unterstützte und nie – na ja, selten – versucht hat, mir einen sinnvolleren Zeitvertreib nahezulegen (beispielsweise an der frischen Luft Fußball spielen).

Ich danke Simon Ofenloch dafür, dass er sich im Herbst 2006 auf das zunächst Furcht einflößende Projekt, gemeinsam je einen Roman zu schreiben, eingelassen hat. Ohne unseren kreativen Austausch, das gegenseitige Antreiben und die produktiven Schreibsamstage wäre der »Fluchbringer« sicher niemals so rasch Wirklichkeit geworden.

Weiterhin gilt mein Dank Olivia Just, Anke Mundt, Dominik Cenia und Christian Humberg, meinen ersten Lesern und Kritikern, die mir mit genauem Blick auf die Erstfassung und vielen kleinen Anmerkungen – vom Komma- bis zum Logikfehler – geholfen haben, den Feinschliff vorzunehmen.

Und natürlich danke ich meinen Agentinnen Natalja Schmidt

und Julia Abrahams sowie Sara Riffel und Volker Busch von Egmont/LYX, die es schließlich möglich gemacht haben, dass aus einem Stapel Papier ein Buch wurde.

Ein spezieller Dank gilt zuletzt Eva Schmitz und Stephan Schäfer, Freunden seit einer halben Ewigkeit, die mit mir an all den Freitagnachmittagen meiner Jugend mit Würfel, Stift und Fantasie fremde Welten bereist haben. Der eine oder andere Held und der eine oder andere Ort dürfte euch vage bekannt vorkommen. Nehmt es als Hommage an unsere damaligen Abenteuer.

Jennifer Fallon
Der unsterbliche Prinz
Gezeitenstern-Saga 1
Roman

**High-Fantasy-Epos von
Superstar Jennifer Fallon**

Hunderte Jahre lang regierten die unsterblichen Gezeitenherrscher das Land Amyrantha, bis ihre magischen Kräfte nachließen. Inzwischen sind sie kaum mehr als eine Legende. Eines Tages taucht jedoch ein Mann auf, der behauptet, Cayal, der unsterbliche Prinz, zu sein. Sind die mythischen Gezeitenherrscher zurückgekehrt? Die junge Herzogin und Legendenforscherin Arkady kann nicht daran glauben, und doch übt der Unbekannte eine enorme Anziehungskraft auf sie aus ...

»Mitreißender Schreibstil und lebendige Dialoge ... eine Achterbahnfahrt sterblicher und unsterblicher Intrigen.«
Nexus

656 Seiten, Trade Paperback
ISBN: 978-3-8025-8146-5

www.egmont-lyx.de

Christian von Aster
Zwerg und Überzwerg
Die große Erzferkelprophezeiung 1
Roman

Die ultimative Zwergen-Parodie

Einst erfüllte der Geist der Zwergenheit noch die Höhlen und Gänge des Ehernen Imperiums, und kein Zwerg hatte je den Himmel gesehen. Doch das Schicksal der Zwerge nimmt eine ungeahnte Wendung, als aus den unergründlichen Tiefen der Erde ein alter, längst tot geglaubter Feind auftaucht. Das Zeitalter der großen Erzferkelprophezeiung hat begonnen, und dem Volk der Zwerge droht der endgültige Untergang ...

»Endlich die volle Wahrheit über die kleinen Säufer. Ein mutiges, ein aufrüttelndes Buch!«
Boris B. B. B. Koch (»Die Anderen«)

384 Seiten, Klappenbroschur
ISBN: 978-3-8025-8148-9

www.egmont-lyx.de

EGMONT LYX
Verlagsgesellschaften